華麗的邪惡

Affinity

Sarah Waters

莎拉・華特絲 ———著 章晉唯 ———譯

目錄

第一部 11
第二部 105
第三部 167
第四部 239
第五部 273
莎拉・華特絲年表 301
《華麗的邪惡》作品大事紀 303

感謝Laura Gowing、Judith Murray、Sally Abbey、Sally O-J、Judith Skinner、Simeon Shoul、Kathy Watson、Leon Feinstein、Desa Philippi、Carol Swain、Judy Easter、Bernard Golfier、Joy Toperoff、Alan Melzak和Ceri Williams。

《華麗的邪惡》經由「倫敦藝術委員會新倫敦作者獎」部分贊助，我在此深深感謝。

獻給 Caroline Halliday

一八七三年八月三日

我從未如此害怕。他們讓我獨自一人待在黑暗中，我只能靠窗外透入的光線寫字。他們將我帶到我房間，鎖上房門。他們原本命露絲鎖門，但她拒絕了。她說：「什麼？你們要我把自己的小姐關起來？她明明什麼都沒做。」最後醫生從她那拿了鑰匙，把門鎖上，並逼她離開。房中人聲喧譁，我的名字頻頻出現。要是閉眼去聽，也許只是個平凡的夜晚。我可能只是在等布林克太太來帶我去閨圈，麥德琳或其他女孩會紅著臉想著彼得，想著他那叢黑鬍子和發亮的雙手。

但布林克太太此時孤獨地躺在自己冰冷的床上，麥德琳．席維斯特在樓下泣不成聲。彼得．奎克已離去，我想他不會再回來了。

他太粗暴了，而麥德琳太過緊張。我當時一說我感覺他來到附近，她便全身顫抖，雙眼緊閉。我說：「只是彼得而已。妳不會怕他吧？看，他在這裡，睜開眼看看他。」但她不肯，她只說：「噢！我好害怕！噢！道斯小姐，拜託不要讓他再靠近了！」

唉，第一次獨自和彼得見面，不少小姐都會這麼說。他聽了大笑。「幹麼？」他說：「我大老遠來，現在就要我回去？妳知道我這趟路多累，為妳受了多少折騰？」這時麥德琳哭了。當然，有的女孩確實會嚇哭。我說：「彼得，你口氣好點，麥德琳只是害怕。溫柔一點，我相信她會讓你靠近。」但他溫柔走來，手放到她身上時，她尖叫一聲，全身僵硬，瞬間臉色慘白。這時彼得說：「幹麼，笨女孩？搞什麼鬼。妳到底想不想變好？」但她又尖叫一聲，倒在地上，雙腿亂踢亂踹。我從沒見過小姐這樣。我說：「我的天啊，彼得！」他望我一眼，然後說：「妳這小婊子。」他抓住她雙腿，我雙手摀住她嘴。我只是想讓她安靜，不要亂動，但我手拿開時，手上都是血，我想她一定咬到舌頭或流了鼻血。我起初還沒察覺那是血，看起來如封蠟一般，顏色好深，又熱又稠。

即使滿口鮮血，她仍放聲尖叫，布林克太太終於聞聲而來，我聽到走廊傳來她的腳步聲，接著便是她驚惶的聲音。她喊道：「道斯小姐，怎麼了？妳受傷了嗎？妳出事了嗎？」麥德琳聽到她，馬上扭身，清楚地大叫：「布林克太太！布林克太太，他們想殺我！」

彼得彎身，打她一巴掌，麥德琳馬上癱倒在地，動也不動。我以為我們真殺死她了。我說：「彼得，你做了什麼？回去！你快回去。」但他走向小房間時，門把喀啦作響，布林克太太已掏出鑰匙開門。她手中拿著燈。我說：「關上門，彼得在這裡，燈光會傷到他！」但她只說：「發生什麼事？妳做了什麼？」她望向會客室地板，麥德琳紅髮披散癱倒在地，動也不動，接著布林克太太望向我，我襯裙破爛不堪，在燈光照耀下，雙手沾滿深紅色的鮮血。她望向彼得。他雙手掩面大喊：「把燈拿開！」他的睡袍敞開，露出白皙的雙腿，布林克太太的燈仍照向前方，最後手開始顫抖。她大叫一聲：「噢！」她目光再次投向我，接著是麥德琳，並把手放上心口說：「不會她也……？」緊接著她馬上大喊：「噢！媽媽！媽媽！」她將燈放到一旁，臉面向牆面，我走向她，她將手放到我胸口，將我推開。

我這時回頭尋找彼得的身影，他已經不見了。只見黑色的布簾晃動，簾布上有一道銀白色的手印。

結果麥德琳沒死，死的反而是布林克太太。麥德琳只是昏倒了，她侍女替她穿上衣服之後，便帶她去另一個房間。我聽到她在房中踱步哭泣。但布林克太太愈來愈虛弱，最後站不住了。這時露絲跑來，口中喊著：「發生什麼事？」她扶她躺到會客室沙發上，緊握著她的手說：「妳很快就會好了。我確定。看，我來了，道斯小姐也在，我們都愛妳。」我覺得布林克太太想開口說話，卻發不出聲音，露絲見了要我們趕快找醫生來。後來醫生檢查她身體時，露絲在一旁繼續緊握著布林克太太的手，邊哭邊說她不會放手。布林克太太不久便過世了。露絲說，她除了再喚一次媽媽之外，沒再吐過任何一個字。醫生說，小姐臨死之際常像個孩子一樣。他說她心臟異常腫大，身體肯定一直都很虛弱，能活這麼久已是奇蹟。

醫生原本要走了，也沒打算追問她為何受到驚嚇，但席維斯特太太這時出現，請他去看麥德琳。醫生一見麥德琳身上的傷痕，便沉吟說，這事異常古怪。席維斯特太太聽了說：「古怪？這根本就是犯罪！」她隨即報警，於是他們將我鎖在房中，警察問麥德琳誰傷害她。她說是彼得・奎克下的手，警察回答：「彼得・奎克？彼得・奎克？妳在想什麼？」

整棟大房子的火爐都沒點著，雖然仍是八月，我卻感到寒冷。我想我再也感覺不到溫暖了！我想我永遠無法冷靜，永遠無法做自己，我環顧房間，發現這裡沒有任何屬於我的事物。布林克太太花園飄來花香，她母親桌上放著一瓶瓶香水，木板上塗有亮光漆，地毯五彩繽紛，一旁有我為彼得捲的香菸，珠寶盒中的珠寶閃閃發光，我望著鏡中自己蒼白的臉龐，但這一切感覺都好陌生。我好希望自己一眨眼便能回到貝思納爾格林，看到姑姑坐在木椅上。我甚至寧可待在文西先生旅館的房間，窗子面對磚牆也不打緊。我寧可回到那裡一百次，也不願此時待在這裡。

時間好晚了，水晶宮的燈都熄了。只看得到遠方天際矗立著一道黑影。我聽到警察的聲音傳來，席維斯特太太在一旁大吼大叫，麥德琳不禁嚇哭了。布林克太太的臥房是整棟房子唯一安靜的地方，我知道她孤零零躺在黑暗中。我知道她全身僵硬，文風不動，她頭髮已放下，身上蓋著毛毯。她也許豎耳聽著叫喊和哭聲，也許還希望能開口。我知道她會說什麼。我很清楚，我覺得自己甚至都真的聽到了。

唯有我聽得到她。而她的呢喃是現場聲音中，最教我恐懼的。

第一部

一八七四年九月二十四日

爸以前常說，所有歷史片段都能寫成故事。重點是決定故事從哪裡開始，到哪裡結束。他說，那便是他的功力所在。不過也許是因為他經手的歷史都能輕易篩選、切割和分類吧。不論是偉人的生平或偉大的作品，都像是字盒中的鉛字，排列整齊，散發光澤。

我好希望爸還在。我會問他，我今天寫的這則故事，換作他會怎麼起筆。我會問他，米爾班克監獄[1]關了各形各狀的犯人，結構複雜獨特，鐵門重重，通道昏黑曲折，他要怎麼寫才能有條有理？他會從監獄的興建開始描寫嗎？我辦不到，我今早雖然聽了監獄的歷史，但我現在早忘光了。何況，米爾班克監獄建築堅固，歷史悠久，我無法相信曾幾何時，泰晤士河淒涼的河畔上沒有這座監獄，黑土上沒有它的黑影。爸也許會從三週前，西里多先生造訪家裡開始寫起。或者，他也許會從今天早上七點寫起，那時艾莉斯替我拿了灰色洋裝和大衣……不，他開頭才不會寫小姐和女僕、襯裙和亂髮之類的。

我想他會從米爾班克監獄的大門開始寫起，那是每個訪客參觀監獄的必經之地。好，我從這裡起筆吧。監獄門房向我問好，並在大本的登記簿上將我名字畫掉。一名獄卒帶我穿過狹窄的拱門，越過中庭，走向監獄建築……

但在這之前，我不得不停下整理裙子。那件裙子雖然樸素，但裙襬寬大，鉤到了凸起的鐵條或磚頭。我敢說爸才懶得寫什麼裙子。但我會，因為當我目光從裙襬抬起，我第一次看到了米爾班克監獄的五角形建築。建築離我好近，又突然出現在眼前，令我感覺毛骨悚然。我望著監獄，心臟大力跳動，心中湧起恐懼。

一週前，西里多先生給我一張米爾班克建築平面圖，我把那張圖釘在這張書桌旁的牆上。監獄的平面圖散發著莫名的魅力，五角建築彷彿一朵幾何形花朵的花瓣。我有時也覺得它像童年時代常玩的棋盤，各個區域能塗上不同顏色。當然近看的話，米爾班克監獄一點也不迷人。建築占地寬廣，平面圖上的線條和稜角化為黃磚高牆與高塔，以及無數密封的窗戶，只令人感到詭異和反常。監獄設計師彷彿被噩夢糾纏或喪失理智，搞不好根本打定主意要把犯人**逼**瘋。我想如果我在那當看守，一定會發瘋。我緊跟著獄卒，一路畏畏縮縮，中途一度停下腳步向後望，並抬頭看上方楔形的天空。米爾班克監獄的鐵門設在兩個五角形之間，門前是一條逐漸變窄的碎石路，兩邊高牆會不斷逼近，像是博斯普魯斯海峽的撞擊岩石[2]。黃疸色的磚石投下瘀青色的陰影。牆下的泥土看似菸草，色深而潮溼。

泥土讓空氣充滿酸臭的氣味，我走進監獄，門鎖上之後，味道卻變得更濃烈。我心臟跳得更厲害了，我坐在一間簡陋的小房間，看獄卒進進出出，皺著眉頭，低聲交談。西里多先生終於出現時，我情不自禁牽起他的手說：「真高興見到你！我才在擔心看守誤以為我是新到的罪犯，要把我關進牢裡！」他大笑說，米爾班克監獄不曾有過這種誤會。

我們一起深入監獄。他覺得最好直接帶我去女子監獄，到女囚區典獄長辦公室找海克斯比小姐。我們邊走，他邊向我解釋路線，我試著和腦中的平面圖對照。但當然，監獄的結構異乎尋常，我不久便失去方向。我知道我們穿梭在中央六角形建築中，只經過男囚區的鐵門，沒進到五角形的牢房建築。中央六角形的建築裡有儲藏室、醫生宿舍、西里多先生的辦公室、所有書記官的辦公室、醫務室和禮拜堂。「妳看。」他中途停下，朝窗外擺頭，讓我看一排冒著黃煙的煙囪。他說那是監獄洗衣間的煙囪。「妳看，我們就像座小城市！自給自足。我總是想，就算有人圍攻，我們也能過得很好。」

1 米爾班克監獄（Millbank Prison）為倫敦著名監獄，位於泰晤士河畔沼澤地，原本建為國家監獄，後來由於監獄結構過於複雜、沼澤環境疾病容易滋生、管理成本過高等因素，改為流放犯人的中轉監獄，一八五三年起中止大規模流放後，流放人數逐年減少，米爾班克監獄便成為一般地方監獄。

2 撞擊岩石（Clashing Rocks or Symplegades）。希臘神話中，博斯普魯斯海峽和黑海入口有兩座高聳的巨岩，只要有東西經過時便會撞擊在一起，將其夾碎。

他語氣相當驕傲，但說完也難為情笑了。見他笑，我也笑了。剛才鐵門關上，隔離天光和空氣之後，我心中便充滿恐懼。如今我變得更緊張，因為我們離開鐵門，深入監獄，鑽過昏暗複雜的通道之後，我發覺自己絕對無法循原路出去。上週我在爸的書房整理文件，看到一本皮拉奈奇監獄圖，花了一小時研究，並想像今天會見到陰森恐怖的景象，內心無比焦慮。當然，監獄跟我想像中天差地別。我們只走過一連串粉刷乾淨的走廊，在各區交會處，穿著黑色監獄大衣的獄卒會和我們問好。不過，正因為走廊一塵不染，獄卒整齊畫一，監獄變得更恐怖了。我就算走同一條路十遍，也無從察覺。監獄的**喧囂**也同樣令人緊張。獄卒站的地方有一道道上鎖的鐵門，他們開門時，鉸鏈會隨門轉動，發出刺耳聲響，最後獄卒會再次關上門，拉上鐵門。可想而知，鐵門、門鎖、門閂聲音此起彼落，遠近呼應，餘音在空蕩蕩的通道上迴盪不絕。監獄彷彿處於永恆、封閉的風暴核心，讓我耳鳴不斷。

我們走到一道布滿門釘、年代久遠的大門前，門上另設有一個小門，這便是女監獄的入口。一個女看守和我們打招呼，她向西里多先生行屈膝禮。她是我去到那裡見到的第一個女人，我特別仔細觀察她。她年紀不大，臉色蒼白，神情嚴肅，她身上穿的衣服我後來發現是看守的制服。她穿著一件灰色的羊毛洋裝、一件黑色斗篷、一頂稻草做的藍邊灰色軟帽和一雙結實的黑色平底靴。她看到我望著她，又行個屈膝禮。西里多先生說：「這是瑞德里小姐，我們的看守長。」然後他對她說：「這是普萊爾小姐，我們的新『訪客』。」

她帶頭走在前面，腰間傳來一聲聲規律的「叮、叮」金屬撞擊聲。我這時發現，她像獄卒一樣，身上繫著寬大的皮帶，上面有個銅扣環，扣環上掛著一串光亮的監獄鑰匙。

她帶我們走過更多一成不變的走廊，並走上一條螺旋梯，爬上一座高塔。高塔頂端有間明亮潔白的圓形房間，裡面都是窗戶，那就是海克斯比小姐的辦公室。「妳待會便能知道這設計的原因。」西里多先生邊爬邊說，他面紅耳赤，氣喘吁吁。當然我馬上看出來，高塔位在五角形中庭正中央，所以從中望出去，四周便是女囚區內側的高牆和鐵窗。辦公室很樸素，地上沒有鋪地毯，只有兩根柱子，柱子之間垂了條繩索，囚犯來到這裡時，必須站在繩後，繩索另一頭有張書桌。海克斯比小姐便坐在那裡，在一本巨大的黑色簿子上寫字。「監獄的阿爾戈斯[3]。」西里多先生微笑稱呼她。她看到我們便起身，脫下眼鏡，如瑞德里小姐一樣行屈膝禮。

她身材嬌小，頭髮雪白，雙眼犀利。書桌後方，石灰粉刷的磚牆上緊緊釘著一塊瓷匾，上頭以黑字寫著：

你知道我們的罪惡，對我們隱祕的罪瞭如指掌[4]。

進到辦公室，人人都想馬上站到弧形的窗前，望著外頭的風景。西里多先生看我探頭便說：「對，普萊爾小姐，走近窗邊吧。」於是我站一會，望著下方楔形的庭園，仔細觀察面對我們的醜陋高牆，牆上爬滿細長形的窗戶。西里多先生說，瞧，這是不是很驚人？很震撼？女子監獄盡在我眼前，每一道窗後面都是一間牢房，裡頭住著一個囚犯。他轉向海克斯比小姐。「妳們監獄現在關了多少女人？」

她回答，這裡有兩百七十名囚犯。

「兩百七十人！」他搖著頭驚呼。「妳想想，普萊爾小姐，想像那群可憐的女人，她們幹了什麼勾當，走上什麼樣的歧路，才被關進米爾班克監獄？她們可能是盜賊和妓女，深受各種犯罪影響。她們當然沒有羞恥心和責任感，更缺乏所有正面的情感。對，這點妳別懷疑。社會認為她們作惡多端，才將她們交到我和海克斯比小姐手中，讓我們仔細管理她們……」

但他問我，要怎麼做才適合？「我們讓她們培養規律的生活習慣，教導她們禱告，教導她們維持端莊。但她們大半時間裡必須關在牢房中獨處。而她們就在那裡……」他再次朝窗外擺頭。「也許要三年，也許要六、七年。她們就在那裡，默默不語，靜靜反省。我們能管住她們的嘴，讓她們雙手工作。但普萊爾小姐，她們的心、可怕的回憶、低劣的思想、凶惡的盤算……這些我們都無法提防。是不是，海克斯比小姐？」

3 希臘神話中的百眼巨人，相傳睡覺時仍有兩隻眼睜著，保持警戒。

4 《聖經．詩篇》第九十篇第八節。

「沒錯，先生。」她回答。

我問道，但他覺得「訪客」能對她們有所幫助嗎？

他說，他覺得有幫助。他很確定。女囚像小孩或原始人，一顆顆心都毫無防備，容易受到改變，只需給她們美麗的鑄模，便能重新塑形。「我們的看守也許辦得到。」他說：「但看守工作時間長，責任辛苦重大。犯人對她們有時懷恨在心，有時粗暴相向。所以普萊爾小姐，這工作交給小姐吧，讓小姐接近她們。只要讓她們知道，小姐不惜離開舒適的生活，也要來探視她們，並關心她們不堪的過往。讓她們看到小姐和她們巨大的落差，讓她們看到她的言行舉止，反省自身，她們會變得更溫柔謙和，乖順收斂。我親眼見過這樣的事！海克斯比小姐也見過！這便是人對人的影響，感同身受的力量，從感情上軟化……」

他繼續述說。當然，他之前在我家樓下客廳便說過了。當時母親皺著眉，壁爐上的時鐘緩緩滴答作響，聲聲清楚明確。他對我說，普萊爾小姐，自從妳父親不幸過世之後，妳肯定悲痛不已，生活也頓失重心，開始空轉。他這趟來原本只是要來拿一套爸跟他借的書。他不知道的是，我生活空轉，不是因為失去重心，而是因為生病了。那時我很高興他不知道。但現在我望著淒涼的監獄高牆，海克斯比小姐望著我，瑞德里小姐站在門口，雙臂交叉在胸前，鑰匙圈晃呀晃的，我心中感到前所未有的恐懼。一時間，我好希望他們看出我的脆弱，將我送回家。就像有幾次，我在寂靜的劇場中變得異常焦慮，母親便帶我回家，因為她擔心我病從中來，放聲大叫。

他們沒看出來。西里多先生繼續介紹米爾班克監獄的歷史、生活的作息、監獄人員和訪客。我站在原地，邊聽邊點頭，有時海克斯比小姐也會點點頭。過一會，監獄某處傳來一聲鈴響。西里多先生和看守聽到都做出同樣的反應，西里多先生說他原本沒打算說那麼久。鐘聲代表囚犯要進到中庭放風，現在他得告辭，將我交給看守照顧。他說改天請務必再去找他，聊聊對囚犯的看法。他牽起我的手，但我想隨他走向書桌時，他說：「不，不用，妳在這裡多站會。海克斯比小姐，妳能到窗邊跟普萊爾小姐一起看嗎？普萊爾小姐，好好望著窗外，這景象不能錯過！」

看守替他開門，他消失在高塔樓梯間的黑影中。海克斯比小姐站近，我們一同轉向窗戶，瑞德里小姐站到另一扇窗前向外望。我們下方有三塊泥土中庭，每個中庭都以高大的磚牆隔開，磚牆像是車輪的輻條一般以塔為中央向外延伸。上方是城市霧茫茫的天空，一道道陽光從雲間透出。

「以九月來說，今天天氣真好。」海克斯比小姐說。

然後她再次望向下方，我和她一同靜靜望著前方等待。

片刻之間，萬物靜止。像監獄周圍的土地一樣，中庭淒涼荒蕪，全是泥土和碎石。寒風掃過，沒有一根草晃動，鳥兒在高空飛舞，也尋不著蠕蟲和甲蟲。但過了一分鐘左右，我察覺中庭一角出現動靜，緊接著另外兩個中庭也同樣有了動靜。中庭有道門打開，女人魚貫而出。她們出來時，我覺得自己不曾看過如此詭異又驚人的景象，我們從上方窗戶向下望，人變得好小。她們像時鐘上的小人，或珠串上的小珠子。她們彷彿被人撒入中庭，形成三個橢圓形的圓圈，一眨眼之間，我已分辨不出最先和最後進到中庭的囚犯，圓圈完美無缺，所有女人都穿得一模一樣，她們穿著棕色的連身裙，白色的便帽，脖子上綁了條淺藍色的手帕。從每人不同的動作姿態，我才看得出人味。雖然她們腳步一致沉滯，但我看到有人垂頭，有人跛腳，有人因為冷風撲面，身體僵硬，雙手抱著身子，幾個可憐人抬頭望向天空。我覺得有一人甚至抬頭望向高塔的窗戶，茫然看著我們。

監獄所有女囚犯都在此，將近三百人，每個圈子大約九十人。中庭角落都有兩個身穿黑斗篷的看守，她們必須監看著囚犯，直到放風結束。

海克斯比小姐望著腳步沉重的女人，她的神情看起來似乎很滿意。「妳看她們都懂得自己的位置。」她說：「每個囚犯之間要有一定的間隔。」如果有人犯規，遭人舉發，便會失去特權。如果有的女人年老體弱、身有殘疾或真的年紀太小，例如年僅十二、三歲，那看守會讓她們自成一個圈子散步。「而且我們監獄以前有小女孩，對不對，瑞德里小姐？」

「她們好安靜啊！」我說。她這時跟我說，她們在監獄中一定要安靜。監獄禁止說話、吹口哨、唱歌或哼歌「或蓄意發出任何聲音」，除非看守或「訪客」要求。

「她們要走多久？」我問她，她說她們必須走一小時。「那如果下雨呢？」如果下雨的話，放風便會取消。她說，那對看守來說便不好過了，因為囚犯關久了會「焦躁不安，尋釁滋事」。她邊說邊瞪著囚犯。其中一個圈子腳步變慢，和其他中庭圈子的速度不一致。她說：「那個（這裡她說了某個囚犯的名字）讓她的圈子變慢了。瑞德里小姐，妳輪班時記得跟她說。」

她分辨得出每個囚犯，我感到訝異不已。但我跟她說時，她淺淺微笑。她說她在囚犯刑期之間，每天都會看她們在中庭放風。「我在米爾班克監獄女囚區已當了七年典獄長，在那之前，也是這裡的看守長。」至於在**那**之前，她跟我說，她在布里克斯頓的監獄當一名普通的看守。她說，總之她已在監獄待了二十一年。比起許多受刑人，她待在監獄的時間更長。但當然，底下放風的女人有人比她受苦更久。她曾目睹她們入獄，但她敢說自己不會見到她們離開的那天……

我問這樣的囚犯是否讓她工作輕鬆不少，因為她們肯定對監獄作息瞭若指掌？她點點頭。「對啊。」接著她問：「妳覺得對不對，瑞德里小姐？我們喜歡重刑犯，對吧？」

「沒錯。」瑞德里小姐回答：「我們喜歡重刑犯，只背負一項重大罪名的那種。」她對我說：「例如下毒的、潑硫酸的、殺小孩的，或執法人員大發慈悲，沒判絞刑的犯人。要是我們監獄重刑犯夠多的話，看守都能打道回府，讓她們把自己關好。最會找麻煩的淨是犯輕罪的慣犯，像賊、妓女和詐欺犯。她們個個都是惡魔，小姐！大多數人生性邪惡，無藥可救。**她們**掌握作息之後，只會想盡辦法偷雞摸狗，或存心找碴。惡魔！」

她說這話時，態度不算激動，但聽到內容，我嚇得眨了眨眼。也許是鑰匙圈的關係。她說話時，皮帶扣環上掛的鑰匙隨之晃動，不時叮噹作響，而她的嗓音給人帶點鋼鐵的印象，彷彿插在槽裡的門閂，她以或輕或重的力道把它往後拉。當然，我相信她絕對無法使它溫柔甜美。我望了她一會，便轉向海克斯比小姐。她剛才聽她娓娓道來，只不住點頭，現在她臉上幾乎泛起笑容。她說：「妳看得出來，我的看守對囚犯多有感觸！」

她犀利的目光停留在我身上。「妳覺得我們太狠心嗎，普萊爾小姐？」她過一會問。她說，我對女囚有自己的看法，她都尊重。她非常感謝西里多先生請我來當「小姐訪客」，只要我願意，隨時都能來見囚犯。但任何小姐和紳士來她監獄，她都會提醒一件事。她慎重強調：「**和米爾班克監獄的女人相處時，請務必小心再小**

心！」例如，我一定要注意隨身物品。監獄中不少女孩過去是扒手，如果我順手將手錶或手絹放到她們跟前，她們便會鬼迷心竅，舊習復萌。她希望我將貴重物品收好，如同「把戒指和小飾品收到女僕看不到的地方，以免她心生貪念，順手牽羊」。

她也說，我和囚犯言談務必謹慎。監獄內外的事都別提，甚至連報紙上的新聞也不行。她強調，尤其是報紙上的事，「因為報紙在監獄中是違禁品。」她說犯人也許會把我當知己，徵詢我的看法。如果真的發生，那我「給她意見時，一定要像看守一樣，要她為自己的罪行感到羞愧，並思考未來如何改過向善」。而且囚犯在監獄時，我不得承諾她們任何事，也不能替她外頭的家人和朋友轉交物品和訊息。

「如果囚犯跟妳說，她母親生了重病，命在旦夕。」她說：「如果她說想剪下一束頭髮，哀求妳轉交給垂死的母親，**妳也務必拒絕**。因為普萊爾小姐，拿了的話，囚犯等於控制住妳。她會藉此要脅妳，並設法幹盡壞事。」

她說以前米爾班克監獄曾有一、兩次這類的醜聞，牽扯其中的人下場都很淒慘……

我想，這便是她的忠告了。我向她道謝，不過這段時間，站在一旁的看守讓我心裡特別介意，她不發一語，一臉假惺惺。感覺就像是我謝謝母親的教訓時，艾莉斯就剛好來收盤子一樣。我再次望向繞圈的女囚，什麼也沒說，默默思考著。

「妳很喜歡看她們。」海克斯比小姐見了說。

她說目前為止來到監獄的訪客，每個人都喜歡站在窗前看囚犯散步。她覺得這好比望著魚缸中的魚，令人備感療癒。

聽了之後，我便從窗邊退開。

我想我們又聊了一會，談到監獄的日常。但不久她看了看錶，說瑞德里小姐會帶我參觀牢房。「很抱歉我不能親自導覽。」她說：「但妳看……」她朝書桌上巨大的黑簿子擺頭。「這是我早上的工作。我要根據看守寫的報告，謄寫《品行紀錄簿》。」她戴上眼鏡，眼神變得更犀利。她說：「普萊爾小姐，我這就來看看，這週囚犯表現有多好，有多壞！」

瑞德里小姐帶我走出門，進到陰暗的高塔樓梯間。我們走到下一層樓時，經過另一道門。我說：「這裡的房間是什麼，瑞德里小姐？」她說那是海克斯比小姐的房間，她會在此吃飯和睡覺。我想像自己躺在靜悄悄的高塔，每一扇窗都面對監獄，會是什麼感覺。

我望向書桌旁的平面圖，看到圖中的高塔。我想我看出了瑞德里小姐帶我走哪條路。她腳步輕快，在千篇一律的走廊中毫不遲疑地找出路線，簡直像羅盤指針一樣，堅定指向北方。她告訴我，監獄走廊總長將近五公里。但後來我問她，走廊是否難以分辨？她嗤之以鼻。她說，看守初來米爾班克監獄，晚上躺在枕頭睡覺時，會夢到自己不斷走在同一條白色走廊上。「大概會維持一週。」她說：「接下來，看守便不會迷路了。再過一年，她會希望自己再次迷失方向，不然無聊死了。」她待在這裡的時間比海克斯比小姐還久。她說，她就算瞎了也能工作。

她說到這裡笑了，但笑中帶著苦澀。她雙頰潔白滑順，像油脂或蠟，她雙眼色淺，眼皮厚重，卻沒有睫毛。我注意到她雙手非常乾淨光滑。我猜她有用浮石刷洗皮膚。她指甲整整齊齊，幾乎與底下的肉齊平。

到牢房區之前，她都沒再和我開口。最後我們來到一排鐵柵欄前，通過後進到一條冰冷無聲的長廊，像修道院的迴廊一般，牢房就在裡頭。這條走廊約兩公尺寬。地板帶著細沙，天花板和牆面都經過粉刷。左上方有一排窗戶，高到就算我抬頭也幾乎看不到，窗前設有鐵柵和厚重的玻璃。另一邊牆面則有一道又一道昏暗的門，外觀全都一模一樣，像噩夢中必須選擇的門。門中除了透出光，還散發出陣陣氣味。我在走廊上馬上就聞到了，我現在寫下這段文字時甚至都聞得到！那股味道不明顯，但令人作嘔。牢中放著所謂的「臭桶」，囚犯的嘴巴和身體我想又沒能好好清洗，這便是長年悶在牢中的臭氣。

瑞德里小姐跟我說，這是第一區的牢房，也就是A牢房。牢房總共分為六區，每層樓有兩區。A牢房住的是新來的囚犯，她們屬於「第三級囚犯」。

她帶我進到第一間空牢房，指著牢房口的兩道門。一道門是木製的，上頭有門閂，另一道門是鐵柵門，上頭設有鎖。她們白天會鎖著鐵門，並將木頭門打開。「我們巡視時便能看到女囚犯的動靜。」瑞德里小姐說：

「並讓空氣流通，比較不那麼臭。」她說著把兩道門都關上，牢房瞬間變得昏暗，空間彷彿縮小了。她兩手扠腰，環顧四周。她說，這裡的牢房品質中規中矩。空間大，而且「建得很牢固」，牢房之間有兩層磚。「這樣女囚便無法和鄰居喊話……」

我別開頭。雖然牢房昏暗，但牆面毫無裝飾，白得刺眼，我現在閉上眼，都能清楚看到牢房中的一切。牆上有個小氣窗，窗上罩了鐵絲和黃色玻璃。當然，這便是我和西里多先生在海克斯比小姐的高塔上見到的其中一面窗戶。門旁有塊瓷匾，寫著「囚犯守則」和「囚犯禱詞」。空空的木架上放著一個水杯、木製麵包盤、一盒鹽巴、一本《聖經》和一本宗教書《受刑人的朋友》。牢房中有一把椅子、一張桌子和一張摺疊式吊床，吊床旁有一些帆布袋，還有紅色絲繩，還有個「臭桶」，上頭瓷蓋缺了一角。狹窄的窗台上有個監獄制式的舊梳子，梳牙早已磨損斷裂，上面纏著捲曲的頭髮和頭皮屑。

結果，這裡和其他牢房唯一的差別就是那柄梳子。女囚身上不能帶任何東西，公發的水杯、盤子和《聖經》都必須照規定，整齊排列在房中。我和瑞德里小姐穿梭在一樓，望著一間間一成不變的淒涼牢房，感覺無比悲慘。這地方的格局也弄得我頭暈目眩。當然，牢房是隨著五角形的外牆排列，但分隔很奇怪。每次我們走到走廊尾端，都會看到另一條一模一樣、白色單調的走廊，以不自然的角度延伸。走廊交會處設有螺旋樓梯，牢房各區之間則會有座塔樓，每層樓的看守在塔樓內會有自己的小房間。

我們在走廊時，透過牢房窗戶，都能聽到中庭傳來女囚「咚、咚、咚」規律的腳步聲。現在我們走到一樓第二牢房區盡頭時，我聽到監獄響起另一次鈴聲，女囚腳步聲變慢，不再整齊。過了一會，鐵門砰砰作響，鐵柵震動，靴子聲再次響起，這次她們靴下踩著沙粒，聲音迴盪在走廊間。我望向瑞德里小姐。「女囚來了。」她平淡地說。我們站在原地，聽著腳步聲愈來愈大、愈來愈大。最後聲音震耳欲聾，但因為我們剛才拐了三個彎，即使聲音不遠，依舊看不到她們。我說：「她們好像鬼！」我想起傳說中，倫敦房子的地窖偶爾會聽到羅馬軍團行軍的聲響。我覺得米爾班克監獄就像那樣，數百年後監獄不復存在，地面仍會回響她們的腳步聲。

但瑞德里小姐轉向我。「鬼！」她用奇怪的眼神打量我。她開口時，女囚從牢房的轉角走出，剎那間，她們變得好真實，不是鬼魂、玩偶或串珠，她們是一個個面容粗糙、駝著背的女人和女孩。她們發覺有人站在走廊，便抬頭望我們一眼，見是瑞德里小姐，便露出乖巧的表情，但她們打量我時倒是毫不客氣。瞧是瞧了，但她們依舊按部就班回到牢房坐下。後頭看守走來，將牢門一一鎖上。

我想這看守叫曼寧小姐。「普萊爾小姐第一次到訪。」瑞德里小姐對她說，看守點點頭，並回答有人事先知會過。她露出笑容說，居然想來探望**她們的**女囚，真不簡單！她還問我要不要跟其中一人聊聊？我說好啊。她帶我走到一間她還沒上鎖的牢房，朝裡頭的女人招手。「來，皮琳。」她說：「這是新來的『小姐訪客』，她對妳們很有興趣。站起來，讓她看看妳。來啊，手腳快點！」

女囚走向我，行個屈膝禮。她雙頰羞紅，剛才快步在中庭行走之後，嘴唇泛著汗珠。曼寧小姐說：「告訴她妳叫什麼名字，為何關在這裡。」那女人馬上開口，不過她說話有些不流利。「我是蘇珊．皮琳，女士。因為偷東西進來的。」

曼寧小姐將牢門旁掛在鍊子上的瓷匾拿給我。上頭寫著女囚的監獄號碼、等級、她犯的罪以及出獄日期。我說：「妳在米爾班克監獄多久了，皮琳？」她跟我說七個月。我點點頭，並問她幾歲？我以為她可能三十七、八歲吧。但她說她二十二歲。我聽了怔一下，然後再次點點頭。我接著問，她喜歡這裡的生活嗎？

她回答說她覺得還不錯。曼寧小姐對她很好。

我說：「我相信也是。」

後來一陣沉默。我看到她望著我，心想看守應該也望著我。我突然想起自己和母親的往事，我二十二歲時，她教訓我說拜訪人家應該要健談點。一定要問小姐的小孩健不健康，去過什麼宜人的地方玩，或問問她的刺繡和畫作，不然就稱讚她洋裝的剪裁……

我望著蘇珊．皮琳泥土色的洋裝。我問她，她喜歡她身上的衣服嗎？那是什麼材質，亞麻呢還是嗶嘰布？瑞德里小姐聽了向前走，抓住裙子，掀起來一角。她說，洋裝是亞麻呢做的。藍底深紅條紋的襯裙則是羊毛做的，質地粗糙。她底下還穿一件法蘭絨襯裙，還有另一件是嗶嘰布。我看到她的鞋子很結實。她跟我說，那是男人在監獄的工坊做的。

蘇珊全身僵硬，像人偶一樣，看守則一件件清點她身上的衣服，我感覺自己也必須彎身，捏塊布來摸。衣服的氣味撲鼻而來。嗯，畢竟女囚滿頭大汗在監獄穿一整天，亞麻呢洋裝散發出**該有**的氣味。於是我順勢問道，衣服多久換一次？看守告訴我，洋裝一個月換一次，襯裙、內衣和褲襪兩週換一次。

「妳多久能洗澡一次？」我問女囚犯。

「我們想洗幾次都行，女士。不過每個月不能超過兩次。」

這時我注意到她放在身前的雙手全是痘疤。我好奇她關入米爾班克監獄之前，習慣多久洗澡一次。我也好奇自己如果和她在牢房中獨處，我們到底能聊些什麼。不過我只說：「好，也許我會再來找妳，妳可以再多跟我說些監獄裡的點滴。妳願意嗎？」

她馬上說，她非常樂意。接著她又問，我會跟她們說《聖經》的故事嗎？

瑞德里小姐這時插嘴說，星期三另一個訪客小姐會對女囚讀《聖經》，事後會問她們內容。我告訴皮琳說，不，我不會念書給她們聽，只會聽她們說話，也許聽聽**她們**的故事。她這時望著我，不發一語。曼寧小姐向前，將她帶回牢中，鎖上門。

我們離開那區，爬上另一座螺旋梯到二樓，進到D、E牢房。這裡關著犯下刑事案件的囚犯，她們老愛找麻煩、無可救藥，不是曾在米爾班克監獄搗亂，就是曾移監，後來又因為在別處搗亂，再移送回來。這些牢房所有門都上了閂，因此走道比下方的牢房區更加昏暗，空氣更是臭氣薰天。這層看守是個粗眉大眼、身材健壯的女人，她叫美麗太太（那麼多名字不叫，偏偏叫這名字！）。她走在瑞德里小姐和我前方，像個蠟像館的館長，一副聊以自娛的模樣，選出其中最可怕或最有趣的囚犯，一一停在牢門前，介紹她們犯的罪，例如：

「這是珍．荷依，女士。她謀殺小孩。心腸狠毒。」

「這是菲比．賈可博。小偷。曾在牢房放火。」

「這是黛博拉．格里費斯。扒手。她被關進來，因為她朝牧師吐口水。」

「珍．森松。自殺未遂——」

「**自殺**。」我說。美麗太太眨眨眼。「吞鴉片酊。」她說：「吞了七次，最後一次警察阻止她。他們將她送來這裡，因為妨害社會善良風俗。」

我聽到之後，站在原地望著緊閉的牢門，不發一語。過一會，看守頭歪過來，彷彿心照不宣地問：「妳是不是在想，我們怎麼知道她在裡頭此時是不是掐著自己的脖子？」當然，我不是在想這件事。「妳看。」她繼續解釋。她給我看每道門側邊有個直式的鐵片，看守隨時經過都能打開向內瞧。她們說這叫「視察窗」，女囚則稱之為「**監視眼**」。我彎身去看，並靠近那小窗口。但美麗太太見我彎身時制止了我，說她不該讓我臉湊到那裡。她說，女囚都很狡猾，過去曾有看守眼睛被戳瞎。「有個女孩曾把木湯匙磨尖，然後——」我眨了眨眼，趕緊從那裡退開。這時她面露微笑，輕輕將鐵片推開。「我相信森松小姐不會傷害**妳**。」她說：「妳小心點的話，可以瞧一眼……」

這間牢房內窗戶設有鐵柵，所以比下方的牢房更黑，房裡的床不是吊床，而是一張硬木床。珍．森松坐在床上，從一個淺籃子裡捏出東西，籃中堆滿椰殼纖維。她已經拆了差不多四分之一。她床邊放著另一個較大的籃子，裡頭有更多同樣的東西，待會要繼續拆。窗上的鐵柵間透入些許陽光。光線中飄著無數棕色的纖維和灰塵，我覺得她彷彿是童話故事的角色，彷彿是個卑微的公主，在池底進行繁重的工作。

我望著她時，她抬頭眨眨眼，灰塵讓她眼睛發癢，她揉了揉。我將視察窗關上，退開來。我心裡不禁好奇，她會不會試著向我招手或出聲叫我。

我請瑞德里小姐帶我離開那牢房區，我們爬到三樓，也是監獄最高一層，和那裡的看守見面。她有雙黑眼珠，面容和善誠懇，她叫潔夫太太。「妳來探望我可憐的犯人嗎？」瑞德里小姐將我帶到她面前時，她對我說。她管的主要是所謂第一級、第二級和星級囚犯。她們工作時像A、B牢房一樣，牢門能打開。但她們的工作輕鬆不少，她們坐在房中編織褲襪和縫衣服，還能有剪刀、針線。在監獄中，這代表極大的信任。我看到她們時，晨光照進她們的牢房，因此相當明亮，氣氛宜人。我們經過時，囚犯紛紛起身行屈膝禮，而且又一次，她們毫不遮掩地打量著我。我終於發現，就像我觀察她們頭髮、連身裙和便帽，她們也在觀察我的穿著。我想在米爾班克監獄，就算是服喪的洋裝也相當新奇。

這區牢房不少囚犯都是海克斯比小姐讚譽有加的重刑犯。潔夫太太現在也稱讚著她們，說她們是全監獄最安靜的女囚。她說，大多數人刑期結束前，會從這裡移交到富勒姆監獄，那裡的生活又更悠閒。「她們就像羊群一樣，對不對，瑞德里小姐？」

瑞德里小姐附和，說她們不像C、D牢房關的那群垃圾。

「確實不是。我們這裡有個女囚殺死欺負她的丈夫，她其實出身跟妳一樣好。」看守朝一間牢房點點頭，裡頭一個面容瘦削的女囚靜靜坐著，捺著性子解著一團糾纏的紗線。「我們這裡有小姐。」她繼續說：「我指的是**名門淑女**，小姐，跟妳一模一樣。」

我面帶微笑，聽她解釋，並繼續向前走。後來不遠處，有個牢房口傳來尖細的叫喚聲：「瑞德里小姐？噢！是瑞德里小姐嗎？」一個女囚站在門口，臉擠在鐵柵欄之間。「噢！瑞德里大姊，妳幫我跟海克斯比小姐說過了嗎？」

我們走近她，瑞德里小姐走到門前，用鑰匙圈敲了一下牢門，鐵柵震動，那女囚向後退開。「妳能不能閉嘴？」看守說：「妳以為我沒事幹，海克斯比小姐也沒事幹嗎？我非得幫妳傳話？」

那女人語氣急促，口齒不清。「大姊，只是妳跟我說過妳會轉達。海克斯比小姐今早來時，她大半時間都待在賈維斯那裡不肯見我。我弟弟已經把證據帶到法院，希望能得到海克斯比小姐的批准——」

瑞德里小姐又敲一下牢門，女囚身子再次縮一下。潔夫太太低聲向我說：「這個女囚會糾纏任何經過她牢房前的看守。她想提前出獄，可憐的傢伙。不過，我相信她會再待在這裡幾年。唉，塞克絲，妳讓瑞德里小姐過好嗎？普萊爾小姐，我們再走一會，到牢房另一頭，不然她會想把妳捲進去。好了，塞克絲，妳會乖乖工作吧？」

但塞克絲仍鍥而不捨，瑞德里小姐不斷罵她，潔夫太太看了搖搖頭。我沿著牢房走道繼續向前。女囚尖細的請求聲和看守的責罵聲在監獄中迴盪，變得詭異又刺耳。我經過的每個囚犯都抬頭聽著她們的聲音，不過她們隔著鐵柵門看到我走過走廊，紛紛低下頭，繼續幹縫紉活。我覺得她們眼神格外茫然。她們臉色蒼白，脖子、手腕和手指都骨瘦如柴。我想起西里多先生說，囚犯的心都很脆弱，容易受到改變，需要一個好的鑄模重新塑形。我想到此事，心臟再次怦怦跳動。我想像如果把我的心臟摘下，並將女囚粗糙的心臟放入我溼滑的胸腔中……

我手按住脖子，摸到垂在心臟前的墜子，並放慢腳步。我走到牢房轉角的拱門，然後稍微轉彎。剛好躲出看守的視線，但又沒有走上第二條走廊。我背靠著粉刷過的監獄白牆，靜靜等待。

過一會，一件有趣的事發生了。

我在下一條走廊第一間牢房旁邊，我的肩膀便是視察窗，也就是「監視眼」，上方的瓷匾寫著犯人的判決。其實我看到瓷匾之後，才確定這間牢房有人，因為房中安靜到不可思議。比起米爾班克監獄刻意維持的寧靜，那牢房似乎更沒有一絲動靜。不過，正當我開始好奇時，有個聲音打破寂靜。牢房中傳來一聲嘆息，單單一聲嘆氣。在我耳中聽來，那是個完美的嘆息，彷彿述說著故事。此情此景下，那聲嘆息彷彿讓我的心情也得到抒發，感覺奇異萬分。瑞德里小姐和潔夫太太隨時會出現，但我不禁將她們拋在腦後。我也忘了大意的看守和削尖湯匙的故事。我手掀起視察窗，將眼睛湊近。我望向牢房中的女孩。她身體文風不動，我不禁屏息，生怕驚動到她。

她坐在木椅上，頭向後昂，雙眼閉著。她雙手交疊，稍稍握起，編織的衣物放在大腿上。她仰頭迎向牢房黃色窗玻璃透入的溫暖陽光，土色的洋裝衣袖上繡著一顆星星，那代表著她的等級。星星是羊毛氈所做成，布剪得歪七扭八，縫線也不整齊，但陽光照耀下，稜角格外分明。我看到她便帽邊緣露出的幾縷頭髮，知道她有一頭金髮。她蒼白的臉上點綴著細緻的眉毛、嘴唇和睫毛。我確定自己見過容貌像她的人，也許是克里韋利[5]畫作中的聖人或天使。

我望著她大概一分鐘，她雙眼一直閉著，頭靜止不動。她的姿態令人感到虔誠，我這時才恍然大悟，原來她在禱告！我內心一陣羞愧，想收回目光。但這時她動了，雙手張開，伸到臉前，她因工作粗糙的粉紅色手掌中閃過一道顏色。原來她手裡拿著一朵花。是一朵紫羅蘭，花莖軟軟地垂著。我看著她將花拿到雙唇前，吸口氣，紫色的花瓣顫抖，彷彿發著光……

這時我漸漸發覺她周圍的世界多麼昏暗。所有牢房、囚犯、看守、甚至我自己都黯淡無光。我們所有人全都是用相同劣質的攙水顏料畫的，而我眼前的她，便是唯一一滴色彩，彷彿不小心誤滴到帆布上。

但我當時沒想到，監獄明明寸草不生，那朵紫羅蘭如何出現在她白皙的手中？我心中只有恐懼，我突然好奇她究竟犯了什麼**罪**？我想起掛在一旁的瓷匾。我默默關上視察窗，抬起頭去看。

匾上寫著她的編號和等級，下方便是她的罪名：**詐欺和襲擊罪**。她入獄已是十一個月前的事。而她被判刑四年。

四年！在**米爾班克監獄**關四年。我想一定度日如年。我原本想走到鐵柵前，叫她過來，聽聽她的故事。我真的會這麼做，要不是這一刻，前一條走廊傳來瑞德里小姐的聲音，她的靴子摩擦著牢房石板上的沙。我不禁猶豫了。我心想，如果看守因為我，發現她手上的花怎麼辦？我相信看守一定會把花拿走，我知道我肯定會內疚。於是我站到看守視線內，她們來時，我說我累了（畢竟這也是實話），第一次來訪該看的也都看到了。瑞德里小姐只說：「沒問題，女士。」她轉身，帶我沿原路走回。鐵柵門關上時，我回頭望著牢房的轉角，心中興起一股新奇的感受。一半是滿意，一半是遺憾。我心想，唉，我下週回來時，她仍會在那裡，可憐的女孩！

看守帶我走進高塔樓梯，我們螺旋向下，小心翼翼走到更可怕的低樓層。我感覺像但丁，隨著維吉爾走進地獄[6]。後來曼寧小姐接手，過一會將我交給一名獄卒，他帶我走回第二和第一座五角建築。我請人替我向西里多先生打聲招呼，並走出鐵門，沿著楔形碎石路出來。五角形的牆面現在似乎不斷分開，但有種不情願的感覺。陽光如今更強烈，瘀青般的陰影顏色變得更深。

---

5 克里韋利（Carlo Crivelli, c. 1430-1495），文藝復興時期的義大利畫家，他過世之後作品淡出眾人視線。維多利亞時期前拉斐爾畫派興起曾一度再次受到推崇。

6 義大利文藝復興文豪但丁的《神曲》述說他進入地獄和天堂的所見所聞，而古羅馬詩人維吉爾是他的嚮導。

我和獄卒向前，我不禁又望著荒瘠的監獄黑色土地和一叢叢的莎草。我說：「這裡沒有種花嗎，先生？沒有雛菊，或……紫羅蘭嗎？」

他回答，沒有雛菊，也沒有紫羅蘭。甚至連蒲公英都沒有。他說，花無法在米爾班克監獄生長。這裡太靠近泰晤士河了，土地「跟沼澤一樣」。

我說我想也是，並再次思考那朵花的事。我心想不知道女囚區磚石間是不是有縫隙，花朵也許能扎根生長？我不知道。

而且我其實沒想太久。獄卒帶我走到監獄大門，門房替我攔了台馬車，現在牢房、門鎖、陰影和惡臭等監獄生活已在我身後，我不禁深刻感受到自己擁有的自由，並心生感激。我心想說到底，去了這趟是對的。我很高興西里多先生對我的過去一無所知。我心想，他和裡面的女人都不知情，我的過去便會待在屬於它的地方。我想像他們用皮帶和扣環將我的過去緊緊捆綁……

我今晚跟海倫聊了這件事。我弟弟帶她來家裡，還有他們三、四個朋友。他們個個盛裝打扮，準備去戲院。海倫穿著灰色洋裝，在其中相當突兀，和我們一樣。他們抵達時，我下樓去打招呼，但沒久待。米爾班克監獄和我房間冰冷又寧靜，經過這些時光，人群的喧譁和面孔令我厭煩。但海倫和我走到一旁，我們聊了一下我去參觀監獄的事。我跟她敘述那裡每條走廊長得一模一樣，我穿梭走廊時有多麼緊張。我問她記不記得勒芬紐[7]先生的小說，故事在說一個女繼承人被人設計成瘋子的事？我說：「我確實懷疑一陣子，母親會不會跟西里多先生聯手，讓他把我關進牢裡，害我發瘋？」她聽了露出微笑。但她朝母親望一眼，怕她聽到。我後來跟她說了些關於女囚的事。她說她覺得她們一定很可怕。我說她們一點也不可怕，只是心志軟弱。「至少，西里多先生是這麼說的。他說我要去改變她們。那便是我的任務。她們會把我當道德模範。」

我說這段話時，她盯著自己雙手，一手轉著手指上的戒指。她說我很勇敢。她說她相信這份工作能讓我轉移注意，不再去想「過去所有的悲傷」。

這時母親向我們說，我們為何如此嚴肅和安靜？我今天下午向她描述監獄時，她聽了全身顫抖，並說家裡有客人時不准重提。她現在說：「海倫，妳不要讓瑪格莉特說監獄的事。妳的丈夫在等妳，看。你們看戲要來不及了。」海倫馬上回到史蒂芬身邊，他牽起她的手親吻。我坐在原地看著他們，然後悄悄溜上來這裡。我心想，如果我不能談論參觀監獄的事，那我乾脆把它寫到我自己的書裡……

現在我寫二十頁了。我重讀前面所寫的文字，發現我穿梭米爾班克監獄的路其實不如我所想的曲折。總之，比我千迴百轉的思緒來得直接！我上一本書全都是我迂迴的思緒。至少，這次絕不一樣。

十二點半了。我聽到女僕走上閣樓的樓梯。廚師重重拉上門閂。今天之後，我想那聲音對我來說永遠不一樣了！

柏依關上門，並走去拉開窗簾。我知道她一舉一動，彷彿我天花板是塊透明玻璃。現在她在解鞋帶，並咚一聲脫下靴子。接著她床墊發出咿呀聲。

窗外便是泰晤士河，河水黑得如糖蜜一般。艾伯特橋的燈火閃爍，巴特西公園的樹林茂密，夜空中毫無星光……

母親半小時前拿藥來了。我告訴她，我想多坐一會，希望她能將藥瓶留下，我晚點喝。但不行，她拒絕了。她說，我「還沒好」，不能「放任我」。現在還不行。

於是我坐下來，讓她將一劑藥倒到杯中，她看我吞下藥，點點頭。現在我好累，沒法再提筆了。但我又覺得自己心情焦躁，睡不著。

瑞德里小姐今天說得對。我閉上雙眼，只會見到米爾班克監獄淒涼的白色走廊，還有一間間牢房。我心想那些女人怎能安穩地躺在監獄中？我想著她們一個個人，包括蘇珊．皮琳、塞克絲、海克斯比小姐和她寧靜的高塔。我還想著手拿紫羅蘭花的女孩，她面容是如此的美麗。

不知她叫什麼名字？

---

7 勒芬紐（Joseph Sheridan Le Fanu, 1814-1873），愛爾蘭作家，善於寫哥德式恐怖小說和鬼故事。

一八七二年九月二日

瑟琳娜・道斯
瑟琳娜・安・道斯
S・A・道斯小姐
靈媒S・A・道斯小姐
知名靈媒瑟琳娜・道斯小姐
日日舉辦降神會
靈媒道斯小姐
日日於文西通靈旅館舉辦降神會
地址是倫敦中心西區的羊管街
環境佳，清幽私密
生者若裝聾，死者即作啞
店裡說多給一先令，他們會將字體變粗，並加上黑框。

一八七四年九月三十日

雖然母親禁止我說，但不到一星期便破了功，因為每個客人都想聽米爾班克監獄和囚犯的事。不過，他們想聽的是令人戰慄的情景。我雖然記憶猶新，但記得的都不是可怕的畫面。反之，最教我念念不忘的是監獄的**日常**。監獄離切爾西不過三公里左右，坐趟馬車就到了。建築雄偉陰森，裡面的一千五百人時時都必須安靜和服從命令，這一切在我心頭揮之不去。我發現自己日常生活常想起他們，不論是我口渴喝茶，無聊拿書，天冷穿上披肩，或純粹想聽到優美的詩詞文句，而大聲朗誦的時候。這些事我已做過上千次，但我現在會想到他們，因為他們都做不到了。

我不知道多少囚犯曾躺在冰冷的牢房，夢到瓷杯、書本和詩詞？我這週夢到米爾班克監獄不止一次。我夢到自己成為囚犯，在牢房中將刀叉和《聖經》擺放整齊。

但大家要求我說的細節不是這些事。他們了解我初次去，也許是想開開眼界，但聽到我還要去第二次、第三次、甚至第四次，他們都感到不可思議。只有海倫認真看待我。「噢！」其他人會驚呼。「但妳不是真心要跟囚犯交朋友吧？她們都是賊啊。搞不好更糟！」

他們的目光會從我身上飄向母親。他們會問，她怎能容忍我去那種地方？當然母親便會回答：「瑪格莉特就是任性，我也管不住。我早跟她說，如果她無聊，家裡就有好多事做。她父親書信可多著。信一大堆！需要人整理……」

我說過我有空會整理父親的信，但現在我想嘗試點別的，至少看看結果如何。我對母親的朋友瓦里斯太太這麼說，她望著我，略帶遲疑。我好奇她對於我之前的病況和病因了解多少，因為她聽了回答：「精神不好的話，慈善工作是帖良藥，這我聽醫生說過。但監獄的話……噢！光是空氣就令人受不了！那地方充滿各式各樣的病菌！」

我腦中又浮現千篇一律的白色走廊和空無一物的牢房。我說其實正好相反，牢房非常乾淨整齊。妹妹這時插嘴，如果監獄乾淨又整齊，那女囚為何需要關懷？瓦里斯太太不禁笑了。她一向都偏愛普麗希拉，她覺得她比較美，甚至比海倫還美。她對她說：「親愛的，等妳嫁給巴克雷先生，搞不好妳會想去探監呢。沃里克郡那裡有監獄嗎？一想到可愛的妳混在罪犯之中……那會是什麼畫面！有句警世語，是哪一句？瑪格莉特，妳一定知道。某個詩人說的，關於女人、天堂和地獄那句。」

她指的是：

男人的差別最多是天堂和人間，
但最好和最壞的女人差別是天堂和地獄

我說出口時，她大喊，對！我好聰明！要是她讀完我讀過的所有書，她至少都一千歲了。

母親說，丁尼生[8]這句關於女人的話說得一點也不錯……

那是今天早上瓦里斯太太來和我們吃早餐時的事。後來她和母親帶著普麗希拉去畫她第一幅肖像畫。巴克雷先生委託的，他希望夫妻度蜜月回來時，馬里什莊園的客廳能掛著她的肖像畫。他找到一個畫家在肯辛頓有間工作室。母親問我，我要和她們一起去嗎？普麗希拉說，要說誰喜歡看畫，非我莫屬。她臉對鏡子，手戴手套，用指尖摸著眉毛。她為了肖像畫，特地用鉛筆將眉毛畫黑，黑色的大衣下更換上淺藍色的洋裝。母親說與其穿灰色洋裝，乾脆穿藍色洋裝吧，反正除了畫家康瓦利先生不會有人看到。

我沒跟她們去。我去米爾班克監獄，正式去牢房探訪女囚。

看守帶我一人走進女子監獄時，其實沒有想像中嚇人。我覺得夢中的監獄高牆更高，氣氛更陰森，走廊更狹窄，現實中反而還好。西里多先生建議我一週來一次，日期和時間任我選擇。他說如果我參觀每個角落，觀察每個時段的作息，更能了解女囚在這裡的生活。上週我一早便到監獄，今天我決定晚一點。我到大門口時，時間是十二點四十五分，和之前一樣，是由沉默寡言的瑞德里小姐來帶我。我發現她正好要去監督監獄餐點發放，於是我跟著她，直到工作結束。

這份工作令人大開眼界。我到女牢時，監獄鐘聲正好敲響，每個看守聽到鐘聲會從牢裡帶四個女囚到廚房。我們走向牢房時，曼寧小姐、美麗太太、潔夫太太和十二個臉色蒼白的女囚已聚在廚房門口。女囚雙眼都盯著地，雙手放在身前。女子監獄沒有自己的廚房，所以要去男子監獄取餐。監獄男女生活徹底分開，女囚必須安靜等待男囚領完湯，廚房淨空才能進去。瑞德里小姐向我解釋：「她們不能看到男人。這是規定。」她說的同時，緊閉的廚房門後方，沉重腳步聲在地上拖移，有人喃喃低語。我腦中想像的男囚化為妖怪**哥布林**，長著大鼻子、尾巴和鬍鬚……

聲音愈來愈小，瑞德里小姐拿起鑰匙，敲一下木門：「淨空了嗎，勞倫斯先生？」有人回答：「淨空了！」門閂拉開，女囚依序走進門。監獄廚師雙手交叉於胸，站在一旁。他嘴巴吸氣，吸得臉頰內凹，並看著女囚進門。

廚房看上去很寬敞，走過冰冷昏暗的走廊之後，感覺格外炎熱。空氣滯悶難受，房中瀰漫的稱不上是香氣。地板上都是沙，湯汁灑到地上都凝結成汙泥。廚房中間有三張寬桌子，上面放著一鍋鍋肉湯，麵包則裝在托盤上。瑞德里小姐揮手要女囚倆倆向前，每個人替自己的牢房區拿了湯和麵包，拖著腳步離開。我隨著曼寧小姐管的女囚回牢房。一樓牢房的女囚全都已站在牢門前，手中拿著錫杯和麵包盤，女囚拿著長柄湯勺分湯時，看守喊著禱告：「**感謝主賜予我們食物，願我們值得擁有！**」或者這一類粗糙的禱詞。我覺得女囚完全無視她。她們只無聲站在門口，臉貼在鐵柵上，注意著餐點分配到哪裡了。拿到之後，她們會轉身將食物放到桌上，從架上的鹽盒拿出鹽，撒一點到食物上頭，彷彿很講究。

---

8 丁尼生（Alfred Lord Tennyson, 1809-1892），英國著名桂冠詩人，此詩引自《國王敘事詩》，詩作暗喻英國維多利亞時代中期的社會衝突。

那一餐，她們吃馬鈴薯肉湯和六盎司的麵包，都煮得糟糕透頂。麵包烤得棕黃粗糙，像一個個小磚頭，馬鈴薯上滿是汙痕，並連皮丟進湯裡煮。湯汁混濁，上面浮著一層厚油，涼了之後會凝結成白脂。肉煮到色澤泛白，又乾又硬，女囚的鈍刀連條線都劃不出來。我看到許多女囚用牙齒撕咬著羊肉，儼然像個野蠻人。

不過，她們接下食物時都毫無怨言。有人看到湯，頂多神色難過，有人則遲疑地用手指撥動肉片。「妳不喜歡妳的食物嗎？」我看到一個女囚撥著羊肉便問她。她回答說，她覺得男子監獄有人碰過肉，她不喜歡。「他們會碰髒東西。」她說：「然後把手指在我們湯裡攪，純粹覺得好玩……」

她反覆說了兩、三遍，便不再跟我說話。我讓她繼續拿著杯子咕噥，並走向入口的看守。

我和瑞德里小姐聊了一下關於女囚的餐點和菜色。例如，每個星期五都有魚，因為許多囚犯都是羅馬天主教徒[9]。星期日會有羊脂布丁。我說，其中有猶太人嗎？她回答，永遠會有一些猶太人，她們總愛在飲食上「特別找麻煩」。她在其他監獄有遇到猶太人就是這樣。

她對我說：「不過妳會發現，那種鳥事會隨時間消失。至少我待過的監獄都如此。」

我向弟弟和海倫描述瑞德里小姐時，他們都露出微笑。海倫有次說：「妳說得太誇張了，瑪格莉特！」但史蒂芬搖搖頭。他說他在法庭上經常看到像瑞德里小姐的看守。「她們真的壞到骨子裡。」他說：「她們天性殘忍，一出生腰際就掛著鐵鍊。她們的母親小時候就給她們鐵鑰匙，不但拿來吸，還拿來磨牙。」

他露出牙齒。他的牙齒和普麗希拉的牙齒一樣整齊，我的牙齒則歪七扭八。海倫望向他，啞然失笑。

我這時說：「我不知道。也許那不是天生的，她搞不好付出不少努力，才成為如此稱職的角色。也許她私底下收集書報，裡面都貼滿《新門囚犯錄》[10]的故事。我想她一定有本類似的書，題名為《惡名昭彰的監獄酷吏》，她在米爾班克監獄漆黑的凌晨時分，會像牧師的女兒偷看時尚雜誌一樣，拿出來邊讀邊嘆氣。」海倫聽了笑得花枝亂顫，藍色的眼睛泛出淚光，睫毛變得烏黑。

但我今天稍晚想起她的笑容，又想到要是瑞德里小姐發現我用她來逗我弟媳，會怎麼瞪我，我不禁打個寒顫。當然，在米爾班克的牢房中，瑞德里小姐一點都不滑稽。

話說回來，無論是她，甚或是海克斯比小姐，看守的人生肯定都相當悲慘。她們彷彿本身就是囚犯，無時無刻不能離開監獄。曼寧小姐今天向我再三強調，看守工時跟女幫廚一樣長。她們在監獄裡有自己的房間，但白天巡視一整天早已筋疲力盡，自由時間一到，也只想倒到床上睡覺。像女囚一樣，她們的餐點都由監獄廚房準備。而她們的工作非常辛苦。「妳下次有機會去看克蕾文小姐的手臂。」她們對我說：「她肩膀到手腕都瘀青了，有個女孩上週在洗衣間動手打她。」但我後來見到克蕾文小姐，她本人其實跟她負責管理的女囚一樣粗野。她說女囚全都「跟老鼠一樣難對付」，她光看到便感到噁心。我問她，工作這麼辛苦，會不會讓她想另謀它職？她一臉憤恨說：「我在米爾班克監獄幹了十一年，我倒想知道我還適合做什麼！」不，她覺得她會繼續巡視牢房，直到嚥氣為止。

就我看來，唯獨負責最高層牢房的看守潔夫太太，才真的心地善良，並稱得上溫柔。她臉色蒼白，神情憔悴，年紀從二十五歲到四十之間都有可能。但她對監獄的生活毫無怨言，只說她在牢房中聽過不少駭人聽聞的慘劇。

用餐結束後，鐘聲響起，女囚一一回去工作，我上樓找她。我說：「我今天真的要開始好好當個『訪客』了，潔夫太太，我希望妳能幫我，因為我好緊張。」我絕對無法在夏納步道的家中承認自己緊張。她說：「放心交給我吧，小姐。」她知道有個女囚會想見我，並馬上帶我過去。她是個上了年紀的星級囚犯，其實她是監獄中最老的一個，她名叫艾倫．鮑爾。我走進牢門時她起身，讓我坐在椅子上。我當然說她坐就好，但她不肯在我面前坐著。最後我們兩人都站著。潔夫太太看了看我們，便點點頭離開。「我會鎖上門，小姐。」她愉快地說：「妳想離開便叫我一聲。」她說不論在牢房何處，有人叫喚，看守都聽得到。她轉身走

9　天主教習俗，由於耶穌基督在週五受難，因此每週五不食紅肉紀念。

10　《新門囚犯錄》是十八、十九世紀熱門的作品，一開始是新門監獄看守的處刑公告，後來出版社將此名挪用，出版成廉價故事書，內容都是關於罪大惡極的知名罪犯。

出牢房，拉上鐵柵門，扣上鎖，我站在門前，看著鑰匙轉動。

我這時想起，上週無數米爾班克監獄的噩夢中，將我關進牢裡的正是潔夫太太。

我注視著鮑爾，她面露微笑。她在監獄中已三年，再過四個月便會獲釋。她因為經營妓院被關。但她跟我說時，甩一下頭。「妓院！」她說：「那只算是會客室罷了。男生和女生有時會躲到裡頭熱吻，就這樣。我孫女還為此忙進忙出，保持整潔，裡面花瓶總插著鮮花！妓院！男生當然要有地方帶心上人去，不是嗎？不然他們就得在大庭廣眾親吻。他們離開時，好心賞我一先令，感謝鮮花和招待……哼，**這**算犯罪嗎？」

這麼說來，聽起來不像犯罪。但我記得所有看守的警告，於是我回答，審判的事我當然無可置喙。她舉起手，我發現她指節非常腫。她回答，對，她知道。那是「男人決定的事」。

我和她待了半小時。她有一、兩次又回頭提到妓院的事，但最後我設法讓她聊到比較不具爭議的話題。我還記得邋遢的蘇珊．皮琳，她就是我在曼寧小姐牢房區聊過天的囚犯。我問鮑爾，**她**喜不喜歡米爾班克監獄一成不變的生活和衣服？她略有所思，然後甩一下頭。「生活我說不上來。」她說：「畢竟我從沒進過其他監獄。但我想已經夠辛苦了。妳可以寫下來。」（我拿著筆記本。）「我不在乎誰會讀到。至於衣服，我可以直接跟妳說，真的非常髒。」她說，她最受不了的就是她們把衣服送到監獄洗衣間後，拿回來的絕不是同一套。「而且小姐，有的拿回來髒到不行，但我們也不得不穿，不然會著涼。另外，法蘭絨內衣相當**粗糙**，令人皮膚發癢。衣服洗了無數次，早已磨損，根本不像法蘭絨，反而像某種薄布，不僅不**保暖**，還會讓妳**很癢**。鞋子我沒意見，但不得不說，年輕的女孩覺得沒有馬甲真煎熬。像我都這年紀了，我其實不在意，但小女生的話……小姐，我覺得她們無法忍受……」

她滔滔不絕，似乎滿喜歡和我說話。但她咬字同樣不大流利。她說話經常停頓和猶豫，常舔或摸嘴唇，並不時咳嗽。我起初以為她是因為看我不時提筆在筆記本上記錄，所以停下來等我，但她停頓的點實在太奇怪，於是我再次想起，蘇珊．皮琳當時也一直結巴和咳嗽，再尋常的字詞也要思索半晌，我以為她只是人比較傻……最後，我走到牢門前，向鮑爾告別，她結結巴巴說出日常祝福之後，將浮腫的手放到臉頰，搖搖頭。

「妳一定覺得我是個糟老太婆。」她說：「妳一定覺得我大概連自己名字都說不好了！鮑爾先生以前常罵我長舌，講話劈里啪啦的，比惠比特犬聞到野兔的動作還快。小姐，他現在看到大概會笑我吧，是不是？在這待這麼久，卻沒半個人說話。有時都會想，舌頭會不會萎縮或斷掉。有時我還真會怕自己忘了名字。」

她露出笑容，但雙眼閃爍著淚光，眼神令人心酸。我猶豫一下，然後說她才一定覺得我傻，不明白安靜和孤獨如此難熬。我說：「像我的話，身旁的人成天都嘰哩呱啦說個不停。若能回房，不用說話，其實很開心。」

她馬上說，如果我不想說話，一定要常去**那裡**！我告訴她，如果她歡迎的話，我一定會來找她，屆時她一定要盡情跟我說話。她再次露出笑容，並又祝福我一次。「我會期盼妳的到來，小姐。」潔夫太太打開門鎖時她說：「希望早日見到妳！」

後來潔夫太太又替我挑另一個女囚和我見面，她小聲說：「我很擔心這可憐的女孩，她心情難過，並覺得監獄的生活非常辛苦。」這女孩**的確**很難過，我進牢房時，她全身在顫抖。她叫作瑪麗・安・庫克，因為殺子判刑七年，並關進米爾班克監獄。她剛進來時才十六歲，現在還不到二十歲。她也許曾經很美，但現在她臉色慘白，身形枯槁，妳根本看不出她是個女孩，監獄的白牆彷彿篩去她的生命和色彩，讓她失去活力。我請她告訴我她的身世時，她講得沒精打采，彷彿她已對看守、訪客或自己重複無數次，她的態度有如道盡一切，比過去更加真實，但卻毫無意義。我好希望自己能告訴她，我懂得她所表達的感受。

她說自己出生在天主教家庭，她母親過世後，父親再娶。從那時起，她和妹妹就去當女僕，在一棟雄偉的房子中工作。男女主人之外，那對夫妻還有三個非常善良的女兒，但他們還有個兒子。「小姐，少爺他不是好人。他小時候原本只會戲弄我們。例如我們就寢時，他會隔門偷聽，並故意大叫我們名字來嚇我們。這我們其實都不在乎。不久他去上學，我們幾乎不會見到他。但一、兩年後，他回來時人都變了，變得差不多和他父親一樣高大，為人更奸詐……」她說他逼她私下見面，並說會替她安排一間房，讓她當他的情婦。她不肯。後來她發現他開始利誘她妹妹，因此「為了拯救年輕的妹妹」，她屈服於他。不久她發現自己懷孕了。她離開了那裡，妹妹最後也為了少爺和她反目成仇。她投奔到哥哥家，但大嫂容不下她，最後她不得不進到慈善醫院。

「後來孩子生下來了，但我從未愛過她。她看起來好像**他**！我希望她死了算了。」她將嬰兒帶到教堂，請神父替孩子賜福，但神父拒絕了，於是她便自己來。她靜靜表示：「在我們的教堂，我們可以這麼做。」後來她將孩子藏在披巾下，止住哭，假裝一人獨自在外，跟人租了間房。沒想到披巾裹得太緊，將嬰兒悶死了。庫克將屍體藏在窗簾後，屍體放了一週終於被房東發現。

「我希望她死了算了。」她再次對我說：「但我從沒真的下手，她死的時候我很難過。他們找到當時的神父，逼他在法庭上說我壞話。妳知道，讓一切看起來像我打從一開始就想傷害我的孩子……」

「真是個可怕的故事。」看守讓我走出牢房時我說。這次開門的看守不是潔夫太太，潔夫太太陪同女囚去海克斯比小姐的辦公室。幫我開門的是克蕾文小姐，就是手臂瘀青、長相粗野的那位。我出聲叫喚時，她來到牢門前，並盯著庫克瞧，庫克乖乖垂頭，繼續做起縫紉活。我們離開時，看守語氣輕鬆地說，有人的確會覺得這故事很可怕。但像庫克這種傷害自己小孩的囚犯……唉，她絕不會為**她們**浪費一滴眼淚。

我說庫克非常年輕。但海克斯比小姐說過，有時牢裡會關進年紀更小的女孩？

她點點頭。有過，而且那可真令人難忘。曾有個囚犯頭兩週夜夜都在為洋娃娃哭泣。在牢房走廊巡邏時聽到她的哭聲，那真教人心碎。「不過……」她又大笑著說：「她心情一來可是個惡魔。她那副嘴巴，真賤得要命！那小鬼頭嘴裡吐出來的話，就連在男子監獄都前所未聞。」

她仍大笑著。我別開頭。我們已接近走廊盡頭，前方便是通往某座樓塔的拱門。再過去有一道鐵柵門，現在我認出來了。那便是我上週駐足的那道門，牢裡頭關的就是拿紫羅蘭花的女孩。

我慢下腳步，放輕聲音。我說，第二條走廊第一間牢房有個囚犯。她一頭金髮，滿年輕的，長相也很美。克蕾文小姐知道關於她的事嗎？

克蕾文剛才提到庫克時一臉厭惡，現在她笑容一收，臉上再次充滿厭惡。「瑟琳娜．道斯。」她說：「她是個怪人。看的想的都悶在心裡，其他我一無所知。我聽說全監獄裡，她最好管。據說她入獄之後，從沒惹過任何麻煩。要我形容，我會說她深不可測。」

深不可測？

「像大海一樣。」

我點點頭，並想起潔夫太太之前說的話。我問道，也許道斯是個名門小姐？克蕾文小姐聽了大笑：「道斯是有小姐樣，沒錯！但我想看守都不理她，除了潔夫太太。畢竟潔夫太太人本來就好，對誰都親切客氣。女囚也不想跟道斯有牽扯。女囚都說監獄適合『成群結黨』，但沒人願意跟**她**當朋友。我相信她們對她有所顧忌。有人在報紙上讀到報導，便把她的事傳開了。妳看，我們防得要死要活，八卦**就是**擋不住！然後，監獄到半夜，女囚就愛胡思亂想。有人會尖叫，說她聽到道斯牢房傳出奇怪的聲響……」

聲響……？

「鬼啊，小姐！道斯是大家說的那個……靈媒，是這麼叫的吧？」

我停下腳步，雙眼盯著她，我不只目瞪口呆，還有一絲失望。我說，靈媒！然後我不禁又說一次，靈媒，在監獄裡！她犯了什麼罪？為什麼把她關進來？

克蕾文小姐聳聳肩。她記得有位女士和女孩子被她所傷，其中一人後來死了。但是死因不大尋常，他們無法以謀殺罪將她定案，只能判她傷害。她聽說，當時有個聰明的律師憑空捏造事實，硬是控告了道斯……

她後來哼一聲，又說：「但話說回來，在米爾班克監獄，**確實**常有這類傳言。」

我說我想也是。我們沿著走廊向前，彎過轉角，見到了道斯本人。她如之前一樣坐著，陽光照耀著她，但這次她目光低垂，望著大腿，並從糾纏成球的羊毛中挑出線。

我望向克蕾文小姐。我說：「我可不可以……？」

我踏進牢房時，陽光更亮了。走過千篇一律的昏暗走廊，牢房內粉刷的白牆令人目眩，我不禁把手放到眉頭上，眨眨眼。過一會，我才發現道斯的反應和其他女囚不同，她沒起身，沒行屈膝禮，也沒將工作放到一旁，甚至沒露出微笑或開口。她只抬起目光，望著我，目光透露些許好奇。她手緩緩撥動著毛線球，彷彿粗糙的羊毛是串念珠，她一顆顆數著。

克蕾文小姐鎖上牢門離開後，我說：「我想妳叫道斯吧。妳好嗎，道斯？」

她沒回答，雙眼只盯著我瞧。我上週印象中，她五官非常端正，但現在看來，她眉毛和嘴唇有些不對稱，但不嚴重，歪了一點點而已。監獄洋裝簡樸又制式，再加上那頂便帽，女囚的容貌免不了成為焦點。其實不只臉孔，手也會引人注意。道斯的雙手修長，但皮膚粗糙發紅。她指甲龜裂，上頭帶有白斑。

她仍不發一語，不動聲色，目光中毫無怯意，我心下納悶，好奇她是不是傻里傻氣或智商不足。我說我希望她願意跟我聊天，我來到米爾班克監獄是要和所有女囚交朋友……

我的聲音在我耳中變得好大聲。我想像聲音傳過寂靜的走廊，女囚聽了停下手中工作，抬起頭，搞不好還笑了。我轉身面對窗口，陽光照到她白色便帽和袖子上歪扭的星星，我指著光說：「妳喜歡曬太陽。」她馬上回答：「我可以工作同時感受陽光，可以吧？我可以有點陽光吧？天曉得陽光已經夠少了！」

她語氣激動，我不禁嚇得眨眼，愣了愣。我環視四周。白牆不再令人目眩，眼前她身上的陽光似乎變得更微弱，牢房顯得更陰冷。當然，殘酷的陽光正一點一滴爬離監獄的塔樓。而她肯定如日晷上的圓柱，動也不動，眼睜睜看著日落時間愈來愈早。的確，監獄有一半的牢房彷彿月球暗面，全年都照不到陽光。

想通之後，站在她面前，看她撥動線球，我感到有點尷尬。我走向她摺好的吊床，並伸出手。她這時說，如果我只是好奇，她希望我碰別的，麵包盤或杯子都好。在監獄裡，床和毛毯都必須摺好。她說她不想等我離開又要重新摺一次。

我馬上收回手。「好的。」我再次開口。接著又補了一句：「對不起。」她垂下目光，望著她的木針。我問她，她在做什麼？她無精打采將腿上灰褐色的布給我看。「軍人的褲襪。」她說。她的口音很漂亮。她雖然說話不像艾倫．鮑爾和庫克結巴，但她偶爾不流利時，我身體都會畏縮。

我接著說：「我想妳來這裡一年了？妳知道，妳跟我說話時可以不用編織。海克斯比小姐會通融。」她放下羊毛球，但仍輕輕撥弄著。「妳來這裡一年了。妳有什麼想法？」

「我有什麼想法？」她嘴唇歪得更多了。她看了四周一會，然後說：「那**妳**有什麼想法？」

這問題令我心頭一驚，並愣了一下。現在回想起來，我依然能感受到那股驚訝。我想起海克斯比小姐之前的叮囑。於是我說，我覺得米爾班克監獄生活很辛苦，但我會知道自己犯了錯。我也許會慶幸自己能獨處，並誠心懺悔。也許能為未來計畫。

計畫？

「計畫改過向善。」

她別開頭，不發一語。我發現我其實暗自竊喜，因為那句話就連我聽來都覺得空洞。她後頸有幾撮黯淡的金色鬈髮。我覺得她的頭髮比海倫顏色還淡，如果好好洗淨梳理，一定非常美麗。那一小塊陽光再次變亮，但依舊狠著心腸，緩緩移動，彷彿一張床單，從全身發冷、輾轉難眠的人身上滑下。我看到她感到溫暖，抬頭迎向陽光。我說：「妳要不要跟我說說話？也許會讓妳好過一點。」

那一小塊陽光慢慢消失前，她都沒答腔。後來她轉頭，默默打量我一會，並說她不需要**我**來讓她好過。她說她在那裡擁有「自己的安慰」。何況，她為何要告訴我任何事？關於我的生活，我又告訴她什麼了？

她原本想撂下狠話，聲音卻忍不住顫抖。她想擺出高姿態，卻暴露自己在虛張聲勢，而武裝下的她，內心已經絕望。我心想，我現在若溫柔以待，妳一定會哭。但我不希望她在我面前哭。我將語氣放輕鬆。我說，其實海克斯比小姐禁止我聊一大堆事。不過，她沒說我不能談我自己。她有興趣的話，我可以巨細靡遺告訴她……

我跟她說我的名字，說我住在切爾西的夏納步道上。我說我有個已婚的弟弟，還有個妹妹很快要嫁人了，我還沒成家。我告訴她我晚上睡不好，花許多時間閱讀和寫字，也會站在窗邊眺望泰晤士河。然後我假裝思索一會。還有什麼呢？「我想就這樣而已，其實沒什麼好說……」

她剛才不斷朝我眨眼。終於，她別開頭，露出微笑。她牙齒整齊，潔白無瑕，如米開朗基羅的詩：「白如防風草。」但她嘴唇粗糙，滿是咬痕。後來她開始比較自然地和我交談。她問我，我當小姐訪客多久了？還有我為何會想來？我明明可以待在切爾西的房子中無所事事，為何要來米爾班克監獄……？

我說：「這麼說，妳覺得小姐就該無所事事？」

她說，如果她像我一樣，她就會無所事事。

「噢！」我這時回答：「妳才不會，如果妳真的像我，就會跟我一樣啊！」

我說這句話時，聲音比我原本所想來得大，她不禁眨眼，終於放下手中工作，小心翼翼望著我。她的凝視莫名教人心慌，我希望她能別開頭。我說，事情是這樣，我不適合沒事做。我遊手好閒兩年了。其實我閒蕩到都快「生病」了。「西里多先生建議我來的。」我說：「他是我父親的老友。他來拜訪家裡，並提到米爾班克監獄。他聊到監獄管理的事，還有『小姐訪客』一職，我心想——」

我當時想了什麼？她盯著我，我腦中一片空白。我別開頭，但仍感到她的目光。這時她平靜地說：「妳來米爾班克監獄是為了看比妳更可憐的女人，希望能讓自己振作。」她這時說的話，我一字一句都記得非常清楚，因為這句話令人作噁，卻又如此接近真相，我一聽到馬上滿臉通紅。「唉。」她繼續說：「妳看我吧，我夠慘了。全世界的人都能盯著我瞧，這是我的懲罰。」她再次擺高姿態。我說了些話，意思類似我不希望進一步折磨她，我只想安慰她。如之前一樣，她馬上回答她不需要**我**的安慰。她說她有許多朋友，只要她想要，他們都會安慰她。

我望著她。「妳有朋友？」我說：「這裡？」她閉上眼，手裝模作樣地畫過眉心。她回答：「普萊爾小姐，我在**這裡**有朋友。」

我那時完全忘了。我現在想起來，臉上再次感到一陣涼意。她雙眼緊閉。我記得我等她睜開雙眼，然後才說：「妳是個通靈者。克蕾文小姐只跟我這麼說。」她聽了頭歪了歪。我說：「所以，拜訪妳的朋友，他們是……幽靈朋友嗎？」她點點頭。「那他們來找妳的話……會是什麼時候？」

她說，幽靈朋友隨時都在我們身旁。

「隨時？」我想我笑了。「甚至現在也是？甚至在這裡？」

沒錯，甚至現在，甚至在這裡。她說他們只是「不想現身」，或者「沒有力量現身……」。

我環顧四周。我記得美麗太太牢房區自殺未遂的珍．森松，她四周空氣中都飄著椰殼纖維的碎屑。道斯相信她牢房也像那樣擠滿幽靈嗎?我說:「可是妳的朋友想現身便會找到力量吧?」她說他們會從她身上吸取力量。「然後妳能直接看到他們?」她說他們有時只會說話。「有時我只會從這裡聽到聲音。」她再次將手放上眉心。

我說:「也許她們會在妳工作時來找妳?」她搖搖頭。她說他們會等牢房安靜,她在休息時找她。

「他們對妳好嗎?」

她點點頭。「非常好。他們會帶禮物給我。」

「真的呀。」我確定自己笑了。我說:「他們會帶禮物給妳。幽靈的禮物嗎?」

有幽靈的禮物……她聳聳肩。也有現實的禮物……

現實的禮物!像是……?

「像是花。」她說:「有時是玫瑰,有時是紫羅蘭……」

她說完,牢房某處有道鐵門重重關上,害我嚇了一跳,但她仍十分鎮定。她剛才看到我笑,只平心靜氣望著我,並簡單回應,幾乎有點漫不經心,彷彿毫不在意我的想法。結果她一說出那三個字,倒害我怔住了。我眨眨眼,表情無比僵硬。難道要我承認,自己曾站在一旁,偷看她將花捧到嘴前?我當時曾想弄清楚,那朵花究竟從何而來,但並未得到答案。事情過了一週,我其實早已忘了此事。我別開頭,支吾一陣:「嗯……嗯……」終於,我故作愉快開口:「嗯,我們希望海克斯比小姐不會聽說妳有幽靈訪客!她若知道妳在這裡接待客人,會覺得妳在這不算懲罰了……」

不算懲罰?她這時輕聲回答。我覺得這一切能讓她受更少苦頭嗎?我貴為小姐,看到她們的生活,她們的工作,她們穿的衣服、吃的食物,難道還這麼想嗎?她說:「在監獄裡,看守時時監視著妳,比蠟貼得還緊!在監獄裡,我們永遠都缺水,也缺肥皂。在監獄裡,作息單純到只用得到一百個詞,像**石頭**、**湯**、**梳子**、**聖經**、**針**、**黑暗**、**囚犯**、**走路**、**站直**、**機靈點**、**樣子機靈點**!因此連日常用字都會忘。在監獄裡,每晚都睡不好……跟妳所謂的睡不好不同,我想妳床旁有壁爐,家人和僕、僕人也在四周吧。但我說的是躺在床上,全身冷得發痛,兩層樓下有個女人不斷尖叫,她也許做了噩夢,也許發酒瘋,也許是新來的,或也許是因為、因為她不敢相信她們將她頭髮剪了，扔進牢房，鎖上門！」有什麼事能讓這女人更好過嗎？幽靈偶爾造訪，徒留下虛幻無形的一吻，隨即拋下她獨自面對更為漆黑的夜，難道我覺得這不算懲罰嗎？

她字字句句仍縈繞在我心中。我似乎仍能聽到她不流利、嘶啞的聲音。當然，她怕引起看守注意，並未尖叫吶喊，但她仍壓抑著情緒，竭力向我傾訴。我現在笑不出來了。我無法回答她。我記得我別開了身子，望向鐵柵門外平滑、粉刷的白牆。

後來我聽到她的腳步聲。她已從椅子站起，來到我身旁，我感到……她抬起手想碰我。

但當我移開身子，縮向鐵柵，她手順勢垂下。

我說我不是故意要讓她難過。我說我之前和其他女囚聊天都沒冒犯到她們，也許她們心思沒她細膩，或曾在外吃過苦頭，心裡早已麻木。

她說：「對不起。」

「妳不需要**道歉**。」如果她真心**道歉**，那多詭異啊！「但如果妳希望我走……？」她沒答腔，我望著漆黑的走廊，最後我想她是不肯再說話了。於是我抓住鐵柵欄，喚來看守。

這次來的是潔夫太太。她望著我，然後望向我身後。我聽到道斯坐下，我轉頭望向她時，她已再次拿起羊毛球，拉著毛線。我說：「再見。」她沒反應。看守鎖上門時她才抬起頭，我看到她纖細的喉嚨蠕動。她喚道：「普萊爾小姐。」並看了潔夫太太一眼。然後她說：「我們所有人晚上都睡不安穩。」她低聲說：「下次妳失眠，想想我們好嗎？」

她雙頰原本都像雪花石膏一樣蒼白，此時紅了起來。我說：「好，道斯。我會的。」

我身旁的看守將手放到我手臂上。「往這走吧，小姐？」她說：「我可以幫妳介紹納許、漢默……或者另一個囚犯查普林？」

但我不想再拜訪更多女囚了。我離開牢房，並隨看守來到男子監獄。

我意外在那碰到西里多先生。「妳覺得怎麼樣？」他問。

我說看守對我很友善。有一、兩個女囚似乎很高興我去找她們聊天。「當然了。」他說：「她們有好好待妳吧？她們說了什麼？」

我說她們聊到她們的想法和感受。

他點點頭。「太好了！當然妳一定要維持她們的信任感。妳要讓她們知道，妳尊重她們的身分，這樣她們才會尊重妳的身分。」

我凝視著他。剛才和瑟琳娜．道斯見面之後，我感到忡忡不安。我說我不確定。我說：「我也許不具備『訪客』該有的知識和個性……？」

知識？他這時說。我擁有人性，這點便綽綽有餘！我覺得他的手下擁有比我更多的知識嗎？我覺得他們比我更具同理心嗎？

我想起粗野的克蕾文小姐，還有道斯是如何害怕責罵，壓抑情緒。我說：「但我覺得有的女囚……很棘手……」

他說，米爾班克監獄永遠少不了這些人！但我知道嗎？小姐探訪時，愛找麻煩的女囚反應最好。因為她們通常最容易受到潛移默化。他說，如果我碰到很難相處的女囚，我一定要「特別用心」。全監獄裡，她最需要小姐的關懷……

他誤會我的意思，但我沒能和他解釋，因為這時有個獄卒來找他，並將他帶走。有一群紳士和小姐剛才抵達監獄，他要負責為他們導覽。我看到那群人在鐵門外的碎石路聚集。幾個男士站到五角形建築的牆前，看著黃磚和灰漿。

如上週一般，從封閉的女子監獄走出，我感到這天格外清新。和煦的陽光雖然已照不到女子監獄的窗口，但仍高高掛在空中，照亮美麗的午後時光。門房走到道路上，要替我招馬車時，我阻止了他。我越過馬路，走到河堤邊，我聽說那裡仍有座碼頭，監獄的船隻會由此將囚犯載到殖民地，於是我走去看。那是個木造的碼頭，後方有個設了鐵柵的黑色拱門。拱門通往一條地下通道，這便是連結碼頭和監獄的路。我站在原地一會，想像那些船，以及關在船中女囚的感受。然後我一面想著她們，一面想著道斯、鮑爾和庫克，並邁開腳步。我沿著河堤走，後來在一棟房子前再次停下，有個男人拿魚線和釣鉤在那釣魚。他腰上掛著兩條小魚，魚鱗在陽光下閃爍銀光，魚嘴呈粉紅色。

我猜母親仍在忙普麗希拉的事，於是散步回家。但我到家時，出乎意料發現她一小時前便回到家，並一直在找我。她問我在城裡走了多久？她都急到要叫艾莉斯來找我了。

我之前都在耍脾氣，現在決定對她好一點。我說：「對不起，母親。」為了彌補，我捺著性子聽普麗希拉述說康瓦利先生替她作畫的事。她又讓我看那件藍色洋裝，並告訴我她怎麼擺姿勢。她像個期盼愛人的年輕女孩，手拿花束，臉轉向光。她說康瓦利先生讓她握著筆刷，但成品上畫的會是百合花。這時我想到道斯和那朵奇異的紫羅蘭。她說：「百合花和背景會在我們出國時畫好……」

後來她告訴我他們要去哪，**義大利**。她脫口而出，毫無顧慮。我想義大利曾經對我具備的意義，她根本沒放心上吧。但我聽到這話時，覺得彌補已經夠了。我離開她上樓，等艾莉斯搖響晚餐鐘，我才再次下樓。

結果廚師端上桌的竟是羊肉。羊肉上桌已涼了，表面凝著一層薄油。我看著羊肉，想起米爾班克監獄飄散酸味的湯，想起她們懷疑有男人弄髒食物，馬上倒盡胃口。我提早離席，在爸爸房間花一小時瀏覽書籍和畫冊，然後又花一個小時看夏納步道來往的人車。我看到巴克雷先生晃著手杖來找普麗希拉。他在門階駐足，手指碰了碰葉子，沾了點水，梳好八字鬍。他不知道我站在上方窗戶後望著他。後來我讀一會書，然後在此寫下這天發生的事。

我房間現在非常昏暗，唯一的光源就是我書桌上的檯燈，不過房中無數物品的表面都反映著光線，如果我轉頭，會在壁爐上的鏡中看到自己瘦削枯黃的臉。我沒轉頭。我望向牆，今晚我在監獄平面圖旁又釘上另一張圖。我在爸爸書房的烏菲茲美術館畫冊中找到的，那是我第一次看到瑟琳娜·道斯時，腦中浮現的克里韋利畫作。只是畫中不是我印象中的天使，而是他晚期的畫作〈真相女神〉。畫中的女孩嚴肅憂鬱，太陽在她手中如閃耀的圓盤，她手中還拿著一面鏡子。我將畫拿起，釘在牆上。為什麼不釘呢？那是幅很美的畫。

一八七二年九月三十日

高登小姐，不知名的痛楚。母親於七一年五月過世，死因為**心臟病**。兩先令。

肯恩太太，找她孩子派翠西雅，小名**派西**。她活了九週，七〇年二月過世。三先令。

布魯斯太太和亞歷山卓．布魯斯小姐。父親於一月過世，死因為胃病。詢問是否有遺囑？兩先令。

路易斯太太（**不是**克勒肯維爾的珍．路易斯太太，她當時找的是跛腳兒子）。這位夫人原本不是來找我的，但文西先生帶她上樓，說他已替她進行一段通靈，但不方便繼續，況且有另一位夫人在等他。她看到我時說：「噢！她好年輕！」文西先生馬上說：「但她可是未來之星。我向妳保證，她是我們這行的後起之秀。」我們坐著聊了半小時，她的困擾是……

每天晚上三點，她都會被幽靈驚醒。幽靈會將手放到她心口。她從沒見過幽靈的臉，只感覺到他冰冷的指尖。她說幽靈常來，而且手會在她身上留下痕跡，但她不方便給文西先生看。我說：「妳讓我看吧。」她將洋裝拉下，紅色的手印清楚明顯，像是燙傷，卻相當平整，並未腫脹和流膿。我看了手印良久，然後說：「毫無疑問，不是嗎？他想要妳的心。妳能想得到任何線索嗎？幽靈為何想得到妳的心？」她說：「我想不到任何理由，我只希望幽靈離開。我丈夫睡在我身旁，我擔心幽靈來時會驚醒他。」她結婚才四個月。我專注望著她說：「手給我，現在老實告訴我，妳非常清楚幽靈是誰，以及他來的原因。」

她當然認識他，那是她曾表明想嫁的男孩子。但她移情別戀之後，他便去了印度，結果客死他鄉。她哭著述說這段往事。她說：「可是妳真的覺得是他嗎？」我說她只需要知道他過世的時間。我說：「我敢以性命發誓，一定是英國時間的凌晨三點。」我說有時幽靈在另一個世界自由自在，但過世的時間點卻像囚犯一樣。

接著我將手放到她心口的手印上。我說：「他替妳取了個名字，是什麼？」她說朵莉。我說：「對，我看到他了，他是個外表溫柔的男孩，而且在哭泣。他給我看他手裡捧著妳的心，我看到心上寫著朵莉，但文字和焦油一樣黑。他渴望著妳，因此被關在烏黑的地方。他希望能走出來，可是妳的心像鉛塊讓他沉下。」她說：「道斯小姐，我該怎麼辦？我該怎麼辦？」我說：「妳給他妳的心，現在他想留著，妳不該哭泣。但我們一定要勸他放手。但是在那之前，我想每次妳丈夫親吻妳，男孩的幽靈都會擋在你們嘴前。他會想偷走那個吻。」我說我會試試看能不能讓他動搖。她下星期三必須再回來一趟。她說：「我要付妳多少錢？」我告訴她，如果她想付錢，她要給文西先生，因為她其實算是他的客戶。我說：「像這樣的機構，不止一個靈媒在工作，我們一定要非常老實。」

但她離開後，文西先生來到門口，將她付的錢給我。他說：「道斯小姐，妳的表現一定讓她非常滿意。看她付了多少。一整枚金幣。」他將錢放到我手中。金幣溫熱，帶有他的溫度，他給我時大笑，說這是個熱錢。我說他不該給我錢，因為路易斯太太其實是他的客戶。他說：「但妳啊，道斯小姐，獨自一人在這裡，沒人相伴，妳讓我想起男人必須善盡的責任。」他仍牽著我握著金幣的手。我想收回手時，他將我握得更緊說：「她有給妳看手印嗎？」我這時說，我似乎聽到走廊傳來文西太太的腳步聲了。

他離開時，我將金幣放入我的錢盒。那天接下來非常沉悶。

一八七二年十月四日

去了法靈頓，替威爾森小姐服務。她哥哥五八年過世，死因為**昏倒噎死**。三先令。

在這見了派卓吉太太。五個嬰兒的幽靈，名字是愛咪、艾爾西、派翠克、約翰和詹姆士，沒有一個在世上活超過一日。這位夫人戴著黑絲面紗前來，我請她掀開面紗。我說：「我在妳的喉嚨上看到妳孩子的臉。他們美麗光亮的臉蛋就在妳身上，像條項鍊一樣，而妳卻渾然不覺。」但項鍊上還有空間，還能串上兩個寶石。我看到時，我替她再次蒙上黑紗說：「妳一定要勇敢……」

服務那位夫人時，我感到愈來愈難過。她走了之後，我到樓下跟他們說我太累了，不能再接待別人，並待在自己的房間。那時已經是十點鐘。文西太太上床睡了。我房間樓下的卡特勒先生在舉重，而西柏瑞小姐在唱歌。文西先生來了一次，我聽到他到樓梯口的腳步聲，並聽到門外傳來他的呼吸聲。他站在那裡五分鐘。我後來問他：「文西先生，你在幹麼？」他說他來檢查樓梯地毯，擔心地毯翹起將我絆倒。他說身為房東，即使已經晚上十點，也必須善盡責任。

他離開後，我用褲襪堵住鑰匙孔。

然後我坐著想姑姑，明天她過世就滿四個月了。

一八七四年十月二日

下了三天的雨。雨下得冰冷淒涼，河面都變得鬱暗，滿是波濤，像鱷魚皮一樣，駁船不斷在河上搖晃，看船搖晃，看到我心都累了。我坐在椅子上，身上裹著毛毯，戴著爸爸舊的絲質軟帽。母親在房子某處扯著嗓門罵艾莉斯。我猜艾莉斯可能弄掉杯子，或水灑了。現在，有扇門砰一聲關上，還有鸚鵡鳴叫的聲音。

鸚鵡是普麗希拉的，巴克雷先生送她的。牠坐在客廳的竹桿上。巴克雷先生訓練牠說普麗希拉的名字。但目前為止，牠只會嗚叫。

我們那天屋子裡不順。連日大雨讓廚房淹水，閣樓也漏水，更慘的是，我們的女僕柏依辭職了，母親氣死了，離普麗希拉結婚不到幾天，她居然還要找另一個女僕。其實很不可思議，柏依替我們工作三年了，我們全都以為她很滿意，但昨天她去找母親，說她找到另一家人，一週之後便會離開。她開口時眼睛不敢直視母親。她說了些藉口，但母親一眼就看穿了，追問之下，她才激動大哭。她這時吐出真相，她說她一人待在房子裡時開始會怕。她說爸爸死後，房子變得「很詭異」，她必須清理爸爸的空書房，但那裡令她不寒而慄。她說晚上除了房子咿呀的聲響，還會聽到不知名的聲音，害她徹夜難眠。她說，有一次她聽到有人喃喃叫她的名字！她說有好幾次，她都躺在床上，雙眼睜大嚇得半死，卻連從房間去找艾莉斯都不敢。她很遺憾要離開我們，但她精神快崩潰，便在梅達谷找了份新工作。

母親說她這輩子沒聽過這種胡說八道的事。

「鬼！」她對我們說：「覺得這房子有鬼！一想到你們對父親的回憶被柏依這種下人玷汙，真莫名其妙。」

普麗希拉說她也覺得很奇怪，爸爸的鬼魂就算想在屋子裡走走，怎麼會去女僕的閣樓。她說：「瑪格莉特，妳都很晚睡。妳沒聽到什麼嗎？」

我說我聽過柏依打鼾。我以為她只是在睡覺，原來可能是恐懼的鼾聲……

母親這時說，她很高興我覺得好笑。但她現在要處理的事一點都不好笑，她要找另一個女僕，還要重新訓練！

接著她又把柏依找來，再教訓她一會。

雨不停下著，所有人都只好待在家，照這樣子，簡直要拌嘴到地老天荒。今天下午，我再也受不了了，我不顧天雨，搭車到布魯姆斯伯里。我走進大英博物館的閱覽室，調閱了梅休[11]關於倫敦監獄的書、伊莉莎白·福萊[12]關於新門監獄的手稿、還有一、兩本西里多先生推薦的書籍。一名替我搬書的館員問道，為何斯文的讀者總是愛調閱殘酷的書呢？他立起書脊，看了看，露出微笑。

這次來到閱覽室，少了爸爸，我心情有點哀傷。閱覽室毫無變化。我看到和兩年前一樣的讀者，他們仍抓著柔軟的對開報紙，瞇眼讀著乏味的書籍，和煩人的館員進行你來我往的小戰爭，像那吸鬍子先生和咯咯笑先生，還有抄漢字女士，旁邊的人若低聲交談，她會皺起眉頭……圓形屋頂之下，他們全都還在老位子上。我心想，他們像是琥珀紙鎮中的蒼蠅。

不知道有沒有人記得我？但只有一個圖書館員有反應。「這是喬治·普萊爾先生的女兒。」我站在他的櫃台窗口時，他對年輕的館員說：「普萊爾小姐和她父親是館內多年的讀者。哇，妳父親站到窗口找書的模樣我還歷歷在目。普萊爾小姐是父親研究文藝復興時的助手。」館員說他有看過那份研究。

不認識我的其他人現在不叫我「小姐」了，他們都叫我「女士」。兩年之間，我從女孩變成了老處女。

11　亨利·梅休（Henry Mayhew, 1812-1887），他是英國記者和改革家，也是諷刺雜誌《潘趣》（*Punch*）的創辦人，最著名的作品為《倫敦勞工與倫敦貧民》（*London Labour and the London Poor*），他以口頭採訪的形式，反映真實底層人民生活，可說是調查新聞的先例。

12　伊莉莎白·福萊（Elizabeth Fry, 1780-1845），英國監獄和社會改革家，她致力於監獄人權，讓監獄變得更人道。她被稱為「監獄天使」，她長年書寫日記，記錄不少獄中情境。

我想，今天有許多老處女。沒錯，比我以前印象更多。但也許老處女和鬼一樣，一定要成為其中一員才看得到她們。

我沒有久待，因為心靜不下來。而且下雨天讓光線變得很微弱。但我不想回家面對母親和柏依。我搭馬車到花園宮，料想這天氣海倫應該會獨自在家。不出所料，她從昨天起便沒朋友來家裡，她在火爐前烤吐司，餵小喬治吃吐司皮。我進門時她對他說：「看，你瑪格莉特姑姑來了。」她將他抱來給我，他雙腿靠著我肚子，踢了一陣。我說：「唉呀，你腳踝胖嘟嘟的好可愛。」然後又說：「臉頰也紅嫩紅嫩的。」但海倫說他的臉頰發紅是因為長新牙害他很痛。他坐在我大腿上一會便哭了，她這時將他交給保母抱走。

我告訴她柏依和鬼的事，然後我們聊到普麗希拉和亞瑟。她知道他們打算去義大利度蜜月嗎？我想她比我更早知道，但不肯承認。她只說，任何人都能去義大利。她說：「妳會因為妳曾經要去義大利，卻受到阻撓，就要求大家只能到阿爾卑斯山嗎？別因為這件事讓普麗希拉不開心。妳的父親也是她的父親。妳覺得她婚禮因此延後不難受嗎？」

我說我記得爸爸最初診斷結果出爐時，普麗希拉哭到昏倒。但那是因為她請人做了一打新洋裝，結果全數要退回，重新做成黑色。我問她，我哭的時候，他們又怎麼待我？

她別開目光回答，我哭的時候事情不一樣。她說：「普麗希拉十九歲，她是個非常平凡的孩子。她這兩年也不好過。我們應該慶幸巴克雷先生如此有耐心。」

我酸溜溜說，她和史蒂芬一直都比較幸運。她平心靜氣地回答：「我們真的很幸運，瑪格莉特。我們能在妳父親見證下結婚，普麗希拉就沒辦法，但她的婚禮也因此不用顧慮妳父親的病情，就東趕西趕，草率舉辦。讓她享受這一刻，好不好？」

我起身走到壁爐旁，雙手伸到火焰上。我最後說，她今天太認真了。一定是當了媽媽，老是在寵孩子的關係。「真的，**普萊爾太太**，妳聽起來就跟我媽一樣。要不是妳能講道理，大概就八九不離十了……」

她聽到我這麼說，紅著臉叫我別亂說。但她說完也不禁手摀住嘴，大笑起來，我從壁爐上的鏡子裡看見了。我這時說，她不再是吉普森小姐之後，我從沒見過她笑到面紅耳赤。她記得我們以前笑得臉多紅嗎？「爸爸以前都說妳的臉紅得像撲克牌上的紅心。他說我的像紅方塊。海倫，妳記得爸爸說的嗎？」

她露出微笑，但歪了歪頭。「小喬治哭了。」她說。我沒聽到他的聲音。「他的牙齒又害他哭了！」她拉鈴叫來女僕伯恩斯，她將寶寶再次抱來。後來，我沒再多待了。

一八七四年十月六日

我今晚不怎麼想寫字。我說自己頭痛，便上樓來，我想不久母親會拿我的藥上樓。我在米爾班克監獄度過了枯燥的一天。

他們現在認識我了，在大門看到我都很開心和我打招呼。「普萊爾小姐妳又回來啦？」門房看到我說：「我原本以為妳差不多受夠我們了。不過，對於沒在這工作的人來說，這大牢能這麼有趣也真是不可思議。」

我發現他喜歡用「大牢」這舊名詞稱呼監獄。同樣的，他有時會叫男獄卒「**獄吏**」，叫女看守「**女吏**」。他有次跟我說，他在米爾班克監獄當門房三十五年了，所以他親眼見過數千個囚犯經過這道門，也知道監獄所有最恐怖駭人的歷史。今天又是非常潮溼的一天，我發現他站在大門小屋窗口，咒罵這場大雨，因為監獄的土地再次變得泥濘不堪。他說泥土都浸了水，男囚在泥淖中工作特別痛苦。「這塊土地很邪惡，普萊爾小姐。」他說。他帶我站到窗前指給我看，早期大牢挖了條乾涸的渠道，像城堡的護城河一樣，要用吊橋才過得去。他說：「但這塊土地偏偏作對。他們要囚犯盡快抽乾水，想讓泰晤士河乾淨的河水流進來。但每天早上都發現，渠道中淨是骯髒的黑水。最後他們不得不將渠道填平。」

我和他待一會，在他的火爐前暖暖身子。我進到女子監獄時，一樣由瑞德里小姐來帶我，並帶我去參觀其他地點。今天她帶我去醫務室。

像廚房一樣，醫務室設在女子監獄之外，位於監獄中央六邊形的建築。那裡空氣散發苦味，但既溫暖又寬敞，氣氛算愉快，因為女囚只有在這裡不需勞動和禱告。但她們仍必須保持安靜。一旁有個看守負責監視她們，並禁止她們交談。那裡也有分開的牢房，床上有綁帶，以防病患搗亂。牆上有張基督戴著破爛的腳鐐的畫，上頭一行字寫著：祢的愛束縛著我們。

他們有五十張床位。我們看到大約有十二、三人，大多數人似乎病得很嚴重。她們病到抬不起頭，只沉沉睡著或不斷顫抖，有人在我們經過時，將臉埋入灰色的枕頭中。瑞德里小姐瞪著她們。她在其中一張床停下來。「看這裡。」她對我說，指著一個露出腿的女人，她包著繃帶的腳踝呈鐵青色，腫成像大腿一樣粗。「這種病患我最討厭。威勒，妳跟普萊爾小姐說，妳的腿怎麼傷的。」

女囚頭歪過來。「小姐，妳好。」她對我說：「我腿被餐刀割到。」我想起那些鈍刀，女囚都必須用刀鋸開她們的羊肉，於是我望向瑞德里小姐。「跟普萊爾小姐說清楚。」她說：「妳腳為何爛成這德性。」

「嗯。」威勒語調更乖巧說：「傷口沾了鐵鏽，後來就爛掉了。」

瑞德里小姐哼了一聲。她說，米爾班克監獄裡，傷口還會沾到髒東西，害傷口腐爛，簡直不可思議。「醫生發現威勒腳踝傷口中有一顆鈕釦，害她腳發炎浮腫。還真是，腫到醫生還要動刀取出鈕釦！好像監獄醫生專為她工作一樣！」她搖搖頭，我再次望向腫脹的腳踝。繃帶下的腳很黑，腳跟發白，像是乳酪外皮一樣龜裂。

我晚一點和醫務室看守聊天時，她告訴我囚犯「不擇手段」也要混進醫務室。「她們會假裝痙攣。」她說：「拿得到玻璃就吞玻璃，好故意吐血。如果她們覺得來得及獲救，甚至不惜上吊。」她說過去至少有兩、三次，囚犯誤判時機，弄假成真。她說這真是非常棘手。她說女囚這麼做，有時純粹因為無聊。或如果囚犯發現朋友在醫務室，會想和朋友在一起。不然，她也許是「單純想造成騷動，出點鋒頭」。

我當然沒告訴她自己曾試過類似的「手段」。但聽她說明，我臉色不禁變了，她看到之後誤解了。「噢！她們不像妳我，小姐。」她說：「來到這裡的那種女人不一樣！她們認為自己的性命不值錢……」

我們附近站了個年輕的看守，她準備替醫務室消毒。她們會拿一盤漂白粉，在上面倒醋。我看她將瓶中液體倒出，空氣馬上變得刺鼻。她將盤子拿在身前，沿著床向前，像是教堂神職人員拿香爐一樣。最後醫務室充滿嗆鼻的氣味，我感到雙眼刺痛，便轉開身子。瑞德里小姐隨即帶我離開，進到牢房區。

今天的牢房區和平常截然不同，四處充滿動靜和低語。「怎麼了？」我邊說邊用手揉著發癢的雙眼。瑞德里小姐向我解釋。今天是星期二（我之前不曾在星期二來過），每週星期二跟五，女囚會在牢中上課。我在潔夫太太的牢房見到一個女教師。看守介紹我時，女教師和我握手，說她曾聽說過我的事。我原本以為她指的是從女囚口中聽說的，沒想到，她知道爸爸的著作。我想她的名字是布萊德莉老師。監獄雇用她來替女囚上課，並請了三個年輕女孩來協助她。她說來幫忙的總是年輕女孩，每年換一批，因為她們做一陣子便會找到丈夫。我從她對我講話的方式發現，她認為我的年紀比實際上更大些。

我看到她時，她推著小車走過牢房，上面堆著書籍、小黑板和紙張。她跟我說，來到米爾班克監獄的女囚通常非常無知，「甚至連《聖經》都沒讀過」。許多女囚能閱讀，但不會寫字，其他人則是文盲。她認為她們知識水平遠遠比不上男囚。她指著推車上的書說：「這些是給程度較好的女囚。」我彎身去看。書都紙面柔軟，破破爛爛。我想像女囚在米爾班克監獄服刑時，以粗糙的雙手翻著書頁，可能只是想打發時間，也可能心情沮喪。我想上頭的書，或許以前家裡也有。推車上有蘇利文的《拼字書》、《英國歷史教義問答》和布萊爾的《普通教學》。小時候普弗老師肯定叫我背過這類書。史蒂芬有時放假會將書拿起，大聲嘲笑，說這些書無法教人任何事情。

「當然。」布萊德莉老師看我瞇眼端詳模糊的書名時說：「給女囚看新書沒用。她們根本不愛惜書！我們發現書會被撕去做各式各樣的事。」她說女囚會拿紙在便帽下捲頭髮。

我拿起《普通教學》，現在看守讓布萊德莉老師進到附近牢房中，我打開書，稍微瀏覽破碎的書頁。在這特殊的場景，課本上的問題格外怪異，不過我覺得它們也有種奇妙的詩意。硬土適合什麼樣的穀物？哪種酸能溶解銀？走廊遠處斷斷續續傳來沉悶的低喃，硬底靴踩在沙土上喀啦作響，瑞德里小姐大罵：「妳站好，好好照老師吩咐念！」

> 糖、油和天然橡膠何時傳進來？
> 何謂浮雕，陰影會在哪個方向？

最後我將書放回推車，沿走廊向前，並停下來，看女囚皺著眉頭，結巴念著頁面上的文字。我經過親切的艾倫．鮑爾和悲傷的天主教徒瑪麗．安．庫克，她就是那悶死孩子的女孩。還有滿口怨言，一直纏著看守，盼望早日出獄的塞克絲。我接近牢房區轉角的拱門時，聽到我認得的聲音，便再往前幾步。那是瑟琳娜．道斯。她在朗誦《聖經》的段落，一名女士在一旁聽，面露微笑。

我忘記是哪個段落。我內心無比驚異，因為在牢房中，她的口音格外突兀，姿態分外乖巧。老師要她站到牢房中央，雙手在圍裙前交握，頭微微垂下。我只要想到她，腦中便會浮現克里韋利肖像畫中，面容瘦削、神情堅定憂鬱的女孩。我有時會想起她口中關於幽靈、禮物和花的事，我也記得她令人不安的目光。但今天她目光低垂，帽繩下纖細的喉嚨起伏，滿是咬痕的嘴唇蠕動，站在端莊的老師面前背著經文，年紀輕輕的她看來孤立無助，內心悲傷，食不充飢。我為她感到難過。她不知道我站在一旁，後來我向前一步，這時她抬起頭，低吟聲停下。她雙頰羞紅，我感到自己的臉也發燙。我想起她曾對我說，全世界的人都能盯著她瞧，這是她的懲罰。

我想走開，但老師也看到我，並起身點點頭。我希望跟囚犯說話嗎？她們不會太久。道斯早已熟記文章。「繼續吧。」她這時說：「妳朗誦得太好了。」

如果是別人，我可能會在一旁看她支支吾吾背誦完，接受稱讚，並再次陷入沉默。但我不想看道斯經歷這一切。我說：「好吧，妳在忙，我改天再來找妳。」我向老師點點頭，請潔夫太太陪我走到後面的牢房，我花了一個小時，探訪那裡的女囚。

但是，噢！那個小時好痛苦，那裡的女囚全都令人沮喪。我遇到的第一個女囚將工作放到一旁，起身行屈膝禮，潔夫太太重新鎖上牢門時，女囚點點頭，縮了縮身子。但我們一獨處，她馬上將我拉近，用飄散惡臭的嘴悄聲說：「近點，近點！牠們絕對不能聽到！如果牠們聽到，牠們會咬我！噢！牠們會咬到我尖叫！」

她指的是**老鼠**。她說老鼠晚上會來，她睡覺時會感到牠們冰冷的腳爪踩在臉上，並被咬醒。她捲起洋裝的袖子，給我看手臂上的咬痕。我確定那是她自己牙齒咬的。我問她，老鼠怎麼能進得了她的牢房？她說看守帶來的。她說：「她們從監視眼丟進來。」她指的是門旁的視察窗。「她們抓著尾巴丟進來，我有看到她們白色的手。她們會一隻隻把牠們丟到石地上……」

她問，能否請我去跟海克斯比小姐反映，把老鼠抓走？

我為了安撫她，便跟她說我會轉達，然後便離開了。但我下一個見到的女囚也差不多瘋狂，即使到了第三個女囚也一樣（一個叫賈維斯的妓女）。起初我以為她智能不足，因為我們聊天時她站在一旁，莫名煩躁，時時躲避我的目光，但她呆滯的目光一直偷偷飄向我的服裝和頭髮。最後，她彷彿忍不住了，劈頭就問我怎麼穿這麼樸素？我的洋裝幾乎跟看守一樣不起眼！她們穿成這麼醜，全是逼不得已。她覺得自己如果重獲自由，能隨心所欲打扮，卻只穿得像我一樣，她不如去死！

我這時問她，如果她是我，她會穿什麼？她馬上回答：「我會穿平布薄紗洋裝、水獺皮斗篷和稻草帽，再配上一朵百合花。」至於腳上呢？「穿絲質涼鞋，緞帶綁到膝蓋上。」

我委婉反駁她，我說那是適合參加派對和舞會的洋裝。她不會穿那種衣服到米爾班克監獄，不是嗎？不會嗎？她會讓荷依和歐道看，或讓格里費斯、威勒、班克絲、美麗太太和瑞德里小姐看！噢！**怎麼不會**！

她情緒激動不已，我不禁開始擔心。我想她夜夜躺在牢房中，腦中一定全是洋裝，並煩惱各種搭配。但我打算走到鐵門前，叫看守來時，她跳向前，緊湊到我身旁。她目光現在一點也不呆滯，眼中反而全是狡猾。「我們聊得滿愉快的，對不對，小姐？」她說：「是啊。」我點點頭，再次走向鐵門。現在她貼得更近了。她迅速問我，我接下來要去哪一區？是不是到B牢房？如果是的話，噢！我能不能替她捎個信，給她朋友愛瑪．懷特？她手伸向我口袋中的書和筆。她說，只要撕一頁下來就好，我可以從鐵柵間丟進懷特牢房。「一眨眼的事。」只要半頁！「她是我表妹，小姐，我發誓，妳可以問任何一個看守。」

我馬上抽開身子，並把她手推開。「信？」我驚愕地說。噢！但她明明心裡有數，我不能替人帶信！如果我答應了，海克斯比小姐會怎麼想？海克斯比小姐要是知道**她**提出這要求，她會怎麼想？賈維斯退開，但仍執迷不悟，她說讓懷特知道她朋友想念她，又礙不著海克斯比小姐！她說她很抱歉，她不該要我撕書。不如我帶個口信就好？就這樣？我能不能告訴懷特，她朋友珍．賈維斯想念著她，並希望她知道？

我搖搖頭，並敲著鐵門的柵欄，要潔夫太太來帶我。「妳明知道妳不能要求這種事。」我說：「妳明知道不行。我感到非常遺憾。」她一聽到，狡猾的神色瞬間變得陰沉，她轉身雙臂抱著自己。「去死吧！」她破口大罵。不過，聲音其實不算大，因為看守踏過走廊沙土的腳步聲，仍蓋過了她的聲音。

出乎意料，我絲毫不受她的咒罵影響。剛才她罵我，我眨了眨眼，但我現在只平心靜氣望著她，她看到之後，表情難看。這時看守來了。「繼續工作。」她輕聲說，並讓我走出牢房，重新鎖上門。賈維斯猶豫一下，將椅子從另一頭拉過去，拿起針線。後來她表情不再惱怒和難過，只和道斯一樣，一臉悲慘，面露病容。

E牢房仍傳來布萊德莉老師的年輕助手工作的聲響，但我已離開那層樓，下到第一級囚犯的牢房，和曼寧小姐沿走廊向前。我看著牢房中的女囚，心裡不禁好奇賈維斯一心想聯絡的人是誰。最後我壓低聲音說：「請問一下，妳這裡有個囚犯叫愛瑪．懷特嗎？」曼寧小姐說有，並問我想見她嗎？我搖搖頭，猶豫一下，並說潔夫太太牢房另一個女囚想知道她的消息。她的表姊，是嗎？叫珍．賈維斯？

曼寧小姐哼了一聲。「她表姊，她這麼跟妳說？哼，她根本不是愛瑪．懷特的表姊！」

她說懷特和賈維斯在獄裡惡名昭彰，是一對「伴侶」，「比正常情侶還噁心。」她說她待過的每個監獄，女囚都會這樣「配對」。她說，這是不堪寂寞的關係。她自己曾看過凶狠的女囚為情所困，她們喜歡上某個女孩，結果那女孩拒絕她們，或早已心有所屬。她大笑。「妳要小心，別讓誰追求**妳**，小姐。」她說：「這裡曾有女囚愛慕看守，最後不得不移到其他監獄。她們被帶走時，那撕心裂肺的模樣真夠逗的！」

她再次大笑，並帶我沿著牢房向前。我跟上她，但有點不自在，因為我聽過「伴侶」這個詞，自己也曾用過，但我萬萬沒想到有**這層**含義。不知何故，我也不敢想，自己無心之下，差點成為賈維斯的愛情傳聲筒……

曼寧小姐帶我到一道門前。「珍．賈維斯念念不忘的懷特就在那。」她低聲說。我朝裡頭望，看到一個臉色蠟黃、身體結實的女孩，她瞇眼看著自己縫好的帆布袋，縫線歪歪扭扭的。她看到我們在看她，起身行屈膝禮。曼寧小姐說：「好了，懷特。有妳女兒的消息嗎？」接著她對我說：「懷特有個女兒，小姐，目前是一個姑姑在顧。但我們覺得那姑姑人很壞，對不對，懷特？我們擔心她會讓那小女孩也變壞。」

懷特說她沒收到消息。她和我四目相交時，我轉身拋下曼寧小姐，並找另一個看守送我到男子監獄。我很高興自己踏出監獄，即使腳踩上烏黑的泥土，雨水拍打臉頰，我還是終於鬆口氣。今天所見所聞，包括生病的女囚、自殘的女囚、瘋女囚的老鼠、伴侶和曼寧小姐的笑聲……都讓我恐懼萬分。我記得第一次到監獄，從室內走到開闊的戶外，我的過去彷彿緊緊捆綁，拋到腦後。現在大衣淋雨後變得無比沉重，黑色的裙襬沾上溼黏的黑土更顯烏黑。

我搭馬車回家，付錢給馬車夫時故意拖了一陣，希望母親發現。但她沒看到。她在客廳面試新女僕。她是柏依的朋友，年紀較長，她不在乎鬼故事，只想趕快開始工作。我敢說柏依一定被母親逼急了，索性付錢叫朋友來應徵，因為她朋友原本的薪資可不低。不過，新來的女僕說，因為這裡有自己的房間和床，她願意一個月少收一先令。她目前工作的地方，必須跟廚師住同個房間，而那廚師「生活習慣不好」。除此之外，她有個朋友在泰晤士河附近的人家工作，她希望能離她近一點。母親說：「這不好說。除了職責之外，妳如果打著其他主意，我另一個女僕恐怕會不開心。而且記得，妳朋友必須知道，她不能來這裡拜訪妳。我也不會為了讓妳去看她，而減少工時。」新女僕說她不曾有過這念頭。母親答應讓她試一個月。她星期六會來我們家。她是個長臉的女孩，姓**薇格斯**。這名字很好聽，我從來就不喜歡**柏依**。

「可惜她長得好醜！」普麗希拉說，女僕離開時她透過窗簾打量她。我露出笑容，心裡突然閃過一個可怕的念頭。我想起米爾班克監獄中的瑪麗．安．庫克，她曾被少爺糾纏。我想到經常來屋子裡的巴克雷先生和瓦里斯先生，偶爾史蒂芬也會帶朋友來。幸好她長得不漂亮。

母親腦中或許也想著同一件事，因為聽到普麗希拉的話，她搖搖頭。她說，薇格斯會是個好女孩。長相普通的女生總是不錯，為人更忠實。她感覺通情達理，並明白自己的身分。現在，不用再聽到什麼樓梯咿啞作響那種鬼話了！

普麗希拉聽到這句話，臉色嚴肅。當然，她在馬里什莊園必須管理許多僕從。「在許多莊園，這仍是常見的事。」瓦里斯太太今晚和母親玩牌時說：「女僕會睡在廚房架子上。我小時候，有個小男孩還會睡在裝盤子的箱子上。莊園的下人裡，唯一有枕頭的便是廚師。」她說她不懂我怎能忍受女僕住在我樓上的房間，在上面窸窸窣窣。我說我捨不得泰晤士河的風景，因此早有心理準備。話說回來，照我跟女僕相處的經驗來看，一般而言，只要她們沒被鬼嚇到發神經，都是累到倒頭就睡。

「本來就該如此！」她大喊。

母親這時插嘴，跟瓦里斯太太說不要聽我瞎說女僕的事。她說：「管理女僕的事瑪格莉特壓根就不懂。」後來瓦里斯太太話題一轉，問我們能不能替她解答一件妙事？這城裡應該有三萬名貧苦的女裁縫，她為何找不到工資不到一鎊，便能將亞麻斗篷縫直的女裁縫……嘰哩呱啦……

我以為史蒂芬會帶海倫過來，但他沒來。也許他們因為下雨，所以待在家裡。我等到十點，便上樓來到這房間，母親已經來餵我吃過藥了。她剛才來的時候，我穿著睡袍，裹著毛毯，因為我已脫下洋裝，所以脖子上的墜鍊外露。她當然注意到了，於是她說：「真的假的，瑪格莉特！妳那麼多珠寶，我從沒見妳戴過，結果妳還戴著那老玩意！」我說：「可是這是爸爸給我的。」我沒跟她說裡面有一束白髮，她不知道我有這頭髮。她說：「可是那舊墜鍊那麼土！」她問我，如果我想紀念父親，為何不戴她在他死後製作的胸針和戒指？我沒回答她，只將墜鍊塞到睡袍裡。墜鍊碰到我胸膛赤裸的肌膚，感覺非常冰冷。

我為她喝下了鎮靜劑，發現她望著我釘在書桌旁的畫，然後看著這本書。我書已合上，但筆仍夾在寫到的那一頁裡。「那是什麼？」她說：「妳在寫什麼？」她說花太多時間寫日記很不健康。寫一寫，我會冒出一大堆黑暗的想法，搞得身心俱疲。我心想，如果妳不希望我太疲倦，那妳為何要給我喝讓人昏昏欲睡的藥？但我沒說出口。我只把書收起來，等她走了之後再拿出來。

兩天前，普麗希拉將小說放到一邊時，巴克雷先生順手拿起，翻了幾頁，並嘲笑那本書。他不喜歡女作者。他說，所有女人都只會寫「心情日記」。這個詞後來留在我心頭。我回想上一本日記，裡頭有好多我的心血。焚毀時確實像傳聞中燒人的心臟一樣，費了不少時間。我希望現在這本日記和那本不同。我希望這本書不會讓我沉溺在思緒中，而是像鎮靜劑一樣，徹底阻止我胡思亂想。

而且，噢！要不是今天在米爾班克監獄莫名讓我回憶起往事，寫日記確實有用，真的有用。我和之前一樣，寫下探監的紀錄，並確認我在女子監獄的路徑。但我心裡並未平靜下來。我的腦袋變得跟鉤子一樣尖銳，所有思緒掠過腦中時，彷彿都被鉤住，在空中擺盪。「想想我們。」道斯上週對我說：「下次妳失眠，想想我們。」現在如她所說，我失眠了，而我確實想著她們。我想著那裡所有女人，想著監獄黑暗的牢房。她們應該要沉默安靜，卻總是焦慮不安，在牢房中來回踱步。她們尋找著繩索，勒住自己的喉嚨。她們磨利刀刃，割開自己的皮膚。妓女珍．賈維斯呼喚著兩層樓下的懷特。道斯喃喃吟誦著牢房詭異的詩句。我腦中鉤住了那段話。我想我一整晚都會和她一起背誦。

硬土適合什麼樣的穀物？
哪種酸能溶解銀？
何謂**浮雕**[13]，陰影會在哪個方向？

13　原文為relief，另一個意思為「寬慰」。

一八七二年十月十二日

靈媒朋友　撰

關於靈域的
常見問答集
靈魂離開肉體之後會去哪裡？

所有新靈魂都一樣會到最低靈域。

靈魂要怎麼去那裡？

指導者或守護者會陪伴靈魂前去，他們便是我們所稱的天使。

對於剛離塵世，和肉體分開的靈魂，最低靈域是什麼地方？

那是個平靜、明亮、七彩、歡樂……的地方，任何美好的特質，只要能填入前面的句子，那裡都感受得到。

在這地方，是誰來接待和歡迎新來的靈魂？

天使會帶著靈魂抵達最低靈域，過去比他早一步到此的家人和朋友會齊聚一堂。他們會笑著和他打招呼，帶他去閃閃發光的池水讓他洗浴。他們會給他衣服蔽體，並為他準備好房舍。衣服華麗優雅，房屋美輪美奐。

他住在靈域中有何責任？

他的責任就是滌淨思緒，準備提升到下一個靈域。

死去的靈魂會通過多少靈域？

七個靈域，而最高的靈域是愛的故鄉，我們稱之為神！

一般虔誠、慈悲、善良的靈魂有機會提升至下個靈域嗎？

不論在塵世中是什麼地位，人只要樂善好施、親切待人，提升至下個靈域的旅途都將更為容易。低賤、暴力、懷有恨意的人在靈域中的道路將……這裡書頁被撕掉了，我想那個詞是受阻。下流卑鄙的人連我們剛才所說的最低靈域都無法進入。他們會被帶到黑暗之境做苦工，直到償還他們的罪過。這過程可能要花數千年才能完成。

靈媒和這些靈域有何關係？

靈媒無法進入七個靈域，但他們有時能到靈域門口，窺見其中不可思議的景象。他們有時也能到黑暗之境，遙望邪惡的靈魂做苦工。

靈媒真正的家園在哪裡？

靈媒並不屬於這個世界，也不屬於另一個世界，他們屬於兩者之間模糊的交界。文西先生在此處貼了紙條：你是正在尋找歸屬的靈媒嗎？你可以來……他寫下了這間旅館的地址。他從哈克尼自治市某個男士手中拿到這本書，原本想轉交給法靈頓路的另一人。他悄悄拿來我這說：「記得，我可不會隨意把這書給別人看。例如，我不會借給西柏瑞小姐。這種書我只會留給我有**感覺**的人。」

防止花凋謝：在花瓶的水中加一點甘油。這樣花瓣就不會脫落，也不會變黃。

讓物品發光：去購買螢光漆，最好到沒人認識你的區域向店家購買。以松節油稀釋螢光漆，並浸入棉布。棉布乾了之後，只要抖動棉布，便會落下螢光粉。將螢光粉收集好，即可撒到任何物品上。松節油的氣味可以用香水掩蓋。

一八七四年十月十五日

今天去米爾班克監獄。我到了監獄建築前，有一群獄卒聚在出入口，旁邊還有兩個女看守，分別是瑞德里小姐和曼寧小姐。她們的監獄洋裝上罩了件熊皮斗篷，披帽拉高，抵禦著寒風。瑞德里小姐看到我，點頭打招呼。她說，他們在等從警察局和其他監獄送來的囚犯，她和曼寧小姐負責帶女囚。我說：「我可以跟妳們一起等嗎？」我從沒見過他們移送新的囚犯。我們等了一會，獄卒對著雙手呵氣。不久，門房小屋傳出一聲吆喝，馬蹄和鐵輪聲傳來，陰森無窗的監獄廂車駛入米爾班克監獄的碎石中庭。瑞德里小姐和一名高階獄卒上前和馬車夫打招呼，並打開車廂門。「他們會讓女人先下車。」曼寧小姐對我說：「她們來了，看。」她拉緊斗篷，走向前。我待在後頭，遠遠看著女囚下車。

總共有四個人。其中三個女人年紀輕輕，另一人是個中年婦女，她臉上有個瘀青。每個女囚都銬上了手銬，雙手僵硬地垂在身前。她們腳步蹣跚地從車廂的階梯走下，站在原地一會，接著抬頭打量四周，眨眼望向灰白的天空，以及米爾班克監獄冷峻的高塔和黃磚牆。只有年紀較大的女人面無懼色。看守走向前，命女囚排成一列時，我看到瑞德里小姐瞇起眼說：「又是妳，威廉斯。」臉上有瘀青的女人臉色一沉。原來這景象她早已司空見慣。

我跟在曼寧小姐身後，走在這群人後方。年輕的女囚害怕地打量四周，一人彎身跟旁邊的人低語時，看守馬上出聲喝斥。看到她們驚惶失措的模樣，我想起自己初次踏入監獄的心情。那是不到一個月前的事。這裡的走廊毫無變化，我也曾因此迷失方向，但我現在已熟門熟路！我已習慣與獄卒和女看守相處，對牢門、鐵柵和鎖門也不再感到陌生。它們的材質和目的都不同，撞擊聲也各異其趣，有的是「砰」，有的是「鏗」，有的是「叮」，有的是「噹」。說來有趣，這件事一方面很有成就感，一方面卻令人擔憂。我記得瑞德里小姐說過，監獄走廊她走了無數次，就算蒙住眼也不會迷路。我想起自己曾可憐看守，她們和女囚一樣，在監獄嚴守規定，過著一成不變的生活。

所以，當我發現我們穿過一道新門，進入女子監獄，並經過一排我不曾見過的房間，我心裡其實無比雀躍。第一個房間中，我們見到報到處的看守，她負責審查新囚犯的書面資料，並在一本厚重的紀錄簿上記下她們的身分。她也一樣惡狠狠瞪了臉上有瘀青的女人。「不用跟我說妳的名字。」女人還沒開口，看守便下筆寫好了。「她這次犯了什麼罪，瑞德里小姐？」

瑞德里小姐手中拿著書面資料。「竊盜罪。」她簡要回答：「同時攻擊逮捕她的警員，手段凶殘。刑期四年。」報到處的看守搖搖頭，「妳去年才出獄不是嗎？威廉斯？我記得，當時在一個基督徒的家中謀到一職，未來一片光明。後來怎麼了？」

瑞德里小姐回答，她便是偷那基督徒家中的東西，並用女主人的一件物品攻擊警員。她將細節記錄好後，便揮手要威廉斯後退，要另一個囚犯向前。這人有一頭像吉普賽人的黑髮。報到處的看守讓她站在那一會，先在紀錄簿寫下資料。「好了，黑眼蘇[14]。」她終於和善地開口。「妳叫什麼名字？」

那女孩名字叫珍・邦恩，二十二歲，因為墮胎被關入米爾班克監獄。

下一個女孩二十四歲（名字我忘了），她是街頭扒手。

第三個人十七歲，她闖入一家店的地窖縱火。報到處的看守問她話時，她開始哭泣，可憐兮兮伸手擦著鼻涕和眼淚，後來曼寧小姐向前，給她一塊方巾。「好了，好了。」曼寧小姐說：「妳只是還不習慣而已。」她手伸向女孩蒼白的額頭，撫摸她的鬈髮。「好了，沒事了。」

瑞德里小姐在一旁看著，不發一語。報到處的看守「喔」一聲，找到紙頁上頭的錯字，皺著眉頭彎身去改。

登記結束之後，女囚便被帶到下一個房間。沒人暗示我該去牢房區了，於是我心一橫，索性跟著她們，看

14 《黑眼蘇珊》是道格拉斯・傑洛（Douglas Jerrold, 1803-1857）的喜劇作品。劇中女主角蘇珊生活困頓，楚楚可憐。

完入獄的過程。另一間房中有個長凳，她們要女囚坐到上頭，另一邊還放了一張椅子。那張椅子放在房間中央，格外令人發毛，椅旁還有張小桌。小桌上放著梳子和剪刀，年輕的女囚看到這景象，不約而同打寒顫。「沒錯。」較年長的女囚瞄她們一眼。「發抖吧。這裡就是她們剪掉妳們頭髮的地方。」瑞德里小姐馬上要她閉嘴。但這句話覆水難收，幾個女孩現在神色瘋狂。

「拜託，小姐。」其中一人哭喊。「不要剪我頭髮！噢！拜託，小姐！」

瑞德里小姐拿起剪刀，在空中剪了幾下，然後望向我。「妳不會以為我要戳瞎她們吧，對不對，普萊爾小姐？」她將剪刀指向第一個全身顫抖的女孩（縱火的那個），然後比向椅子。「好了，過來吧。」她說。她見那女孩猶豫便說：「給我過來！」她語氣嚇人，連我都不禁全身畏縮。「還是要我們去找獄卒來壓住妳手腳？聽好，他們可是從男子監獄來的，動手可不會留情。」

女孩聽了勉強起身，全身顫抖，坐到椅子上。瑞德里小姐脫下她的軟帽，伸手鬆開她盤好的鬈髮，拆下髮簪。報到處的看守接下軟帽，在簿子上寫下一條紀錄，口中輕輕吹著口哨，舌頭轉著一顆白薄荷糖。那女孩的頭髮是淡棕色，有的地方沾有汗水和髮油，毛髮變得僵硬烏黑。她感到頭髮落到脖子上，再次失聲哭泣。瑞德里小姐嘆氣說：「傻女孩，我們只會剪到下巴。**在這裡**，還有誰會來看妳？」當然，女孩聽到這句話哭得更凶了。但她還在顫抖時，看守已梳直油膩的長髮，將頭髮握在手中，準備下刀。我突然意識到自己的頭髮，艾莉斯不到三個小時前，用類似的姿勢將我的頭髮梳好盤起。我感到自己每一絲頭髮都豎起，在髮簪下掙扎。當場目睹剪刀起落，蒼白的女孩哭泣顫抖，畫面令人不忍卒睹，但我無法轉開目光。我只能和三個害怕的女囚在旁觀看，既入迷又羞愧，最後看守舉起手，剪下的頭髮垂在她手中。一、兩縷髮絲落到女孩滿是淚水的臉上時，她身體隨之抽搐，我也是。

瑞德里小姐這時問她，她希望把頭髮留下來嗎？看來女囚可以將剪下的頭髮束好，和私人物品收在一起，獲釋那天能拿回去。女孩望了一眼晃動的頭髮，搖搖頭。「非常好。」瑞德里小姐說。她將頭髮丟到柳條編成的籃子內。「頭髮在米爾班克監獄中會有用處。」她偷偷跟我說。

這時其他女囚一一上前剪髮。年紀較長的女囚剪髮時無比冷靜。女賊則和第一個女孩哭得一樣淒慘。墮胎的黑眼蘇頭髮烏黑，又長又厚，像柏油或糖蜜一樣。她嘴上咒罵，雙腳亂踢，頭歪來扭去，報到處的看守不得不上前，幫曼寧小姐抓住她手腕。瑞德里小姐剪得氣喘吁吁，面紅耳赤。「剪好了，妳這野獸！」她終於說：「哇，妳頭髮真多，我單手都快握不住了！」她將黑髮拿高，報到處的看守上前細看，並用手指搓了搓髮絲。「髮質真好！」她羨慕地說：「這正是大家說的『純正的西班牙頭髮』。曼寧小姐，我們要拿條線來綁好。這可以做一頂漂亮的假髮。」她轉向女孩。「眼神那麼凶狠幹麼！六年之後，我們來看看妳拿回頭髮時會多高興！」曼寧拿了條線來，綁好頭髮，女孩坐回長凳。她脖子被剪刀劃到的地方發紅。

我從頭到尾都坐在一旁，感覺愈來愈尷尬彆扭，女囚偶爾會悄悄朝我投來害怕的目光，彷彿在想我在牢中扮演什麼恐怖的角色。吉普賽女孩掙扎時，瑞德里小姐一度說：「真可惜，小姐訪客看到了！她現在看過妳的脾氣，她就不會去拜訪**妳**了！」剪完頭髮，瑞德里小姐站到一旁，用布擦乾淨雙手時，我走去小聲問她，女囚接下來要幹什麼？她用尋常的口吻回答，她們要脫光衣服去洗澡，並去找監獄醫生。

她說：「那時我們會檢查她們身上有沒有藏東西。」她說女囚有時會用身體偷渡物品到監獄。「菸草、甚至是刀。」她們檢查完會拿到監獄的制服，接著西里多先生和海克斯比小姐會向她們說話，到了牢房，監獄牧師達博尼先生會去找她們。「在那之後，整整一天一夜都不會有人再去見她們，女士。讓她們好好反省自己犯下的罪。」

她將毛巾掛回牆上的鉤子，望向長凳上悲慘的女人。「好了。」她說：「現在我們來把妳們衣服脫了。來，動作快點！」女囚像羊群般，在剪羊毛工面前變得呆笨乖順，馬上起身伸手解開連身裙。曼寧小姐拿出四個淺木托盤，放在她們腳邊。我在旁站了一會，目睹那景象。年輕的縱火犯聳肩脫下洋裝上半身，露出骯髒的內衣。吉普賽女孩舉起手臂，她腋窩一片烏黑，接著她轉過身，去解馬甲的鉤子，事到如今，她仍想保有一點矜持。瑞德里小姐靠近我問：「小姐，妳想進去看她們洗澡嗎？」她氣息撲面而來，我嚇得眨了眨眼，別開頭。我說不要，我不想跟她們進去，我想去牢房區了。她站直身子，嘴唇扭曲，我想我在她黯淡赤裸的眼神中看到一絲不知為何的情緒——某種令人厭惡的得意或興味。

但她口中卻說：「好的，女士。」

於是我離開那群女囚，不再看她們一眼。瑞德里小姐聽到走廊上有個看守經過，便招她過來，請她帶我去牢房區。我隨她離開時，透過半掩的門，看到醫生的房間。那房間看來氣氛陰森，有張高大的木製扶手椅，旁邊的桌上放著各式器材。房裡有個男人，我想應該是醫生，我們經過時他沒抬頭。他站在原地，雙手舉在一盞燈前，修剪著指甲。

現在陪伴我的女子叫布魯爾小姐。她很年輕。以看守而言，我覺得她很年輕，但我後來發現，她其實不是尋常的看守，而是牧師的文書員。她穿著和監獄看守不同顏色的斗篷，舉止親切，言談更溫柔。她其中一項工作是負責處理囚犯的信件。她跟我說，米爾班克監獄的女囚每兩個月可以各寄收一封信。但那裡牢房很多，所以一般而言，她每天都必須送信。她說她的工作十分愉快，是全監獄中最愉快的工作。她說她停在牢房前，將信件交給女囚時，她們臉上的表情她永遠看不膩。

我曾看過，因為有次我遇到她正要去送信，於是我和她走了一趟。她向女囚打招呼時，她們都歡呼尖叫，緊抓著她送去的信件，有時會將信按到胸口或湊到嘴邊。只有一人在我們靠近鐵柵門時面露恐懼。布魯爾小姐馬上對她說：「沒有給妳的信，班克絲。別害怕。」她後來跟我說，班克絲有個姊姊身體不好，每天都在怕收到她的噩耗。她說，那是她這工作唯一不開心的部分。如果哪天她親手轉交**那封**信，心情一定會非常難過。

「當然，我會比班克絲提早知道信件內容。」

所有出入監獄的信件都會經過牧師辦公室，由達博尼先生或她檢查之後，才會往下一站前進。我說：「哇，那妳就知道監獄所有女囚的生活了！還有她們所有祕密，和未來的打算……」

她聽到這句話，臉不禁紅了，彷彿她過去從沒想過。「那只是規定。而且妳知道的，信的內容都是閒話家常。」

我們爬上塔樓樓梯，經過刑事犯牢房，來到頂樓。這時我突然想到一件事。那時，信件包愈來愈薄，其中有一封信是給年邁的艾倫・鮑爾。艾倫・鮑爾看到信，又看到我，便眨了眨眼說：「有封是我小孫女寄來的。」她說：「她從沒忘記我。」我們沿牢房一間間走去，漸漸接近走廊轉角，最後我靠近布魯爾小姐問，她有沒有瑟琳娜・道斯的信？她望著我，眨眨眼。道斯？當然沒有！我會問起還真奇怪，因為她大概是全監獄唯一一個**從未**收到信的人！

從來沒有？我問她。她重複，從來沒有。她初入獄時，道斯有沒有收到信她其實不知道。當時布魯爾小姐還沒來這裡。但過去十二個月裡，她絕對沒有收到任何信件，她也沒有寄出。

我說：「她沒有朋友、家人惦記著她嗎？」布魯爾小姐聳聳肩說：「如果她有，她也把他們都拋棄了。或當然也可能是他們拋棄她了。我想這種事很常見。」她笑容變僵硬，並說：「妳知道，這裡有的女人會將自己的祕密藏在心底……」

她語帶保留說完，繼續向前。我跟上時，她已在為一個（我猜想）無法自己讀信的女囚大聲讀信。但她說的話令我沉思。我經過她，走一小段路到第二排牢房。我腳步放輕，道斯還沒抬頭望向我之前，我透過鐵柵門望了她一、兩秒。

我之前沒想過外面是否有人想念瑟琳娜・道斯，是否會來拜訪她，或寄信與她閒話家常。現在知道沒人關心她，她的孤獨和沉默感覺更加深沉。我這時心想，布魯爾小姐說的話其實比她所想還真實。道斯確實將自己的祕密藏在心底。她甚至在米爾班克監獄也守著祕密。我也記得另一個看守曾跟我說的事。雖然道斯很美，但沒有女囚想跟她成為**伴侶**。我現在了解了。

於是我看著她，內心一陣憐憫。我想到的是：**妳和我一樣**。

我希望自己只是將這件事埋藏在心底，並繼續向前。我希望自己離開。但我看她抬起頭，露出笑容，我看到她期盼的目光。就在那一刻，我無法拋下她。我朝走廊另一邊的潔夫太太招手，等她拿鑰匙來，打開鐵門，道斯已放下手中的針線，起身向我打招呼。

看守雖然讓我們見面，但她遲疑又不安，看了看我們，才緩緩離開。等牢房剩下我們，這次她先開口了。

她說：「我好高興妳來！」她說她很遺憾上次沒和我見到面。

我說，上次？「噢！對了。但妳跟老師在忙。」

她頭一甩。「**她啊**。」她說她們覺得她是個天才，因為她們早上在禮拜堂朗誦的《聖經》經文，她到下午都還記得。她說她倒想知道，她有這麼多時間，還有什麼事好做。

她說：「我寧可跟**妳**聊天，普萊爾小姐。我們上次說話時，妳對我很好，但我恐怕辜負妳了。從那時起，我一直希望……嗯，妳說妳想來當我朋友。我在這裡不記得怎麼和人做朋友了。」

她說的話句句動聽，我因此更喜歡她，也更同情她。我們聊了一下監獄的作息。我說：「我想妳不久會移到待遇更好的監獄。也許富勒姆監獄？」她聽了只聳聳肩，說監獄其實都差不多。

我原本這時便能走了，去找另一個女囚，並找回平靜。但我深受她所吸引。最後我情不自禁。我說有個看守跟我說（當然是用最友善的態度），她都沒有收到信……

我問她，這是真的嗎？米爾班克監獄外，真的沒有人關心她在這受苦的事？她望著我一會，我以為她自尊心又變強，不想回答。但這時她開口了，她說她有許多朋友。

她的幽靈朋友，沒錯。她之前告訴過我他們的事了。但是她外頭的生活中，一定有其他人想念她吧？她再次聳聳肩，不發一語。

「妳沒有家人嗎？」

她有個姑姑，她說「幽靈的她」有時會來看她。

「妳沒有朋友嗎？」我說：「還**活著**的？」

這時我想她自尊心又變強了。她好奇要是我被關進米爾班克監獄，有多少朋友會來看**我**？她說，她過去的世界不算是金碧輝煌，但也不是眾多女囚「充滿賊和暴徒的世界」。何況，在這種地方，她「不喜歡有人關注」。她喜歡幽靈朋友，他們不會批評她，別人只會笑她「不幸」的處境。

那個詞選得很謹慎。我聽到時，不甘願地想起鐵門外瓷匾上的字詞：詐欺和襲擊罪。我告訴她，其他女囚偶爾覺得和我聊聊她們犯的罪，心中會比較平靜。她馬上說：「妳想叫我跟妳說我犯罪的事吧。對，我幹麼不說？但我根本沒犯罪！只是——」

只是什麼？

她搖搖頭。「只是一個傻女孩看到幽靈被嚇到。後來一個夫人被那女孩嚇到，結果不幸喪命。最後全怪罪到我頭上。」

我從克蕾文小姐口中已經聽說過這件事。我問她，為什麼這女孩會害怕？她怔了一秒說，那幽靈「調皮」了一下。那是她用的詞。幽靈調皮一下，而那位夫人「布林克太太」目睹一切，因此受到驚嚇。「唉，我不知道她心臟原本就虛弱。她昏倒之後沒多久便死了。她是我的朋友。審判從頭到尾都沒人想到這件事。他們只顧著找死因，而且必須是他們理解的死因。女孩的母親來到法庭上，說女兒和可憐的布林克太太一樣都因此受傷。而錯全在我。」

「但其實全都是……調皮鬼害的？」

「**對**。」她說，但哪個法官和陪審團會相信她？除非他們全是通靈者，天曉得她多希望是如此！「他們只說不可能是幽靈，因為幽靈不存在。」她說到此，做了個鬼臉。「最後，他們定我的罪為詐欺，還有襲擊罪。」

我這時問她，那被嚇到的女孩說了什麼？她回答那女孩肯定感覺到幽靈了，但後來她被弄糊塗了。「她母親很有錢，請了個能言善道的律師。我自己的律師不厲害，但還是花光了我的積蓄。我幫助別人所賺的錢，一毛都不剩。就這樣！全浪費掉了。」

但要是那女孩有見到幽靈呢？

「她沒**看到**他。她只感覺到他。他們說……他們說她感覺到的一定是我的手……」

我記得她這時細瘦的雙手緊握，一手緩緩撫摸另一手粗糙發紅的指節。我說她沒有朋友支持她嗎？她嘴巴一歪。她說有許多朋友喜歡尊稱她「靈媒界的殉道者」，但也只有一開始。因為很遺憾，即使是「靈媒圈之中」，總有人心生嫉妒，有人也樂於看她遭殃。至於其他人只感到害怕。最後，她被判有罪時，沒人願意為她發聲……

她神情悲慘，年輕脆弱。我說：「妳堅持是一個**幽靈**的錯？」她點點頭。我嘴角勾起說：「他逍遙在外，妳卻被關到這裡，感覺好殘酷。」

她這時說，噢！我千萬不要認為「彼得．奎克」逍遙在外！她望向我身後，看著潔夫太太鎖上的鐵門。「他們在另一個世界有他們自己的懲罰。」她說：「彼得和我一樣被關在一個漆黑的地方。他和我一樣，在等待服完刑期，繼續往前。」

那便是她所說的話。我現在寫下之後，感覺好荒謬，但當下她回答時，神情嚴肅真誠，邏輯嚴謹，有條有理，絲毫不覺得突兀。不過，聽到她開口閉口說著「彼得」和「彼得．奎克」，我還是笑了。我們剛才彼此靠得很近。現在我退後點，她看到之後，彷彿有所會意。她說：「妳覺得我是個傻瓜，或是個騙子。妳跟他們一樣，覺得我是個高明的小騙子——」「**不是**。」我馬上回答：「不是，我不覺得妳是。」因為不論之前或現在，即使跟她說話時，我都沒這麼想。我搖搖頭。我說只是我腦中習慣的思維完全不同。我都想著尋常生活中的事。我想我的腦袋「未經訓練開發，對靈異的事情所知有限」。

換她笑了，但只是淡淡的笑容。她說**她的**腦袋知道太多關於靈異的事。「而我的下場便是被關進這裡……」

她說話時手比了一下，彷彿道盡了她在冷酷黑白的監獄中所受的苦。

「妳在這裡真是太慘了。」過一會我說。

她點點頭。「妳覺得通靈只是幻想。」她說：「妳來到這裡，看到米爾班克監獄存在，妳不覺得**任何事**都有可能嗎？」

我望向光禿禿的白牆、摺疊吊床以及蒼蠅飛舞的便壺。我說，我不知道。監獄生活可能很辛苦，但那並未讓通靈變得更可信。監獄至少是我看得到、聞得到、聽得到的世界。但是她說的幽靈……可能是真的，但他們對我來說毫無意義。我無法談論他們，也不知道方法。

她說我可以隨心所欲談論他們，因為談論他們能「給他們力量」。尤其我應該聽他們說話。「普萊爾小姐，搞不好妳會聽到他們談論**妳**。」

我大笑。我？我說，噢！如果他們在天堂只能討論瑪格莉特．普萊爾，天堂肯定特別安靜，因為沒什麼好聊的！

她點點頭，然後頭歪了歪。我之前就注意到她能夠一瞬間改變語調和姿態，變換氣氛。她不像演員在昏暗擁擠的劇院中，為了讓人看清楚而誇張表演，她的動作非常隱晦，像是一首寧靜的樂曲，輕巧地起伏，滑入不同的音符。

上一刻我仍站在原地，笑著說靈界只能談論我多無聊，下一刻，氣氛卻全因她改變了。她忽然充滿耐心，神情散發智慧，並心平氣和柔聲說：「妳為何這麼說？妳明知道有的幽靈和妳非常親近。尤其其中一**個**幽靈。他現在就和我們在一起，他比我還靠近妳。普萊爾小姐，妳和他的關係比任何人都深。」

我盯著她，喉嚨哽咽。這和她談論幽靈的禮物和花時感受完全不同，她彷彿朝我潑了盆水，或捏我一把。我呆若木雞，想起柏依在閣樓樓梯聽到爸爸的腳步聲。我說：「關於他，妳知道些什麼？」她沒回答。我說：「妳看到我的黑色大衣，所以猜——」

「妳很聰明。」她說。她說她是靈媒，那跟聰明不一樣。她天生就是靈媒，就像她天生必須呼吸、做夢和吞嚥。就連在米爾班克監獄，她都是個靈媒！她說：「但妳知道感覺多怪，就像變成海綿，或是……那種不想被發現、可以隨環境變化皮膚的動物？」我沒回答。她繼續說：「我以前覺得我就像那種動物。大家來找我，有時生著病，而我和他們坐在一起也會因此生病。有次有個女人來找我，她懷著孩子，而我也感到她孩子在**我**體內。另一次，有個男士來，希望能和他兒子的靈魂說話。等那可憐的孩子出現，我吐出胸中所有空氣，頭痛欲裂，彷彿快爆炸了！我後來才知道，他死於倒塌的樓房內。妳知道，**我**感覺到他最後的感覺。」

現在她將手放在胸口，並朝我靠近。她說：「普萊爾小姐，**妳**來找我時，我感覺得到妳的……悲傷。我感覺到妳的悲傷像陰影般，**就在這裡**。噢！多痛啊！我起初以為悲傷讓妳成了空殼，妳像顆蛋一樣，但裡面的血肉已消失，完全中空。我想妳也這麼想。但妳不是個空殼。妳有血有肉。只是人已封閉，像箱子一樣封死。妳這裡戴著什麼，讓妳將自己封閉成這樣？」她摸著自己的胸口。然後她舉起另一隻手，輕輕觸碰我胸口同一個地方……

我全身抽搐，彷彿她的手帶著電流。她雙眼睜大，然後露出笑容。她摸到了，她摸到我洋裝下的墜鍊。不，純粹是運氣，或詭異的巧合而已。現在她開始用指尖摸著墜鍊的形狀。我感到鍊子拉緊。她的動作親密，充滿暗示，我現在寫下時，彷彿感到她的手順著鍊子滑上我的喉嚨，接著手指鑽到領子下，將墜鍊拉出。但她並沒有這麼做，她手仍輕輕按在我胸口。她全身文風不動，頭微微歪了一邊，彷彿在聽金墜下我的心跳。

這時她神情再次變得古怪，輕聲開口：「他說，**她將憂慮掛在脖子上，不肯將它放下。告訴她，她一定要放下。**」她點點頭。「他面露微笑。他跟妳一樣聰明嗎？對！但他現在學到好多新事物。噢！他好希望妳和他在一起學習！但他在做什麼？」她表情又變了。「他在搖頭，他在哭，他說，**不是那樣！噢！佩姬，不是那樣！妳應該來找我，應該來找我……可是不是那樣！**」

我寫下這一切時，身體都在顫抖。但她手按在我胸上，神情古怪說出這番話時，我全身抖得更厲害。我馬上說：「夠了！」我將她手揮開，並向後退。我想我撞到了牢門，門鏗鏘作響。我將手按到她剛才放的位置。「夠了。」我又說一次。「妳在亂說話！」她臉色蒼白，如今她望著我，眼中全是恐懼，彷彿她看盡一切，看到我的哭嚎和尖叫、艾許醫生和母親的臉龐、嗎啡苦澀的臭味、壓得我舌頭腫脹的導管……我來找她，心裡只想著她，而她卻再次把最脆弱的我攤在我面前。她望著我，雙眼中有著憐憫！

我無法忍受她的目光。我轉身將臉伸到鐵柵之間。我叫潔夫太太來時，聲音異常尖銳。

她彷彿就在左近，不到一會便出現了，默不吭聲替我開門。她朝我身後瞄了一眼，目光犀利，散發焦慮。也許她聽出我語氣古怪。後來我到走廊，牢門也已鎖上。道斯拿起羊毛，再次用手捲起線。這時她抬起頭望向我，眼神仍透露出她對於一切了然於心。我希望自己能開口，平凡的道別就好。但我心中無比害怕，我擔心我開口，她會再次提到爸爸，或可能會**幫**他說話，甚至**成為**他，述說他的悲傷、憤怒和羞愧。

於是我只別開頭，離開了她。

到一樓牢房，我找到瑞德里小姐，她帶著我稍早見到的女囚來到牢房。要不是看到年紀較大女人臉上的瘀青，我根本認不出她們。她們現在每個人都穿著土色的連身裙和便帽，我站在一旁，看她們一一鎖入牢房，接著才回家。海倫在家裡，但我暫時不想跟她說話。我直接回到房間，將門鎖上。我只請柏依來……不，不是柏依，柏依已經走了，我請新女僕薇格斯替我挑水上來洗澡。剛才母親拿了一劑鎮靜劑上來。現在我好冷，我背上的肌肉發涼。薇格斯火爐生的火不夠旺，她不知道我喜歡晚睡。但我還想待在這一會，等待睡意。我把燈火調得很暗，有時雙手會放到燈罩上取暖。

我的墜鍊掛在鏡子旁的櫃子裡，那是陰影四布的房中唯一閃爍光芒的物品。

一八七四年十月十六日

一夜噩夢後，我今早醒來腦袋錯亂。我夢到父親仍活著。我往窗外看，看到他靠在艾伯特橋的欄杆上惡狠狠瞪著我。我衝出門，並朝他喊：「天啊，爸，我們以為你死了！」「死了？」他回答：「我在米爾班克監獄關了兩年！他們把我抓去做苦工，我靴子都磨穿了。妳看。」他舉起腳，給我看他鞋底都破了，雙腳龜裂，傷痕累累。我心想，好奇怪，我以前從沒看過爸的雙腳……

詭異的夢。跟他死後令我輾轉難眠的夢截然不同，好幾個星期以來，我都夢到自己蹲在他的墳前，隔著新翻的泥土呼喚他。我睜開眼時，仍能感受到泥土黏在手上的感覺。但我今早醒來，心中好害怕，艾莉斯替我拿水來時，我請她留下和我聊天，最後她說一定要走了，不然我的水會變涼。我走去將雙手浸到水盆中。水還沒涼，鏡子蒙上一層霧氣。我擦掉霧氣時，一如往常找我的墜鍊。**我的墜鍊不見了！**我不知道自己放在哪。我記得我昨晚掛在鏡子旁。也許我後來過去，拿在手上摸。我何時上床睡覺，自己也說不上來。但這對我來說不算不尋常，畢竟鎮靜劑本來就會讓人迷迷糊糊！我很確定我沒有將墜鍊帶上床。因為沒道理啊！所以墜鍊不可能被我弄壞，或被裹在床單裡。何況，我已經小心翼翼在床單中找過。

結果，我一整天都覺得無比赤裸，害怕又難受。我胸口感覺少了什麼，彷彿有著揮之不去的痛。我問了艾莉斯、薇格斯、甚至普麗希拉。但我沒有跟母親提起。她會先懷疑女僕。然後她會覺得自己很傻，因為她也說過，那條墜鍊太普通了，其他珠寶都比墜鍊值錢。最後她一定會覺得我又生病了。她不知道，沒人知道這事多奇怪。我前一天才拜訪了瑟琳娜·道斯，聊了奇怪的事，好巧不巧，墜鍊晚上就掉了！

現在，**我**開始擔心自己又發病了。也許是鎮靜劑的作用。也許我起來，拿了墜鍊，把它收到某處。就像《月光石》中的法蘭克林·布萊克[15]。我記得爸爸讀那一章時，嘴角露出微笑。但我也記得，那天有個女士來拜訪我們，她搖著頭。她說她有個祖母對鴉片特別敏感，她有次迷糊之中從床上起來，拿廚刀割自己的腿，然後回到床上，血流入床墊，差點害死她。

我不相信我會夢遊。最後我想一定是女僕拿的。也許艾莉斯拿起來，弄壞了鍊子，害怕告訴我？米爾班克監獄裡有個女囚說她弄壞了女主人的胸針，她想偷偷拿去修好，卻被人逮到，最後人贓俱獲，被告偷竊。也許艾莉斯也害怕被誤會，乾脆把壞掉的墜鍊扔了。我想，搞不好後來清潔工撿到送給妻子。她會以骯髒的指甲撥開墜鍊，發現墜子裡有一束光滑閃亮的頭髮，好奇那是誰的頭髮，以及為何留在裡面……

我不在乎艾莉斯有沒有弄壞，也不在乎是否被清潔工的妻子拿去。雖然墜鍊是爸爸給我的，但墜鍊她留著沒關係。這房子裡有上千件事物能讓我懷念父親。我怕的其實是海倫的那束頭髮，那時她仍愛著我，並親手剪下頭髮，要我好好收在身上。我只害怕自己弄丟那束頭髮。關於她，我已失去太多了。

15 《月光石》是英國作家威爾基·柯林斯（Wilkie Collins, 1824-1889）的作品，更是維多利亞時代最著名的偵探推理小說。書中法蘭克林·布萊克同樣被下了藥，迷糊之中將月光石交給他人，事後卻完全失憶，並引發一連串事件。

一八七二年十一月三日

我以為今天沒人會來。天氣好糟，這三天都沒人來旅館，甚至連找文西先生和西柏瑞小姐的客人都沒有。我們只靜靜在會客室舉行闇圈。我們一直在嘗試現形。據說靈媒現在一定要嘗試讓幽靈現形，美國已流行起來。我們昨晚試到九點，但沒有靈魂現身，我們最後將燈點亮，請西柏瑞小姐唱歌。我們今天又試一次，同樣毫無動靜，文西先生表演召喚幽靈手臂的方法，不過其實那是他自己的手。他是這麼做的……

我握住他的左腕，而西柏瑞小姐看似握住他右腕。但其實我們握的是**同一隻手臂**。文西先生將燈調暗，所以我們都看不到。他說：「這樣一來，我空出的手就可以做任何事，例如這樣。」他用手碰我的脖子，我不禁尖叫一聲。他說：「妳們知道，下流的靈媒可以用這方法騙人，道斯小姐。想想看，如果我的手先弄熱、弄冰或弄溼，那感覺多真實？」我說他應該給西柏瑞小姐感受一下，並起身換了個位子。但我還是很高興能學到這招。

我們等到四、五點，大雨滂沱，最後確定沒人會來了。西柏瑞小姐起身站到窗前說：「噢！哪有人會羨慕我們的工作！我們就只能在這枯等，看生者和死者要不要上門。今天早上有個幽靈在我房間角落大笑，害我五點就被吵醒了，你們知道嗎？」她雙手揉揉眼。我心想：「我有聽到那個靈魂，他昨晚從一個酒瓶出來的，妳笑著把他尿進便壺裡。」但西柏瑞小姐對我很好，比姑姑好多了，所以我絕不會笑話她。文西先生說：「我們的工作確實很辛苦。妳不覺得嗎，道斯小姐？」然後他起身打個哈欠，說既然沒人會來，我們乾脆鋪塊桌布，打場撲克牌。他牌才拿出來，門鈴就響了。於是他說：「不能玩啦，各位！我想是來找我的。」

但貝蒂來到房中，找的人不是他，而是我。她帶了個女士和她女僕進門。那位夫人看到我起身，一手放到心口驚呼：「妳是道斯小姐嗎？噢！我知道妳是！」這時我發現文西太太、文西先生、西柏瑞小姐、甚至貝蒂都看著我。但我跟他們一樣驚訝，我腦中唯一想到的是一個月前，我跟一個女士說她的小孩會過世，而眼前這人便是那名女士的母親。我心想：「這就是太誠實的下場。我應該要像文西先生一樣騙騙人就好。我想那女士悲傷之下，可能傷了自己，現在她母親來找我算帳了。」

但那夫人的表情雖然悲傷，卻帶有股欣喜之意。我說：「我想妳最好來我房間。不過我房間在房子最高的地方。妳介意爬段樓梯嗎？」她只和女僕相視而笑，然後回答：「介意？我找妳找了二十五年。我才不會因為一點樓梯就打退堂鼓！」

我覺得她可能腦袋有點問題。但我帶她上樓之後，她環顧四周，並望向她的女僕，然後再次專注望著我。我這時發現，她是名副其實的上流女士，她雙手皎白乾淨，戴著過時但漂亮的戒指。我覺得她大概五十、五十一歲。她同樣穿著素黑色的洋裝，但比我的烏亮。她說：「妳不知道我為何來找妳，對吧？這下怪了。我以為妳猜到了。」我說：「妳是因為某件悲傷的事而來到這裡。」她回答：「道斯小姐，我來這裡是**因為一場夢**。」

她說她因為一場夢而來找我。她說三個晚上前，她夢見我的面容和名字，還有文西先生的旅館地址。她說她雖然夢到了，但從沒想過這是真的，後來她今早查了《靈媒破曉》雜誌，看到我兩個月前刊登在上面的廣告。於是她便來霍本找我，現在她見到我的面，知道幽靈的指示了。我心想：「我還是一無所知。」我望著她和她的女僕，靜靜待她替我解惑。女人這時說：「噢！露絲，妳看到她那張臉了嗎？妳看到了嗎？我要給她看嗎？」女僕說：「給她看吧，夫人。」那位夫人從大衣中拿出天鵝絨包起的小包裹，她將包裹打開，親了一下，然後給我看。那是一張裱框的肖像畫，她將畫拿過來，幾乎流下淚來。我望向畫，她和女僕則望著我。然後那夫人說：「現在我想妳懂了，對不對？」

但我此時還只看到畫的金框和夫人顫抖白皙的手。等她終於將畫交到我手中，我驚叫出聲：「噢！」

她點點頭，手再次放到胸口。她說：「我們有許多事必須準備。何時開始呢？」我說我們應該馬上開始。

於是，她請女僕到樓梯口等待，她和我待了一小時。她名字叫布林克太太，住在錫登漢姆。她大老遠來到霍本，就是為了我。

一八七二年十一月六日

到伊斯林頓，替貝克太太找她姊姊珍．高荷，她於六八年三月過世，死因為**腦炎**。兩先令。

到國王十字區，替馬汀先生太太尋找孩子艾列克，他從遊艇旁失足，死因為**至大海中尋找真相**。兩先令。

在此替布林克太太尋找她指定的幽靈。一鎊。

一八七二年十一月十三日

在此見布林克太太兩小時。一鎊。

一八七二年十一月十七日

我今天從恍惚狀態回神時全身顫抖，布林克太太扶我上床，手放到我額頭。她請女僕從文西先生那裡拿來一杯酒，酒拿來時，她說那酒品質非常差，於是她請貝蒂去酒吧買品質更好的酒。她說：「我讓妳太辛苦了。」我說不是的，我本來就經常昏倒或不適。她看了看四周，說她不意外，任誰住在這都會生病。她望向她女僕說：「妳看那盞燈。」她指的是文西先生塗上紅漆的燈，現在正冒著煙。她說：「看這骯髒的地毯，看這床單。」她指的是我姑姑縫的老舊絲質床單，我從貝思納爾格林帶來的。她搖搖頭，握住我的手。她說我像是顆罕見的珠寶，怎能保存在這簡陋的盒子中。

一八七四年十月十七日

這天晚上大家聊了一段非常有趣的話題，我們聊了關於米爾班克監獄、通靈和瑟琳娜．道斯的事。我們請巴克雷先生來晚餐，後來史蒂芬、海倫和瓦里斯太太來和母親打撲克牌。婚禮時間如此接近，母親要我們叫巴克雷先生「亞瑟」。普麗希拉則任性地叫他巴克雷。他們聊了許多關於馬里什莊園的房子和土地的事，討論她成為女主人之後要做什麼。她會學騎馬，也會學駕車。我能想像她坐在輕型馬車上，手中拿著馬鞭的樣子。

她說婚禮之後，歡迎大家到莊園玩。她說那裡房間太多了，就算把所有人裝進去，也不會有人發現。莊園裡好像還住了個未婚的家族表姊，而我一定會喜歡她。她是個非常聰明的女士，她蒐集蛾和甲蟲，並會「和紳士一起」在昆蟲學界舉辦展覽。巴克雷先生（亞瑟）說他已致信告訴她，我近期在探訪監獄，她說她非常樂意認識我。

瓦里斯太太這時問我，我上次去米爾班克監獄是什麼時候？「那個暴君瑞德里小姐怎麼樣？」她說：「還有那個不大會說話的老婦人？」她指的是艾倫．鮑爾。「可憐人啊！」

「可憐人？」普麗希拉這時插嘴。「她聽起來很低能。真的，瑪格莉特跟我們說的所有女人聽起來都很低能。」她想不透我怎能受得了跟這些人相處。「我覺得妳跟**我們**相處都快受不了了。」她雙眼望著我，但其實是說給亞瑟聽的，他坐在她腳邊的地毯上，立刻答腔說，那是因為我知道她說的話都不值一哂。「全都像空氣一樣。是不是，瑪格莉特？」當然，他現在也直呼我名字了。

我朝他一笑，但目光望著普麗希拉，她彎身抓起他的手，捏了一把。我說她稱女囚低能其實大錯特錯。她們只是生活和她截然不同。她難道無法想像她們多不一樣嗎？

她說她不想去想像。我成天就**只會**想像，那就是我們之間的差別。現在亞瑟用他一隻大手握住她雙手纖細的手腕。

「但說真的，瑪格莉特。」瓦里斯太太繼續說：「她們都是底層的人嗎？她們全都犯下可悲的小罪嗎？妳有見到有名的謀殺犯嗎？」她露齒微笑。她牙齒間有一道道烏黑的大縫，像是鋼琴鍵盤一樣。

我說謀殺犯通常都吊死了。但我跟他們說，有個女孩叫漢默，她拿平底鍋打死她的女主人，後來無罪釋放，因為她證明女主人對她很殘忍。我說普麗希拉到馬里什莊園後應該要小心這類事情發生。「哈哈。」她乾笑兩聲。

「還有個女人。」我繼續說：「她其實算是個上流女子，牢裡的女囚都這麼形容她：她毒死自己的丈夫……」

亞瑟說，他當然希望**這類**事情不會在馬里什莊園上演。「哈哈。」大家聽了都笑了。

他們笑完，開始聊別的事情時，我心想，我要說還有另一個有趣的通靈女孩嗎……？我起初決定不要說，後來轉念一想，幹麼不說？我說出口時，弟弟隨口答腔：「啊，對，那個靈媒。她叫什麼名字？蓋茲？」

「是道斯。」我說，心裡暗吃一驚。我從未在米爾班克監獄外大聲說出她的名字。除了牢中的看守，我從沒聽過任何人聊過她。但現在史蒂芬點點頭。當然，他記得這案子。他說，這案子起訴的律師叫羅克先生……「非常優秀的律師，現在退休了。我很希望能和他一起合作。」

「霍佛．羅克先生？」母親說：「他曾來吃過一次飯。妳記得嗎，普麗希拉？不，妳當時太年輕，沒有和我們一起用餐。妳記得嗎，瑪格莉特？」

我不記得。我很高興自己不記得。我目光掃視史蒂芬和母親，然後轉向瓦里斯太太，望著她。「道斯，那靈媒？」她開口。「喔，我認識**她**！她就是那個打席維斯特太太女兒頭的人，或掐她……總之就是差點殺了她的那個……」

我想起我仍不時會欣賞的那幅克里韋利的畫。現在好比我害羞地將畫拿下樓，卻馬上被人奪走，眼睜睜看著畫在眾人間傳閱，被大家摸髒了。我問瓦里斯太太，她真的認識案件中受傷的女孩嗎？她說她認識她母親。母親是個美國人，名聲「不大好」，女孩有一頭美麗的紅髮，但白皙的臉上長著雀斑。「席維斯特太太控訴靈媒的事鬧得真難看！不過我想那女孩確實被靈媒弄得緊張兮兮的。」

我告訴她，道斯對我說，那女孩其實只是嚇到，並未受傷，另一個女士則因此受到驚嚇，不幸過世。過世的女士名叫布林克太太。瓦里斯太太認識她嗎？不，她不認識。我說：「道斯態度很堅定。她說一切都是幽靈幹的。」

史蒂芬說，若換成是他，他也會說是幽靈幹的。真的，他很訝異自己在法庭上竟然很少聽到這說法。我告訴他我覺得道斯為人滿老實的。他說靈媒**當然**看起來很老實。他說為了做生意，靈媒會訓練自己看起來老實。

「靈媒之中，有不少人壞得很。」亞瑟語氣輕鬆。「世上有不少高明的招魂師。他們靠著欺騙傻瓜，過著富裕的生活。」

我手放到胸口，按著原本掛著墜鍊的地方。但我是想提醒自己墜鍊掉了，還是想掩飾這件事，我也說不上來。我望向海倫，但她和普麗希拉一同笑著。瓦里斯太太說，她不覺得每個靈媒都是壞人。她朋友曾去過一次通靈圈，一個紳士告訴她許多他無從得知的私事，例如她母親的事，還有她表姊的兒子葬身火場的事。

「他們有紀錄簿。」亞瑟這時說：「這件事眾所周知。他們身上會有本簿子，像帳冊一般記下每個名字，藉此互通有無。妳朋友的名字恐怕在其中一本簿子上。**妳的**名字也可能在上頭。」

瓦里斯太太聽到驚呼：「通靈師的人名錄！真的假的，巴克雷先生？」普麗希拉的鸚鵡抖了抖羽毛。海倫說：「據說有人曾在我祖母家樓梯轉角看到鬼。據說有個女孩在那摔斷脖子。她穿著絲質便鞋，正打算去參加舞會。」

母親說，鬼！好像每個人到家裡都非得聊鬼不可。她覺得要聊這種胡說八道的事，我們乾脆下樓去廚房和下人講個痛快……

過了一會，我走到史蒂芬身旁，趁其他人還在聊天，我問他是不是真覺得瑟琳娜．道斯有罪？

他露出微笑。「她人關在米爾班克監獄。她一定有罪。」

我說他從小就愛用這種答案敷衍我，原來他那時候就是大律師了。我看到海倫望著我們。她耳朵上掛著珍珠耳環，像兩滴白蠟，我記得以前看過她戴，並想像珍珠因為她脖子散發的熱氣融化。我坐在史蒂芬椅子的扶手說，難以想像瑟琳娜．道斯專攻心計，還痛下重手。「何況她那麼年輕……」

他說那毫無意義。他說法庭上常見到十三、四歲的女孩，他們還必須拿箱子讓她們墊腳，陪審團才看得到。但他又說，這種小女孩背後絕對有一個年紀較大的女人或男人在指使，如果道斯如此年輕，那就八九不離十。她可能「受到不好的影響」。我跟他說，她堅持唯一影響她的就是幽靈。他說：「那也許她想保護某個人。」

她會為了別人甘願在牢裡待五年？在米爾班克監獄？

確實有這種事，他說。道斯不是年輕貌美嗎？「而且這案件中的『幽靈』，就我記得不是一個男的嗎？妳知道降神會出現的鬼大都是罩著棉布的演員嗎？」

我搖搖頭。我說我覺得他錯了！我很確定！

但我這麼說時，我看到他打量著我，心裡想著，美麗的女孩為心愛的男孩捨身入獄，這份感情**妳**怎麼懂？我怎麼懂得這份感情？我手又不自覺伸向胸口，等我回過神來，便假裝拉了拉領口。我說，他真的覺得通靈是假的嗎？所有靈媒都是騙子？他舉起手。「我沒有說**全部**，我說**大都是**。相信他們全是騙子的人是巴克雷。」

我不想跟巴克雷先生說話。「你覺得呢？」我又問一次。他回答，根據所有證據，他覺得所有理性的男子都能歸納出一個結論。大多數靈媒當然單純在變戲法。有的靈媒也許是生病或精神瘋狂。道斯可能是其中之一，而如此一來，我們更應該可憐她，而不該嘲笑她。至於其他人……「我們現在處於不可思議的年代。我只要走到電報局，便能和大西洋另一端的人聯絡。怎麼做到的？我不知道。五十年前，人們會覺得這是無稽之談，並且違背所有自然法則。但正因為我不知道，所以有人傳訊息來時，我不會覺得我被騙了。我不會任意斷定，有個傢伙暗中躲在隔壁房間，亂傳訊息給我。有的牧師確實認為通靈是邪魔歪道，但我也不會任意斷定，跟我說話的人一定是惡魔的化身。」

我說，但電報機之間有電纜連接。他說有的工程師相信可以發展出**無線**通訊的機器。他搖搖手指，「也許大自然中也有電纜，空氣中飄散著精細奇異的纖維，只是目前科學家不知怎麼稱呼，甚至還觀察不到。也許只有像道斯一樣敏感的女孩才感覺得到，並聽得到上頭傳來的訊息。」

我說：「史蒂芬，你說的是**死者**的訊息？」他回答，如果死者真的以另一種形態活著，那我們自然需要罕見和特殊的方式才聽得到……

我說如果此事當真，那道斯就清白了——

但當然，他沒說這是真的。他只說有可能。「就算是真的，那也不代表可以全盤信任她。」

「但**如果**她真的清白——」

「如果她真的清白，那叫她的幽靈證明啊！何況，這事還牽扯了那緊張的女孩和被嚇死的女士。我可不想跟**她們**爭辯。」母親搖鈴叫薇格斯來了，史蒂芬彎身從她手上盤子拿了片餅乾。他一面撥著背心上的餅乾屑，一面說：「我想說到底，我一開始還是對的。我比較相信她有個情郎，罩著棉布裝神弄鬼，而不是空氣中的纖維。」

我抬頭看到海倫仍望著我們。我想她很開心看到我和史蒂芬相處融洽，相談甚歡。我知道我有時對他態度不好。我原本要去找她，但母親叫她、普麗希拉、亞瑟和瓦里斯太太一起上牌桌。他們玩二十一點玩了半小時左右。後來瓦里斯太太哀嚎，她再玩下去，鈕釦都要賠給他們了，於是她起身上樓。她回來之後，我攔住她，並再問她席維斯特太太和她女兒的事。我問她上次見到她女兒，她女兒感覺如何？她說她看起來「像爛泥一樣可憐兮兮」。她母親找了個紅嘴唇、滿臉黑鬍子的紳士和她湊作堆，而且「後來只要有人關心席維斯特小姐，她都只回答：『我要結婚了。』接著甩著那頭紅髮，把手一伸，秀出蛋大的翡翠。當然，妳知道嘛，她繼承不少家產」。

我說席維斯特家住哪裡？瓦里斯太太十分驚訝。「親愛的，回美國啦。」她說。判決結果出來之前，她見過她們一次，後來大家都知道她們把房子賣了，僕從也都離開了。她說她從沒見過誰像席維斯特太太一樣，急著帶女兒回國嫁人。「但我想，只要事情鬧上法庭，就代表背後有醜聞。我敢說她們在紐約社會壓力沒那麼大。」

聽到這個，母親原本在吩咐薇格斯做事，現在開口：「什麼事？妳們在聊誰？不是還在聊鬼的事吧？」桌面反射著光，照得她脖子像蟾蜍一樣綠。

我搖搖頭，讓普麗希拉先開口。「到了馬里什莊園……」牌發到她手上她開始說，不久之後又聽到：「到**義大利……**」

接著大家閒聊了些蜜月旅行的事。我站在火爐旁，看火焰飛舞，史蒂芬坐在一邊，邊看報紙邊打盹。最後我聽到母親說：「……從沒去過，先生，我也不想去！舟車勞頓我可受不了，天氣那麼熱，食物也不好……」她仍和亞瑟談論著義大利。她跟他說，我們小時候爸爸曾去過，後來原本還打算帶海倫和我一起去，協助他研究。亞瑟說他從不知道海倫是個學者，母親回答，海倫今天能和我們在一塊，其實全拜普萊爾先生的研究之賜。

「海倫去聽普萊爾先生的演講。」她說：「瑪格莉特在那裡和她認識，並將她帶來我們家。從那時起，她一直是我們家的座上賓，普萊爾先生也最喜歡她。當然，我們當時不知道，對不對，普麗希拉？原來海倫來這裡全是為了史蒂芬。妳別臉紅啊，海倫！」

我站在火爐旁聆聽這一切。我看海倫紅了臉，但我卻雙頰發冷。畢竟，我已聽過這故事無數次，聽到我自己都快相信了。除此之外，我弟弟的話也令我無法忘懷。我接下來沒和任何人說話，但上樓進房之前，我再次走到史蒂芬身邊，並喚醒他說：「你提到的那個披棉布的傢伙……我見過監獄中管郵件的看守，你知道她跟我說什麼嗎？瑟琳娜．道斯服刑期間，至今沒有收到任何一封信，也沒寄出任何一封信。那你告訴我，這負心漢**連封信都不寄、連個字都不寫**，誰會為了他，心甘情願到米爾班克監獄服刑？」

他無法回答我。

一八七二年十一月二十五日

今晚真是吵成一團！我一整個下午都和布林克太太在一起，結果晚餐遲到了。卡特勒先生經常晚到，沒人在乎。但文西先生見我進門便說：「唉唷，道斯小姐，我希望貝蒂有替妳留點肉，沒拿去給狗吃了。我們以為妳發達了便不屑跟我們用餐了。」我說我相信我這輩子永遠沒有發達那一天。他聽了回答：「唉唷，妳畢竟**才華罕見**，應該能預知未來，告訴我們才對。」他說四個月前，我明明還很高興能在他的旅館落腳，但現在我好像瞧不起這裡了。他將我盤子遞過來，上頭有一點兔肉和白煮馬鈴薯。我說：「當然，要找到菜做得比文西太太好的地方一點都不難。」所有人聽了都放下手中叉子盯著我。貝蒂大笑，文西先生甩她一巴掌，文西太太開始大喊：「噢！噢！我從來沒在自家餐桌被我房客侮辱過！」她說：「妳這小賤貨，我丈夫一片好心，租金算妳那麼低，讓妳住進來。別以為我沒看見妳和我丈夫眉來眼去。」我說：「妳丈夫就是剝削靈媒的糟老頭！」我抓起盤中的馬鈴薯，扔向文西先生的頭。我沒看有沒有擊中，直接轉身逃離餐桌，一路跑上樓回房，我躺在床上哭，然後仰頭大笑，最後感到一陣噁心。

所有人之中，只有西柏瑞小姐來看我，她還帶著麵包、奶油和她自己杯中的一點波特酒。我聽到文西先生在樓下大廳說話。他說他絕不想再收容另一個女靈媒，就算有父親陪伴也一樣。他說：「聽說她們很厲害。當然，她們也許真的很厲害，但年輕女孩走火入魔……老天啊，卡特勒先生，那真是可怕！」

一八七四年十月二十一日

人會漸漸習慣鎮靜劑嗎？我覺得為了讓我出現睡意，母親劑量必須再下重一點。現在我就算睡著，也睡得不安穩。我眼前似乎會閃過黑影，耳邊也會聽到低語。我被驚醒時，起身望向空房，心中會充滿困惑。然後我會再躺一個小時，希望能再次入睡。

我會睡不著是因為我墜鍊掉了。我晚上焦慮不安，白天則昏昏沉沉。今天早上我在安排普麗希拉的婚禮時，有件小事弄得亂七八糟，母親說她不知道我怎麼了。她說我和監獄的野蠻女人相處，人都變笨了。為了氣她，我去了監獄一趟。現在因為去那一趟，我確實又失眠了……

他們先讓我參觀監獄洗衣間。那地方好嚇人，天花板低矮，室內悶熱潮溼，瀰漫臭氣。裡面有一台台巨大駭人的衣物軋乾機，一爐爐滾燙漿洗用的澱粉，一排排吊在天花板上的衣架。而衣架上面掛著無以名狀、各式各樣的黃白色衣物，不斷滴著水，到底是床單、背心或襯裙，我也分不出來。熱氣撲上我的臉和頭皮，我在那無法多待一分鐘。但是，看守說女囚比起其他工作，更喜歡在洗衣間幹活。因為洗衣工吃得能比平常好，有額外的蛋、牛奶和肉，身體會更有力。當然，她們能一起工作，我猜她們一定也藉機聊天。

感受過洗衣間的熱氣和喧鬧，一般牢房更顯得冰冷淒涼。我沒有拜訪多少女囚，只去見了兩個我從沒見過的女囚。第一個人是他們的「小姐」囚犯，她姓塔利，因為詐騙珠寶入獄。我去找她時，她牽起我的手說：「噢！終於能正常聊天了！」但她唯一問的都是報紙上的報導。當然，我不能透露任何消息。

她說：「那女王好嗎？妳至少能跟我說這個吧。」

她跟我說，她曾兩度受邀到奧斯本莊園的宴會作客，並提到一、兩位名門閨秀的名字。我認識她們嗎？我不認識。她接著好奇：「妳屬於哪個家族？」我跟她說爸爸只是學者時，我覺得她態度變得很冰冷。她最後問我，我能不能跟海克斯比小姐說，她需要牙膏和合身的馬甲。

我沒和她聊很久。但我第二個見面的女囚我比較喜歡。她叫艾涅絲·納許，因為流通偽幣，三年前鋃鐺入獄。她是個身材結實的女人，臉上汗毛多，膚色暗沉，但雙眼湛藍漂亮。我進到牢房時，她站起身，沒有行屈膝禮，替我拉來椅子，接下來聊天時，她一直靠在摺起的吊床上。她雙手白皙乾淨，有一根手指斷在第二指節處。她說她的指尖「在她嬰孩時期被屠夫的狗咬得一乾二淨」。

她對於自己犯的罪毫不掩飾，談笑自若，風趣橫生。「我來自一個賊窟。」她說：「平常人覺得我們是壞人，但我們對自己人很好。我從小為了生存便會偷東西，也偷了不少次，這我不怕跟妳說。但我通常不需要下手，因為我哥哥算這行的頂尖高手，他讓我們衣食無虞。」她說是偽幣害她栽了。她喜歡弄偽幣，許多女孩子都喜歡，原因都一樣，因為這工作輕鬆又愉快。她說：「他們替我安的罪名是流通偽幣，但我從來沒參與偽幣的流通。我只在家裡造偽幣，讓其他人拿出去用。」

我在牢房裡聽過這類分別，關於犯罪的等級、種類和程度。我聽到她的說法，我說，這麼說起來，她犯的罪比較輕嘍？她回答，她不會說她犯的罪比較輕，但只想說明她犯了什麼罪。她說：「這一行很少人了解。就因為如此，我今天才會關在這裡。」

我這時問，她是什麼意思？製造偽幣絕對非法吧，不是嗎？尤其，對拿到偽幣的人來說不公平。

「是不公平，沒錯。但妳覺得我們的偽幣會進到**妳的**皮包嗎？有些確實會，這我不懷疑。妳拿到的話，算妳運氣背！但大多數偽幣都無聲無息在我們自己身上流通。我可能會給朋友一枚偽幣，買一盒菸草。我的朋友可能將偽幣給他朋友，那人又給了蘇西或吉姆……也許買了駁船送來的一點羊肉。蘇西或吉姆只會把錢再還到我手上。這算是家族事業，沒有人會受害。但鑄幣局聽到『製造偽幣犯』，就像聽到『賊』。因此我必須付出代價，在這裡蹲五年……」

我說我以前從未想過賊有自己的經濟系統。她的辯解非常有說服力。她聽了點點頭。她說我下次跟法官吃飯時，一定要把這事拿出來討論。她說：「妳知道，我的目標就是透過像妳一樣的小姐，一點一滴改變事情。」

她臉上毫無笑容。我看不出來她是認真的，還是在開玩笑。我說我未來一定會小心檢查我拿到的每一枚先令。現在她笑了。「真的。」她說：「誰猜得到？搞不好妳現在皮包就有一枚我精心製造的假幣。」

但我問她要怎麼分辨偽幣和真幣時，她卻不明說。她說，真假幣**的確**有一點點差別，但是……「妳知道，就算在這裡，我仍不能隨便透露我的商業機密。」

她和我四目相交。我說聽她這麼說，該不會是因為她獲釋之後打算重操舊業吧？她聳聳肩說，但她還能做什麼？她不是告訴我，她生來便只會幹這行了嗎？如果她回到親友身邊，卻金盆洗手，他們會瞧不起她！

我這時說，我覺得非常可惜，因為她腦中只想著她兩年後又要犯罪。她回答：「是很可惜。可是，我在牢裡還能幹什麼？數牢房的磚頭，或數布料上的縫線？這我都做過了。還是去想我的孩子少了媽媽過得如何？這我也想過了。想得心裡難受。」

我說她可以想想為何小孩失去母親。她可以想想她過去所犯下的罪，以及犯罪害她淪落的下場。

她大笑。「我有想過。」她說：「我有想過一年。我們全都想過。妳可以去問任何女囚。妳知道，到米爾班克監獄的第一年非常嚇人。那時妳會發誓，寧可和家人一起挨餓，也不要再犯罪，被抓回這裡。妳會答應任何人任何事，心中說有多懊悔便多懊悔。但只有第一年。過了那一年，妳再也不後悔了。妳會去思考犯罪的事。妳不會想：『如果我不幹壞事，就不會在這裡。』妳會想：『如果我幹得**更小心**……』妳會去思索等妳出去時，要用上什麼偷拐搶騙的高招。妳會想：『她們把我關到這裡，就是因為她們覺得我很壞。哼，四年後，我就他媽讓她們看看我有多壞！』」

她朝我眨個眼。我望著她，最後我說：「妳該不會以為我聽到這番話，會說我覺得很開心吧。」她臉上仍掛著笑容，馬上回答她當然不會妄想……

我起身離開時，她也站起來，和我走三、四步到牢門旁，彷彿要送我出門。她說：「小姐，我很高興跟妳聊天。記得關於錢幣的事！」我說我會記得，接著望向走廊尋找看守。納許點點頭。「妳接下來要拜訪誰？」她問我。因為她似乎毫無惡意，於是我略帶保留回答：「也許找妳鄰居，瑟琳娜．道斯。」

「她！」她馬上說：「那裝神弄鬼的女孩……」她漂亮的藍眼珠轉了轉，再次大笑。

我這時變得很討厭她。我隔著鐵欄向外喊，潔夫太太來讓我出去。後來我真的去找道斯了。我覺得她臉色比平常蒼白，並很確定她雙手更紅、更粗糙了。我穿著厚重的大衣，全身都包得緊緊的。我沒提起墜鍊的事，也沒提到她上次說的話。但我說我有一直在想她。我說我一直在想她告訴我的話，關於她自己的事。我問她，她今天想多告訴我一點嗎？

她說，她要告訴我什麼呢？

我說她可以跟我說她被關到米爾班克監獄之前的生活。我問道：「妳這樣……多久了？」

「我怎樣？」她歪著頭。

「就這個樣子。妳能看到幽靈多久了？」

「啊。」她露出微笑。「我想從我睜眼開始至今吧……」

她告訴我小時候的事情……她和姑姑一起住，並生了好幾場病。有一次，她病得特別嚴重，有個女士來找她。結果原來那是她過世的母親。

「我姑姑跟我說的。」她說。

「妳害怕嗎？」

「姑姑說我不用害怕，因為母親愛我。那便是她來的原因……」

於是幽靈不斷前來，最後她姑姑覺得她們應該「好好善用她的能力」，並開始帶她去通靈圈。那時她遇上更多敲擊聲、尖叫和幽靈。「我當時有點害怕。」她說：「這些幽靈並不全像我母親那麼善良！」她那時幾歲？「大概十三歲……」

我想像她身材嬌小，臉色無比蒼白，見到桌子傾斜，大喊：「姑姑！」我對這姑姑有點好奇，因為她居然讓她接觸這類事。但我這麼說時，她搖搖頭，說幸好她姑姑讓她接觸了。她說如果她像一些孤苦零丁的靈媒必須獨自面對這種幽靈，情況可能更糟。後來她漸漸習慣自己看到的一切。「姑姑把我看得很緊。」她說：「其他女生都很無趣，只談論日常的事。當然她們覺得我很怪。我有時遇到一些人會知道她們跟我一樣。但如果對方沒察覺，當然就沒有用。或更糟的是，她也許猜到了，但心裡感到害怕……」

她雙目凝視我，直到我畏縮，並別開目光。「唉。」她語氣輕鬆地說：「通靈圈讓我力量愈來愈穩定。」不久她懂得拒絕「低級」幽靈，尋找好的幽靈。沒多久，他們開始給她訊息，希望能轉交給「他們世間親愛的朋友」。那是件快樂的事，不是嗎？在悲傷和難過之際，替他們帶來暖心的隻字片語？

我想到我消失的墜鍊，還有她曾替**我**帶來的訊息。我們仍沒提到此事。我只說：「所以妳便成為靈媒。大家來找妳，付妳錢？」

她堅稱，她自己「從未拿過分文」。有時大家會送她禮物，這就不同。無論如何，幽靈都說，如果幽靈讓靈媒通靈，靈媒收錢其實也不需心虛。

她談到她人生這段日子，露出笑容。「那是段快樂的時光。」她說：「但我覺得我自己當時毫無意識。我姑姑離開我了。用我們的話來說，便是去了幽靈的世界。我想念她，但她在那裡比在世時更滿足，所以我不會不捨。我住在霍本的旅館一段時間。那裡有個通靈家族，他們對我很好。遺憾的是，他們後來跟我鬧翻了。我盡力工作，讓大家非常開心。我遇到許多有趣的人、聰明的人，就跟妳一樣，普萊爾小姐！我還去過切爾西好幾棟豪宅工作。」

我想起珠寶詐欺犯，她也吹噓自己到過奧斯本莊園的事。道斯身陷囹圄，卻自信滿滿，看了令人難受。我說：「所以就是在那其中的房子，發生了那女孩和女士的事情，妳才被告傷害嗎？」

她別開頭，小聲說，不是，那是在不同的房子發生的。那房子在錫登漢姆。

後來她說，這件事我怎麼想？早上禱告時，監獄出現大騷動！曼寧小姐牢房區的珍．佩蒂拿禱告書扔牧師……

她情緒變了。我知道她不肯告訴我更多事了。我很難過。我想聽到更多關於「調皮」幽靈「彼得．奎克」的事。

我聽她說話時坐得很直。現在我注意力回到身上，才感到一陣涼意，我將大衣拉緊。這時我的筆記從口袋中露出來，我發現她望著我的筆記本。接下來，我們聊天時，她的目光不斷回到筆記本上。最後我起身離開她時，她才問我為何身上要帶著筆記本？我打算寫關於監獄女囚的事嗎？

我跟她說，我不論到哪都帶著筆記本。這是我幫父親做研究養成的習慣。我說少了筆記本我會渾身不對勁，我記在裡面的事，有時會寫到日記上。我說**日記**像是我最好的朋友。我會告訴它我所有最私密的想法，讓它替我保守祕密。

她點點頭。她說我的日記就像她一樣，她也沒對象能傾訴。我其實可以在牢房中說出我的祕密。畢竟，她又能跟誰透露呢？

她語氣沒有絲毫怨懟，反而像在開玩笑。我說她也許會告訴幽靈。「啊。」她說著頭歪了歪。「妳知道，**他們**什麼都知道。日記的內容也是。就算妳在昏暗的房間……」她說到這裡頓了頓，手指輕輕放到雙唇上。「將門鎖上，將檯燈調暗，偷偷寫也一樣。」

我眨眨眼。我說，真奇怪，我**真的**是這樣寫我日記的。她和我目光交會，會心一笑。她說大家都是這樣寫的。她說她以前還是自由之身時也會寫日記。她總是夜裡在黑漆漆的房間寫，寫著寫著就會打起哈欠，想睡覺。她說她現在失眠時，晚上明明時間多得是，卻什麼也不能寫，她感到很痛苦。

我想起海倫剛告訴我，她要嫁給史蒂芬時，我失眠了好幾夜。那段時間，一直到爸爸過世，我服用嗎啡那天，我總共睡不到三天。我想像道斯睜眼躺在漆黑的牢房。我想像自己拿著嗎啡或鎮靜劑來，看她喝下……

後來我再次望向她，看到她目光仍停留在我口袋的筆記本上。我手不禁伸去護住筆記，她看到我的動作，表情有點不悅。

她說我的確要看緊筆記本。女囚對紙特別瘋狂，紙和筆都一樣。她說：「他們將犯人帶到監獄時，會要妳將名字寫到一本大黑書上。」那是她最後一次拿筆寫下自己的名字。那也是她最後一次聽到有人講出她的名字。「她們在這裡都叫我道斯，像僕人一樣。現在要是有人叫我瑟琳娜，我想我根本不會回頭。**瑟琳娜、瑟琳娜**，我已經忘記那女孩是誰了！她說不定死了。」

她聲音微微顫抖。我記得那個妓女珍．賈維斯曾跟我要過一頁紙，想寫個字條給她的伴侶懷特。那天之後，我再也沒去找她了。但想要一張紙，寫下自己名字，讓人感受自己仍活著，並且確實存在……感覺是微不足道的願望。

我聽了一下，確定潔夫太太仍在牢房另一端做事。我從口袋拿出筆記本，打開空白頁，平放在桌上，並給她我的筆。她望著筆，然後望著我。她將筆拿在手中，笨拙地轉開筆蓋。我想筆的重量和形狀對她來說很陌生。她將筆舉在紙上，手不斷顫抖，墨水在筆嘴前凝結，閃爍著晶光，她寫下：瑟琳娜。然後她又寫了全名：瑟琳娜．安．道斯。再次單獨寫下受洗的名字：瑟琳娜。

她來到桌前寫字，頭離我非常近，開口時彷彿在向我低聲傾訴。她說：「普萊爾小姐，我很好奇妳寫日記時可曾寫到我的名字？」

我一時間無法回答她，因為在寒冷的牢房中聽到她喃喃話音，感受她的溫度，我驚覺自己**有**多常寫到她。但話說回來，我也寫了其他女囚的事，我為何**不能**寫她的事？而且寫她的事總比寫海倫的事好吧。

於是我只回答：「如果我寫關於妳的事，妳會介意嗎？」

介意？她微笑。她說只要想到有人書寫關於她的事，尤其想像我坐在書桌前，寫**瑟琳娜說這說那**或**瑟琳娜怎麼怎麼**，她都會很開心。她大笑：「**瑟琳娜告訴我一大堆關於幽靈的鬼話……**」

她搖搖頭。笑聲來得快，去得也快，轉眼戛然而止，她的笑容在我面前垮下。「當然。」她低聲說：「妳不會叫我瑟琳娜。妳只會叫我**道斯**，像她們一樣。」

我告訴她，她喜歡我怎麼稱呼她都可以。

「真的嗎？」她問我。接著繼續說：「噢！我不會得寸進尺，我絕不會用別的方式稱呼妳，我只會叫妳『普萊爾小姐』……」

我猶豫了一下。我說真用別的名字稱呼我的話，看守恐怕會覺得不妥。

「她們當然覺得不妥！」她別開頭。「但是我不會在牢裡**說出**。但是……晚上牢裡安靜無聲時，我確實會想到妳。我想妳的時候，我用的名字不是『普萊爾小姐』，而是……嗯，妳上次說來當我朋友時，好心告訴我妳的名字……」

她再次將筆笨拙地放到紙頁上，並在自己名字下寫下：瑪格莉特。

瑪格莉特。我看到時全身縮了一下，彷彿她下了咒，或照我模樣畫了諷刺插畫。她馬上說，噢！她不該寫下來，她太失禮了！我說，不，不是，不是那樣。「只是……嗯，我不喜歡這名字。這名字象徵著最糟糕的我。妳知道，我妹妹名字非常美。我聽到瑪格莉特，腦中會浮現母親的聲音。我父親叫我『佩姬』……」

「那讓我叫妳佩姬。」她說。但我這時想起，她之前叫過我這名字。我現在想起那一刻還是會打寒顫。我搖搖頭。她終於低聲說：「給我另一個名字。給我除了『普萊爾小姐』之外的另一個名字。普萊爾小姐也許是看守的名字，也許是任何平凡的訪客，或跟我毫無關係的名字。給我一個名字，一個象徵……一個祕密代號，代表的不是最壞的妳，而是最好的妳……」

她繼續低語。最後我如剛才將筆記本和筆給她一般，心中興起一股奇異的衝動，我脫口而出：「歐若拉！妳可以叫我歐若拉！因為這個名字是……這個名字……」

我當然沒說這名字是海倫在嫁給我弟弟前給我的。我說這是我「年輕的時候」，喜歡叫自己的名字。說出這麼愚蠢的話，我不禁滿臉羞紅。

但她表情非常認真。她再次握住筆，將瑪格莉特畫掉，並寫上歐若拉。

然後她說：「瑟琳娜和歐若拉。看起來多配！就像天使的名字，對不對？」

牢房瞬間寂靜無聲。我聽到遠方走廊傳來關門的聲響，還有拉門閂刺耳的聲音，接著我想我聽到腳步聲，不遠處有人鞋底摩擦著沙地。我突兀地從她手中拿回筆，感覺到她粗糙的手指。我說：「我想我打擾妳太久了。」

「噢！不會。」

「有，我覺得太久了。」我起身，滿懷恐懼走到門旁。走廊外頭空無一人。我大喊：「潔夫太太！」並聽到她從遠處的牢房回喊：「等一下，小姐！」我轉身，因為沒有人會聽到或看到，我伸出手。「那就再見了，瑟琳娜。」

她手再次放入我手中，她露出微笑。「再見，歐若拉。」她在冰冷的牢房輕聲說，一時間，這幾個字如薄霧般停在她雙唇前。我收回手，正想轉向鐵門，卻發現她表情再次透露出一絲調皮。

我說，她為何露出那表情？

她為何要暗自竊笑？

「什麼表情，歐若拉？」

「我暗自竊笑嗎？」

「妳知道妳笑了。為什麼？」

她似乎猶豫一下。然後她說：「只是妳自尊心很高。我們聊了那麼多關於幽靈的事，結果……」

結果什麼？

但她突然又不正經起來。她只搖搖頭笑著我。

最後她說：「再把筆給我。」我來不及回應，她便把筆從我手中拿走，再次在筆記本上迅速寫著字。我聽到潔夫太太腳步聲從走廊傳來。「快點！」我說。我胸中心跳加速，看到衣服像鼓皮一樣震動。但她笑了笑，繼續寫。靴子聲愈來愈近，我心臟愈跳愈快！筆記本終於合上，筆蓋旋緊，還到我手中，潔夫太太出現在鐵柵欄間。我看到她黑色的雙眼如常緊張地望了望。但牢房中什麼也沒有，只剩我胸膛不斷起伏。我趁她轉動鑰匙，推開鐵門時，用大衣蓋住我的胸口。道斯已退開一步。她雙臂放在圍裙上，垂頭站著，面無表情。她只說：「再見，普萊爾小姐。」

我朝她點點頭，然後隨看守走出她的牢房，一語不發穿越牢房區。

但我一邊走，一邊感覺筆記本在我腰邊晃動。她讓筆記本變得突兀又沉重。我走到連接不同監獄的出入口時，脫下手套，赤裸的手掌放到書脊上，皮革似乎仍帶著她粗糙的手留下的溫度。但我不敢把筆記本從口袋拿出。我一直等他們送我坐上馬車，馬車夫揮下馬鞭，我才再次拿出筆記本。我花了點時間翻到那頁，然後又花了點時間在窗邊調好角度，讓街燈照亮她寫的字。我看完之後，馬上合上筆記本，放回我的口袋中。不過顛簸的路途上，我手仍放在筆記本上，最後皮革封面變得潮溼。

現在，我的筆記本攤在面前。上面有一點點墨漬，還有她寫的名字，包括她自己的、我的，和祕密代號。下頭寫著這幾行字：

我們聊了那麼多關於幽靈的事，結果妳都沒提到妳的墜鍊。
妳覺得幽靈拿走時不會告訴我嗎？
他們看妳到處找都不禁笑了，歐若拉！

我在蠟燭旁寫著日記，火焰昏暗，愈來愈低。今夜不平靜，風從門縫鑽入，將地毯掀起。母親和普麗希拉已進入夢鄉。整條夏納步道、甚至切爾西所有人都已沉睡，只有我醒著。只有我和薇格斯，因為我聽到她在樓上柏依的舊房間窸窸窣窣。她聽到什麼，害她輾轉難眠？我以前都覺得晚上房子變得很平靜。現在我似乎聽得到每一處的鐘聲和錶聲，木板和樓梯每一寸的呻吟。我在凸面的玻璃窗望著自己的倒影。我覺得我的臉好奇怪，不敢太仔細去看。但我也不敢望向外頭漆黑的夜。因為夜色中看得到黑影四布的米爾班克監獄。而**瑟琳娜**就躺在其中一道黑影中。**瑟琳娜**……她讓我在這裡寫下她的名字，鋼筆畫過頁面，每一筆都讓她變得更真實，變得具體成形……**瑟琳娜**。**瑟琳娜**躺在其中一道黑影中。她雙眼睜開，並凝視著我。

一八七二年十一月二十六日

我希望姑姑能看到我現在住的地方。因為我現在人在布林克太太位於錫登漢姆的房子！她一天內便接我來了，她說若在文西先生旅館多待一小時，不如死了算了。文西先生說：「好啊，妳帶走她吧，夫人！但願她替妳找更多麻煩。」不過西柏瑞小姐看到我經過房門，不禁哭了出來，她說她知道我會過得非常好。布林克太太用自家馬車載我到她家時，我差點昏倒，因為那是我見過最宏偉的地方，宅院四周都有花園，一條碎石小路延伸到前門。布林克太太見我目瞪口呆，她說：「孩子，妳臉色怎麼那麼蒼白！當然，這裡對妳來說很陌生。」她牽起我的手，帶我走進門，然後靜靜帶我參觀一間間房，並說：「這妳看起來怎麼樣？妳認得這個……跟這個嗎？」我說我不確定，因為我現在腦中還是一團迷霧，她回答：「好吧，我敢說之後便會想起來了。」

接著她帶我來到這間房。這原本是她母親的房間，現在屬於我了。這間房很大，我起初以為這是另一間會客室。後來我看到房中有張床，我走到床前，伸手摸床柱，我臉色肯定再次一片慘白，因為布林克太太這時說：「噢！這對妳來說還是衝擊太大了！還是我先帶妳回霍本？」

我說絕對不要。我說我們必須有心理準備，我一定會暫時變虛弱，但這不算什麼，過一段時間就好了。她說：「好吧，我讓妳在這一小時，習慣一下妳的新家。」然後她親吻我，並說：「我想我現在能親妳吧？」我回想這半年來，女士哭泣時，我會牽住她們的手。除了她們，文西先生也常伸手碰我，並在我門口徘徊。但自從姑姑過世，沒人親吻我，一個都沒有。

我今天以前都沒想過，直到現在她雙唇觸碰我臉頰時，我才察覺。

她離開後，我走到窗邊看風景，窗外全都是樹，也看得到水晶宮。但水晶宮我覺得不像大家所說的那麼華麗。不過總比我在霍本的風景好多了！看了風景之後，我在房中稍微走了走，空間好寬敞，我試跳了一下波卡舞步。我一直想在一間大房間跳波卡舞。我脫了鞋，以免布林克太太在下頭房間聽到，並輕手輕腳跳了十五分鐘。接著我環顧四周，端詳各式各樣的東西。

這其實是個相當詭異的房間，因為房裡有許多櫥櫃和抽屜，每一層都塞滿東西，例如一條條蕾絲、紙張、畫、手絹、鈕釦等等。那裡有個大衣櫃，裡面掛著一件件洋裝，還有一排排鞋子，架上有好幾層摺好的褲襪和薰衣草袋。那裡有個化妝檯，上面有梳子和剩半瓶的香水，一盒胸針、戒指和翡翠項鍊。雖然這些物品都非常古老，但全都有人清理擦亮，彷彿跟新的一樣，任誰看到這一切，只要不認識布林克太太，都會覺得她母親一定是個有條有理的女士。大家會覺得：「我不該來這碰她東西，她可能待會就回來了。」當然，她已經過世四十年了，大家其實可以盡情碰她的物品。我知道這件事，但甚至我也覺得不該碰她的東西。我覺得我碰的話，轉身便會看到她站在門口望著我。

我想著想著，**真的**轉過身，**真的**望向門口，門口居然**真的**有個女人望著我！我看到她，心臟差點從我嘴裡跳出來……

但那只是布林克太太的侍女露絲，她靜悄悄出現，不像貝蒂笨手笨腳，而是像真正小姐的侍女，像鬼魅一樣。她見我吃一驚說：「噢！小姐，不好意思嚇到妳！布林克太太說妳在休息。」她替我端水洗臉，她上前將水倒進布林克太太母親的瓷盆時說：「妳晚餐會換上哪一件洋裝？方便的話，我會把禮服拿去請女僕熨平。」她望著地上，目光不和我相交，但我覺得她可能發現我光著腳，不知道她有沒有猜到我剛才在跳舞。她站在原地，等我給她洋裝，但當然我比身上好的洋裝只有一件。我說：「妳真的覺得布林克太太會希望我更衣嗎？」她說：「我想會的，小姐。」於是我將我天鵝絨洋裝交給她，她拿回來時，洋裝已用蒸氣烘熱，散發溫暖的氣息。

我穿著那件洋裝，坐著等到鐘響八點鐘，這裡晚餐時間也令人吃驚。露絲來找我，她替我解開腰間的蝴蝶結，重新綁好說：「好了，妳看起來多美啊，是不是？」她帶我走進餐廳，布林克太太看到我說：「噢！妳看起來好美！」我看到露絲露出微笑。她們讓我坐到巨大光滑的餐桌一邊，布林克太太坐在另一邊，看我吃飯，並不斷聊著天。「露絲，妳能再給道斯小姐一點馬鈴薯嗎？道斯小姐，妳讓露絲幫妳切點乳酪吧？」她問我食物合不合胃口，我最喜歡什麼食物。那餐有雞蛋、豬排、腰子、乳酪和一點無花果。我中途想到文西太太的兔肉，不禁笑了。布林克太太問我為何大笑，我說因為我好高興。

晚餐之後，布林克太太說：「好了，我們看看這房子對妳的力量有何影響？」我靜坐出神一小時，我覺得她非常滿意。她說明天她會帶我去買洋裝，後天或大後天她會讓我替她朋友主持通靈圈，她們都殷殷期待讓我替她們服務。她再次帶我到這房間，再次親吻我，露絲替我拿來更多熱水，並拿走我的便壺，動作一點也不像貝蒂，害我臉紅了。現在時間已經十一點，我毫無睡意，我通靈之後總是如此，但我在這裡不想告訴她們。在這偌大的房子中，四周沒有一點聲音。整棟房子裡只有布林克太太、露絲、廚師、另一個女僕和我。我們根本就像修道院中的一群修女。

巨大的高腳床上放著布林克太太母親的白色蕾絲睡袍，布林克太太說她希望我穿。但我今晚如果睡不著，我也不會訝異。我站在窗邊望著城市的燈火，一直在想，我突然時來運轉，人生出現不可思議的巨變，全是因為布林克太太的一場夢！

現在水晶宮點起了無數燈光，我憑良心說，確實教人驚豔。

第二部

一八七四年十月二十三日

這週變更冷了。就像爸過世那年一樣，冬天提早到了。而就像他重病在床那段悲慘的日子，城市再次於我面前改變。夏納步道上的小販站在攤位，用破爛的靴子跺地，咒罵天氣。馬停下之後，一群孩子會聚集上來，窩在馬溼潤的側腹邊取暖。艾莉斯跟我說，兩個晚上前，河對岸一條街上有個母親和三個兒子飢寒交迫中不幸喪生。亞瑟說他凌晨駕車經過河岸街，看到蜷縮在門口的乞丐身上的毛毯都結了霜。

濃霧也隨之而來。不僅是黃色和棕色的霧，還有宛如液態煤煙般的黑霧。濃霧像是從人行道冒出，彷彿下水道裡有一具具惡魔的引擎。霧氣汙濁，燻黑我們的衣服，充滿我們的肺，讓人不住咳嗽。濃霧貼上窗戶，光照下仔細去看，還能看到濃霧從不貼合的窗框縫隙滲入房中。現在下午三、四點便像入夜一樣黑，薇格斯點燈時，火焰像是受到壓抑，顯得格外微弱。

我自己的檯燈現在也非常暗。暗到像小時候晚上睡覺會點的燈心草燈。我記憶非常清晰，我小時候會躺著數燈心草燈柱上的光點，心知自己是房子中唯一醒著的人，並聽著保母在床上的呼吸聲，史蒂芬和普麗希拉有時會在他們的床上打鼾或低吟。

這是我們小時候一起睡覺的房間，我現在仍認得出不少痕跡。天花板仍有以前掛秋千的痕跡，我書架上還有一些童書。我現在就看到其中一本的書脊，那是史蒂芬最愛的一本。裡頭有惡魔和鬼魅的圖畫，栩栩如生，它的設計就是要先用力盯著每個圖案，然後馬上去看白牆或天花板。只要這麼做，就能清楚看到鬼魅，但顏色跟原圖完全不同。

我最近怎麼老是在想鬼的事！

家裡很無趣。我今天早上又去大英博物館讀書。但那裡因為濃霧變得無比昏暗，兩點鐘，館員低聲告訴大家閱覽室要關閉了。提前閉館總是會引來不少抱怨，也會有人說怎麼不拿燈來就好。我當時在讀監獄歷史，抄著筆記，一方面研究，一方面消磨時間，所以我一點也不介意。當我從博物館出來，發現天空變得灰暗陰沉，超乎現實，我更感到不可思議。我從未見過哪條街如當時的大羅素街一般，深度和顏色全被奪走。我幾乎不敢踏入其中，擔心自己會變白，像人行道和屋頂一樣消失。

當然，從遠處來看霧比較濃密，這是霧的特性。走入其中，我身影沒有變模糊，反而變得更清楚。我身體周圍彷彿有個半圓形的空間，隨我移動。我現在看清楚了，就像半圓形的薄紗遮罩，僕人夏天會蓋在蛋糕上，隔絕黃蜂。

我很好奇，是不是每個走在這條街上的人都像我一樣，能清楚看到隨自己移動的白色半圓形遮罩。想到這裡，我漸漸開始感到壓迫。我覺得應該走去找馬車站，搭馬車回家，並在到家之前，把車廂遮簾拉下。於是我走向托特納姆宮路，邊走邊看門牌和窗口，心中感到既安慰又悲傷，因為我以前會挽著爸爸走過這裡，而這條路的商店幾乎沒有變化……

正當我這麼想，我看到有扇門旁的銅匾似乎比兩邊亮一點，靠近之後，我看到銅匾上的刻字，上面寫：英國通靈協會——會面室、閱覽室和圖書館。

我確定兩年前沒有這塊門牌。也可能是因為之前，通靈對我來說毫無意義。我看到時停下腳步，然後走近一些。當然，我情不自禁想到瑟琳娜……至今，寫下她的名字時，我仍感到十分陌生。我心想，她擁有自由時可能來過這裡。她可能曾在這條街上和我擦肩而過。我剛認識海倫那段日子，我記得有次在街角等她。也許那時瑟琳娜曾經過我身旁。

這想法耐人尋味。我再次望向銅匾，並望向門把。最後我握住門把，轉開門走進去。

一開始我面前空無一物，只有一段狹窄的樓梯。所有房間都在店鋪上方的二、三樓處，一定要爬上樓。樓梯通到一間小辦公室。牆面都鋪上了整齊美觀的木板，窗板今天因為窗外的濃霧也都已關上。窗戶間掛著一幅非常大的畫作〈掃羅在恩多女巫家〉，畫功相當拙劣。地上有一塊深紅色的地毯，還有一張書桌。桌前坐了一個女士，面前有一張紙，她身旁還有一位先生。女士胸前別了個銀胸針，胸針上刻著偶爾會在墓碑上見到的握手圖案[16]。那位先生腳穿絲質的便鞋。他們見到我，露出微笑，一臉歉意。那人說他很抱歉樓梯這麼陡，並說：「真可惜，妳都白爬了！妳是來參加演示活動的吧？活動因濃霧取消了。」

他人長相普通，態度親切。我說我不是來參加演示活動，並告訴他，我經過門前純屬巧合，因為好奇才走進來。我說的句句屬實。但聽到這段話，他們表情變得異常**嚴肅**。那女人點點頭說：「巧合和好奇心啊。真妙！」那先生走來和我握手。他身段非常秀氣，我不曾見過有男人手腳那麼纖細。他說：「在這天氣下，我們恐怕沒什麼能介紹的，畢竟我們的訪客都不會來了。」我問他們關於閱覽室的事。有開嗎？我能在裡面看書嗎？有開，我也能使用。不過他們會跟我收一先令。似乎不算太貴。他們請我在書桌上一本書簽名。「**普、萊爾小姐**。」那男人歪過頭來說。他這時跟我說一旁的女士名叫奇斯林伯里小姐。她是那裡的祕書。他則是館長，名字叫席舍先生。

後來他帶我去閱覽室。那地方不大，類似俱樂部和小學院的藏書館。裡頭有三、四個書架，全堆滿了書，還有一個書報架，報紙和雜誌掛在上頭像晾衣服一樣。那裡有張桌子和皮椅，牆上有好幾張照片，還有個玻璃櫃。玻璃櫃裡的東西最教人驚異，或可說是嚇人，不過我後來才發現。我進到閱覽室，一開始馬上走向書櫃，因為書本讓我安心。我內心終究納悶自己為何要來，在尋找什麼。而來到書櫃前……書的內容也許光怪陸離，但我至少一定懂得翻書頁和閱讀。

我站在書櫃前，看著架上一本本書，閱覽室桌邊坐了個女士，席舍先生彎身悄聲和她說話。她是在場唯一的讀者，人已上了年紀，她戴著髒兮兮的白手套，手放在一本小冊子上，壓著書頁。她一開始看到席舍先生時，迫不及待朝他招手。她說：「這寫得太妙了！激勵人心！」

她舉起手，手中小冊子馬上合起。我看到書名：《自然力》[17]。

我發現面前的書架堆滿類似的書名。但是我拿下其中一、兩本翻閱時，覺得裡面的建議非常普通，例如「椅子」一章警告靈媒，不要坐有填充鋪墊的軟椅，因為也許阿貓阿狗都坐過，並建議只能坐在藤編或木製的椅子上。我讀到這段時，趕快轉過頭，擔心席舍先生看到我偷笑。後來我從書架前退開，漫步到書報架前，最後我轉身望著牆上的照片。照片介紹寫著「一八七三年十月，靈媒墨瑞太太召喚出的幽靈」，照片中攝影師的手掌旁，有個女士平靜地坐在椅子上，她身後浮現三個身穿白袍的模糊身影。相框上標籤寫著三人為「桑喬」、「安娜貝爾」和「奇普」。他們看起來甚至比書中內容更可笑，我內心突然感到難過，噢！我多希望爸爸可以看到這一切！

我想到這點時，感到有人走近身側，嚇了一跳。是席舍先生。

「我們對此非常驕傲。」他朝照片點點頭說：「墨瑞太太控制力非常強大。妳注意到安娜貝爾長袍的細節嗎？我們旁邊曾有一張她領子的特寫，但一、兩週之後幽靈作祟，照片融化了。真可惜，那張照片後來只剩空相框，什麼都不剩。」我盯著他。他說：「真的，這事情千真萬確。」他繞過我，走向玻璃櫃，他招手要我過去說，其實這是他們收藏中真正引以為豪的事物。至少，這是他們能永久保存的證據……

他的聲音和動作令人好奇。從遠處看，我覺得玻璃櫃應該是放一些碎雕像或白色石頭。但我靠近之後，發現玻璃櫃放的不是大理石，而是石膏和蠟。那是一具具石膏和蠟製成的模型，有的是面孔，有的是手指、腳和手臂。許多模型都扭曲變形，變成奇形怪狀。有的龜裂，有的年代久遠，並因曝曬而發黃。每具模型上面都有個標籤，像是幽靈照片一樣。

我再次望向席舍先生。他說：「妳想必熟悉製模的過程？啊，好，其實這事既簡單又聰明！靈媒讓幽靈現身，並準備好兩個桶子，一桶是水，另一桶是融化的石蠟。幽靈配合伸出手、腳之類的，先放入蠟中，接著馬上浸到水裡。幽靈離開水中，便會留下蠟模。」他略帶歉意表示：「當然，大都不完美。蠟模也不見得扎實到能重新製成石膏像。」

---

16 握手圖案在維多利亞時代象徵向塵世道別，以及上帝迎接死者上天堂，也代表死者和親友家人的情誼。

17 自然力是由德國的博物學家卡爾．瑞生巴賀男爵（Baron Karl von Reichenbach, 1788-1869）所創的字，他觀察出自然中某種光和能源，相當於東方「氣」的概念。

我覺得面前的模型真實得嚇人，扭曲的形狀中看得出小細節，像腳趾甲和皺紋，或像鼓脹的眼睛上有著睫毛的細孔。但模型都不完整，形狀模糊，彎曲變形，彷彿石蠟仍在冷卻，幽靈便返回了靈界。「看到這具小石膏像嗎？」席舍先生說：「這是嬰兒幽靈製的。妳有看到小巧的手指和凹凸起伏的手臂嗎？」我看到之後感到一陣反胃。在我眼中，那東西畸形又殘缺不全，活像是早產兒。我記得我母親的妹妹在我小時候曾生過早產兒，出生之後，大人紛紛望著嬰兒，竊竊私語，那畫面和聲音在我腦中揮之不去，讓我頻頻做噩夢。我別開頭，望向玻璃櫃底層最昏暗的角落，但那裡放著全櫃最噁心的模型。那是一隻男手的石蠟模子，但腫得快看不出是手。它有著五根脹大的手指，手腕浮腫，冒著青筋。瓦斯燈照亮的地方散發光澤，彷彿表面溼滑。嬰兒的模型令我作噁。這隻手卻莫名令我內心戰慄。

後來我看到上頭的標籤。我全身不禁打起哆嗦。

上頭寫著：瑟琳娜．道斯小姐所現形的控制靈「彼得．奎克」之手。

我望向席舍先生，他仍朝嬰兒的手臂點著頭。我全身顫抖，但仍不由自主靠近玻璃，望著腫脹的白蠟，想起瑟琳娜垂在灰暗的羊毛褲襪旁的纖細手腕，還有一根根修長的手指。兩者對比之下，令人心驚膽戰。我突然回過神來，發現自己彎身撐著玻璃櫃，呼吸急促，髒汙玻璃一次次飄起霧氣。我挺直身體，但動作一定太急了，因為我接下來就感到席舍先生的手抓住我手臂說：「小姐，妳還好嗎？」桌旁的女士抬起頭，髒汙的白手套舉到嘴前。她手中的小冊子再次合上，落到地板上。

我說這裡非常熱，剛才我一彎腰，頭就昏了。席舍先生替我拉來一張椅子，讓我坐下。結果我的臉反而因此離玻璃櫃更近，我再次打個寒顫。女士稍微站起問，要不要她去拿杯水，或通知奇斯林伯里小姐？我跟她說，我現在好多了，謝謝她的熱心，但不用麻煩了。我想席舍先生此時靜靜打量我。我想他打量著我的大衣和洋裝。當然，我現在才想到，也許有不少女士嘴裡雖說是巧合和好奇，卻都身穿喪服。也許有人看到玻璃櫃中的蠟像，甚至馬上昏倒。因為當我再次望向玻璃櫃，席舍先生的目光和語氣變得格外溫柔。他說：「這些東西**確實**令人發毛，對不對？但是，不覺得也非常不可思議嗎？」

我沒答腔，他愛怎麼想就隨他去想。他再次向我解說白蠟、水和將手腳浸入其中的過程。最後我冷靜下來。我說，我想能召喚鬼魂製作模型的靈媒想必非常高明。聽到這話，他略有所思。

「與其說高明，不如說他們**力量強大**。」他說：「智力而言，他們也許不如妳我。但這關乎靈性，兩者天差地別。」他說正因如此，不信邪的人眼中，通靈信仰有時像「庶民之間的無稽之談」。他說，幽靈不在乎年齡和地位。「也不在乎塵世中的各種差別。」他們會像在田野間拾穗，尋找散布在人群中天賦異稟的靈媒。他說，具有靈性的人可能是地位崇高的紳士，也可能是在紳士廚房裡替他擦鞋的女孩。「妳看。」他再次比一下玻璃櫃。「製作這個模型的吉佛小姐，她是個女僕，女主人身體長腫瘤病倒之後，她才發現自己的能力。她後來在引導下，將雙手放到小姐身上，腫瘤因此治癒。還有塞文先生。他是個十六歲的少年，從十歲便開始招魂。我曾見過三、四歲的靈媒。我曾見過嬰兒在搖籃中比畫，甚至拿起筆寫下幽靈愛他們……」

我回頭望向玻璃層架。畢竟我心知肚明自己為何會來此，以及我在尋找什麼。我將手放到胸前，朝「彼得・奎克」的雙手模型點點頭。我說，那個靈媒瑟琳娜・道斯呢？席舍先生知道任何關於她的事嗎？

桌前的女士聽了再次抬頭望向我們。席舍先生馬上回答，噢！當然認識！但我沒聽說道斯小姐不幸的消息嗎？「他們把她抓去監獄關起來了！」

他搖搖頭，神色嚴肅。我這時說，我記得好像**有所**耳聞。但我沒想過瑟琳娜・道斯如此有名……有名？他說。啊，也許在普羅大眾之間不算名人。但在靈媒圈裡……唉，聽到道斯小姐不幸被逮捕的消息，國內所有靈魂學界人士都無比震驚！英國每個靈媒都關注著這場審判，獲知結果時，有的人還哭了。而且不管是為她，還是為自己，還真值得傷心。他說：「因為法庭認定我們是『流氓和流浪漢』。他們明明說我們做的是『解讀手相和其他雕蟲小技』，結果道斯小姐被判了什麼？襲擊罪，是吧？竟然還有詐欺罪？這根本是**誣蔑**！」

他氣得面紅耳赤。他這麼激動令我嚇了一跳。他問我，我熟悉道斯小姐逮捕和入獄的來龍去脈嗎？我回答我只略知一二，當然希望能多知道一點，他朝書架走了一步，目光和手指掃過一排皮面書，然後抽出其中一本。「這本。」他舉起書說：「這是《靈魂學家》，關於我們的報紙。這是去年七月到十二月的刊號。道斯小姐被警察抓走是……什麼時候？」

「我記得是八月。」髒手套女士說。她偷聽我們說話，還望著我們。席舍先生點點頭，然後翻開雜誌書頁。「在這裡。」他過一會說：「妳看，小姐。」

我望向他指的那行字。「靈魂學家集體為道斯小姐請願。」上面寫著。「招魂靈媒遭警方扣押。靈魂學家證詞不受採信。」下方有一小段報導。報導敘述事件發生於布林克太太位於錫登漢姆的家中，在一場私人招魂會期間，贊助人布林克太太不幸過世，最後招魂靈媒道斯小姐遭到逮捕和扣押。那場招魂會主角麥德琳．席維斯特小姐據了解也受了傷。這起騷動是由道斯小姐的控制靈「彼得．奎克」所引起，也可能是卑鄙、暴力的幽靈冒充該名控制靈……

報導和我從看守克蕾文小姐、史蒂芬、瓦里斯太太和瑟琳娜口中所聽到的一模一樣。不過當然，這是我第一次看到有人呼應她說一切都是幽靈所為。我望向席舍先生。我說：「我不知道該如何解讀。我其實對通靈一無所知。你覺得瑟琳娜．道斯是受到冤枉——」

大大冤枉了，他說。他非常確定。由於我想起瑟琳娜說過的話，於是我回答：「**你**很確定。但每個靈魂學家都跟你一樣肯定嗎？是不是有些人不以為然？」

他稍微垂下頭。他說，「某些通靈圈」中確實有人存疑。

存疑？他指的是她不老實嗎？

他眨了眨眼，壓低聲音，語氣一方面驚訝，一方面又似乎有所不滿。他說：「懷疑道斯小姐**判斷**是否明智。道斯小姐是個強大的靈媒，但也非常年輕。席維斯特小姐甚至更年輕，她年僅十五歲，我想。強大而年輕的靈媒經常被狂暴的幽靈纏上。道斯小姐的控制靈彼得．奎克有時確實非常粗魯……」

他說，既然道斯小姐已有服務其他女士的經驗，讓席維斯特小姐在無人陪伴下，獨自面對幽靈，也許有失妥當。另外，也有人質疑席維斯特小姐未開發的天賦。誰知道她的力量有沒有可能對彼得．奎克造成影響？

誰知道那場招魂會是否受某種根源的力量入侵？誠如他方才所說，這種力量會專以經驗不足的人為目標，並利用他們搗亂。「報紙提到的都是壞事。從來不提我們這行不可思議的事！矢口不提！可惜的是，有不少靈魂學家，甚至原本對她讚譽有加的那群！在道斯小姐最需要支持之際，背叛了可憐的道斯小姐。就我聽說，她現在心裡充滿怨恨。即使我們仍想當她朋友，她也背棄了**我們**。」

我望著他，沉默不語。聽他稱讚瑟琳娜，尊敬地稱呼她「道斯小姐」、「瑟琳娜．道斯小姐」，而不是「道斯」、「女囚」或「女人」。唉，我真不知該如何形容那些稱呼有多麼令人不安。我現在才發覺，在那昏暗封閉的牢房裡，聽她親口述說自身遭遇，與在我習慣的世界中聽到的簡直天差地別。在牢房中，不論是女囚、看守、甚至我自己，一切彷彿全是虛構，彷彿沒人真實存在。此時此地，聽到一位紳士對此侃侃而談，感受截然不同。我最後開口：「她在審判之前真的那麼成功嗎？」他聽了雙手緊扣，彷彿心中充滿歡喜，並說，我的天啊，當然了，她的降神會令人嘆為觀止！「當然，她不像倫敦最厲害的靈媒那麼有名，像哈克尼那一帶的葛皮太太、荷姆先生、古克小姐……」

我聽說過他們的事。我知道荷姆先生據傳曾飄浮在窗外，並從火爐直接摸炭。葛皮太太曾從海布里傳送到霍本——我說：「一邊在購物清單寫下『洋蔥』，一邊把自己傳送過去？」

「妳笑吧。」席舍先生說：「妳就跟所有人一樣。我們的力量愈誇張妳愈喜歡，因為這樣一來，就能斥為無稽之談。」

他的眼神依舊親切。我說，好吧，也許他說得對。但瑟琳娜．道斯，**她的**力量不像荷姆先生和葛皮太太那麼令人震驚，對吧？

他聳聳肩，說我倆對於何謂震驚，可能看法不一樣。他說著又走向書架，抽出另一本書。是《靈魂學家》報刊更早的刊號。他花了點時間找到他要找的文章，遞給我，問我這是否「令人震驚」？

那篇報導描述瑟琳娜在霍本主持的降神會，幽靈在場搖動了黑暗中的鈴鐺，並透過紙管低語。他給我看另一本書。那是另一份報紙，我忘記名字了，上頭描述在克勒肯維爾舉辦的私人招魂會，一雙看不到的手將花拋下，並以粉筆在黑板寫下名字。同一份報紙更早的報導指出，一個在服喪的紳士，驚訝地看到瑟琳娜手臂上浮現深紅色的文字，轉達來自靈界的訊息……

我想這便是她當時跟我述說的時期。她曾驕傲地說，那是她「快樂的日子」。但就連當時，意氣風發的她仍讓我感到可憐。現在回憶起她當時述說的模樣，我心裡更難過了。花朵、紙管和肌膚上的文字……即使是幽靈做的，仍是不入流的表演。她在米爾班克監獄像個女演員，細數過去驚人的演出。但從新聞報導中，我覺得自己看穿了這職業的真面目。靈媒生涯好比蝴蝶和飛蛾，從一戶人家飛到另一戶人家，穿梭死氣沉沉的區域，為了微薄的打賞，做些華而不實的表演，就像一檔雜耍演出。

我想到讓她做這行的姑姑和不幸過世的布林克太太。席舍先生現在向我提起，我才意識到瑟琳娜和布林克太太住在一起，住在她家。「噢！對啊。」他說。他說正因為這點，對瑟琳娜詐欺和暴力的指控才顯得更不合理。因為布林克太太欣賞她，還給了她一個家。「對她來說形同母親。」因為她的照顧，瑟琳娜才能繼續發展自己的天賦。她也是在錫登漢姆的房子才初次見到她的控制靈「彼得．奎克」。

我說，但嚇死布林克太太的也是彼得．奎克，不是嗎？

他搖搖頭。「就我們看來，事情另有蹊蹺，除了幽靈，沒人能解釋。唉呀，但沒人召喚**他們**來為道斯小姐辯護。」

他說的話引起我的好奇心。我望向他給我看的第一份報紙，出刊日期是她被逮捕的那週。我問道，他有後續的報紙嗎？報紙有報導審判、判決和送入米爾班克監獄的事嗎？他說當然有，他找一會，替我找出相關報導，並有條不紊地將更早的報紙收走。我將椅子拉到桌旁，刻意和白手套的女士隔一大段距離，並調好角度，以免自己看到玻璃櫃中的模型。席舍先生面帶微笑，躬身離開，我坐下閱讀。我將筆記本放在一旁，裡面有從大英博物館監獄史抄下來的字詞。現在我翻到新頁，開始記下瑟琳娜審判的筆記。

首先，他們對席維斯特太太進行筆錄，她是那緊張的女孩子的母親，也就是瓦里斯太太來自美國的朋友。警方問她：「妳何時認識瑟琳娜．道斯？」她回答：「七月在布林克太太房子的一場降神會上。我在倫敦聽說她是個非常高明的靈媒，我想親自看看她。」

「妳對她的印象如何？」

「我發現她確實非常高明，而且態度謙虛。降神會上有兩個非常熱情的年輕紳士，我原本以為她會向他們拋媚眼。她沒這麼做，我覺得滿好的。她似乎如眾人所說，是個情操高尚的女孩。當然，換作別的情況下，我根本不會讓她和我女兒私下相處。」

「那妳這次為何鼓勵她們私下相處？」

「因為是專業上的接觸，可說是治療。我希望道斯小姐能幫助我女兒恢復健康。我女兒生病好幾年了。道斯小姐說服我，她的病症根源不在身體，而是源自於靈性。」

「道斯小姐在錫登漢姆的房子治療妳的女兒？」

「是的。」

「治療了多久？」

「兩週的時間。我女兒會和道斯小姐坐在黑暗的房中，每週兩日，一次一小時。」

「她治療時有和道斯小姐單獨共處一室嗎？」

「沒有，我女兒很害怕，所以我陪著她。」

「這兩週道斯小姐治療之後，妳女兒的健康如何？」

「我覺得改善了。但我現在覺得，應該是因為道斯小姐的治療過程讓我女兒異常興奮，所以精神看似改善。」

「妳為何這麼想？」

「因為那天晚上，我察覺我女兒受到傷害。就是道斯小姐終於攻擊她的那天。」

「妳指的是布林克太太心臟病發，不幸喪命那天晚上？也就是一八七三年八月三日晚上？」

「是的。」

「這天晚上，跟之前治療不同，妳讓女兒單獨去找道斯小姐。為什麼？」

「道斯小姐說服我，我在場會阻礙麥德琳的進步。她說，她和我女兒一定要打通某種精神渠道，而我在場會形成障礙。她說得天花亂墜，我最後上當了。」

「當然，這要由庭上來決定。所以事實是妳讓席維斯特小姐單獨前往錫登漢姆。」

「算是單獨。只有侍女陪著她，當然還有我們的馬車夫。」

「席維斯特小姐準備出門找道斯小姐時，妳覺得她狀態如何？」

「我覺得她看起來很緊張。如我所說，我認為道斯小姐格外看重她，害她心裡異常興奮。」

「『興奮』是哪方面？」

「受寵若驚。我女兒是個單純的女孩。道斯小姐讓她相信自己擁有靈媒的能力。她說我女兒的潛能一旦開發，身體也會變得更健康。」

「妳覺得女兒可能擁有這類天賦嗎？」

「先生，只要能解釋我女兒的病，我不惜相信任何事。」

「妳對她的信任未來會是一大證據。」

「但願如此。」

「一定是的。好，妳已經告訴我們女兒出發去找道斯小姐的狀態。席維斯特太太，妳何時再見到妳女兒？」

「好幾個小時之後。我原本預計她九點回家，結果到十點半仍沒有她的消息。」

「妳覺得出事了嗎？」

「我為她擔心得快瘋了！我派男僕坐馬車過去，確認她是否平安無事。他回來時說他見到了女兒的侍女。他說我女兒受傷，我必須馬上過去。於是我趕過去了。」

「到那棟房子時，妳看到什麼情況？」

「所有人亂成一團，僕人奔走，每一盞燈都點亮了。」

「妳看到妳女兒時她的情況如何？」

「我看到她……噢！我看到她雖然醒著，但整個人都迷糊了，她衣服凌亂，臉上和脖子都有傷痕。」

「她看到妳來有何反應？」

「她失去理智了。她將我推開，並對我口出惡言。她被那騙子道斯小姐害了！」

「妳有看到道斯小姐嗎？」

「有。」

「她狀況怎麼樣？」

「她似乎有點恍惚。我說不上來，但我覺得她在演戲。她告訴我，有個男幽靈對我女兒動粗。我從來沒聽過如此噁心的事。我跟她這麼說，她態度也凶起來。她叫我閉嘴，接著她哭了。她說我女兒是個傻女孩，都怪她，她現在失去一切了。這時我才得知，布林克太太心臟病發，倒在樓上。我覺得差不多在我去找女兒時，她便過世了。」

「妳確定道斯小姐所說的話？妳確定她說：『我現在失去一切了』？」

「對。」

「妳當時如何解讀這句話？」

「我那時沒多想。我一心擔心著女兒的健康狀態。不過我現在清楚得很。她指的是麥德琳破壞了她的計畫。她原本想接近我女兒，榨乾她每一毛錢。結果我女兒變這樣，布林克太太又死了，她怎麼辦得到，何況……？」

後面還有一小段，但我沒抄下來。以上是同一則報導的消息。隔週的報紙有當事人麥德琳．席維斯特小姐的報導。警方曾三度嘗試進行筆錄，她每次都崩潰大哭。我不喜歡席維斯特太太，她讓我想到母親。但我更恨她女兒，因為她讓我想到自己。

他們問她：「席維斯特小姐，事件當天晚上妳記得什麼事？」

「我不知道。我什麼都不確定。」

「妳記得離開家嗎？」

「記得，先生。」

「妳記得抵達布林克太太家嗎？」

「記得，先生。」

「妳到那裡先做了什麼？」

「我在一個房間和布林克太太和道斯小姐喝茶。」

「布林克太太那時看起來如何？她身體健康嗎？」

「很健康！」

「妳有觀察到她對道斯小姐的態度嗎？妳有察覺她態度冷淡、不友善，或有其他值得注意之處嗎？」

「她一直都很親切。她和道斯小姐坐得很近，有時布林克太太會握道斯小姐的手，或摸她頭髮和臉龐。」

「妳記得布林克太太或道斯小姐所說的話嗎？」

「布林克太太對我說，她覺得我一定很興奮。我說我是。她說我很幸運，能讓道斯小姐指導我。接著道斯小姐說，她覺得時候到了，並請布林克太太讓我們獨處。後來布林克太太便離開了。」

「布林克太太讓妳跟道斯小姐獨處？接下來發生什麼事？」

「道斯小姐帶我進到我們平常坐的房間，裡面有小房間的那間。」

「這裡便是道斯小姐舉辦降神會，也是她所謂的『闇圈』的房間？」

「對。」

「而那小房間就是蓋住黑布，讓道斯小姐進入出神狀態的地方？」

「對。」

「接下來發生什麼事，席維斯特小姐？」

證人猶豫了一會才說：「道斯小姐和我坐在一起，握住我的雙手。接著她說她要去準備。她走進小房間，出來時，她已脫下洋裝，只穿著襯裙。她說我一定要和她一樣。只是我不用進小房間，在她面前就可以了。」

「她請妳脫下洋裝？妳覺得她為何這麼做？」

「她說我一定要這麼做才能開發我的潛力。」

「妳脫下洋裝了嗎？妳一定要坦白告訴我，不需在意這幾位紳士。」

「有，我脫了。我侍女在另一個房間，所以當時是道斯小姐幫我脫的。」

「道斯小姐也有請妳脫下任何首飾嗎？」

「她請我脫下胸針，因為胸針有穿到洋裝下的衣服，我如果硬要脫掉洋裝，一定會扯破。」

「她把胸針拿去哪了？」

「我不記得了。我的侍女盧萍後來替我拿回來了。」

「好。現在跟我說。道斯小姐誘導妳脫下洋裝後，妳感覺如何？」

「我起初覺得很怪，但後來我不在乎了。因為那天晚上很熱，而且道斯小姐已鎖好門。」

「房間有點燈嗎，還是非常黑？」

「房間不算黑，但也不算亮。」

「妳可以清楚看到道斯小姐？」

「可以。」

「接下來發生什麼事？」

「道斯小姐再次牽起我的手，並說有個幽靈來了。」

「妳聽到有什麼感覺？」

「我感到很害怕。道斯小姐叫我不用害怕，因為那幽靈只是彼得。」

「也就是據說名叫『彼得・奎克』的幽靈？」

「對。她說只是彼得，我以前在闇圈曾見過他，現在他只想來幫助我開發能力。」

「妳有因此感到比較不害怕嗎？」

「沒有，我變得更害怕了。我閉上雙眼。道斯小姐說：『妳看，麥德琳，他來了。』我聽到聲音，好像有人在房間裡，但我沒有睜眼，我太害怕了。」

「妳確定妳聽到另一個人在房間裡？」

「我想是吧。」

「接下來呢？」

「我不確定。我太害怕了，便開始哭。然後我聽到彼得．奎克說：『妳為什麼在哭？』」

「妳確定是另一個聲音說這句話，不是道斯小姐的聲音？」

「我想是吧。」

「中途道斯小姐和另一個人有沒有同時開口？」

「我說不上來。對不起，先生。」

「妳不用道歉，席維斯特小姐，妳非常勇敢。告訴我們，妳記得這時發生什麼事嗎？」

「我記得，先生，有隻手放到我身上，那隻手非常粗糙，而且很冰冷。」證人開始哭泣。

「好，席維斯特小姐，妳做得真的很好。我只剩幾個問題。妳能回答嗎？」

「我試試看。」

「好。妳感覺有隻手放到妳身上。手放在哪裡？」

「我的手臂上，先生，手肘上方。」

「道斯小姐說這時妳開始哭叫。妳記得嗎？」

「不記得，先生。」

「道斯小姐說妳陷入痙攣，她試圖讓妳平靜下來，過程中不得不用力抓住妳。妳記得嗎？」

「不記得，先生。」

「這時妳記得什麼？」

「我什麼都不記得，先生，直到布林克太太來房間打開門。」

「布林克太太來了。妳怎麼知道是她？妳睜開眼睛了嗎？」

「沒有，我雙眼仍閉著，因為我依舊很害怕。但我知道是布林克太太，因為我聽到她在門口喊叫，後來我聽到門鎖轉開，有人打開門，布林克太太的聲音在我身邊再次響起。」

「妳的侍女已告訴我們，這時她聽到妳朝屋子大喊。妳喊說：『布林克太太，噢！布林克太太，他們想殺我！』妳記得這麼喊嗎？」

「我不記得，先生。」

「妳確定妳不記得喊出或說出這句話？」

「我不確定，先生。」

「妳能想像自己為何喊這句話嗎？」

「不行，先生。但是我非常害怕彼得．奎克。」

「害怕，因為妳覺得他打算傷害妳嗎？」

「不是，先生，我怕是因為他是鬼。」

「我了解了。好，妳聽到布林克太太打開門，妳能告訴我們接下來發生的事嗎？妳能告訴我們她說了什麼嗎？」

「她說：『噢！道斯小姐。』然後她再次驚叫一聲：『噢！』後來我聽到她喊著媽媽，聲音非常奇怪。」

「哪裡『奇怪』？」

「又尖又細。接著我聽到她倒下了。」

「接下來呢？」

「接著我想道斯小姐的侍女來了，我聽到道斯小姐叫她來幫忙照顧布林克太太。」

「妳現在眼睛睜開了，還是仍閉著眼？」

「我這時眼睛睜開了。」

「房間裡有任何幽靈存在的跡象嗎？」

「沒有。」

「房間裡有沒有任何在妳閉眼之前不存在的事物，例如額外的衣物？」

「我覺得沒有。」

「接下來發生什麼事？」

「我試著穿上洋裝，過了一分鐘之後，我的侍女盧萍來了。她看到我時開始哭泣，害我又哭了。後來道斯小姐要我們安靜，並說我們應該來幫她照顧布林克太太。」

「布林克太太已經倒在地上？」

「對，道斯小姐和侍女試圖扶她起來。」

「妳有照她所說的幫忙嗎？」

「沒有，先生，盧萍不讓我幫忙。她帶我下樓，進到一間會客室，並替我拿杯水。接下來到我母親來之前，我什麼都不記得了。」

「妳記得母親到了之後，妳跟她說的話嗎？」

「不記得，先生。」

「妳不記得妳對母親說過不得體的話？妳不記得道斯小姐引導妳，讓妳說出不得體的話？」

「不記得，先生。」

「妳離開前有再見到道斯小姐嗎？」

「我看到她和母親說話。」

「那時妳覺得她看起來如何？」

「她在哭。」

報紙也採訪了其他證人，例如僕人、席維斯特太太找來的警察和診斷布林克太太的醫生，還有她的鄰居和友人。但報紙無法刊載所有證詞，接下來報紙刊登了瑟琳娜自己的證詞。我閱讀之前猶豫了一下，並想像她走上昏暗法庭的畫面。我想因為四周所有紳士都穿著黑西裝，她的頭髮肯定格外明亮耀眼，臉色肯定依舊蒼白。《靈魂學家》寫道，她「表現相當勇敢」。報導說法庭上全是來看她審判的人，她的聲音低沉，有時略微顫抖。

她自己的律師西椎克．威廉斯會先提問，接著再換起訴律師羅克先生。霍佛．羅克先生就是曾來夏納步道家中用餐的律師，據我弟弟所知，非常優秀的那位。

羅克先生說：「道斯小姐，妳住在布林克太太家中，時間還不到一年。沒錯吧？」

「對。」

「妳是以什麼名義住在那裡？」

「我是布林克太太的客人。」

「妳沒有付房租給布林克太太？」

「沒有。」

「妳住到布林克太太家之前，妳住在哪裡？」

「我住在霍本羊管街上的一間旅館。」

「妳打算在布林克太太家作客多久？」

「我沒有多想。」

「妳完全沒有想過未來的事？」

「我知道幽靈會引導我。」

「我明白了。妳去布林克太太家也是幽靈引導嗎？」

「對。布林克太太來剛才所提到的霍本旅館找我，並請我住進她家。」
「妳私下為布林克太太通靈？」
「對。」
「而妳持續在布林克太太家中收費為客戶舉行降神會？」
「起初我沒有，後來幽靈告訴我應該舉辦。但我從未向參與者收費。」
「不過妳確實有舉行降神會。我相信，妳服務結束之後，參與者約定成俗，多少會留下金錢作為饋禮？」
「對，隨他們自由。」
「妳為他們進行的服務為何？」
「我會代他們諮詢幽靈。」
「妳會怎麼做？妳會讓自己陷入出神狀態嗎？」
「通常是如此。」
「那時會發生什麼事？」
「我必須靠參與者事後告訴我才知道。但通常幽靈會透過我說話。」
「通常『幽靈』會現身？」
「對。」
「妳大多數的客戶……不好意思，妳的『參與者』……是否真的都是女孩和女士？」
「來拜訪我的人有男有女。」
「妳會私下和紳士見面嗎？」
「不會，從來沒有。只有在闇圈時，我會讓紳士參加，而且永遠都會有女士在場。」
「但妳會和女士個別見面，私下諮詢幽靈，以及進行靈性指導？」
「是的。」

「這些私下會面，這麼說吧，讓妳對女性參與者有極大的影響？」
「她們來找我，便是為了接受我的影響。」
「道斯小姐，那究竟是什麼樣的影響？」
「什麼意思？」
「妳覺得那是健康抑或是不健康的影響？」
「很健康，非常靈性。」
「有些女士認為妳的影響有好處，能舒緩身體不適。其實，席維斯特小姐便是其中之一。」
「是的。許多來找我的女士都有和她一樣的症狀。」
「症狀是指……？」
「例如疲倦、緊張和疼痛。」
「而妳的治療方法……是什麼？（證人猶豫）是順勢療法？催眠術？電療？」
「是靈性療法。我發現和席維斯特小姐有同樣症狀的女士通常對靈性的事物特別敏感。她們具有靈視能力，但需要有人開發力量。」
「所以這便是妳特別提供的服務？」
「對。」
「過程包括……什麼？搓揉？按摩？」
「的確會用到手療法。」
「就是搓揉和按摩。」
「對。」
「妳會要求訪客脫下衣服？」
「有時候會。女士的洋裝通常是個累贅。我想任何醫生都會請病人這麼做。」

「但願醫生不會也脫下自己的衣服。」(笑聲)

「靈性治療和一般醫學情況不同。」

「幸好如此。讓我問妳一個問題，道斯小姐，妳的女性訪客，我是指來參與妳靈性按摩的女士，她們大都相當富有？」

「有些人很富有。」

「我敢說她們全都很富有，是吧？妳不會讓不屬於上流階層的女人進到布林克太太家中，對吧？」

「不會，我不該這麼做。」

「至於麥德琳・席維斯特，當然，妳知道她是個非常富有的女孩。是不是正因這原因，妳打算和她親近？」

「不是，完全不是。我只是替她擔心，希望能讓她身體更健康。」

「我想妳讓許多女士身體更健康了吧？」

「是的。」

「妳願意說出她們的名字嗎？」

(證人猶豫)「我覺得不大妥當。這涉及個人隱私。」

「我覺得妳說得沒錯，道斯小姐。這件事隱私確實非常重要。真的，連我的好朋友威廉斯都找不到任何一位女士，願意站到法庭前證實妳治療的功效。妳不覺得這點耐人尋味嗎？」(證人並未回答)

「道斯小姐，布林克太太錫登漢姆的房子多大？有多少間房間？」

「我想有九或十間房間。」

「我記得是十三間房間。妳在霍本的旅館時租了幾間房？」

「一間，先生。」

「那妳和布林克太太的關係為何？」

「什麼意思？」

「是專業上的關係？還是情感上的關係？」

「情感上的關係。布林克太太是個寡婦，沒有自己的孩子。我是個孤兒。我們兩人彼此相惜。」

「也許她把妳當作自己的女兒？」

「也許吧。」

「妳知道她本來就有心臟病嗎？」

「不知道。」

「她從來沒和妳討論過？」

「沒有。」

「她可曾和妳討論，死後打算如何處理遺產和房子？」

「沒有，從來沒有。」

「我相信妳和布林克太太單獨相處不少時光？」

「有不少時光。」

「她的侍女珍妮佛．威爾森作證，妳每天晚上通常會在布林克太太房間和她獨處一小時多。」

「那時我會代她諮詢幽靈。」

「也許特別諮詢其中一個幽靈？」

（證人猶豫）「對。」

「妳諮詢了什麼事情？」

「我不能說。那是布林克太太的私事。」

「幽靈沒告訴妳關於她心臟病的事，也沒提到遺囑？」（笑聲）

「完全沒有。」

「布林克太太過世當晚，妳對席維斯特太太說麥德琳．席維斯特是個『傻女孩，都怪她，妳失去了一切』，這句話是什麼意思？」
「我不記得說過這句話。」
「妳是說，席維斯特太太對庭上說謊？」
「不是，只是我不記得自己說過。因為當時我覺得布林克太太性命垂危，心情悲痛不已。另外，我覺得你現在藉此做文章，非常不厚道。」
「對妳來說，布林克太太性命垂危是件可怕的事？」
「當然了。」
「她為何死了？」
「她心臟很虛弱。」
「但席維斯特小姐向我們作證，布林克太太死前兩、三小時，她身體似乎非常健康，心情平靜。看來是打開妳房門之後，她才發作。那時究竟是什麼讓她受到驚嚇？」
「她看到席維斯特小姐痙攣。她也看到一個幽靈對席維斯特小姐動粗。」
「她不是看到妳扮成幽靈的樣子？」
「不是。她看到彼得．奎克，並被眼前景象嚇到。」
「她看到奎克先生……也許我們應該叫他『壞脾氣的奎克先生』。這個奎克先生是在妳降神會經常『現形』的幽靈？」
「是的。」
「今年二月起至布林克太太過世，這六個月的時間中，每週一、三、五晚上以及私人招魂會中，『現形』的幽靈便是他？」
「對。」
「道斯小姐，妳能現在讓奎克先生『現形』嗎？」

（證人猶豫）「我沒有合適的道具。」

「妳需要什麼？」

「我需要我的小房間。而且四周要夠黑……不，不可能。」

「不可能？」

「對。」

「這麼說，奎克先生很害羞。還是奎克先生擔心自己被告？」

「他不會出現在任何不具靈性、充滿敵意的場合。沒有幽靈會如此。」

「真可惜，道斯小姐。因為事實沒變，奎克先生並未出現在現場，為妳發聲，證據只指向一件事。一個母親將一個纖細的女孩託付給妳，那女孩事後痛苦萬分，遭到不良對待……而妳的資助人布林克太太，光看到妳將雙手放到她身上，就心臟病發，不久身亡。」

「你全搞錯了。席維斯特小姐是因為彼得．奎克感到害怕。她親口跟你說過！」

「她告訴我們的事是她以為她相信的事，這全是妳的誤導。我想她肯定非常害怕……沒錯，她嚇到都大喊妳想殺她了！這情況很棘手，對不對？我敢說為了讓她閉嘴，妳不惜動粗。因為她再叫的話，布林克太太肯定會趕過來，最後便會看到妳騙人的扮相。但布林克太太還是來了。而她看到的畫面多嚇人，可憐的夫人！那畫面足以教她心臟病發。悲痛之餘，她更不由自主叫喚自己過世的母親！她那時可能想到『彼得．奎克』是如何夜夜來到她身邊，也想起他是怎麼提到妳、稱讚妳和抬舉妳，說妳是她從未擁有過的女兒，要她送妳禮物和金錢。」

「不！這不是真的！我從沒讓她見過彼得．奎克。她送我東西不是因為別人，而是因為她愛我。」

「接著她可能想到所有來找妳的女士。妳和她們私交甚密，時時恭維她們，套用席維斯特太太的話，妳激起她們『異常的興奮感』，並從她們身上得到禮物、錢和寵愛。」

「不，不對，這全是信口開河！」

「我敢說這不是信口開河。不然要怎麼解釋妳對麥德琳·席維斯特這種女孩子的興趣。她年紀比妳輕，社會階級比妳高，家財萬貫，身體虛弱。換言之，一個脆弱纖細的女孩？如果不是利益，妳的目的是什麼？」

「我的目的崇高純淨，是最為靈性的一種。我只想幫助席維斯特小姐發掘她自身靈視的力量。」

「就這樣？」

「對！還會有什麼原因？」

開放迴廊上的眾人傳來叫聲和噓聲。瑟琳娜在米爾班克監獄告訴我的全是事實。報紙報導起初對她表示支持，隨著審判繼續，報導漸漸不再同情她。「為何沒有女士公開分享道斯小姐的方法帶給她們的經驗？」事發前期，報紙彷彿為此憤慨。但後來羅克律師詰問後，問題語氣不同了。除此之外，瑟琳娜過去曾住在霍本一間旅館，旅館老闆文西先生出面作證。「我一直覺得道斯小姐這女孩心機重。」他說。他稱她「善用言詞」，專會「挑撥離間」，「脾氣不好」……

最後有張從《潘趣》雜誌複印的諷刺畫。上面有個尖臉的靈媒從害怕的年輕女士脖子拿下珍珠項鍊。「珍珠也一定要脫下嗎？」害怕的女孩問。諷刺畫標題寫著「無磁場影響」。可能是在瑟琳娜臉色蒼白，站在法庭接受判決時畫的，可能是戴手銬走上監獄廂型車時畫的，也可能是瑞德里小姐拿剪刀替她剪髮時畫的。

我不喜歡那張圖，於是我抬起頭。這時，我馬上和坐在桌子另一端的女人目光相交。

我在抄筆記時，她一直在那裡，埋首看著《自然力》。我想我們一同坐在那裡兩個半小時了，而我卻連一次都沒想到她。現在她見我抬起目光，臉上露出微笑。她說她不曾見過哪個女士這麼認真！她覺得閱覽室有股靈氣，讓人不知不覺勤學不倦。「不過話說回來……」她朝我面前的書點點頭。「我想妳在讀可憐的道斯小姐的事。她的故事真驚人！妳想幫她嗎？妳知道，我經常去參加她的闇圈。」

我望著她，差點大笑。我突然覺得，如果我到街上，拍拍任何人肩膀對他們說「瑟琳娜·道斯」，他們便會提供奇怪的訊息和資訊給我，也許是鎖在米爾班克監獄大門後不為人知的歷史片段。

那女人看到我的表情說，噢！是的。是的，她曾去過錫登漢姆的降神會。她曾見過道斯小姐進入出神狀態無數次，也曾見過「彼得．奎克」。她甚至感覺到他手抓住她，感到他親吻她手指！

「道斯小姐是個好溫柔的女孩。」她說：「看著她，妳不可能不欽慕她。布林克太太會帶她來到我們之間，她會穿著一件簡單的洋裝，放下她金色的長髮。她會和我們坐在一起，讓我們禱告一會，甚至在禱告之前，她會默默出神一下。她動作俐落，妳根本不會發現她出神了。妳只知道，她開口時自然已不是她的聲音，而是幽靈的……」

她說她曾透過瑟琳娜的口，聽到自己祖母和她說話。她曾告訴她不需難過，而且她愛著她。

我說，她會替在場所有人傳遞訊息嗎？

「她會轉達，除非聲音太微弱或太大聲。有時幽靈會聚集到她周圍。妳知道，幽靈不是永遠都很有禮貌！她會因此精疲力竭。這時彼得．奎克會來把幽靈趕走。不過當然，他有時也跟一般幽靈一樣粗魯。道斯小姐會要我們趕快帶她到小房間。她會說彼得要來了，如果我們不馬上把她帶到她的小房間，他會吸取她的生命力。」

她說到「她的小房間」時，彷彿在說「她的腳」、「她的臉」和「她的手指」。我問到時，她驚訝地回答：「噢！但每個靈媒都有自己的小房間，那是他們讓幽靈來的地方！」她說幽靈不會從明亮處出現，因為光會傷害他們。她說她曾見過有人的小房間以木頭特別打造，上面還有鎖，但瑟琳娜的小房間橫跨一處凹室，只隔著兩塊厚重的布簾和一面屏風。瑟琳娜會坐在布簾和屏風之間。等她坐到黑暗中，彼得．奎克便會現身。

「現身？」我問她：「怎麼現身？」

她說他們會知道，因為彼得一出現，瑟琳娜便會哀嚎。「這部分並不愉快，因為她要奉獻她的靈氣讓他使用，對她來說很痛苦。而且我想由於他渴望現身，對她很不客氣。妳知道，他一直都是個粗魯的幽靈，即使布林克太太過世前也一樣……」

她說他出現時，瑟琳娜會大叫，接著他會現身於布簾前。一開始，會有一個小小的以太球。以太球會愈來愈大，不斷晃動**增長**，最後變得跟布簾一樣高。慢慢的以太球會化為一個男人的樣子。他**的確**是個男的，他有著八字鬍，並朝你鞠躬，比手畫腳。「那是你這輩子見過最離奇詭異的畫面。」她說：「我告訴妳，我看過好幾次了。他一開始都會提到通靈。他會告訴我們新的時代即將來臨，許多人終將明白通靈是真的，幽靈會在光天化日之下，在城市的人行道行走。他是這麼說的。但他個性就是調皮。他說完正經事，就會感到厭倦。你會看到他環顧全場。幽靈忍受得了一點磷光，所以房中有些許光線。你會發現他看來看去。妳知道他在找什麼嗎？他在找最美麗的女士！他找到之後，他會靠近她說，她願不願意和他走上倫敦街頭？然後他會牽起她，與她在房中走路，最後他會親吻她。」她說他「很愛親吻女士，也愛送她們禮物或逗她們」。他從來不喜歡在場的紳士。她看過他捏一個紳士，或拉對方鬍子。她有次看到他揍人鼻子一拳，紳士還因此流鼻血。

她臉紅大笑。她說彼得．奎克會像這樣在他們之中走動，大概走半小時，後來他會感到疲倦。他會回到小房間窗簾旁，並像剛才慢慢變大一樣，不斷**縮小**。最後他會消失，只在地板上留下一塊發光物。最後甚至那東西的光芒也會漸漸不見。她說：「這時候，道斯小姐會再次大叫。四周接下來會寂靜無聲。小房間會傳來敲擊聲，她叫我們拉開小房間的布簾。我們其中一人會去找道斯小姐，解開她身上的繩子，扶她出來……」

我說，**解開她身上的繩子**？她臉再次發紅。她說：「那是道斯小姐要求的。我覺得我們絕不介意她有沒有被綁住。也許在她手腕簡單綁條緞帶，讓她留在椅子上也就是了。但她說不管大家信任她，或心中仍有懷疑，她都必須證明一切的真實性，所以每次降神會一開始，她便會請人將她牢牢綁住。不過，她從來沒請紳士幫忙，綁繩子的永遠是女士。不論扶她走上座位，搜她的身，或綁住她身體的都是女士。」

她說瑟琳娜的手腕和腳踝會綁在椅子上，繩結會用蠟封住。或者，她手臂會交叉在身後，並把袖子和洋裝縫在一起。她雙眼會蒙上一條絲帶，另一條絲帶則蓋住她嘴巴，有時她還會用棉線穿過耳朵上的洞，並固定在布簾外的地板上。不過，通常她會請大家在她脖子綁上「天鵝絨小項圈」，項圈扣環綁上一條繩子，並給闇圈中的女士抓著。「彼得來的時候，繩子可能會拉扯一下。但我們結束去找她，所有束縛都會完好如初，蠟封都維持原狀。她只會無比疲倦和虛弱。我們會將她扶到沙發上，給她酒喝，布林克太太會上前摩擦她的雙手。她有時會請一、兩個女孩坐到她身旁。但我從未久留。妳知道，就我看來，我們累壞她了。」

她一邊說話，一邊用骯髒的白手輕輕比畫著。告訴我瑟琳娜哪裡會被繩子綁住固定，她會怎麼坐，布林克太太會怎麼替她按摩。最後我忍不住別開身子，轉開頭，她說的話和動作都令我噁心。我想到我的墜鍊，想到史蒂芬和瓦里斯太太，也想到我意外來到這裡的事。一切真的**純屬巧合**，卻發現好多關於瑟琳娜的事情……我現在不覺得可笑，只感到奇異。我聽到那女人起身，穿上大衣，但我目光仍避著她。但她走向書櫃，將書放到架上時，她靠近我，這時她望著我面前的書，搖搖頭。

「他們這圖畫的是道斯小姐。」她指的是諷刺畫中尖臉的靈媒。「但看過她之後，沒人會把她畫成那樣。妳有見過她嗎？她那張臉真像個天使。」她彎身翻頁，後來找到另一張圖。其實是兩張圖，報紙在瑟琳娜被逮捕的前一個月出版。「妳看。」她說。她在原地站了一會，看我望向那兩張圖，然後便離開了。

那兩張都是肖像畫，並排在頁面上。第一張是根據一八七二年六月照片所複製的版畫，畫中的瑟琳娜年紀為十七歲。她臉較為渾圓，眉毛濃密秀麗。她穿著高領洋裝，也許是塔夫塔綢，脖子和耳朵都垂掛著首飾。她頭髮梳理整齊，像女店員禮拜日的華麗髮式。話雖如此，還是看得出她金髮濃密，明豔動人。她看起來一點也不像克里韋利的〈真相女神〉。我想他們將她關入米爾班克監獄之後，她面容才變得認真嚴肅。

另一張肖像畫要不是有點詭異，不然其實很滑稽。彼得・奎克出現在布林克太太家中闇圈時，一個通靈藝術家以鉛筆素描畫下他的半身像。他肩膀上披塊白布，頭上戴著白帽。他臉頰蒼白，八字鬍濃密完整。他眉毛、睫毛和雙眼都烏黑深邃。肖像畫是呈四分之三側像，並面對著瑟琳娜，所以他彷彿凝視著她，逼她將目光轉向他。

總之，那天下午我是這麼想的。那女士離開後，我仔細望著那兩幅肖像畫，直到墨水似乎開始飄動，兩張臉上的肌肉跟著抽動。我坐在那一邊盯著畫，腦中一邊想起玻璃櫃，還有彼得・奎克黃色蠟製手模。我心想：「要是那東西也在動呢？」我想像自己轉頭，看到手在抽動，或看到它靠著玻璃，一指勾著，**招我過去**！

我沒轉頭，但我仍多待了一會。我坐在原地，望著彼得・奎克肖像畫中烏黑的雙眼。聽起來多奇怪！但他的雙眼對我而言**感覺好熟悉**，彷彿我已見過這雙眼——也許在我夢裡吧。

一八七二年十二月九日

布林克太太說我絕不能在早上十點以前起床。她說我們一定要盡所能維持我的力量，並讓力量更強。她將自己的侍女露絲讓給我，要她全力照顧我，她自己則請了另一個叫珍妮的侍女。她說和我相比，自己舒不舒服不重要。露絲現在替我拿早餐，並整理我的洋裝。如果我餐巾、褲襪或小東西掉了，她會幫我撿起來。如果我說「謝謝妳」，她會微笑說「小姐，我想妳不用謝我」。她年紀比我大。她說六年前，布林克太太的丈夫過世後她才來到這裡。我今早對她說：「我想自那時起，布林克太太請了不少靈媒到家裡？」她回答：「她請了有一千人吧，小姐！全都是為了那一個可憐的幽靈。但最後都發現他們是騙子。我們馬上看穿他們，並看清所有人的伎倆。妳知道侍女護主的心情。我寧可心碎十次，也不願女主人被那種傢伙傷到一根頭髮。」她說完拉緊我的洋裝，望著鏡子中的我。我所有的新洋裝繫帶都在背後，需要她來綁。

我更衣後，通常會下樓找布林克太太，有時坐一小時，有時她會帶我去商店，或去水晶宮的花園。有時她朋友會來，和我們圍成闇圈。她們見到我時會說：「噢！妳真的好年輕！甚至比我女兒還年輕。」但我們通靈完之後，她們會牽起我的手，驚嘆地搖頭。布林克太太向所有人說，不是她老王賣瓜，但我真的太特別了。而我心想，她一定如此形容過無數靈媒。她們會說：「道斯小姐，妳能看看我身邊現在有任何幽靈嗎？妳可以問幽靈有沒有任何訊息給我嗎？」我做這行五年了，這對我來說輕而易舉。但因為我在布林克太太典雅的會客室中，身穿漂亮的洋裝，她們見了全都目瞪口呆。我聽到她們小聲對布林克太太說：「噢，瑪潔麗，她好有天賦！妳能不能帶她來我家？妳能讓她在我的宴會舉辦闇圈嗎？」

但布林克太太說她無法想像我去參加宴會，浪費才能。後來我跟她說，她一定要讓我運用力量幫助別人，因為那是我通靈的目的，她總是回答：「我當然知道。不久之後，我一定會讓妳這麼做。只是現在我有了妳，我想要暫時獨占妳。再一陣子就好，妳會覺得我這樣太自私嗎？」她朋友下午會來，但都不是夜裡。晚上我們兩人會單獨通靈。她有時只讓露絲進來，如果我昏倒，她會請她拿來酒和餅乾。

一八七四年十月二十八日

今天到米爾班克監獄。離我上次來只過一週，但監獄裡的氣氛彷彿隨季節改變了，現在監獄前所未有地淒涼陰暗。高塔彷彿變得更高、更雄偉，窗戶彷彿都縮水了。跟我上次來相比，監獄的氣味似乎也改變了。泥土地上瀰漫著霧氣、煙囪冒出的煙霧和莎草的氣味，監獄裡便壺的惡臭四溢，骯髒的頭髮、皮膚和嘴巴悶在狹窄的空間裡，除了瓦斯和鐵鏽味外，更散發疾病的氣味。走廊轉角設有巨大黑色的暖爐，因此走廊變得更令人難以呼吸。不過牢房中仍相當寒冷，牆面水珠凝結，牆上的石灰彷彿融化起泡，女囚裙子上因此都沾上白痕。牢中無數人持續咳嗽，人人臉色憔悴，滿面愁容，手腳發抖。

建築內變得莫名陰暗，教人陌生。現在四點便會點燈，牢房狹窄的氣窗外漆黑一片，瓦斯燈閃爍，照亮石地上的沙塵。牢房昏黑，女囚像哥布林駝背進行縫紉或拆解椰殼纖維的工作，監獄變得更可怕而古老。就連看守彷彿也染上這股陰暗的氣息。她們在走廊上腳步更輕，雙手和臉在瓦斯燈下散發黃光，黑色斗篷披在洋裝上，像是一件影子大衣。

她們今天帶我去接見室，女囚能在這裡和朋友、丈夫和孩子見面。我覺得這是我在監獄裡見過最陰鬱的地方。他們稱之為接見室，但那根本稱不上一間房間，頂多算個畜棚。接見室格局是一條長走道，兩邊各有一排狹窄的攤位或隔間。女囚在米爾班克監獄要和訪客見面時，看守會帶她進到其中一個隔間裡，她頭上有個沙漏，裡面的鹽此時便開始滑下計時。女囚面前有個孔洞，上面設著鐵柵欄。走道的另一邊站著探監的人，他們面前也有孔洞，但上面沒有鐵欄，只有網眼。隔間上面有另一個沙漏，和前一個沙漏一樣計算會面時間。

隔間間隔的走道大概兩公尺寬，一名看守會持續來回巡邏，確定沒人偷遞東西。為了讓對方聽到，女囚和探監的人必須提高音量，所以有時現場會相當吵。即使沒有雜音，女囚也不得不大喊，而四周的人都聽得到她在講什麼。沙漏計時十五分鐘，時間到之後，訪客必須離開，而女囚會回到牢房。

米爾班克監獄的囚犯可以如此接見朋友和家人，**一年四次**。

「他們不能再更靠近些嗎？」我們走過那條走道時，我問帶我去的看守。「女囚甚至不能和丈夫擁抱……也不能碰孩子？」

看守搖搖頭（今天不是瑞德里小姐，而是金髮年輕的葛佛里小姐）。她說：「**那就是規定**。」我在這裡聽過這句話多少次了？「那就是規定。我知道妳覺得這句話不近人情，普萊爾小姐。但我們一旦讓囚犯和探監的人在一起，各式各樣的東西就會流入監獄。鑰匙、香菸……就連嬰兒經過訓練，都能在親吻時遞上刀片。」

我望著隔間中的囚犯，她們隔著看守的影子，凝望走道對面的親友。她們看來無意藉機偷渡刀子和鑰匙，神情比我之前見過的任何囚犯都更可憐。有個女人臉上有道筆直的疤痕，她臉貼到鐵欄杆上，想聽清楚丈夫的喊叫聲。他問她過得好嗎？她回答：「約翰，好不好全看她們。所以可想而知……」還有潔夫太太牢房區的蘿拉．塞克絲，她一直請看守替她向海克斯比小姐請願。她母親今天來看她。她母親衣衫襤褸，只不斷在鐵網前抽搐哭泣。塞克絲說：「好了，媽，哭有什麼用。妳告訴我妳知道的事吧，妳跟克拉斯先生聊過了嗎？」但她母親聽到女兒聲音，看到看守經過，全身只抖得更厲害。塞克絲看到，忍不住大喊……噢！她的時間已經用掉一半了，她母親全浪費在眼淚上！「妳下次讓派區克來。為什麼派區克沒來？妳來找我，只光顧著哭……」

葛佛里小姐見我在看，點點頭。「對女人來說的確很辛苦。」她承認。「確實有人受不了。她們盼著親友探視，天天焦慮地數著日子。但我們帶她來這邊時，她們卻難過到無法承受。這時，她們就會跟親友說，請他們乾脆不要來了。」

我們走回牢房區。我問她，有哪個女人從來沒人探視嗎？她點點頭：「有些人是如此。我想她們沒有朋友，也沒有親人。她們進到監獄，彷彿被世人遺忘。我不知道她們獲釋之後要怎麼辦。柯林斯、巴恩斯和珍寧斯都像這樣。還有……」鑰匙卡在一個爛鎖裡，她用力去轉。「還有E牢房的道斯吧，我記得。」

我覺得在她說出口前，我便知道她會提到她。

我沒再問她問題，並隨著她去找潔夫太太。我如常一一拜訪女囚。但我一開始有點畏畏縮縮的，因為參觀完接見室之後，我的拜訪感覺莫名殘忍，畢竟我和她們非親非故，卻能任意見面，而且她們還不得拒絕。當然，我知道她們若不和我聊天，就必須保持沉默。所以她們其實很歡迎我，也很高興告訴我她們過得如何。如我所說，許多人在獄裡過得不好。也許正因如此，或因為她們感到厚牆和鐵窗外的季節慢慢改變，她們今天常提到「刑期」和獲釋的時間，例如：「女士，我今天再過十七個月就獲釋了！」還有：「我刑期度過一年又一週了，普萊爾小姐！」或：「再三個月就自由了，小姐。妳覺得怎麼樣？」

說最後這句話的人是艾倫．鮑爾，據她所說，她被關是因為讓男女在會客室親嘴。天氣變冷之後，我經常擔心她。我發現她身體十分虛弱，微微顫抖，但比我原先所想來得健康。我請潔夫太太開門，讓我進到她牢房，我們聊了半小時。最後我牽起她的手，我說我很高興她身體健康，手仍然有力。

聽我這麼說，她語帶玄機地回答說：「嘿，小姐，妳別對海克斯比小姐和瑞德里小姐通風報信……妳別在意這話，我知道妳不會。但事實是這樣的，這全感謝我的看守潔夫太太。她從自己食物分了點肉給我，並給我一條紅色法蘭絨巾晚上圍著脖子。天氣特別冷時，她會親手拿東西塗抹我這裡。」她伸手摸著自己胸口和肩膀。「這對我幫助甚大。她待我像我親女兒一樣。說實話，她還會叫我『母親』。她會說：『母親，妳快出獄了，我們一定把妳身體顧好』……」

她說這些話時，雙眼閃爍淚光，她拿起粗糙的藍色手帕擦了擦臉。我說我很高興至少潔夫太太對她很好。「她對我們所有人都好。」她說：「她是監獄最好的看守。」她搖搖頭。「可憐人！她來這裡不久，還沒學到米爾班克監獄的做事方法。」

我聽了大吃一驚。潔夫太太看起來年紀蒼老，飽經風霜，我從未想過她不久前是在監獄外過生活。但鮑爾點點頭。是的，就她記得，潔夫太太來監獄……嗯，還不到一年吧。她不知道潔夫太太這樣的女士究竟為何要來米爾班克監獄。她從未見過這麼不適合在此工作的看守！

她聲音提高，潔夫太太可能注意到了。我們聽到走廊響起腳步聲，抬頭便看到潔夫太太經過鮑爾的牢門。她看到我們臉轉向她，便慢下腳步微笑。

鮑爾臉紅。「我才在跟普萊爾小姐說妳多好心，就被妳抓到了，潔夫太太。」她說：「希望妳別介意。」潔夫太太臉色馬上變僵硬，她手放到胸口，略帶緊張地轉身望向走廊。我明白，她擔心瑞德里小姐在附近，於是我不吭一聲，只朝鮑爾點點頭，然後比了比牢門。潔夫太太替我打開門。不過她仍不敢和我目光相交，也沒回應我的笑容。最後我為了讓她放心，便說我不知道她來米爾班克監獄沒多久。我問她，在這之前，她在做什麼工作？

她花了點時間將鑰匙圈扣到皮帶上，並把她袖口的石灰拍乾淨。她朝我行個屈膝禮說，她原本是個侍女。後來她服侍的小姐被送出國，她不想再找另一個小姐。

我們沿著走廊向前。我問她覺得監獄工作適合自己嗎？她說她現在離開米爾班克監獄會很難過。我說：「妳不覺得工作很辛苦嗎？工時也很長？妳沒有家人嗎？我覺得工時這麼長，對家人來說一定很辛苦。」

她這時告訴我，當然，每個看守都沒有丈夫，不是老處女，不然就像她一樣是寡婦。她說：「不可能當看守又同時結婚。」她說有的看守有小孩，小孩都交給其他母親撫養。但她自己沒有小孩。她這段時間都垂著頭。我說，也許因此她才如此稱職。她牢房中有上百個女人，全都和小孩一樣無助，全都依靠她的照顧和引導。我想她會像個母親一樣善待她們。

這時她抬頭凝視著我，便帽的陰影籠罩她的雙眼，她的眼神陰鬱而悲傷。她說：「但願如此，小姐。」她又拍了拍袖子上的塵土。她雙手像我一樣大。女人的雙手會因為工作或傷痛變得細長乾瘦。

我不願再多問，於是我繼續拜訪女囚。我去找了瑪麗・安・庫克和鑄幣師艾涅絲・納許，最後如平常一般，我去找了瑟琳娜。

我走進第二條走廊時其實已經過她的牢門。但我一直不去和她見面，就像我現在到最後才寫到她一樣。經過她牢門時，我將臉轉向牆，故意不看她。我想這像是某種迷信吧。我想起接見室的事。現在我們見面時，彷彿會有個沙漏開始計時。我不希望沙漏正式倒轉之前，有任何一粒鹽事先滑下。就算我和潔夫太太站在牢門前，我也不願望向她。潔夫太太轉動鑰匙，手忙腳亂弄著皮帶和鑰匙圈，鎖上牢門，走遠之後，我才終於抬頭望向她。這一刻……唉，我發覺自己的目光不論落在她身上哪裡，都無法讓我冷靜。我從便帽邊緣看到她的頭髮，她原本的一頭秀髮如今剪得雜亂。我看到她脖子，會想到扣在上頭的天鵝絨項圈。望向她手腕，我便想到她手曾受繩子捆綁，而她歪斜的小嘴曾發出別人的聲音。我在她身上看到她靈異生涯留下的痕跡，宛如聖人身上聖痕，圍繞蒼白的肉身，讓她身影變得模糊。但她沒有變，變的人是我，因為我知道更多事了。那些事像酒滴進清水，或像酵母讓麵團發酵，潛移默化影響了我。

我站在原地凝視著她時，**內心悸動**。我感覺……除此之外，還有一絲恐慌。我手摀住心口，別開頭。

這時她開口了，她的聲音依舊熟悉，毫無異樣（幸好如此！）。她說：「我以為妳不會來了。我看到妳經過牢門前，走向另一個牢房。」

我走到她桌旁，摸著桌上的羊毛線。我說，我除了她也要拜訪其他女囚。我看她別開頭，好像很難過，於是我補了一句，如果她願意的話，我以後最後都會來找她。

「謝謝妳。」她說。

當然，她就像其他女囚，寧可和我聊天，也不要沉默呆坐。我們聊起了監獄的事。天氣潮溼，牢中飛進黑色的甲蟲，她們稱之為「黑傑克」，她說她覺得蟲子每年都會來。她給我看粉刷的白牆上的黑痕，她用靴跟踩死十幾隻。她說有些笨女囚據說會把甲蟲抓起來當寵物。她說，其他人曾餓到吃甲蟲。她不知道是真是假，但她曾聽看守聊過……

我聽她說話，皺眉點頭。我可以問她如何知道我墜鍊的事，但我沒問。我也沒告訴她我去了通靈協會辦公室，坐在那裡兩個半小時，得知不少關於她的事，也記下不少筆記。但我只要一望向她，就會想起所有讀到的故事。我望向她的臉龐，便想起報紙上的肖像畫。我看到她的手，便想起玻璃櫃中的蠟製模型。

我知道自己來找她，不可能對這些事矢口不提。我說我希望她能多跟我分享些以前生活的事。我說：「妳上次提到妳去錫登漢姆之前的生活。妳現在能跟我說妳在那邊發生什麼事嗎？」

她皺眉頭。她說，我為什麼想知道？我說我很好奇。我說我對所有女囚的故事都很好奇，但她的故事……「嗯，妳自己知道吧，比起其他人，妳的故事比較特別……」

她過一會說，對我來說很特別。但如果我是靈媒……如果我這輩子都像她一樣，和靈媒相處……那就不那麼特別了。「妳應該去買份靈媒報紙，看看上頭的廣告。那樣妳就會知道我多平凡！妳看到廣告會覺得這世上的靈媒比另一個世上的幽靈還多。」

她說，不，她從來不**特別**，不論是和姑姑在一起的日子，或是後來住在霍本的靈媒旅館……「這時我遇到布林克太太，她讓我和她住在一起。**那時**我才變得特別，歐若拉。」

她聲音愈來愈輕，我不禁傾身去聽。現在聽她說出那愚蠢的名字，我不禁臉紅。我說：「布林克太太為何改變了妳？她做了什麼？」

她說，布林克太太在她仍在霍本時去找她。「她來找我時，我原本以為她只是普通的客人。但事實上，她是被引導到我身邊的。她來找我有個特殊的目的，那件事只有我辦得到。」

什麼目的？

她閉上雙眼，當她再次睜開，眼睛彷彿變得更大，像貓眼一樣散發綠光。她開口，彷彿說著不可思議的事情。「她希望我能召喚一個幽靈到她身邊。」她說：「她要我放棄肉身，讓幽靈世界使用我的身體。」

她凝視我的雙眼，我眼角看到牢房地上有個黑影閃過。我腦中突然浮現鮮明的畫面，看到飢餓的女囚剝開黑色甲蟲的殼，吸吮蟲肉，咬下蠕動的蟲腳。

我搖頭說：「布林克太太讓妳待在她家。她要妳表演靈媒的花招。」

「她帶我去面對我的命運。」她回答。我清楚記得她說這句話的樣子。「她讓我找到自己，那個我在她家中等待著我。她將我帶到尋找我的幽靈面前。她帶我去找……」

彼得．奎克！我替她說出那名字，她怔了怔，然後點點頭。我想起律師是如何在審判上對她說話，他們還暗示她和布林克太太的關係。我緩緩說：「她帶妳到她身邊，到**他**會找到妳的地方。她帶妳到那裡，這樣妳才能晚上悄悄讓他出現在她身邊……？」

但我說著說著，她神情漸漸變了，看來震驚不已。「我從來沒帶他去找**她**。」她說：「我從來沒帶彼得·奎克去找布林克太太。她找我去她家，不是為了**他**。」

不是為了他？那到底是為了誰？她起初不回答我，只轉開目光，搖搖頭。「妳帶誰去找她？」我又說一次。「不是彼得·奎克的話？是誰？她的丈夫嗎？她的姊妹？她的孩子？」

她手放到雙唇上，最後小聲說：「是她的母親，歐若拉。布林克太太小時候母親便過世了。她曾說過她不會離開，一定會回來。但她並未回來，因為布林克太太找了她二十年，仍沒找到能將她帶回來的靈媒。後來她找到我了。她因為一場夢找到了我。她母親和我樣貌相像。我們兩人有……連結。布林克太太發現這點，她帶我到錫登漢姆，將母親的物品給我。她母親會透過我來到她身邊，到她房間找她。她會從黑暗中現身，前來……安慰她。」

我知道她在法庭上從未承認這些事。她現在向我坦承也不容易。她看來不願進一步多說，但我覺得背後還有更多隱情，她或許希望我能猜到。我猜不到。我無法想像那場面。這件事詭異又令人不舒服，布林克太太怎能在十七歲的瑟琳娜·道斯身上，看到自己亡母的影子，並說服她晚上來找她，以加深腦中母親的身影？

但我們沒多談了。我只問她更多關於彼得·奎克的事。我說，那**他**是單純來找她的嗎？她回答，對，只是來找她。那他為何要來？她回答，為什麼？他是她的守護靈，也是她親近的靈體啊。他是她的**控制靈**。她單純回答：「他來找我時，我又能怎麼辦？我屬於他啊。」

她雙頰變得更蒼白，但臉頰泛起紅潮。我感到她心中湧起的興奮，像是酸臭的牢房中飄出的一股香味。我心裡幾乎感到嫉妒。我小聲說：「他來找妳時是什麼感覺？」她搖搖頭。噢！她該怎麼形容？就像失去自我，像是自我從她身上抽離，彷彿自我是一件洋裝、手套或襯襪……

我說：「那聽起來好可怕！」她說：「確實很可怕！但同時也很不可思議。那是我生命的意義，我人生因此改變。那時我像個幽靈，能從沉悶的世界進入另一個更高、更好的世界。」

我皺著眉頭，聽不大懂。她說，她要如何向我解釋？噢，她無法形容……她望向周圍，想找個方法向我解釋。最後她看到架子上的東西，露出微笑。「妳剛才提到靈媒的花招。」她說：「嘿……」

她靠近我，伸出手臂，彷彿要我牽住她的手。我縮了縮身子，想到墜鍊，還有她留在我筆記上的話。但她只笑了笑，然後柔聲說：「把我袖子拉起。」

我猜不透她要幹什麼。我瞄了她一眼，小心翼翼將她袖子拉至手肘，讓她前臂裸露。她將手臂翻過來，給我看內側的皮膚。皮膚白淨，非常光滑，散發溫暖。「好。」我望著她手臂時她說：「妳現在閉上眼睛。」

我猶豫一會，然後照她說的閉上眼睛，並吸入一口氣，準備面對她接下來要做的任何怪事。結果她只將手伸向我後面，從桌上羊毛線附近拿了個東西，又聽到她走到架子旁，從上面拿了個東西。接著房中一片寧靜。我雙眼仍閉著，但感到眼皮開始抽動。房間安靜愈久，我愈不安。「再等一下。」她看到我抽動時說。過一會她說：「妳現在可以睜開眼了。」

我小心地睜開眼。我唯一想到的，就是她拿起鈍刀割自己的手臂。但她手臂看起來仍然很光滑，毫髮無傷。她將手臂舉到我面前，不過沒有像剛才那麼近，剛才她將手臂湊在光下，如今則躲在衣袖的陰影之下。此刻回想起來，如果我仔細看，也許會發現她手臂有地方發紅。但她當然不會讓我細看。我才在眨眼，試圖看清楚時，她另一手便用力摩擦過皮膚。她摸了一次、兩次、三次、四次，隨著手的動作，我看到皮膚上浮現出兩個深紅色的字。字跡粗糙，顏色很淺，但看得很清楚。

那兩個字寫著：真相。

字跡完整後，她將手拿開，望著我問，我覺得手法高明嗎？我無法回答。她將手臂伸更近，要我去摸。我摸完之後，她要我把手拿到嘴巴嘗嘗看。

我舉起手，望著我的指尖，有點遲疑。我指尖上好像沾有白色的顆粒。我以為是以太，靈魂類的物質。我不敢用舌頭去舔，感覺好噁心。她看到之後大笑。後來她給我看我閉眼時她拿了什麼。

她拿了木棒針，還有架上的食鹽。她用棒針劃出字，用鹽去抹的話，皮膚會發紅。

我再次握著她手臂。字跡現在已淡去。我想起自己看到的靈媒報導。報導說此事證明了她的力量，大家也堅信不疑，席舍先生相信了，我想我也相信了。我這時跟她說：「那群可憐、悲傷的人來找妳幫忙，結果妳這麼做嗎？」

她收回手臂，慢慢將袖子拉下，聳聳肩。她回答，如果他們沒見到幽靈給的訊息，他們會不高興。如果她偶爾用鹽摩擦皮膚，或在黑暗中用計，讓花落到女士大腿上，幽靈便是假的嗎？她說：「我剛才提到會打廣告的靈媒，沒有一人不搞這類把戲。對，每個都會。」她說她有認識女靈媒為了在身上寫下幽靈傳來的訊息，將大針藏在頭髮裡。她認識男靈媒為了在黑暗中變聲，隨身帶著紙筒。這在這一行司空見慣，她說：運氣好，幽靈會出現。運氣不好，靈媒就自助……

她去布林克太太家之前，她一樣過著這樣的日子。之後……花招對她毫無意義了。她去錫登漢姆之前，所有的天賦可能都只是花招！「我可能從來就沒有力量……妳懂我在說什麼嗎？那些花招根本比不上我透過彼得．奎克在自身找到的力量。」

我望著她，不發一語。我知道她今天述說和展現的事，也許不曾透露給別人。至於她現在所說更強大的力量……她特別之處……我已稍有感覺，不是嗎？我不可能睜眼說瞎話，我知道她**超乎平凡**。但她仍十分神祕，有些事情藏在陰影下，彷彿有一道缺口……

正像我對席舍先生說的一樣，我說我聽不懂。她力量如此不可思議，卻淪落到**這裡**，關進了米爾班克監獄。她說彼得．奎克是她的守護靈，但正因為他，另一個女孩才受了傷，因為他，布林克太太才受到驚嚇，甚至嚇死了！他把她帶來這裡，怎麼算是幫到她？她縱有強大的力量，如今又有何用？

她別開頭，說出了和席舍先生一樣的話，「靈魂各有目的，凡人不可能理解。」

我回答，幽靈將她送來米爾班克監獄有何意義，**我**個人絕對無法理解！「除非幽靈嫉妒妳，打算殺了妳，讓妳成為他們的一員。」

但她只皺起眉頭，不理解我說的話。她緩緩說，確實有幽靈會嫉妒生者。但像她現在這樣，就連他們也不會嫉妒她。

她說著手放到脖子上，摸著潔白的皮膚。我再次想到綁在她脖子上的項圈，還有捆綁她手腕的繩子。

她的牢房很冷，我全身發抖。我們聊了多久我說不上來。我覺得一定比我寫下的聊得更多。我望向窗外，發現窗外的天已黑。她手仍摸著脖子，並咳嗽吞嚥一陣。她說我讓她說太多話了。她走到架子旁，拿下水壺，從壺嘴喝了點水，再次咳嗽。

她這麼做時，潔夫太太來到牢門前，打量我們，我再次想到我可能待在這裡太久了。我不甘願地站起，朝看守點點頭，請她幫我開門。我望向瑟琳娜。我說我們下次會再多聊一點。她點點頭，手仍摸著脖子，潔夫太太見她這麼做，親切的目光蒙上一層陰影，她讓我進到走廊上，然後到瑟琳娜身邊。她說：「怎麼了？妳生病了嗎？要幫妳叫醫生嗎？」

我站在外頭，看她扶瑟琳娜走到瓦斯燈昏暗的光線下，照亮她的臉。這時我聽到有人叫我名字，我望向旁邊的牢門，鑄幣師納許站在那裡。

「妳還在啊，小姐？」她說。她頭朝瑟琳娜牢房一擺，故意放輕聲音說：「我以為她可能會把妳變不見，叫她的鬼把妳抓走，或把妳變成青蛙或老鼠。」她打個冷顫。「噢！那群臭鬼！妳知道他們晚上會來拜訪她嗎？我聽到他們來她牢房。我聽到她和他們說話，有時還會一同大笑。有時還會哭泣。我告訴妳，小姐，我寧可到世上任何地方，也不想待在這個牢房，在寧靜的夜裡聽到鬼怪的聲響。」她又打個寒顫，並皺皺眉頭。她上次用偽幣的事逗我，我想她這次或許也在逗我，但她臉上沒有笑容。後來我想起克蕾文小姐告訴我的話，我說我想牢裡太安靜了，是不是害大家胡思亂想？她嗤之以鼻。胡思亂想？她說她真希望自己是分不清幻想和鬼怪！胡思亂想？她說，要說她**胡思亂想**，我不如當道斯鄰居，睡在她牢房一晚試試看！

她嘴裡嘟囔著，搖搖頭，繼續縫東西去了，我則沿著走廊退回來。瑟琳娜和潔夫太太仍站在瓦斯燈旁。看守舉起雙手，用方巾圍在瑟琳娜喉嚨上，並拍了拍她。她們沒有望向我，也許以為我走了。但我看到瑟琳娜將手放到手臂上，亞麻呢洋裝下，一定仍有剛才**真相**兩個紅字淡淡的痕跡。這時我想起我的指尖，終於嘗了嘗上面的鹽巴。

看守來到我身旁，並沿著走廊帶我向前時，我仍嘗著鹽。中途我們被蘿拉・塞克絲出聲攔住，她將臉貼在鐵門上大喊，噢！我們能替她跟海克斯比小姐反映嗎？只要海克斯比小姐讓她弟弟來，只要准許她寄封信給弟弟，她的案子一定能重新審判。她說，只需要海克斯比小姐答應，她一個月內就能自由了！

一八七二年十二月十七日

今天早上，布林克太太在我更衣時來找我。她說：「道斯小姐，我有件事要說。妳真的確定妳不收錢嗎？」自從她帶我回家，我都沒讓她付我錢，聽到她此時說的話，我再次重複，她供我衣著和吃住就算是報償了，而且無論如何，我絕不會因為從事靈媒收取錢財。她說：「親愛的孩子，我早料到妳會這麼說。」她牽起我的手，帶我到我的化妝檯前，打開她母親仍放在上頭的珠寶盒。她說：「妳不收錢，但我相信妳不會拒絕一個長輩給的禮物。有個東西我希望能送給妳。」她指的是一條翡翠項鍊。她拿到我脖子前，貼近我替我戴上。她說：「我以為自己絕不會將母親的東西送人。但我覺得這項鍊屬於妳，噢！多適合啊！翡翠襯托出妳的雙眼，就像以前襯托**她的**雙眼一樣。」

我走到鏡子前看有多適合，確實非常適合我，雖然款式好老舊。我坦白向她說，不曾有人送過我這麼美的東西，但我只是照幽靈吩咐行事，我不值得擁有這條項鍊。她說如果我不值得，她倒想知道誰值得。

後來她再次靠近我，手放到項鍊的扣子上。她說：「妳知道，我只是想讓妳力量更強。我會盡我所能幫忙。**妳**知道我等了多久。就為了妳捎來的訊息，噢！我以為我永遠都聽不到了！但道斯小姐，瑪潔麗愈來愈貪心了。她覺得除了話語，也許能看到身影，或感覺到手也好。唉！她知道世上有些靈媒能召喚出類似的事物。要是哪個靈媒能為她辦到，她甘願送對方一整盒珠寶，眼睛連眨都不會眨一下。」

她撫摸項鍊和我赤裸的皮膚。當然，每次我、文西先生及西柏瑞小姐嘗試現形都無功而返。我說：「妳知道靈媒執行現形要有小房間吧？妳知道這件事非同小可，目前無人真正了解？」她說她確實心裡有數。我看到她鏡中的表情，她雙眼望著我，而我自己的眼睛因為珠寶變得好綠，彷彿不是我的眼睛，而是另一人的。我閉上眼睛，卻彷彿仍睜著眼。我看到布林克太太望著我，以及我戴著項鍊的脖子，而鍊子不是金色，而是銀灰色，彷彿是鉛做的。

一八七二年十二月十九日

今晚我下樓到布林克太太的會客室，我看到露絲在那裡，她將一塊黑布穿到一根長桿上，並掛到凹室上。我只說需要黑布，但我走近去看時，發現材質是天鵝絨。她看到我摸布，她說：「這是很好的布，對吧？我選的。我幫妳選的，小姐。我想妳現在應該要用天鵝絨。這對妳、布林克太太和所有人來說都是美好的一天。畢竟，妳現在再也不是在霍本了。」我望著她不發一語，她露出微笑，替我拿著布，讓我用臉去感覺布料。當我穿著以前的黑色天鵝絨洋裝，站到布前，她說：「哇，妳好像被影子吃掉一樣！我只看得到妳的臉和亮麗的頭髮。」

布林克太太這時來了，並請她離開。她問我準備好沒，我說我覺得好了吧，但開始之前其實都不知道。燈光已調得相當昏暗，我們坐一會，然後我說：「我想如果會發生，就是現在了。」我走到布簾後面，布林克太太將燈完全熄了，我心中突然感到害怕。我從未想到會這麼黑，這麼熱，我坐的地方非常狹窄，感覺我很快便會吸完裡面所有空氣，並窒息而死。我大喊：「布林克太太，我覺得不行！」但她只回答：「拜託妳**試試看**，道斯小姐，拜託妳，為了瑪潔麗！妳有看到任何跡象、徵兆或任何事嗎？」她的聲音透過天鵝絨布簾傳來，變得更尖，彷彿掛上鉤子。我感覺那聲音拉扯著我，最後似乎從背後拉開我的洋裝。在那一瞬間，四周黑暗頓時化為七彩光芒。一個聲音大喊：「噢！**我來了！**」布林克太太說：「我看到妳了！噢！我看到妳了！」

我後來走出布簾，她在哭泣。我說：「別哭了。妳不高興嗎？」她說她是喜極而泣。接著她搖鈴叫露絲來。她說：「露絲，我今晚在房間看到不可思議的事。我看到母親站著朝我招手，我看到她穿著一件閃閃發光的長袍。」露絲說她相信，因為會客室看起來怪怪的，氣味也很奇怪，充滿詭異的香水味。說：「那一定代表天使非常接近我們。大家都知道，天使來到闇圈時，會帶來香氣。」我說我從未聽過這說法，她望著我點點頭。她說：「噢！是真的。」她手放到雙唇上。她說幽靈的嘴巴會帶著香氣。

一八七三年一月八日

我們這兩週幾乎足不出戶，白天無所事事，便等著太陽下山，等會客室變黑，能讓幽靈現形。我對布林克太太說，她不能期待母親每晚都出現，有時她可能只會看到她蒼白的手或臉。她說她知道，但每天晚上她都變得更激動，她會將我拉近說：「妳可以過來嗎？噢！妳靠近一點啊？妳認得我嗎？妳可以親我嗎？」

但三個晚上前，她終於被親到時，她一手放在胸上，失聲尖叫，讓我簡直快嚇死了。我走出來時，露絲已來到她身邊，她剛才急忙跑來，點亮燈。露絲說：「我早就預料到了。她等太久了，身體承受不了震撼。」布林克太太聞了嗅鹽，稍微冷靜下來。她說：「下次我就不會怕了。下次我會準備好。但露絲，妳一定要和我在一起。妳要坐在我旁邊，讓我握著妳強壯的手，那樣我就不會怕了。」露絲說好。我們那天晚上先休息了，但現在我走向布林克太太時，露絲會坐在她旁邊。布林克太太說：「妳有看到她嗎，露絲？妳有看到我母親嗎？」她回答：「我看到了，夫人。我看到她了。」

但後來我覺得布林克太太忘記她了。她握住母親雙手。她說：「瑪潔麗乖嗎？」而她母親回答：「她非常、非常乖。那就是我來找她的原因。」然後她問：「她有多乖？她乖到可以親十下嗎？還是二十下？」她母親說：「她可以親三十下。」她閉上雙眼，我彎身親吻她的眼睛。只有她的雙眼和臉頰，從沒親她的嘴。親完了三十下，她會嘆一口氣，雙手抱著我，頭靠在母親胸懷。她會保持這姿勢半小時，最後胸口的薄紗會變溼，她會說「瑪潔麗開心了」或「瑪潔麗心滿意足了！」。

這段時間，露絲都會坐在一旁看。但她沒伸手摸我。我說過，除了布林克太太，別人都不准碰幽靈，因為這是她的幽靈，是為她而來的。露絲只用她烏黑的雙眼看著。

我再次變回自己時，她和我回到房間，替我脫下洋裝。她說我不能自己脫衣服，因為真正的小姐絕不會這麼做。她替我脫下洋裝，將表面順平。她替我脫下鞋，然後要我坐在椅子上，替我梳頭髮。她說：「我知道小姐喜歡將頭髮梳得滑順光亮。瞧我這手臂多壯。我可以幫小姐從頭梳到腰，讓頭髮滑順得跟水或絲布一樣。」她的頭髮非常烏黑，平常都塞在便帽下，但我有時會看到頭髮的分線，和刀子一樣又白又直。今晚她讓我坐下，但她梳我頭髮時，我不禁流淚。她這時說：「妳為何要哭？」我說梳子扯到頭髮了。她說：「梳個頭就哭！」她站著大笑，接著繼續更大力梳。她說她會替我梳一百下，並叫我數。

後來她把梳子放到一旁，她帶我到鏡子前，手伸到我頭上，我頭髮劈啪一聲，飛到她手掌上。我這時不哭了，她站在原地望著我。她說：「好了，道斯小姐，妳看起來美不美？像不像個真正的年輕小姐？紳士都會看上妳了吧？」

一八七四年十一月二日

樓下吵成一團，所以我回到我房間。普麗希拉的婚禮一天天逼近，他們每天都有新東西要訂，或有新的打算，例如昨天是縫紉師，前天是廚師和髮型師。他們每一個人我都受不了。我說我頭髮向來是給艾莉斯整理的，所以給她整理就好。我勉強答應穿合身的裙子，但我還是想穿灰洋裝和素黑大衣。當然，母親一聽馬上破口大罵。她罵得好凶，嘴裡吐得彷彿不是話，而是一根根針。如果我不在附近，她就會罵艾莉斯和薇格斯。她甚至會罵普麗希拉的鸚鵡格利佛。她會罵到鸚鵡垂頭喪氣，輕鳴一聲，並拍拍剪羽的翅膀。

普麗希拉坐在風暴中心，平靜得像是在暴風眼中的小船。她在肖像畫完成之前，決心維持著自己鎮定的表情。她說康瓦利先生講究寫實。她擔心自己臉上一出現皺紋或陰影，他就會認分地加到畫布上。

我現在寧可和米爾班克監獄的囚犯共處一室，也不願和普麗希拉坐在一起。我寧可和艾倫．鮑爾聊天，也不要被母親碎念。我寧可拜訪瑟琳娜，也不要去花園宮找海倫。因為海倫跟大家一樣，開口閉口都是婚禮的事，但瑟琳娜她們擺脫平常的規矩和禮俗，冷靜優雅，彷彿活在月球表面。

總之，我之前是這麼想。但今天下午我到監獄時，監獄一片混亂，瑟琳娜和女囚也都心事重重。「妳來得真不巧，小姐。」大門口的看守說：「我們有個囚犯失控了，弄得牢裡雞飛狗跳。」我望著她，以為她是指有女囚逃獄。但她聽到大笑起來。她們所說的失控是指**女囚發瘋**，女囚偶爾會突然發作，把牢裡東西全砸了。海克斯比小姐後來好好向我解釋了。我在高塔的樓梯間遇到她。她疲倦地爬上樓，瑞德里小姐跟在一旁。

「失控這事說來古怪。」她說：「只有在女子監獄會發生。」她說有人覺得女囚天生有問題。但她只知道，女囚在監獄服刑到某一刻會發作，幾乎無一例外。「當她們年輕強壯、決心搗亂，簡直就像野蠻人一樣。她們會大聲尖叫，亂摔亂砸，我們根本無法靠近，只能叫男人來處理。全監獄聽到騷動，我就必須全力撫平所有囚犯。因為一旦一人發作，下一個馬上會來。內心壓抑的衝動一旦爆發，她會無法控制自己。」

她手放到臉上。她說，這次失控的女囚是D牢房的小偷菲比．賈可博。她和瑞德里小姐現在要去看狀況。她說：「妳要來跟我們看看被破壞的牢房嗎？」

我記得D牢房區，牢門全都緊緊鎖上，囚犯表情陰沉，細塵飛揚，臭氣薰天，走廊的氣氛也是全監獄中最恐怖的。現在那裡氣氛森嚴，特別安靜。我們在走廊盡頭和美麗太太碰頭，她把袖子拉下，擦著溼溼的上唇，彷彿才剛從摔角場下台。她看到我，朝我點點頭，似乎有所讚許。「妳來看砸壞的牢房嗎，女士？哼，哈哈，這倒是難得！」她比一下，我們跟著她走一小段，來到牢門敞開的牢房。「各位，小心自己的裙子。」我和海克斯比小姐靠近門口時她說：「那惡魔打翻了自己的便壺……」

我今晚試著跟海倫和史蒂芬形容賈可博牢中混亂的景象。他們搖著頭，但我看得出來他們沒放心上。海倫一度問：「既然牢房本來就什麼都沒有，女囚還能怎麼搞破壞，把牢房弄得更糟？」他們無法想像我今天看到的畫面。那像是地獄中的房間，或像患有癲癇的瘋子發作後的腦中景象。

「她們的能耐總讓人嘆為觀止。」海克斯比小姐輕聲說，她和我站在牢房中，環視四周。「妳看窗戶，鐵網都被扯開，窗玻璃都砸碎了。瓦斯管還被扯下來。我們不得不用塊布把瓦斯堵死，以免其他囚犯瓦斯中毒，妳有看到嗎？毛毯不光被撕破，還被**撕成碎片**。她們用嘴巴撕的。以前我們曾發現她們在瘋狂中弄斷自己牙齒……」

她像是房仲，彷彿一一打勾清點著暴力行為，並讓我看每個可怕的畫面。硬木床被砸成碎片。牢房的大木門充滿腳踢的凹痕和銳利物留下的刮痕。監獄守則被扯下，扔在地上，踩成碎片。《聖經》下場更慘，海倫聽到時，臉色慘白。《聖經》被扔在翻倒的便壺裡，頁面糊成一團。海克斯比太太說明現場慘狀時都壓低聲音。我用正常聲音開口問問題時，她將手指放到嘴唇上。「我們不能講太大聲。」她說。她擔心其他女囚聽到，有樣學樣。

最後她和美麗太太站到一旁，討論清理牢房的事宜。接著她拿出錶。她說：「賈可博在黑牢中……多久了，瑞德里小姐？」她回答快一個小時了。

「那我們最好去看看她。」她猶豫一下，然後轉向我。我也想一起來看嗎？她問。我想跟著她們去看黑牢嗎？

「黑牢？」我覺得自己繞著五角形的監獄十幾次了，從未聽過有人提到這地方。黑牢？我又問一次。那是什麼？

我來到監獄是四點多，我們爬上樓去檢視毀壞的牢房時，走廊便漸漸變暗。我仍不習慣米爾班克監獄烏黑的夜晚，還有瓦斯燈不自然的火焰。現在，無聲的牢房和高塔一瞬間彷彿變得陌生。瑞德里小姐、海克斯比小姐和我走上一條我不認得的走廊，出乎意料朝牢房反方向走，通往監獄的中心。那條通道順著螺旋樓梯和坡道向下，最後空氣變得更冷更臭，依稀散發著鹹味，我相信我們到了地底下，也許比泰晤士河還低。最後我們通過一條較寬的走廊，那裡有好幾道古老的木門，每一道門都相當低矮。海克斯比小姐停在第一道門前，點點頭，瑞德里小姐打開門鎖，並進門照亮房間。

我們進去時，海克斯比小姐對我說：「既然我們都來一趟了，妳不妨也參觀一下。這是我們的刑具室，放著我們的鐐銬、束縛衣等。」

她朝牆比了比，我內心無比驚恐，隨她望向牆面。這裡不像樓上牢房，牆面未經粉刷，不只粗糙、不平整，還溼漉漉的。每個牆面都掛滿鐵製刑具，例如鐵環、鐵鍊和腳鐐，還有其他無以名狀的刑具，我只能一邊發抖，一邊想像它們的用途。

海克斯比小姐看到我臉色大變，露出一副皮笑肉不笑的表情。

「這些刑具多半年代久遠。」她說：「掛在這裡只是掛好看的。不過，我們有維持整潔，定期上油。因為我們永遠無法確定，獄裡哪天會不會出現格外惡毒的女囚，必須再次用上這些刑具！我們這裡有手銬，看，有的是給女孩子用的。看這些手銬多精緻，像小姐戴的手鐲！我們也有口塞。」口塞是一條條皮革，上面戳洞讓囚犯呼吸，「但無法大叫」。「還有這裡，手足枷。」她說手足枷只會用在女人身上，絕不會用在男人身上。她說：「我們會用手足枷束縛住女囚，以免她躺在牢房地上，用腳頂住門。她們常這麼做！手足枷套好之後，妳應該看得出來吧？皮帶會把腳踝和大腿綁在一起，這端能扣住手。套上手足枷之後，女囚只能跪在地上，看守會用湯匙餵她吃東西。她不久便會放棄掙扎，再次聽話。」

她拿起手足枷，我摸了摸皮帶。皮帶上有一處明顯彎曲突起，還有一道光滑發黑的凹痕，那是扣環留下的痕跡。我問道，她們經常用手足枷嗎？海克斯比小姐回答，她們只要需要便會使用。她覺得也許一年五、六次吧。「瑞德里小姐，妳說是嗎？」瑞德里小姐點點頭。

「但我們束縛囚犯主要會用束縛衣。」她繼續說：「非常適合。妳看，這裡。」她走向一個衣櫥，拿出兩件沉重的帆布裝，材質粗糙，形狀扭曲，我原本以為是帆布袋。她把一件給瑞德里小姐，另一件朝自己身上比，彷彿在鏡子前挑選洋裝一樣。我看出這確實是件簡陋的特大件洋裝。不過，袖子和腰際沒有流蘇或蝴蝶結，反而有繫帶。「把這件套到監獄連身裙上之後，能防止她們扯開衣服。」她說：「妳看扣鎖。」衣服上不是普通的扣鎖，而是結實的銅釘。「扣鎖的鑰匙在我們身上，所以可以確實束縛住她們。瑞德里小姐手上的是束縛緊身衣。」瑞德里小姐現在將她的束縛衣抖開，我看到衣服袖子由黑色的皮革製成，長度非常長，袖口已封死，袖子尾端由皮帶收束。和手足枷的皮帶一樣，上面都是凹痕，看來皮帶和扣環曾不斷拉扯。我盯著束縛衣，感覺雙手在手套裡冒汗。即使到現在，夜晚寒冷刺骨，我一想起那時，仍手汗直流。

看守將刑具再次收拾好。我們離開恐怖的房間，繼續沿走道向前，最後我們來到一個低矮的石拱門。從這裡再過去，牆差點容不下我們的裙襬。那裡沒有瓦斯燈，只有一個燭台，上面插著一根蠟燭，海克斯比小姐拿起，並舉在前方，她手圍在火焰旁，遮擋地下鹹鹹的寒風。我望向四周，不知道米爾班克監獄有這種地方，更不知道世上有這種地方，一時間，我心中湧起一股恐懼。我心想，她們打算殺了我！她們打算拿走蠟燭，讓我一個人留在這裡，盲目摸索燈光，終至發瘋！

後來我們到了四道門前，海克斯比太太停在第一道門。瑞德里小姐在昏暗的燭光中摸索腰際的鑰匙圈。她轉動鑰匙，手抓住門，但並未如我預料推開門，反而將門滑開。我發現門很厚，上面鋪著軟墊。軟墊是為了隔絕囚犯的咒罵和哭聲。當然，女囚現在發現門口有動靜了。突然之間，從恐怖、陰暗、無聲、狹小牢房的門上傳來響亮的咚一聲，然後又咚一聲，有人哭喊：「臭婊子！妳們來看我腐爛了沒！去妳們的，要是我沒悶死，妳們下次死定了！」軟墊門此時已完全拉開，瑞德里小姐打開後頭第二道木門上的小窗板。小窗上設有鐵欄，鐵欄後面一片漆黑。裡面沒有一絲光線，我發現自己什麼也看不到。我望了望，發覺自己都頭痛了。叫聲停止，牢房似乎平靜下來。深不見底的黑暗中忽然有個東西撲到鐵欄前，原來是一張臉。那張臉相當恐怖，臉色蒼白，滿布淚水和傷痕，嘴邊流著鮮血和唾液，眼神瘋狂，但她同時瞇眼望著微弱的燭光。看到她的臉，海克斯比小姐嚇得縮身，我則退了一步。這時那張臉轉向我。「去妳媽的看屁啊！」那女囚開口。瑞德里小姐用手掌拍了一下木門，警告她閉嘴。

「注意妳的禮貌，賈可博，不然我們會把妳關一個月，聽到沒？」

女囚將臉靠著鐵欄，慘白的雙唇緊閉，凶狠瘋狂的目光仍瞪著我們三人。海克斯比小姐朝她靠近一點。

「妳非常愚蠢，囚犯。」她說：「美麗太太、瑞德里小姐和我對妳非常失望。妳毀了一間牢房。妳傷到自己的頭。這就是妳想要的嗎？想傷到自己的頭？」

女人斷斷續續吸一口氣。「我忍不住了。」她說：「至於美麗太太……那婊子！管妳們把我關在這幾天，我要把她碎屍萬段！」

「夠了！」海克斯比小姐說：「夠了。我明天再來找妳。在黑暗中關一晚，我們看妳多懊悔。瑞德里小姐。」瑞德里小姐拿鑰匙向前，賈可博表情更是瘋狂。

「不准鎖上門，賤人！不准把蠟燭拿走！噢！」她臉緊貼在鐵欄上，瑞德里小姐關上窗板之前，我從她脖子看到她身上的束縛衣。我想那是件束縛緊身衣，有黑色平滑的袖子和扣環那種。鑰匙將窗板鎖上之後，門後又傳來咚一聲。她一定用頭撞木門。接著門後傳來尖銳模糊的哭喊，和剛才截然不同，「不要把我留在這裡，海克斯比小姐！噢！海克斯比小姐，我一定會乖乖的！」

這叫聲比剛才的咒罵聲更令人心慌。我轉向看守說，她們當然不會把她丟在這裡吧？她們不是真的要把她單獨留在一片漆黑之中吧？海克斯比小姐全身僵硬，站在原地。她說他們會派人員來看她。再過一小時，她們會替她送麵包來。「但海克斯比小姐，這麼黑！」我又說一次。

「黑暗是懲罰。」她簡單回答。她從我身前退開，並拿走蠟燭，她的白髮在昏暗中更顯蒼白。瑞德里小姐已關上軟墊門。女人的哭嚎變得非常模糊，但仍清楚可聞。「妳們這群臭婊子！」她哭喊。「去妳們的……**還有去妳的臭小姐！**」我站在原地一會，看光線愈來愈暗。後來哭嚎聲變得更淒厲，我連忙快步追上火光，差點跌倒。「臭婊子、臭婊子！」女囚仍不住哭罵，搞不好現在仍在咒罵。「我在黑暗裡死給妳看。妳聽到了嗎，女士？我會死在黑暗裡，像隻臭老鼠！」

「她們全都這麼說。」瑞德里小姐酸溜溜地說：「可惜從沒一個死成。」

我以為海克斯比小姐會責罵她，結果沒有。她繼續向前，經過刑具室，回到通往牢房區的坡道。她在這裡和我們分開，回到明亮的辦公室。瑞德里小姐帶我繼續向上。我們通過關刑事犯的牢房區，看到美麗太太和另一個看守靠在賈可博的牢房門邊，兩個女囚拿水桶和拖把在拖地。接下來，潔夫太太來負責帶我了。我望著她，等瑞德里小姐離開，我將雙手摀住眼睛。她喃喃說：「妳去黑牢了。」我點點頭。我說，這樣對待一個女人對嗎？她無法回答我，她只別開目光，搖搖頭。

我發現她的牢房區和其他區域一樣異常安靜，女囚個個精神緊繃，處處提防。我去找她們時，每個人都馬上提到失控的事。每個人都想知道砸了什麼、誰砸的以及她發生什麼事。「關到黑牢了，對不對？」她們打寒顫。

「她被關到黑牢了嗎？普萊爾小姐？是莫理絲嗎？」

「是伯恩斯嗎？」

「她受傷了嗎？」

「我敢說她現在後悔了！」

「我有次被關到黑牢裡，女士。」瑪麗．安．庫克告訴我：「那是我去過最恐怖的地方。有的女孩絲毫不怕黑……但我會怕，女士。我會怕。」

「我也會怕，庫克。」我說。

就連瑟琳娜似乎也受監獄的氣氛影響。我發現她在牢房裡踱步，她的毛線放在一旁。她看到我來，眨眨眼，手臂交叉，繼續焦慮地走來走去，我好希望自己能走上前，雙手放到她身上，讓她冷靜下來。

「有人失控了。」潔夫太太仍在關門，她便開口。「是誰？是荷依嗎？還是法蘭西絲？」

「妳知道我不能告訴妳。」我有點不高興。她別開頭。她說她只是在測試我……她心裡有數，失控的是菲比·賈可博。她們讓她穿上有螺釘的束縛衣，把她關進黑牢。我覺得那樣對嗎？

我猶豫一下問，像賈可博那樣無故惹事，她覺得那樣對嗎？

「在監獄，我們全都忘了何謂善良。」她回答：「要不是像妳一樣的女士，擺出一副溫文爾雅的模樣，在這瞎攪和，我們才不管善不善良！」

她像是賈可博和瑞德里小姐一樣語氣凶惡。我坐在椅子上，雙手放在桌上，伸直手指時，發現手在顫抖。我說我希望她不是發自內心。她馬上回答，她句句發自內心！我不知道困在鐵欄和磚牆中，聽女人砸牢房多可怕嗎？那彷彿像是有人倒沙到我臉上，卻又不准我眨眼。那像是渾身發癢、發疼……「妳不尖叫，乾脆一死了之！但尖叫的話，妳知道自己就是……是頭野獸！但海克斯比小姐來了，牧師來了，**妳**來了……於是我們不能是野獸，我們必須是女人。我希望妳乾脆不要來！」

我從未見過她如此緊張和心煩。我說，如果她透過我的拜訪才能明白自己是女人的話，我應該來得更頻繁。「噢！」她聽了大叫，雙手用力抓著洋裝袖子，紅色的指節都壓白了。「噢！**她們**就是這麼說的！」

她又開始在窗口和牢門之間踱步，瓦斯燈照亮著她，她袖子上的星星格外鮮明，像警告燈閃爍。我想起海克斯比小姐說的話，女囚有時會受別人失控所刺激。我想像瑟琳娜穿著束縛衣，神情瘋狂，滿臉血痕被關進黑牢，我想不到更可怕的事了。我穩定自己的語氣。我說：「誰說的，瑟琳娜？妳是指海克斯比小姐嗎？海克斯比小姐和牧師？」

「哈！要是他們說話這麼有道理就好了！」

我回答：「噓。」我擔心潔夫太太會聽到。我望向她。我清楚她講的是誰。我說：「妳指的是妳的幽靈朋友。」她說：「對。**他們**。」

他們。在這裡，夜晚黑暗中，他們感覺好真實。但今天的米爾班克監獄一切突然變得劇烈而暴力，幽靈的故事變得好薄弱，像是無稽之談。我將手伸到眼前。我說：「我今天聽累妳幽靈的故事了，瑟琳娜——」

「**妳**聽累了！」她大喊：「**妳**，不曾有幽靈逼近妳……在妳耳邊低喃、尖叫……用手捏妳、掐妳……」她睫毛沾上淚水，變得格外烏黑。她停下腳步，但雙臂仍抱著自己，身體仍在顫抖。

我說我不知道她的朋友對她來說是個重擔，以為他們是種慰藉。她悲戚地說他們確實是種慰藉，「只是他們跟妳一樣，來了又走。讓我感覺更受束縛，更淒慘，**更像她們**。」她頭朝別的牢房點了點。

她呼出一口氣，閉上雙眼。她閉上眼時，我終於走向她，牽起她的雙手。我只是想用尋常的方式讓她平靜。我覺得她確實因此平靜了。她睜開雙眼，手在我手中移動。我感覺到她手僵硬冰涼，身體不由自主縮一下。這時我該做什麼、不該做什麼，我全都拋到腦後。我脫下手套，替她戴上，並再次牽住她的手。「**不行**。」她說。但她沒有收回雙手，過一會，我感覺她手指彎了彎，彷彿感覺著手套陌生的觸感。

我們這樣站了大約一分鐘。「我希望妳能收下手套。」我說。她搖搖頭。「那妳一定要叫妳的幽靈替妳帶手套來。那比花來得有用不是嗎？」

她別開身子。她小聲說，她拜託幽靈的事，簡直難以向我啟齒。她跟他們要過食物、水和肥皂。甚至一面鏡子，讓她看自己的臉。她說他們有辦法的話都會拿給她。「但其他東西……」

她說她曾有一次要過鑰匙，能開米爾班克監獄所有鎖的鑰匙。還有正常的衣服和錢。

「妳覺得我很糟糕嗎？」她問。

我說我不覺得糟糕，但我很高興她的幽靈沒有幫她，因為從米爾班克監獄逃跑絕對是天大的錯誤。

她點點頭。「我朋友也這麼說。」

「妳的朋友很有智慧。」

「他們非常有智慧。只是有時候，一想到他們明明可以放我走，卻讓我一天天留在這裡，感覺很不公平。」我聽到她這麼說，身體不禁緊繃。她繼續說：「真的，關住我的是他們！他們一眨眼就能讓我走了。妳就算站在這裡牽著我，他們也能馬上將我帶走。他們甚至不用開鎖。」

她太認真了。我收回雙手。我說只要她能感覺好些，她可以幻想這些事。但她其實不該多想，因為其他事……真實的事……在她眼中會扭曲。我說：「把妳關在這裡的人是海克斯比小姐，瑟琳娜。是海克斯比小姐、西里多先生和所有看守。」

「是幽靈。」她堅持說：「他們把我關在這裡，他們會把我關到——」

關到何時？

「關到他們達成目的。」

我搖搖頭問她。那他們的目的是什麼？她指的是懲罰嗎？如果是的話，那彼得．奎克怎麼辦？我以為該受懲罰的是他？她語氣有些不耐煩地說：「不是**那個**，我指的不是**那個**原因，那是**海克斯比**小姐的原因！我指的是——」

她指的是**靈性**的目的。我說：「妳以前跟我講過。我那時聽不懂，現在還是不懂。我想妳自己也不懂。」她剛才稍稍別開頭，現在她再次望著我，我發現她神情變得非常嚴肅。她開口時，聲音放輕。而她說出的話是：「我想我漸漸開始了解了。而我……很害怕。」

她的話，她的臉，還有漸漸籠罩的黑暗……我感覺剛才對她太嚴厲，自己也有點不大自在，但我再次握起她的手，脫下她手上的手套，用手溫暖她手指一會。我說，什麼事？她害怕的是什麼？她不回答，只別開頭。她轉開頭時，雙手在我手中扭動，手套落到地上，我彎腰去撿。

手套落在冰冷乾淨的鋪石上。我拿起來時，看到地上有道白痕。那道白痕閃爍光澤，我手去摸便裂開了。那不是牆上流下的石灰。

那是蠟。

蠟。我望著那痕跡，全身開始發抖。我起身望向瑟琳娜。她發現我臉色蒼白，但沒注意我剛才看到什麼。

「怎麼了？」她說：「怎麼了，歐若拉？」我聽到她的聲音身子縮了一下，因為我彷彿聽到海倫的聲音。那名字是海倫因為書裡的人物為我取的。而我當時說，她原本的名字好適合她，絕不可能再找到更好的名字了……

「怎麼了？」

我雙手放到她身上。我想到鑄幣師艾涅絲．納許，她曾說她在瑟琳娜牢房聽到鬼的聲音。我說：「妳害怕的……是什麼？是**他**嗎？他還是會來找妳嗎？他甚至現在晚上還會來**這裡**找妳嗎？」監獄洋裝下，我感覺到她纖細手臂的肌膚，而在她肌膚之下還有她的骨頭。她抽了一口氣，彷彿我傷害到她。我聽到不禁鬆開手，並從她身前退開，內心感到羞愧。因為我想到的是彼得．奎克的蠟手。那隻手收藏在玻璃櫃中，距離米爾班克一公里半。那只是中空的模型，不會傷害她。

但是、但是……噢！這裡頭其實有道理，我腦中忽然出現一個畫面，全身不禁打顫。那隻手確實是蠟製的。但我想到那間閱覽室。那裡晚上會是什麼景象？肯定安靜無聲，毫無動靜。但是玻璃櫃上的模型可能一點也不安分。蠟可能會波動。幽靈臉上的雙唇可能會抽搐，眼皮翻動。嬰兒手臂上的凹痕可能會因為手臂伸直變得更深。我在瑟琳娜的牢房向後退，全身發抖，我看到了。我看到彼得．奎克拳頭腫脹的手指張開又彎曲。我看到了！我看到了！現在他手一點一滴爬過架子，手指拖著手掌滑過木板。手打開了玻璃櫃門，在玻璃上留下痕跡。

我看到所有模型無聲爬過閱覽室。它們邊爬邊變軟，彼此融合。它們化為蠟流，滲入街道，滲入米爾班克監獄，進到寂靜的牢房。蠟流過碎石地，流過牢房，滲入門的鉸鏈、鐵門的縫隙、門上的小窗和**鑰匙孔**。瓦斯燈下的蠟色慘白，但沒人注意。蠟爬得無聲無息。熟睡的監獄中，只有瑟琳娜察覺蠟緩緩流過滿是沙土的牢房走廊，發出窸窣的聲響。我看到蠟緩緩流上她門旁粉刷的磚牆，頂開鐵片，滲入她陰暗的牢房，然後在冰冷的石地聚集。我看到它慢慢變高，起初像石筍一般，接著慢慢成形變硬。

是彼得．奎克，然後他擁抱她。

我一瞬間看到了。畫面栩栩如生，令我作嘔。瑟琳娜再次靠近我，我退開來，並望向她，放聲大笑。笑聲在我耳中好刺耳。我說：「我今天幫不上妳，瑟琳娜。我來是想安慰妳，結果我只無緣無故嚇到自己。」

但不是無緣無故。我知道不是無緣無故。

她腳旁石地上的蠟痕現在好白、好顯眼。那塊蠟怎麼**會**出現？她又向前走一步，蠟痕被裙襬的陰影蓋住。

我又陪了她一會，但感覺反胃，心煩意亂。最後我開始想，如果看守經過她牢房，看到我臉色蒼白，神色難堪。我覺得她會察覺我有異樣，或事有蹊蹺。我記得我找完海倫，回去找母親時，心中也有同樣的恐懼。我喚來潔夫太太。但她只看著瑟琳娜，沒多看我，我們一起沿走廊向前，不發一語。一直到了牢房區盡頭的鐵門，她將手放到喉嚨上才開口。她說：「我敢說妳發現女囚今天都格外緊張？可憐啊，有人失控時她們總是如此。」

瑟琳娜向我傾吐這麼多，我居然狠心拋下她單獨一人在牢房中害怕。為了什麼？就因為一小塊映著光澤的蠟！但我不能回去找她。我在鐵門前遲疑，潔夫太太這段時間注視著我，雙眼烏黑親切、充滿耐心。我說，女囚**的確**很緊張。我覺得道斯……瑟琳娜．道斯……可能是其中最緊張的一個。

我說：「潔夫太太，我很高興是由妳來照顧**她**。」

她垂下目光，彷彿有些不敢當，並回答她覺得自己是所有女囚的朋友。「至於瑟琳娜．道斯……唉，普萊爾小姐，只要我還在這裡守護她，妳不需擔心她會受到任何傷害。」

她說完將鑰匙插入鐵門，陰影中我看到她蒼白的大手。我再次想到蠟流，也再次感到噁心。

外頭天色已黑，濃霧讓街道一片模糊。門房花了點時間才替我攔到馬車。我終於上車時，身上彷彿帶著一層白霧，白霧落在我裙子上，感覺格外沉重。濃霧仍不斷升起，開始鑽進窗簾。艾莉斯晚上聽母親吩咐來找我吃飯時，發現我坐在窗玻璃旁的地板上，用紙團塞著窗框隙縫。她問我在做什麼？她說我會著涼，或傷到手。

我說我怕濃霧會鑽進我漆黑的房間，害我窒息。

一八七三年一月二十五日

今天早上我去找布林克太太，說有件事得告訴她。她問我：「是關於幽靈的事嗎？」我回答是，她帶我到她房間，我坐下來，雙手放到她手中。我說：「布林克太太，有人來拜訪我了。」她聽到這句話，表情大變，我知道她誤以為是誰，於是我說：「不，不是**她**，是個完全不認識的幽靈。」我說：「他是我的**引導者**，布林克太太。他是我個人的**控制靈**，每個靈媒都在等著這一刻。他終於出現在我面前！」她馬上說：「一個男幽靈來找妳……」我搖搖頭說：「**男**、**女**不重要，妳應該知道那在靈界根本沒有差別。這幽靈在塵世曾是個紳士，而現在以那形態來見我而已。他出現是為了展示通靈的真實性。他想在妳的房子裡展現，布林克太太！」

我以為她會很高興，結果卻相反。她手收回去，別開身子說：「噢！道斯小姐，我知道這是什麼意思！這代表我們個別的招魂會結束了！我知道我不該留下妳，也知道我終會失去妳。但我從沒料到一個紳士會憑空出現！」

這時我領悟了她為何將我看得那麼緊，並只讓女性朋友來見我。我大笑一聲，再次牽起她的雙手。我說：「好了，怎麼會呢？妳覺得我服務全世界，就容不下一個妳嗎？」我說：「瑪潔麗覺得媽媽會再次離開她，不再回來嗎？我倒覺得如果我的引導在場，幫助瑪潔麗的媽媽，她會更容易過來！但如果我們不讓引導者出現，那我的力量可能會受到傷害。我不敢說到時候的下場。」

她望著我，臉色慘白。她輕聲說：「那我該怎麼做？」我告訴她我答應的事。她必須去找她六、七個朋友，請她們明晚來參加闇圈。她要把小房間移到第二個凹室，因為我覺得那個凹室比另一個凹室磁場更好。她必須準備攙了磷的燈油，那樣的火光能看得到幽靈，而且我不能吃多，只能吃一點白肉和紅酒。我說：「這會是一場驚天動地的活動，我很確定。」

但其實我不確定，而且我非常害怕。她搖鈴找來露絲，向她重複我的吩咐，露絲也馬上出發去布林克太太朋友家。她回來時，她說有七個人一定會來，莫麗斯太太更問，她能不能帶她兩個姓亞岱爾的姪女一起來？她們剛好在她家度假，都很喜歡參加闔圈。所以總共會有九個人，我過去沒表演現形之前，也從沒面對這麼多人。布林克太太看到我的表情說：「怎麼了，妳緊張了？妳剛才不是說得很肯定？」露絲說：「妳為何害怕？一定會很棒。」

一八七三年一月二十六日

今天是禮拜日，我早上如常和布林克太太上教堂。但在那之後，我一直留在自己房間，只下樓吃點冷雞肉和一塊魚，那是露絲去廚房特別為我做的。他們給我一杯溫酒之後，我冷靜下來。我靜坐聽眾人七嘴八舌進到會客室，最後布林克太太帶我進門，我看到椅子已經在凹室前排好，女士目光投來，我身體開始發抖。我說：「我不敢保證今晚會發生什麼事，尤其在場有陌生人。但我的引導要我替妳們舉辦招魂會，我一定要遵守他的指示。」有人這時說：「妳為什麼要把小房間移到有門的凹室？」布林克太太告訴她們那裡磁場比較好，說她們不要太在意門的事，自從女僕弄丟鑰匙，那道門從來沒開過。而且她在門前放了塊屏風。

接著大家全安靜下來，並望著我。我說我們要坐在黑暗中，等待徵兆，我們坐了十分鐘，傳來幾聲敲擊聲，我說這表示，他指示我去小房間就位，並請她們打開油罐。她們照做了，我從凹室的布簾上方看到天花板上藍色的光。然後我說她們必須歌唱。她們唱完兩首聖歌，我開始懷疑這到底會不會成功，我不知道自己究竟是遺憾還是高興。但這時候我還在懷疑，身旁突然出現一股騷動，我喊出聲：「噢！幽靈來了！」

後來和我所想截然不同，凹室出現一**個男人**，我不得不說，他有粗壯的手臂，**黑色的八字鬍和紅色的嘴唇**。我看著他，全身顫抖，我輕聲說：「噢！天啊，你是真的嗎？」他聽到我顫抖的聲音，額頭變得如水般滑順，微笑點頭。布林克太太喊道：「怎麼了，道斯小姐，誰在那裡？」我說：「我不知道該說什麼。」他彎身，將他嘴巴貼近我耳朵，向我耳語：「說我是妳的主人。」我照他吩咐說了，他離開我走進房間，我聽到她們全驚呼：「噢！」「天啊！」「是幽靈！」莫麗斯太太喊道：「你是誰，幽靈？」他大聲回答：「我幽靈的名字是**魅惑**，但我塵世的名字叫**彼得・奎克**。妳們凡人一定要叫我塵世的名字，因為我是以肉身出現在妳們面前！」這時我聽到有人低聲說：「彼得・奎克。」我不禁和她異口同聲重複，因為我在此之前都不知道他的名字。

後來我聽到布林克太太說：「你能在我們之間走動嗎，彼得？」但他不肯這麼做，他只站在原地，接受大家提問。他透露幽靈各種的真相，她們聽了陣陣驚呼，嘖嘖稱奇。接著他抽起我們為他準備的菸，並喝一口檸檬水，他嘗一口大笑說：「嘿，妳們至少滴點酒進去，才會讓人更有**靈感**嘛。」有人問他，他離開之後檸檬水會在哪裡？他想一會說：「會在道斯小姐的肚子裡。」接著雷諾斯太太看他拿著玻璃杯便說：「你可以讓我牽你的手嗎，彼得？這樣我可以知道你形體多真實。」我感覺他有點不確定，但最後他叫她靠近他。他說：「來，妳覺得怎麼樣？」她回答：「又溫暖又硬！」他大笑。然後他說：「噢，我真希望妳能握久一點。我來自邊境，那裡可沒像妳一樣美的女士。」不過他邊說，臉邊轉向布簾，不是要嘲笑我，反倒像在說：「妳聽到我說的嗎？她哪知道我心底覺得誰美？」但他說完，雷諾斯太太害羞地咯咯笑了笑，他回到布簾後面時，手放到我臉上，彷彿我能從他手掌聞到她的害羞。這時我大喊，她們必須再次大聲唱歌。有人說：「她沒事嗎？」布林克太太回答，我此時已在把靈魂收回身體，她們不能打擾我，要等交換結束。

後來我再次恢復隻身一人。我請人點起瓦斯燈，並走出來見她們，但我全身不斷發抖，幾乎無法走路。她們見了便讓我躺在沙發上。布林克太太搖鈴叫女僕來，珍妮先來了，露絲後來也來了，她說：「噢！發生什麼事？很驚人嗎？為什麼道斯小姐臉色這麼蒼白？」我聽到她的聲音，全身抖得更厲害。布林克太太發覺便牽起我的雙手，不斷搓揉說：「妳感覺還可以嗎？」露絲脫下我的便鞋，雙手握著我的腳，彎身呵氣。最後比較年長的亞岱爾小姐對她說：「可以了，讓我照顧她。」她坐到我身旁，另一個女士握著我的手。亞岱爾小姐小聲說：「噢！道斯小姐，我從來沒見過比這更不可思議的事！他在黑暗中來找妳時，究竟是什麼感覺？」

她們離開時，其中兩、三個人將錢交給露絲，我聽到她們把錢放入她手中。但我太累了，不在意她們留的是便士還是英鎊，只希望能躺到某個黑暗的地方休息。我倒在沙發上，聽見露絲將大門門閂拉上。我也聽到布林克太太在她房中踱步一會，接著躺上床等待。我知道她在等待誰。我手摀著臉，走向樓梯，露絲望了我一眼，點點頭。「好女孩。」她說。

第三部

一八七四年十一月五日

昨天我父親過世滿兩年，而今天我妹妹普麗希拉終於在切爾西教堂和亞瑟．巴克雷結婚了。她接下來會離開倫敦，至少到明年才會回來。他們會去度蜜月十週，然後直接從義大利到沃里克郡，有人提議從一月到春天，我們可以去莊園和他們共度假期。但我目前還不想思考這件事。我、母親和海倫坐在教堂，普麗希拉和史蒂芬走來，巴克雷家的孩子拿著她的花籃。她戴著白色蕾絲面紗，從教堂祭衣室走出，亞瑟掀開面紗時……好吧，她過去六個星期板著那張臉顯然有效，因為我不記得曾見過她這麼美。母親拿手帕擦拭眼淚，我聽到艾莉斯在教堂門口哭。當然，普麗希拉現在有自己的侍女了，馬里什莊園的管家會將侍女派來。

我原以為在教堂目睹妹妹從我身旁經過，內心會充滿酸楚，結果完全不會。我只有在親吻臉頰和他們道別時，心情才有一點難過。我看著他們的行李上車，繫上標籤，普麗希拉穿著芥末色的大衣，美麗萬分（兩年來，家族第一次有人穿上有顏色的衣服）。她答應我們會從米蘭寄包裹回來。我覺得有一、兩個好奇或憐憫的目光投來。但我確定沒有像史蒂芬婚禮時那麼多。那時我覺得自己是母親的累贅。現在我成為她的**安慰**。我聽到早餐時有人說過：「妳一定很慶幸自己有瑪格莉特，普萊爾太太。她好像她爸爸！她將是妳的安慰。」

我不是她的安慰。她不希望在**女兒**身上看到丈夫的面容和生活習慣！婚禮賓客離開時，我看到她在房子裡走來走去，搖頭嘆息。「多安靜啊！」彷彿我妹妹一直是個小孩，她懷念樓梯上傳來她的尖叫。我跟著她來到普麗希拉臥室門口，和她一起看著空架子。東西全裝箱送去馬里什莊園，甚至是小時候的東西。我想普麗希拉會希望給自己的女兒。我說：「我們屋子都是空房間了。」母親又嘆口氣。

後來她走到床邊，把其中一塊床簾拿下，然後拿下床單，說床組不能留在這裡受潮發霉。她搖鈴叫薇格斯，要她將床墊上的床單拿下，把毯子拿去拍乾淨，並清洗壁爐的鐵柵。我們一起坐在客廳，聽著不尋常的忙亂聲響。母親嫌薇格斯「像頭牛一樣動作笨拙」，或瞄了一眼壁爐上的鐘，嘆口氣說：「普麗希拉現在會在南安普頓了。」或「他們現在會在英吉利海峽上了……」

「鐘聲好吵！」她後來說，並轉身望向原本給鸚鵡的位置。「格利佛走了，現在好安靜。」

她說那就是養寵物的壞處。人習慣牠們之後，失去時會很難過。

鐘聲繼續滴滴答答。我們聊到婚禮和賓客、馬里什莊園的房間，還有亞瑟美麗的姊妹和她們的洋裝。不久，母親拿出一塊布，開始縫紉。九點鐘左右，我如常起身，和她道晚安。這時她以犀利、古怪的目光看我一眼。她說：「我希望妳不會丟下我一人變笨。上樓拿本書來客廳。妳可以念給我聽，自從妳父親死後，都沒有人念書給我聽了。」我心裡一陣驚慌和難過，並說她不會喜歡我的書。她回答，那我就拿一本她會喜歡的書吧，例如小說或書信。見我站在原地盯著她，她起身去壁爐旁的書櫃隨意拿一本書。結果是《小杜麗》第一冊。

於是我念書給她聽，她繼續做縫紉，並不斷朝鐘望，中間搖鈴請人端來蛋糕和茶。薇格斯灑出點茶時，她嘖了嘖。克雷蒙花園傳來一陣陣煙火聲，街上偶爾傳來歡呼和笑聲。她似乎聽得漫不經心，不笑也不皺眉，頭歪也不歪，但我暫停時，她會點點頭說：「繼續讀，瑪格莉特。繼續讀下一章。」我垂頭念書，並悄悄望著她。我腦中突然出現清晰的可怕畫面。

我看到她變老了。我看到她上了年紀，背也駝了，脾氣暴躁，搞不好耳朵也稍微不靈光。她心裡有了更多怨恨，因為兒子和她最愛的女兒都已成家……更活潑快樂的家，那裡有他們的孩子嬉戲，來回的腳步聲熱鬧，年輕男子穿梭，還有一件件新洋裝。要不是她單身的大女兒，他們絕對會邀她去安養天年。但大女兒喜歡監獄和詩詞，不喜歡金杯玉盤和晚宴，換言之，根本稱不上她的**安慰**。我怎麼沒猜到普麗希拉離開之後會變這樣？我只想到自己的嫉妒。我現在坐在客廳看著母親，心中滿懷恐懼，並為之感到羞愧。

她終於起身回房，我走到窗邊，站在玻璃前。即使天空下著雨，克雷蒙花園樹林後方仍不斷發射煙火。

今晚便是如此。明晚海倫會和她朋友帕默小姐來訪。帕默小姐快結婚了。

我二十九歲。再過三個月，我便三十歲了。母親若年老駝背，脾氣暴躁，那我會變成什麼樣子？

我會變得乾扁蒼白，如紙片一般，或像片葉子，夾在黑色枯燥的書頁中被人遺忘。我昨天正好有看到這樣的葉子，那是一片常春藤葉，就夾在爸爸書桌後面架上的書裡。我跟母親說我想開始整理他的書信，並進了房間，但我其實只是來思念他。他死後房間都沒動過，筆還在吸墨紙上，他的印章、雪茄刀、鏡子……

我記得醫生診斷出他得癌症兩星期後，他站在鏡子前，左右擺頭，露出慘笑。他小時候保母曾告訴他，病人不要照鏡子，因為他們的靈魂會飛進鏡子裡，害他們喪命。

我站在鏡前良久，想在鏡中尋找他的身影，尋找任何他死前的蹤跡。鏡子裡卻只有我自己。

一八七四年十一月十日

今天早上我下樓看到帽架上有三頂爸爸的帽子，他的手杖也放在牆邊老地方。一時間，我站在原地，想起我的墜鍊，心中滿是恐懼。我心想：「一定是**瑟琳娜**幹的，現在我要怎麼跟屋裡的人解釋？」艾莉斯出來，眼神古怪地看著我，並開口解釋。母親吩咐她們把東西放到那裡。她覺得如果賊看到有紳士在，能嚇跑他們！她也請一名警察來夏納步道巡邏，現在我出門便會看到他向我摸帽行禮：「下午好，普萊爾小姐。」接下來，我想她會要廚師睡覺時枕頭下放把上膛的槍，像卡萊爾家一樣。廚師晚上會翻身，害自己頭中彈身亡，母親會說，好可惜喔，文森太太做的肉餅和蔬菜燉肉真是無人能比……

我變得憤世嫉俗了。海倫這麼跟我說。她晚上和史蒂芬來家裡。我讓他們倆和母親聊天，但海倫過一會來敲我房門。她經常來向我道晚安，我已經習慣了。但是這次她來時，手上拿個東西，不大自在。那是我的鎮靜劑瓶。她目光避著我說：「妳母親看到我要來找妳，便問我要不要拿藥上樓？我說我覺得妳會不開心。但她抱怨爬樓梯……會害她腿痛。她說這件事與其交代給僕人，不如交給我。」

我想我寧可薇格斯拿藥來，也不希望是海倫。我說：「她下次大概會要我在客廳當著客人的面拿湯匙吃藥。她讓妳一人去她房間拿藥？能知道藥放哪裡真是天大的榮幸。她不肯告訴我。」

我看她仔細在玻璃杯混合藥粉。她拿來時我把藥擱在桌上，她說：「我要待到妳喝藥。」我跟她說，我過一會就會服藥了。我說她別擔心。我不會因為要留她，所以不吃藥。她聽到臉紅了，並別開頭。

我們早上收到普麗希拉和亞瑟從巴黎寄來的信，於是我們聊了一下信的事。我說：「妳知道婚禮之後，這裡感覺多令我窒息嗎？妳覺得我這麼想自私嗎？」她略有遲疑。接著她說，這段時間對我來說當然很辛苦，畢竟我妹妹結婚了……

我凝視著她，並搖搖頭。我說，噢！這種話我聽過太多次了！我十歲時史蒂芬開始去上學，他們都說「那段時間我很辛苦」，因為我太聰明了，不會理解我為何只能請家庭教師。他上劍橋時也是老調重彈。還有後來他回家，取得律師資格也是。普麗希拉長大之後，變得亭亭玉立，大家也都說我很辛苦，好像因為我貌不驚人，就非得覺得辛苦不可。後來還有好多次，像史蒂芬結婚、爸爸過世、小喬治出生……事情接踵而至，大家總是一廂情願覺得這很正常，我一定會感到心裡不平。未婚的大姊總是如此。「但是海倫、海倫。」我說：「如果他們已預料到我的人生很辛苦，為何他們不改變？他們為何不讓一切變得好過一點？我覺得只要我擁有一點自由……」

她這時問，自由？做什麼的自由呢？當我答不出來，她只說，我一定要多來花園宮作客。

「去看看妳和史蒂芬。」我語氣平淡。「看看小喬治。」她說等普麗希拉回來，她一定會邀請大家去馬里什莊園，我規律的生活便會有變化。「馬里什莊園！」我大喊：「然後他們晚餐便會安排我坐在助理牧師的兒子旁邊，我還必須和亞瑟單身的表姊相處，幫她把黑甲蟲釘到絨板上。」

她望著我。就在這一刻，她說我變得憤世嫉俗了。我說，我一直都很憤世嫉俗。她只是不曾用這個詞來形容。她過去都說我很**勇敢**。她說我是**新女性**。她以前似乎很欣賞如此的我。

她聽到臉又紅了，但她也同時嘆口氣。她走到我身旁，站在床邊。我馬上說：「別太靠近床！妳不知道我們過去的吻成了夢魘嗎？它們會回來嚇妳。」

「噢！」她這時大叫一聲，拳頭搥一下床柱，然後坐到床上，雙手掩面。她說，我要一輩子折磨她嗎？她**以前**覺得我很勇敢，甚至現在也這麼想。她說，但我以前也覺得她很勇敢……「但我從來不勇敢，瑪格莉特，遠遠不及妳的期待。現在妳仍是我最親愛的朋友，可是……噢！我好想跟妳當朋友！但妳弄得好像這是一場戰鬥！我好累。」

她搖搖頭，閉上眼。我這時感到她的疲憊，同時也感受到自己的疲憊。那感覺籠罩我，沉重又黑暗，勝過任何藥物。沉重如死亡一般。我望向床。我在床上有時依然**會**看見我們相吻的畫面，那畫面像蝙蝠般倒掛在布簾上，隨時會飛掠到我面前。我心想，這時我若搖晃床柱，過去是否會摔落地面，碎成粉末。

我說：「對不起。」雖然我至今不曾為他們結婚感到高興，未來也絕不會高興，但我仍說：「與其是別人，我很高興史蒂芬擁有了妳。我想他一定待妳很好。」

她回答，他是她所認識最好的男人。然後她遲疑了一下，她說她希望……她覺得如果我能多和大家相處一點點……世上還有其他好男人……

我心想，他們也許很好。他們也許通情達理，心地善良。但他們不會是妳。

但我沒說出口。我知道這對她毫無意義。我說了些……說了些溫和、尋常的話，我現在記不得了。過一會，她來親吻我的臉頰，然後離開了。

她把鎮靜劑藥瓶帶走，不過她終究忘記看我喝下。藥仍放在桌上，水杯晶瑩清透，單薄如淚水，鎮靜劑如沙土沉在玻璃杯底。剛才我起身將水倒了，用湯匙舀藥吃下。底部舀不起來的藥，我用手指去蘸，並吸吮手指。現在我嘴中充滿苦澀，但感覺已麻木。我相信我就算咬到舌頭出血，也不會感覺到分毫痛楚。

一八七四年十一月十四日

母親和我讀到了《小杜麗》第二十章，一整週以來，我既乖巧又有耐心，表現可圈可點。我們去瓦里斯家喝茶，也和帕默小姐及她情人去花園宮用餐。我們甚至一起去漢諾威街的洋裝店。噢！這件事多討人厭啊，看著一個個尖下巴、粗脖子的女孩臉上一本正經，在你面前假笑，一旁店員替她掀起裙褶，說明底下用的是**羅緞**、**紅醋栗色布**或**輕絲布**。我說，他們沒有灰色的洋裝嗎？店員面露難色。他們沒有修長、樸素和俐落的洋裝嗎？他們讓我看一個身穿護甲洋裝的女孩。她身材嬌小勻稱，看起來就像個纖細的腳踝，套著一只好看的靴子。我知道我穿上同一件洋裝會像是收入鞘中的劍。

我買了一副淺黃色的羔皮手套。我希望能再多買幾副，到冰冷的牢中拿給瑟琳娜。

不過，我想母親仍相信我們邁開步伐。今天早上我在吃早餐時，她送了我一個裝在銀盒子裡的禮物。那是她印好的一組名片。名片的邊緣有黑色花邊，上面有兩個名字。上方是她的名字，下方比較收斂的字體印的是我的名字。

我看著那疊名片，感覺肚子像拳頭一樣握緊。

我一直沒和她提到監獄的事，也快兩個星期沒去了。全是為了陪她去各個地方。我以為她一定有猜到，並心懷感激。但她今早拿名片給我時，她說她打算去拜訪人家，問我要陪她一起去？還是留在家讀書？我馬上回答，我覺得我還是去米爾班克監獄好了。她犀利的目光射來，真心感到驚訝。「米爾班克監獄？」她說：「我以為妳那些事情都結束了。」

「結束？母親，妳怎麼這麼想？」

她皮包啪一聲合上。「我想那就隨妳便吧。」她說。

我說我跟普麗希拉離開之前一樣。我說：「除此之外，生活沒有任何改變，不是嗎？」她不肯回答。

我這一星期捺著性子陪她四處走，念《小杜麗》給她聽，結果她不但突然為我單身窮緊張，又蠢到自作主張，覺得我探監「結束」了，害我心情馬上變得悶悶不樂。只要我有段時間沒去，米爾班克監獄看起來便格外淒涼，獄中女囚心情也顯得更為鬱悶難過。艾倫．鮑爾發燒咳嗽。她咳到出血，擦嘴的布上留下一條條血絲。潔夫太太好心讓她多吃肉，並給她那條法蘭絨巾，彷彿全是白費工夫。墮胎那個吉普賽女孩「黑眼蘇」臉上綁條髒繃帶，必須用手吃羊肉。她才在牢房裡待了不到三個星期，不知是心生絕望，還是發瘋，就試圖用餐刀挖出自己的黑色眼珠。她的看守說那隻眼刺瞎了。牢房此時和食品貯藏室一樣冷。瑞德里小姐帶我穿梭在牢房間，我問她監獄如此冰冷絕望，害人生病，怎能幫得到這群女人？她說：「我們在監獄不是來幫助她們，女士。我們來此是為了懲罰她們。世上窮苦、生病、挨餓、受凍的好女人太多了，我們才顧不得壞女人。」她說她們只要**縫快點**，每個人都能保暖。

後來我去找了鮑爾、庫克和另一個叫漢默的女子。最後去找瑟琳娜。她聽到我的腳步聲便抬頭，目光越過看守垂下的肩膀，和我四目相交，她雙眼發亮。我這時才明瞭，自己忍著不來米爾班克監獄見她有多辛苦。我感到腹部微微**顫動**。我想像中，寶寶在女人肚裡第一次踢腿，肯定就是這樣的感覺。

我感覺到那股微小、無聲又私密的顫動重要嗎？

這一刻，在瑟琳娜的牢房中，我覺得不重要。

因為她好感激我來找她！她說：「我上次好煩躁，可是妳對我好有耐心。後來妳好久都沒來找我。我知道不算久，但在米爾班克監獄裡，我感覺這段時間無比漫長。妳一直沒來，我以為妳也許改變主意，決定永遠都不來了……」

我記得上次拜訪她時的事。那次之後，我變得好奇怪，腦中時時充滿幻想。我說她不要胡思亂想，我邊說邊望向石地。上面沒有白色的痕跡，沒有蠟痕、油脂、甚至是石灰。我說我只是不得不暫停拜訪一陣子。家裡有事在忙，我無法抽身。

她點點頭，但一臉難過。她說她覺得我朋友應該很多？她看得出來，我比較想和他們相處，不想來米爾班克監獄。

要是她知道我人生多緩慢、沉悶和空洞就好了！跟她的日子一樣。我走向椅子坐下，手放到桌上。我告訴她，普麗希拉結婚了，她離開之後，我必須多待在家裡陪母親。她望著我，點點頭，「妳的妹妹結婚了。嫁得好嗎？」我說嫁得非常好。她說：「那妳一定很為她高興。」當我笑而不語，她靠近了些。

她說：「歐若拉，我覺得妳也許有點羨慕妳妹妹。」

我微笑。我說她說得對，我確實羨慕她。但我補充：「不是因為她有丈夫，不是這樣，真的！而是因為她……要怎麼說？她**進化**了，像妳的幽靈一樣。她人生往前一大步。而我卻留在原地，絲毫**沒有**變化。」

「那妳就跟我一樣。」她說：「其實妳就像我們米爾班克監獄裡的所有人。」

我說沒錯。但是她們的刑期終有盡頭……

我垂下雙目，但感覺她仍望著我。她問我，我能告訴她更多關於妹妹的事嗎？我說她聽了會覺得我很自私。「噢！」她馬上說：「我絕不會這麼想。」

「妳會。妳知道嗎？我無法目送妹妹去度蜜月。我無法親吻她，或祝她一路順風。我嫉妒時**就是這樣**！噢，我那時血管裡流的不是血，大概是醋吧！」

我猶豫了一下。她仍打量著我。最後她小聲說，在米爾班克監獄裡，我不要因為說出真心話感到羞愧。這裡只有牆上的石頭和她聽得到，而這裡所有人也要她像顆石頭一樣，所以她不會向任何人透露。

她以前便對我說過。但我之前從未感到這句話的力量，我再次開口時，字句彷彿綁在一條繩子上，從我胸中拉出。我說：「我妹妹去了義大利，瑟琳娜。我原本要跟父親一起去那裡，還有……一個朋友。」我當然從沒在米爾班克監獄提到海倫。我只說我們原本打算去佛羅倫斯和羅馬，爸爸想去檔案庫和藝術館做研究，我和朋友想去幫忙他。我跟她說義大利在我心中成為一種嚮往和象徵。「我們原本想在普麗希拉結婚前去，這樣我母親便不必獨自待在家。現在普麗希拉結婚了。她去了那裡，絲毫不在乎我所有的顧慮。而我……」

我已經好幾個月沒有哭，但此時我驚恐又羞愧，因為我快哭出來了，我別開頭，望向受潮鼓起的粉刷牆面。我再次望向她時，我發現她比以往更貼近我。她蹲到了桌旁，雙臂放在桌面，下巴靠在手腕上。

她說我非常勇敢。就像海倫一星期前說的一樣。我再次聽到，差點笑出聲。勇敢！我說。勇敢忍受愛抱怨的自己！我寧可不要這樣的自己……但我辦不到，甚至連這點都不允許自己……

「勇敢。」她再次搖搖頭說：「因為妳下定決心來米爾班克監獄，來找等待著妳的我們……」

她離我很近，牢房冰冷。我感到她身上的溫度和生命。但現在她目光留在我身上，站起身伸展。她說：「原來妳這麼嫉妒妳妹妹。其實妳有什麼好抱怨？她有做什麼驚人之舉嗎？妳覺得她**進化**了，但真是如此嗎？重複每個人都做的事？她只是變成跟所有人一樣。那算聰明嗎？」

我想著普麗希拉。她一直都像史蒂芬，跟母親比較像，而我則像爸爸。我想像她二十年後罵女兒的樣子。

我說，但大家不希望人聰明。至少女人不行。我說：「女人養大之後**都要**做同樣的事。那就是她們的功用。只有我這種女人拋開系統，阻礙社會運作……」

她這時說，做同樣的事會讓我們「留在地面」。我們應該從地面高升，但除非我們**改變**，不然永遠做不到。她說，至於**男人**和**女人**……就是第一個要拋下的概念。

我不懂她說的話。她微笑說：「我們高升時，妳覺得我們會帶著塵世的相貌嗎？只有疑惑的新幽靈會尋找肉身。引導者來找他們時，新幽靈會望著他們，不知如何開口。他們會說：『你是男人，還是女士？』但引導者兩者都不是，也兩者都是。幽靈也是如此。只有明白這點，幽靈才準備上升到更高的境地。」

我試著想像她所說的世界。她說爸爸在的世界。我想像爸爸全身赤裸，毫無性別之分，而我自己站在他身旁。那畫面好可怕，讓我身體冒汗。

不對，我說。她說的話根本毫無意義。這不是真的。怎麼可能？那樣世界會一片混亂！

「那代表自由。」

那是個沒有性別和愛的世界。

「那是個由愛**打造**的世界。妳以為世上只有妳妹妹對她丈夫的那種愛嗎？妳覺得情侶一定是有長八字鬍的男子，再加上穿洋裝的女士嗎？我不是說過，幽靈在的地方沒有鬍子和洋裝？要是妳妹妹丈夫過世，她嫁給另一個人，那她要怎麼辦？她跨越到靈界時，她要飛向誰？因為她會飛向某個人，我們全都會飛向某個人。我們和另一人靈魂分成一模一樣的兩半，死後全會回到原點，結合成原始的發光體。也許妳妹妹現在的丈夫便是她靈魂的另一半，也就是靈魂羈絆。我希望如此。但也可能是她嫁的下一個男人，或兩人都不是。她的靈魂羈絆也許是塵世中某個她從未尋覓的人，因為某種錯誤，而無法結合……」

我突然意識到，這段對話多麼特殊。深鎖的牢門外，潔夫太太來回巡邏，獄中三百個女囚咳嗽、低喃和嘆氣，門閂和鑰匙叮噹作響，但瑟琳娜綠色的雙眼望著我時，我對周遭的聲音渾然不覺。我只望著她，聽著她的聲音。我最後開口，問了她這個問題：「瑟琳娜，她要怎麼知道自己接近了自己的靈魂羈絆？」

她回答：「她會知道。她呼吸之前會去尋找空氣嗎？愛會被引導到她身邊。遇到時她心底會知道。而且她會盡一切所能，保留住那份愛。因為失去的話，對她來說就像死亡。」

她雙眼仍望著我。但我發現她目光變得很奇怪。她望著我，彷彿她不認識我一樣。然後她轉開身子，好似她透露太多自己的心聲，忽然感到害羞。

我再次望向她牢房地板，尋找那蠟痕。地上什麼都沒有。

一八七四年十一月二十日

今天收到另一封普麗希拉和亞瑟寄來的信。這封信是從義大利皮亞辰札寄來的。我告訴瑟琳娜時，她請我重複那地名三、四次。「**皮亞辰札**、**皮亞辰札**……」她笑著聽我說。她說：「好像是詩裡頭的詞。」

我跟她說，我以前也這麼覺得。我告訴她爸爸活著時，我睜眼躺在床上，不會念禱告或聖詩，而會數著義大利的城鎮，像**維洛納**、**雷焦**、**里米尼**、**科莫**、**帕馬**、**皮亞辰札**、**科森札**、**米蘭**……我說我花了好多時間想像看到那些地方的心情。

她說，我當然還有機會去。

我笑了笑。「我可不這麼想。」

她說：「但妳人生還有好多年可以去義大利！」

我說：「也許吧。但妳知道，景物依舊，人事已非。」

「那就把握**現在**吧，歐若拉。」她說：「或把握不久的將來。」

她和我四目相交，直到我別開頭。

接著她問我，我究竟為何如此嚮往義大利？我馬上回答：「噢！義大利！我覺得義大利一定是世界上最完美的地方……」我說她必須想像，我幫助我父親研究數年，在黑白或土紅色的墨水印刷的書報上，見過各種非凡的畫作和雕塑。「但若能親身去烏菲茲美術館，還有梵蒂岡。」我說：「踏進擁有壁畫的任何一間純樸的鄉間教堂……我覺得那會像是踏入光彩之中！」我跟她說在佛羅倫斯皇帝黨路上的房子，在那裡可以參觀米開朗基羅的故居，看到他的便鞋、手杖，進到他寫作的房間。我說，想像親眼見到這一切！想像在拉芬納看到但丁的墳墓。想像一整年白天時間溫暖又充足。想像每個轉角都有噴水池和橙花枝。想像街道充滿橙花香味，倫敦卻充滿揮不去的濃霧！「那裡的人熱情又坦率。我想英國女人在街道上能自由走動，非常自在。想像大海波光閃爍！想像威尼斯。那座城市就像大海的一部分，必須租船才能穿梭……」

我滔滔不絕說著。最後我突然回過神來，她站在一旁微笑望著我，感受我的喜悅。她半轉向窗戶的臉乾瘦而不對稱，但光線灑在她臉上讓輪廓變得非常美麗。我記得初次見到她的那股震撼，也想起她是如何讓我想到克里韋利的〈真相女神〉。我想回憶讓我表情變了，因為她這時問我，為何突然不說話了？我在想什麼？

我說我在想佛羅倫斯的藝廊和掛在裡頭的一幅畫。

她問我，我希望和父親及朋友一起研究那幅畫嗎？

我說，不，在我計畫旅途時，那幅畫對我來說毫無意義……

她皺眉，絲毫不明白。她見我不解釋，搖搖頭大笑。

她下次一定得小心不要大笑。當潔夫太太開門讓我離開，我穿過牢房下樓，來到分隔女子監獄和男子監獄的鐵門時，我聽到有人叫我，轉身看到海克斯比小姐走來，她臉色非常僵硬。自從上次和她去懲戒室之後，我都沒見到她。我想起自己那時在黑暗中緊抓著她，臉上不禁發紅。她問我，我有空可以跟她聊聊嗎？我點點頭，她請護送我的看守離開，親自帶我穿過鐵門，走入門後走廊。

「妳好嗎，普萊爾小姐？」她開口。「我們上次見面時機真不巧，我沒機會和妳討論妳的進度。妳一定覺得我怠慢了。」她說其實，她相信看守會好好照顧我，也會向她回報。「尤其，我從看守長瑞德里小姐那裡得知了不少事。」她表示即使沒有她在身旁，我還算適應良好。

我之前不曾想過自己會是「報告」的內容，或是海克斯比小姐和手下的話題。我想到她桌上那本巨大的黑色紀錄簿。我不知道簿子裡是否有個特別的地方寫著：「小姐訪客」。

但我只說她的看守全都樂於助人，也非常好心。獄卒替我們打開鐵門時，我們暫時沒說話。當然，她腰間那串鑰匙無法出入男子監獄。

後來她問我，我覺得女囚怎麼樣？她說其中一、兩人，像艾倫・鮑爾、瑪麗・安・庫克，總是對我讚譽有加。她說：「我想妳跟她們成為朋友了！她們會很珍惜這份情誼。因為如果小姐對她們有興趣，她們會受到激勵，更重視自己。」

我說但願如此。她瞄我一眼，然後別開頭。她說，當然，這樣的友誼很危險，容易誤導女囚，讓她**過度**重視自己。「我們的女囚必須獨自度過無數小時，有時會讓她們想像力變得太豐富。小姐來監獄探訪，並稱女囚為『朋友』，但一轉身便會回到自己的世界。當然，女囚常看不清這事實。」她希望我小心其中危險。我心想，這我了解。她說有時這事知易行難……

她最後說：「我確實懷疑，妳是否對『特定』囚犯特別有興趣，超出常態。」

我想我腳步慢了一拍，然後稍微加快腳步繼續向前。當然我知道她言下之意。我馬上就懂了。但我故意問：「妳是指哪些囚犯，海克斯比小姐？」

她回答：「普萊爾小姐，我尤其指的是其中一個囚犯。」

我避開她目光。我說：「我想妳是指瑟琳娜．道斯？」

她點點頭。她說看守告訴她，我探監時大部分的時間都在道斯的牢房中。

我心裡酸溜溜地想，**瑞德里小姐**跟妳說的。我想，她們**當然**會欺負她。她們剪了她的頭髮，拿走她平常的衣服。她們讓她汗水淋漓穿著骯髒的監獄洋裝，並讓她做些無用的勞動，讓她美麗的雙手變得粗糙。她們當然會想方設法破壞她的習慣，剝奪她從我身上得到的喘息和安慰。我再次想起我初次見到她手上拿著紫羅蘭的模樣。當時我便了解，如果她們發現，她們一定會將花奪走並摧毀。就像她們現在想毀了我們的友誼，因為這**違反規定**。

當然，我可不笨，我沒表現出我內心的不平。我說其實，我確實對道斯的案子特別感興趣。我想小姐訪客注意特定囚犯也不是不尋常的事。海克斯比小姐承認確實如此。她說小姐幫助了她許多的女囚。有人最後幫忙安置她們，讓她們擁有全新的生活，遠離羞恥的過往和環境，有時甚至遠離英國，遠嫁到殖民地。

她犀利的目光停在我身上問，也許我替瑟琳娜．道斯準備好類似的計畫？

我跟她說，我完全沒有為瑟琳娜準備任何計畫。我只希望能替她帶來一點小小慰藉。「妳一定知道。」我說：「妳知道她的過往。妳一定有想過她的情況多特殊。」我說她未來無法安排給小姐當侍女。她的思考和感受……幾乎就像個小姐。我說：「比起其他女人，我覺得監獄艱苦的生活對她衝擊更大。」

「妳把自己先入為主的想法帶入監獄裡了。」海克斯比小姐過一會說：「但如妳所見，我們米爾班克監獄的生活確實處處設限。」她微笑表示，因為我們剛好進到一條狹窄的通道，我們必須稍微拉起裙襬，並走成一前一後。她說身為監獄人員，除了她們覺得必要的囚犯，其他人待遇一律平等，而道斯該有的一樣都沒少。她說，如果我繼續特別關注特定一名女孩，我會讓她對她的命運更不滿足，最後其他囚犯也會對自身的命運憤恨不平。

她說，簡而言之，有鑑於此，如果我未來減少拜訪道斯的次數，也會縮短我的拜訪時間，對她和看守而言都是一種恩惠。

我別開頭。我最初感到的不滿漸漸化為恐懼。我記得瑟琳娜大笑的樣子。我剛開始見到她，她一臉陰沉悲傷，不曾一度微笑過。我也記得她曾說，米爾班克監獄時間過得很緩慢，所以她多期待我來找她，還有我沒出現時，她有多難過。我心想，如果她們不讓我再見她，她們乾脆把她關進黑牢，丟下她不管算了！

我內心一角也想著，她們乾脆也把**我**關進去。

我不想讓海克斯比小姐知道我的想法。但她似乎仍觀察著我，我們現在來到第一座五角建築的大門。我看到獄卒盯著我，眼神有些好奇，我感覺我臉頰變得更紅。我將雙手放到身前，緊握在一起，這時我聽到身後走廊傳來腳步聲，並轉身去看。是西里多先生。他喊著我的名字。他說多幸運啊，竟然剛好遇到我！他朝海克斯比小姐點點頭，然後牽起我的手。他說，我的拜訪進行得如何了？

我說：「拜訪如我所想，都進行得很順利……」我聲音終究維持了穩定。「不過，海克斯比小姐剛才一直警告我。」

「啊。」他說。

海克斯比小姐說她建議我，不要讓女囚覺得自己有特權。我似乎視某個囚犯為「自己人」（她的發音很古怪），她覺得表面上看不出來，但那名囚犯情緒已開始不穩定。那名女孩是靈媒道斯。

西里多先生又發出「啊」一聲，但他聽到是她，語氣稍微有點變化。他說他經常念著瑟琳娜．道斯，不知道她新生活過得慣不慣。

我告訴他，她過得非常不好。我說她身體很虛弱。他馬上回答，他一點也不訝異。他說，她那一類的人都很虛弱，就是有此特質，他們才能受所謂**靈性**影響，成為超自然力量的媒介。雖說是靈性，但他們「缺乏神性」，也沒有神聖性，不屬於善類。靈媒最終肯定都屬於邪惡的一方。道斯便是證明！他希望英國每個靈媒都跟她一樣被關到監獄之中！

我瞪著他。身旁的海克斯比小姐將圍在肩上的斗篷拉高一點。我緩緩說，他說得對。我覺得道斯被某種詭異的力量利用或影響了。但她是個溫柔的女孩，孤獨的監獄生活對她有所衝擊。她腦中出現幻想時，她無法擺脫。她需要有人引導。

「她的看守會引導她。」海克斯比小姐說：「所有女囚都是如此。」

我說她需要小姐訪客的引導。來自朋友，來自監獄之外的關懷。她需要重心，在她工作或晚上躺在寂靜的牢房床上時，繫住她的思緒。「因為那時，我覺得那些病態的影響會再次找上她。而如我所說，她非常虛弱。我想那些思緒會……讓她迷糊。」

海克斯比小姐這時說，如果每次每個囚犯**腦袋迷糊**，她們都必須一一照顧，那她們乾脆請一支小姐大軍來好了！

但西里多先生稍微瞇起眼，腳輕點著石地，仔細考慮。我和海克斯比小姐看著他的臉。我們站在他前面，像兩個暴躁的母親，一人真，一人假，兩人站在所羅門王面前，爭著一個孩子[18]……

18 聖經《列王紀》中述說兩個母親帶著一名男嬰來到所羅門王面前，兩人都聲稱自己是男嬰的母親，並求所羅門王替兩人主持公道。後來所羅門王宣布，最公平的辦法就是將男嬰剖成兩半，一人一半。真正的母親聽到這可怕的宣判，願將男嬰讓給另一個婦人。假的母親出於嫉妒，希望將男嬰劈了算了。最後所羅門王靠智慧辨別出兩人真偽，將男嬰給了真正的母親。

最後他轉向海克斯比小姐，說他終究覺得「普萊爾小姐可能是對的」。他們必須為囚犯負責，不只要懲罰他們，也要保護他們。也許道斯這案例必須稍微⋯⋯體貼一點。他們確實需要小姐大軍！「我們必須感激普萊爾小姐願意奉獻**她的**心力來幫助她們。」

海克斯比小姐說，她心懷感謝。她向他行個屈膝禮，鑰匙圈發出模糊的聲響。

她離開後，西里多先生又牽起我的手。他說：「如果妳父親看到現在的妳，他會有多驕傲啊！」

一八七三年三月十日

現在許多人來參加闇圈，房間坐滿時，我們必須請珍妮到門口，收下賓客的名片，請他們擇日再來。來的多半是女士，不過有人會帶紳士一起來。彼得喜歡女士。他會在她們之中穿梭，讓她們握他的手，摸他的八字鬍。他讓她們點香菸，並說：「哇，妳好美啊！天堂的這一端，妳是我見過最美的！」他會說這種話，她們會大笑回答：「噢！你真愛鬧！」她們覺得彼得・奎克的吻不算數。

他會開紳士玩笑。他會說：「我上週看你去找個漂亮的女孩。她好喜歡你送她的花！」然後他會望向紳士的妻子，吹口哨說：「好啦，我看得出風向，我不會再多嘴了。」他說：「我這人口風很緊！」今晚闇圈中有個紳士，名叫哈維先生，他頭上戴了頂絲質高帽。彼得拿了那頂帽子，戴到自己頭上，在會客室裡走來走去。他說：「現在我可時髦了。你們可以叫我薩佛街[19]的彼得・奎克。我希望能讓幽靈朋友看我戴這帽子。」哈維先生說：「好啊，帽子送你。」彼得回答：「可以嗎？」他十分驚訝。不過他回到小房間時，給我看那頂帽子，並輕聲說：「好了，這帽子我該怎麼辦？要放到布林克太太房間的便壺裡嗎？」我聽到不禁大笑，闇圈的人都聽到了，我趕快喊了聲：「噢！彼得在鬧我！」

當然，他們事後來小房間裡搜索，但那裡空無一物，大家紛紛搖頭，以為彼得戴著哈維先生的帽子回到靈界了。後來他們才找到帽子。帽子在走廊畫軌上，帽簷破爛，帽頂破了個洞。哈維先生說帽子終究是個實體，無法帶去靈界，但彼得已努力嘗試，勇氣可嘉。他像拿玻璃一般小心翼翼。他說他會將帽子裱框，當作通靈的紀念物。

19 薩佛街為倫敦市中心的購物街區，以客製紳士服裝聞名，出品的時尚服飾代表著一人的品味、名氣和影響力。

露絲後來告訴我，那頂帽子不是來自薩佛街，而是來自貝斯沃特的一家廉價裁縫店。她說哈維先生也許自詡為有錢人，但她覺得他選禮帽的品味很差。

一八七四年十一月二十一日

天氣冰冷蕭瑟，時間還不到午夜，我服了鎮靜劑，感覺疲倦又遲鈍，房子寂靜無聲，但我必須寫下這件事。我又遇到另一起瑟琳娜幽靈來訪的跡象或徵兆。除了這裡，我還能向誰傾訴？

它趁我還在花園宮時來的。我早上去花園宮，待到下午三點，我回家時如平常直接回到這房間。我馬上發現不對勁，有人碰過、拿過或弄亂了東西。房間很黑。我看不出哪裡變了，只是有所感覺。我一開始最糟的念頭是母親也許到書桌前找到這本書，並坐下來讀。

但書沒事。我向前一步之後，看到了。我桌上的花瓶裡插了束花。花瓶原本在壁爐上，現在不但移動到我書桌上，裡面還插了束橙花。英國冬天出現橙花！

我僵在原地，無法靠近，我斗篷仍披在身上，手套緊緊攥在我拳頭裡。壁爐中火堆已點燃，空氣溫暖，花香四溢。我想我剛才發現就是因為氣味。現在我全身開始顫抖。我心想，她這麼做是為了討我開心，但只讓我害怕。它們讓我怕她！

這時我想，妳別傻了！這就像看到爸爸帽子在帽架上一樣。一定是普麗希拉送來的。普麗希拉從義大利送我們花……然後我走向花，將花瓶拿到面前。我心想，這只是普麗希拉送的，只是普麗希拉送的。和剛才恐懼一樣強烈，我心中出現一股失落感。

但話說回來，我仍不確定。我覺得我應該確認一下。我將花瓶放下，然後搖鈴叫艾莉斯來，我來回踱步，直到聽見她敲門。但來的不是艾莉斯，是薇格斯。她瘦長的臉比過去更瘦削蒼白，袖子捲到手肘。她說艾莉斯在餐廳設桌。只有她和廚師能來回應我。我說，沒關係，她就可以了。我說：「這些花……誰拿來的？」

她呆呆望著書桌上的花瓶，然後再望向我。「什麼，小姐？」

花啊！我出門時花沒有在這裡。有人把花帶進房裡，有人把花放到馬約利卡陶瓷花瓶裡。是她嗎？不是她。她一整天都在家嗎?她說她是。我說那一定是有人送包裹來。包裹是從哪寄來的?是我妹妹普麗希拉或該說巴克雷太太從義大利寄來的嗎?

她不知道。

我說她知道任何事嗎?我說,不如妳去請艾莉斯來吧。她馬上離開,然後將艾莉斯帶到我門口,兩人站在那眨眼望著我,我不斷踱步,比畫著說,花啊!花啊!誰把花拿到我房間,把花放進花瓶?誰收下我妹妹寄來的包裹?

「包裹,小姐?」今天沒有收到包裹。

沒有普麗希拉寄來的包裹?沒有任何人寄來包裹。

我再次感到害怕。我手摀住嘴,我想艾莉斯看到我手在顫抖。她說,她要把花拿走嗎?我不知道,我不知道該說什麼,或該怎麼做。她和薇格斯都在一旁等著。我正不知所措,外頭傳來關門聲,還有母親裙襬的沙沙聲。「艾莉斯?艾莉斯,妳在嗎?」她在搖鈴了。

我趕緊說:「沒關係,沒關係!不要管花了,妳們兩個走吧!」

但母親動作比我還快。她走進走廊,抬起頭,看到兩個女僕都站在我門口。

「怎麼了,艾莉斯?瑪格莉特,是妳嗎?」她腳步聲從樓梯傳來。我聽到艾莉斯轉身說,夫人,瑪格莉特小姐在問關於花的事。母親聲音再次響起,花?什麼花?

「沒事,母親!」我大喊。艾莉斯和薇格斯仍停在門口,猶豫不決。「去吧。」我說:「走。」但母親已來到她們身後,擋住了她們。她看著我,然後望向書桌。她說,哇,好美的花!然後她再次望向我。怎麼了?她說。為什麼我臉色蒼白?為什麼房間裡這麼暗?她請薇格斯拿木條去火爐,點亮燈。

我說沒事。我誤會了,並非常抱歉打擾她們。

誤會?她說。什麼誤會?「艾莉斯?」

「普萊爾小姐說她不知道誰把花拿進來的,夫人。」

「不知道？瑪格莉特，妳怎麼可能不知道？」

我這時說我知道，只是剛才一時糊塗了。我說……我說花是我自己買的。我別開頭，感覺她目光變得犀利。最後她朝女僕低語，兩人馬上離開，她走進房，帶上門。我全身不由自主地畏縮了一下，因為她通常只有在夜裡會來。她這時說，這是什麼莫名其妙的事？我仍避開她目光，回答說沒什麼莫名其妙的，只是個愚蠢的誤會。她不需要在這。我要脫鞋並換洋裝。我繞過她，掛好我的斗篷，手套掉到地上時，我撿起來，然後又掉了第二次。

她說，我說**誤會**是什麼意思？我買了這樣的花，怎麼可能忘記？我到底在想什麼？而且在女僕面前變得那麼緊張……

我說我沒有緊張，但我開口時，聽到自己的聲音陣陣顫抖。她靠近一點。我換個姿勢，趁她用手碰我之前，以手抱住手臂，並轉開身子。但後來我看到面前的花，再次聞到比之前更濃郁的花香，我又轉身，背對花朵。我心想，她再不走，我可能會大哭或打她！

但她仍靠過來。她說：「妳還好嗎？」我不答腔。「妳不好……」她說，她早就知道會有這一天。我太常離開家了，我不適合這樣。害我以前的病狀又出現了。

「但我完全正常。」我說。

完全正常？我有聽到自己的聲音嗎？我有沒有想過女僕會聽在耳中？她們會在樓下交頭接耳……

「我沒病！」我大叫。「我很正常，也很健康，我以前的焦慮都好了！大家都這麼說。瓦里斯太太也說了。」

她回答，瓦里斯太太沒見過我現在的樣子。瓦里斯太太沒見過我去完米爾班克監獄之後像幽靈一樣蒼白的模樣。她沒看過我坐在書桌前，緊張得睡不著覺，看著夜晚一分一秒過去……

她說出口時，我才知道，儘管我多麼小心，儘管我在樓上房間安安靜靜、偷偷摸摸、無聲無息，她仍一直監視著我，就像瑞德里小姐和海克斯比小姐一樣。我說就算在爸爸死之前或我還小的時候，我一直都很晚睡。

我晚睡根本不代表什麼……總之，鎮靜劑很有效，能讓我休息。她緊抓住這點說，身為女孩子，大家太縱容我了。她不該讓爸爸照顧我，他把我寵壞了。因為我嬌生慣養，才會造成我悲傷過度。「我一直都這麼說！現在看，妳又故意朝生病的狀態走去……」

我這時放聲大吼，如果她不讓我一個人靜靜，我真的會生病！我下定決心從她身邊後退，站到窗邊，臉貼近玻璃。我不記得她說什麼。我不想聽，也不想回答。最後她說，我一定要下樓跟她坐一坐，如果我二十分鐘沒下樓，她會叫艾莉斯來找我。接著她離開了。

我站在窗邊向外望。河上有艘船，上頭有個男人拿鐵鎚敲打著一塊鐵片。我看到他的手臂來回舉高落下。我看到鐵片火星四濺，但每一下聲音傳來都慢了一秒。鐵鎚每次高高舉起時，敲擊聲才傳來。

我數了三十下，然後下樓去找母親。

她沒再多說什麼，但我看到她觀察我的臉色和雙手，尋找虛弱的跡象，我不給她見縫插針的機會。後來，我讀《小杜麗》給她聽，聲音都非常穩定。現在我將檯燈火光調暗，下筆小心翼翼。就算鎮靜劑已開始作用，我仍能維持謹慎。就算她上樓來，將耳朵貼到門板上，她也聽不到我的聲音。就算她跪下，將眼睛湊到鑰匙孔，我也已用布把鑰匙孔塞住。

橙花現在放在我面前。我房間空氣悶滯，香氣變得濃郁撲鼻，讓我頭暈目眩。

一八七四年十一月二十三日

我今天回到通靈協會閱覽室，再次去讀瑟琳娜的報導，仔細去看彼得・奎克令人不安的肖像畫，並站在模型的玻璃櫃前。當然，一切和我上次離開時一模一樣，玻璃櫃、蠟像和石膏像上面都沾有一層灰塵，絲毫不曾動過。

我站在玻璃櫃前看著時，席舍先生來到我身旁。他這次穿著一雙土耳其涼鞋，翻領上別了一朵花。他說他和奇斯林伯里小姐都相信我會回來。「結果妳果然來了，我非常高興能再次見到妳。」接著他凝視我。「但怎麼了？妳的表情好陰沉！我們的展示品讓妳陷入沉思，我明白。這是好事。但它們不該讓妳皺眉，普萊爾小姐。它們應該讓妳微笑。」

我這時綻放笑容。接著他也笑了，他目光清澈親切。閱覽室沒有其他人，我們站著聊了快一個小時。中間我問他，他稱自己為靈魂學家多久了？還有他投入這領域的原因。

他說：「起初是我哥哥先投入這場運動。我當時覺得他執迷不悟，居然相信這種鬼話。他說他能看到天堂中的父母親，看我們做各種事情。我想像不到更可怕的事了！」

我問道，他有何遭遇才改變了想法？他猶豫一會，然後回答，他哥哥死了。我馬上說我很遺憾。但他搖搖頭，甚至快笑了。「不，妳絕不要這麼說，尤其在**這裡**。因為我哥過世後不到一個月，便回來找我了。他來擁抱我，跟妳一樣真實。他身體看起來比生前還健康，身上所有病痛的痕跡都不見了。他來告訴我要相信靈魂。但我當時仍拒絕相信。我對自己解釋他只是幻覺。後來更多徵兆出現，我也都一一設法解釋。人要是死不相信，**硬要**解釋，真是什麼理由都找得出來！但最後我明白了。現在我哥哥是我最親近的朋友。」

我說：「你能察覺周圍的幽靈嗎？」他這時說，啊，他們主動**找**他時，他會察覺到。他沒有偉大靈媒的力量。「如丁尼生的詩所說，我只能瞥見『一點閃光，神祕的跡象』[20]，無法看到全貌。幸運的話，我能聽到音符，或單純的樂音。普萊爾小姐，其他人則能聽到交響曲。」

我說，要察覺幽靈……

「一旦見過他們一次，就無法不察覺他們！」他微笑。「但是要盯著他們瞧，卻又有點嚇人。」他雙臂交叉，向我舉個有趣的例子。他說想像十分之九的英國人眼睛都有問題，假設他們無法看到紅色。他說想像我自己也有這問題。我乘車穿梭倫敦，我會看到湛藍的天空、黃色花朵……我會覺得世界是個非常美好的地方。我不會知道自己有問題，看不到一部分的世界。這時，假如有幾個特定人士告訴我，我有問題，告訴我世上有另一個不可思議的顏色，我會覺得他們都是傻瓜。我的朋友會同意我。報章雜誌會同意我。我讀的所有內容都會再三確認，那群人都是傻瓜。《潘趣》雜誌甚至會印卡通插畫，諷刺他們有多傻！我會笑著看那些插畫，心滿意足。」

他繼續說：「後來一天早上，妳醒來發現妳眼睛正常了。現在妳看得到郵筒、嘴唇、罌粟花、櫻桃和衛兵的外套。妳看得到各種耀眼的紅色，像深紅、猩紅、寶石紅、朱紅、康乃馨紅、玫瑰紅……起初妳會感到又驚又懼，想遮住自己雙眼。後來妳會睜眼去看，並告訴朋友和家人。他們會笑妳，不同意妳，並帶妳去看眼科或腦科醫生。察覺周圍不可思議的紅色事物之後，人生將變得非常辛苦。但是告訴我，普萊爾小姐，若妳見過紅色一次，要妳回到從前，只能看到藍色、黃色和綠色，妳願意嗎？」

我一時間無法回答他，因為他說的話令我沉思。最後我開口了：「假設有個女孩如你所述……」當然，我腦中浮現的是瑟琳娜。我說：「假設她看到紅色。那她該怎麼辦？」

「她一定要去找其他人。」他馬上回答：「找到和她一樣的人！他們會引導她，讓她避開危險……」

他說，出現通靈能力是非常嚴肅的一件事，而且仍無人能理解。我腦中想到的那個人會知道自己身心靈都在變化。她正要跨入另一個世界，並能看見另一個世界的景象。雖然會有「睿智的引導者」能提供建議，但也會有「低等糾纏的幽靈」。這類幽靈表面上可能充滿魅力又很善良。但他們只會利用她，並從中獲得好處。他們可能會希望她能帶他們去找到塵世失去的財富，滿足他們的渴望……

我問道，她要怎麼提防這樣的幽靈？他說她一定要慎選自己塵世中的朋友。他說：「有多少年輕女人因為亂用自己的力量，被逼到絕境，失去理智！有人可能會邀請她們召喚幽靈來玩，這絕對不行。也有人會說服她們，要她們隨便找人組成闇圈，但若招魂太過頻繁，她們會過於疲憊，身心都會惡化。有人可能會鼓勵她們單獨招魂……普萊爾小姐，她們運用能力最糟糕的方法莫過於此。我曾認識一個年輕人，出身不俗，我認識他是因為醫院牧師是我朋友，有一天他找我去看他。那名年輕紳士喉嚨被割開，差點喪失性命，幸好送到了牧師的病院。他向我朋友告解，內容耐人尋味。他是個被動作家。妳知道這個詞嗎？有個輕率的朋友鼓勵他拿紙筆招魂，過一會，他手臂便自己動起來，寫下幽靈傳來的訊息……」

席舍先生說，那是通靈者很正常的技術。許多靈媒都會這麼做，但都適度而為。可惜他現在提到的年輕人毫不節制。他開始晚上獨自招魂。後來他發現訊息來得更快了。他睡夢中會驚醒，發現自己的手在床單上不斷抽搐，除非他將筆放到手中，讓那隻手寫字，不然抽搐無法停止。接著那隻手不只會寫在紙上，還會寫在房間牆上，甚至是他皮膚上！他會寫到手指起水泡。他一開始以為訊息來自自己過世的親戚。「但可想而知，沒有善良的幽靈會這樣折磨靈媒。那些訊息都出自一個低等的幽靈。」

最後幽靈終於在紳士面前現身，模樣恐怖至極。席舍先生說，幽靈化為蟾蜍的模樣。「牠進到他的身體，就在這裡。」他輕輕碰他的肩膀。「在脖子的關節處。低等的幽靈在他體內控制著他。普萊爾小姐，它繼續逼他做各種骯髒的事，而那人束手無策……」

他說，那是一場折磨。最後幽靈向那人低語，要他拿刮鬍刀，把一根手指剁下。那人確實拿起了刮鬍刀，但他沒剁手，反而畫向自己喉嚨。「他其實是想把幽靈挖出，最後被送入醫院。他們救回他的生命，但幽靈依然糾纏並控制著他。他故往惡習再次出現，於是他被診斷為精神異常。我想他們把他關進精神病院了。可憐

20 出自丁尼生《悼念集》（*In Memoriam*）。

人！妳看，要是他去尋找其他靈媒協助，接受明智的建議，他的故事將截然不同……」

我記得他吐出最後幾個字時，音調漸漸壓低，目光凝視著我，彷彿意有所指。我想他可能猜到我心裡想的是瑟琳娜．道斯，因為我上次對她深感興趣。我們站在原地，沉默半晌。他似乎希望我開口。但我來不及開口，奇斯林伯里小姐便推開閱覽室的門打岔，她要席舍先生過去。他說：「等我一下，奇斯林伯里小姐！」他手放到我手臂上，低聲說：「我希望我們能再多聊一會。妳願意嗎？妳下次再找個時間來，好嗎？等我這裡有空時來找我？」

他要離開我也覺得很可惜。畢竟，我想知道更多他對瑟琳娜的看法。我想知道她看到他所說的紅色事物之後，內心的感受，我知道她很害怕。但她有次曾告訴我自己很幸運。她確實有睿智的朋友引導她，接受她的才能，並培養成罕見的力量。

我想這是她的想法。但她身邊究竟有誰？她有她姑姑，她姑姑改變了她。後來她遇到錫登漢姆的布林克太太，她帶了無數陌生人來，掛起布簾，讓她坐在後頭，並用天鵝絨項圈和繩子綁住她。布林克太太為了自己的母親，保護著她的安全，並讓彼得．奎克來找她。

他對她做了什麼，或逼她做了什麼，害她淪落到米爾班克監獄？

現在誰在那裡守護她？她有海克斯比小姐、瑞德里小姐和克蕾文小姐。除了個性溫和的潔夫太太，全監獄中沒人對她好，一個都沒有。

我聽到席舍先生、奇斯林伯里小姐和另一個訪客的聲音。但閱覽室門仍關著，沒人進來。我站在放幽靈模型的玻璃櫃前，現在彎身再去看。彼得．奎克的手依然放在最低的架子上，粗短的手指和腫脹的大拇指靠近玻璃。我上次看到時，覺得那隻手是實心的。但今天我繞到玻璃櫃側邊去看，發現蠟模在腕骨處便俐落地消失。那隻手完全中空。內部黃蠟表面能清楚看到手掌的皺紋和掌紋，還有指節的凹痕。

我之前以為它就是一隻完整結實的手。但是正確來說，它像是一個**手套**。甚至也許稍早才從手上摘下，仍在冷卻。一想到此，我人在空蕩蕩的閱覽室中，突然感到緊張。於是我離開閱覽室回家了。

史蒂芬在家，我聽到他和母親說著話，他聲音提高，發著牢騷。他有個案子明天原本必須上法庭，但他的客戶逃去法國，現在警察無法逮捕他。史蒂芬不得不放棄這案件，也不會有報酬。他聲音又傳來，比剛才更大聲。

為何男士的聲音能如此清晰，女士的聲音卻容易模糊？

一八七四年十一月二十四日

我到米爾班克監獄去找瑟琳娜。我去找她……我先去拜訪了一、兩個女囚，假裝在筆記本記下她們說的話，但最後便去找她了。她見我來了，馬上問我喜不喜歡我的花？她說她送我花，希望讓我想到義大利，想著那裡溫暖的天氣。她說：「幽靈拿花過去的。妳可以留一個月，花不會凋謝。」

我說花嚇到我了。

我和她待了半小時。半小時之後，牢房鐵門砰一聲響起，走廊傳來腳步聲。瑟琳娜這時小聲說：「瑞德里小姐。」我走到牢門前，看守經過牢房時，我招手請她打開牢門。我全身僵硬，站在一旁，簡單地說：「再見，道斯。」瑟琳娜雙手放在身前，表情恭順。她朝我行個屈膝禮說：「再見，普萊爾小姐。」我知道她是因為看守做做樣子。

我後來站在一旁看瑞德里小姐關上瑟琳娜的牢門。我看她轉動鑰匙，鎖上堅固的牢鎖。我希望那把鑰匙屬於我。

一八七三年四月二日

彼得說我在小房間裡必須把手腳捆綁住。他今晚來到闇圈，手用力按了按我，走出布簾外時說：「有件事完成之後，我才會走到你們之中。你們知道，我來到你們面前是為了展現通靈的真實性。哼，這座城市有不信的人，他們懷疑幽靈是否存在。他們嘲笑靈媒的力量，認為一定是靈媒離開位子，裝扮成幽靈，在闇圈中行走。有人懷疑或不信的話，我們不會出現。」這時我聽到布林克太太說：「這裡沒人懷疑，彼得，你可以像平常一樣走到我們之間。」他回答：「不，我必須一勞永逸。看這裡，你們會看到我的靈媒，你們必須和人述說，或寫成文字，也許不相信的人會改變想法。」他抓住布簾，緩緩拉開……

他過去從沒這麼做過。我坐在黑暗中，恍恍惚惚，但感到闇圈眾人凝視著我。一個女士問：「你們有看到她嗎？」另一人回答：「我看到她坐在椅子上的身影。」彼得說：「我在這裡時，你們看我的靈媒會傷害到她。我這麼做全是因為有人懷疑，但我還能做另一件事來測試。你們打開桌子的抽屜，把裡面的東西拿來給我。」我聽到抽屜打開，然後有人說：「裡面有繩子。」彼得說：「對，拿來給我。」接著他將我綁在椅子上，並說：「你們接下來每次闇圈都必須如此。如果你們不這麼做，我就不會出現。」他將我手腕和腳踝綁住，並用布條遮住我的雙眼。後來他再次走回房中，我聽到椅子摩擦地面，他說：「跟我來。」他將一個名叫德絲黛兒的小姐帶來我身邊。他說：「德絲黛兒小姐，妳有看到我的靈媒被綁住了嗎？手伸到她身上，告訴我繩子是否有綁緊。脫下手套。」我聽到她脫下手套，她手放到我身上，彼得的手握住她的手，她手指發燙。她說：「她在顫抖！」彼得說：「我這麼做是為了她。」後來他請德絲黛兒小姐回座，他彎身到我旁邊低聲說：「我是為了妳才這麼做。」我回答：「是，彼得。」他說：「我就是妳的力量。」我說我知道。

他用絲質布條綁住我的嘴，然後將布簾拉上，走到他們之中。我聽到有個紳士說：「我不認識彼得，我覺得不大舒服。把她綁成那樣，不會傷害道斯小姐的力量嗎？」彼得大笑。他說：「如果只需要三、四條絲布就害她力量變弱，那她就是個爛靈媒！」他說絲布綁住我的肉身，但沒有絲繩能綁得住或封鎖我的靈魂。他說：「正如同鎖匠鎖不住愛情，他也鎖不住幽靈，你不知道嗎？幽靈會嘲笑他們。」

但他們來解開我時，發現繩子磨傷了我的手腕和腳踝皮膚，並流出了鮮血。露絲看到說：「噢！那幽靈真粗魯，怎麼這樣對我可憐的小姐。」她說：「德絲黛兒小姐，妳可以幫我扶道斯小姐回房嗎？」她們帶我回到房間後，德絲黛兒拿著罐子，讓露絲替我塗藥膏。德絲黛兒小姐說彼得來帶她去小房間時，她真是無比驚訝。露絲說他一定在她身上看到什麼端倪，才直接去找她，也許是其他小姐都沒有的特質。德絲黛兒小姐看著她，然後看向我。她說：「妳這麼覺得嗎？」又說：「我有時確實有點感覺。」然後她垂頭看著地板。

我看到露絲望著她的眼神，彼得．奎克的聲音彷彿在我腦中再次低語。我說：「露絲說得對，彼得確實不是無緣無故選中妳。也許妳應該再來見他一次，低調一點。妳願意嗎？妳願意改天來嗎？我試試看只有我們兩人，能不能召喚他來？」德絲黛兒小姐不發一語，只看著手中的藥膏。露絲等了等說：「今晚夜深人靜，妳單獨在房間時想想他。他真的喜歡妳。妳知道，搞不好他會試著在沒有靈媒幫忙下去拜訪妳。但我想與其在黑暗的臥室裡，妳最好在這裡，在道斯小姐陪伴下和他見面。」德絲黛兒小姐這時說：「我和我姊姊一起睡。」露絲說：「好吧，但他還是會在那裡找到妳。」露絲將藥膏接過來，蓋上蓋子對我說：「好了，小姐，妳傷口都搽過藥了。」德絲黛兒小姐沉默不語地下樓了。

我去找布林克太太時，心裡仍惦記著她。

一八七四年十一月二十八日

我今天去了米爾班克監獄。這一趟太糟了，我羞於提筆寫下。

我到女子監獄鐵門前，長相粗野的看守克蕾文小姐來接我。瑞德里小姐有事在身，她們派她來護送我。我很高興見到她。我心想太好了。我會要她帶我去瑟琳娜的牢房，瑞德里小姐和海克斯比小姐不需知道……

雖然如此，但我們沒有馬上到牢房區，因為路上她問我，在去牢房之前，我有沒有希望參觀監獄哪個地方？她語帶懷疑問道：「還是妳只想去牢房？」也許因為她第一次帶我參觀，所以她希望好好帶我參觀。但她開口時，我覺得她似乎心裡有底。這時我想到，她們終究會吩咐她要好好監視我，我必須謹慎行事。於是我說，她想帶我去哪參觀都可以。我想牢房區的女囚應該不介意多等我一會。她回答：「我相信她們不會介意，小姐。」

後來她帶我去浴室和監獄衣物儲藏室。

這兩個地方沒什麼好說的。浴室裡面有一個大浴池，女囚到這裡必須坐下來，公開地拿肥皂洗淨身體。今天沒有新進囚犯，浴缸裡沒有水，只有六隻黑甲蟲，在一條條汙垢上爬來爬去。衣物儲藏室的架上，有各種尺寸的監獄棕色洋裝和白色便帽，還有好幾箱靴子。靴子都以鞋帶綁成對。克蕾文小姐拿了一雙她覺得合我腳的靴子。當然，鞋子非常大，我想她拿起都笑了。她說監獄靴子是世上最結實的靴子，甚至比軍靴還堅固。她說她聽說米爾班克監獄有個女囚曾打倒看守，偷了她的斗篷和鑰匙，然後一路走到大門口，要不是獄卒認出她的靴子，發現她是囚犯，她搞不好就逃出去了。後來他們把那女囚再次抓起來，關到黑牢去。

她說完這故事後，把她手中靴子扔回盒子裡，放聲大笑。接著她帶我去另一個儲藏室，他們稱那裡為「私人衣物室」。我以前都沒想到，監獄當然有這樣的地方。女囚來到米爾班克監獄後，她們身上所有東西，舉凡洋裝、帽子、鞋子和各種小東西都會收在這裡。

衣物室和裡面所有物品一方面令人驚奇，一方面令人驚恐。牆面仍依照米爾班克監獄奇異的幾何格局呈六角形。天花板到地面滿滿都是架子，每層架子上都放滿箱子。箱子是黃色紙板做成，上面釘有銅釘，箱角也都覆著銅片。箱子呈長方形，上面有塊牌子標示著囚犯的名字。箱子看起來就像小棺材，所以我一踏進衣物室，全身便打個寒顫。那裡看起來就像孩童的陵墓或停屍間。

克蕾文小姐看到我身體縮了縮，雙手扠到腰上。「詭異，對吧？」她說著環顧四周。她說：「妳知道我進到這裡在想什麼嗎，小姐？我全想著嗡嗡嗡。我想現在我知道蜜蜂或黃蜂回家，到自己小蜂巢的感受了。」

我們站在一起，望著牆面。我問她，監獄裡真的每個女囚都有一個箱子嗎？她點點頭：「無一例外，還有多的箱子。」她走到架子前，隨便抽出一個箱子，放到面前。那裡有張桌子和椅子。她打開箱蓋，一股淡淡的硫磺味飄出。她說所有衣物要收藏時一定都消毒過，因為多數衣服上都有害蟲，但「當然，有的衣服經不起薰蒸」。

她從面前箱子拿出裡面的衣服。那是一件輕便的印花洋裝，薰蒸消毒法之後，這件洋裝顯然毀了，它衣領破碎，袖口似乎也焦了。底下有一堆泛黃的內衣褲，一雙破爛的紅皮鞋，一頂帽子，一個珍珠別針，珍珠表面已有地方剝落，還有個已發黑的婚戒。我看了一下箱上的標籤，上面寫著**瑪莉．布林**。我曾拜訪她一次，她手臂上有自己的齒痕，她說是老鼠咬的。

克蕾文小姐關上箱子，放回原位，我走到牆邊，開始隨意看箱上的名字。她繼續拿起箱子，打開蓋子，往裡頭瞧。她看著其中一個箱子說：「有人來我們這裡東西實在少得可憐，妳看到定會大吃一驚。」

我站到她身旁，看她拿給我看的箱子。裡面有一件褪色的黑色洋裝，一雙帆布便鞋，還有繫在繩子上的一把鑰匙。我好奇那把鑰匙是開哪裡的鎖。她把箱子蓋上，輕輕發出嘖嘖聲。「連個包頭的小巾都沒有。」她沿著那一排看下去，我則跟上她，偷看每個箱子的東西。有個箱子裡有件非常美的洋裝，一頂天鵝絨帽，帽上還有一隻僵硬填充的鳥，不但有鳥喙，一雙鳥眼還閃閃發光，相當完整。但底下的內衣褲破爛不堪，烏漆墨黑，彷彿被馬踩過。另一個箱子裡有件襯裙，上面濺有深棕色的汙漬，我看到打個寒顫，那一定是血。另一個箱子讓我嚇一跳，裡面有連身裙、襯裙、鞋子和褲襪，但也有一束紅棕色的頭髮，綁得像是馬尾，或像古怪的小鞭子。那是她剛來監獄時剪下的頭髮。「她要等她出獄時拿來做假髮。」克蕾文小姐說：「但對**她**來說沒什麼用！這是查普林的箱子，妳認識她嗎？她是因為下毒入獄的，差點被判絞刑。她把**這頭髮**拿回去時，她美麗的紅色秀髮都斑白了吧！」

她蓋上箱子，推回原位，動作老練又暴躁。她便帽下的頭髮毫不起眼，像老鼠毛一樣。我這時想起報到處的看守，她那時摸著吉普賽女孩黑眼蘇剪下的頭髮，我腦中突然浮現很不舒服的畫面，她和克蕾文小姐一同拿著剪下的長髮、一條連身裙或有鳥的帽子，悄聲說：「**拿到妳身上試試……幹麼，誰會看見？妳打扮成這樣，妳男人還不愛死妳！四年之後，誰知道最後誰穿過？**」

那畫面和她們的聲音好鮮明，我發現自己不得不轉身，手掩住臉，設法忘記。我再望向克蕾文小姐時，她已拿起另一個箱子，看到裡面的東西，她嗤之以鼻大笑一聲。我看著她。突然之間，我覺得偷看可憐女囚塵封的物品是件可恥的事。彷彿箱子終究是棺材，我和看守則在偷看屍體，而他們悲痛欲絕的母親都在上頭，對我們所作所為渾然不覺。但正因可恥，感覺更加刺激。克蕾文小姐漫步到另一個架子前時，雖然我內心作嘔，仍情不自禁跟了過去。那裡有鑄幣師艾涅絲．納許的箱子，還有可憐的艾倫．鮑爾的箱子，裡面有張小女孩的肖像畫。我想那是她孫女。也許她以為她們會讓她將畫放在牢房裡。

接著，我怎麼可能不去想？我開始在四周尋找**瑟琳娜**的箱子。我開始好奇當我看到裡頭會發現什麼。我心想，只要我找到我就能看到……我其實不知道會看到什麼……但總之是她的東西。只要能看到……任何關於她的事物，讓我更接近她就好……克蕾文小姐繼續抽出箱子，看裡面破爛或漂亮的衣服，有時會嘲笑過時的設計。我站在她身旁，但沒在看她手指的地方。我抬起雙目，環顧四周，四處搜尋。最後我說：「這裡用什麼方式整理，看守？箱子照什麼排列？」

但她邊解釋，邊比畫時，我找到我在尋找的標籤了。箱子搆不到，架子旁有個梯子，但她沒爬上去。她其實已經在擦手，準備帶我回牢房區。現在她雙手扠腰，目光投來，我聽到她隨口小聲自言自語：「嗡嗡嗡嗡……」

我一定要擺脫她，但腦中只想到一個辦法。我說：「噢！」我手放到頭上。我說，噢，我覺得我看太多東西頭暈了！我現在心中充滿恐懼，自然感到暈眩，臉色一定一片慘白，因為克蕾文小姐看到我的臉，驚叫一聲，向我踏一步。我手仍揉著額頭。我說我不會暈倒，但她能不能……替我拿杯水……？

她扶我到椅子坐下。她說：「好，我離開一會好嗎？我想醫師辦公室有嗅鹽，但醫師人在醫務室，我去拿鑰匙要一、兩分鐘。鑰匙在瑞德里小姐身上。妳別倒下……」

我說我不會倒下。她雙手緊握。噢，她可沒料到會出亂子！接著她急忙跑走了。我聽到她鑰匙圈晃動，她的腳步聲，還有鐵門關門聲。

這時我站起，抓住梯子，搬到確切位置，撩起裙子爬上去。抽出瑟琳娜的箱子，掀開蓋子。酸苦的硫磺味馬上撲鼻而來，我不禁轉開頭，瞇起眼。後來我發現燈光在我後方，我擋住了箱子的光，裡頭有什麼我根本看不清楚，於是我身體笨拙地靠著梯子，臉頰抵著架子堅硬的邊緣。我開始分辨出裡面的衣服。裡面有大衣、帽子和黑色天鵝絨製的洋裝。還有鞋子、襯裙和白絲褲襪……

我摸著衣服，拿起來端詳，並翻來覆去。我一直找、一直找，但不知道自己在找什麼。但這些和任何女孩的衣服一樣。洋裝和大衣彷彿是新的，幾乎沒有磨損的痕跡。鞋子堅硬，擦拭光亮，鞋底完整。就連包在手絹角落的黑玉耳環都光潔亮麗，鐵線仍有著光澤。手絹也一塵不染，邊緣以黑絲縫製成，相當平整。箱子裡什麼都沒有，平凡無奇。這些衣服像是由服飾店員配好，讓她穿上的喪服。我看不出她曾有過的生活。光從衣服，或想像衣服套在她纖細的四肢上，我都看不出一絲線索。什麼都沒有。

我原本這麼想。後來我在天鵝絨和絲質衣服中翻找最後一次，發現箱子角落還有個東西捲在陰影處，像一隻冬眠的蛇……

她的頭髮。她的頭髮結成一條粗辮，剪下的地方緊緊用監獄粗糙的繩子束起。我伸手撫摸，頭髮感覺沉重乾燥。我覺得像蛇一樣，據說蛇身雖然看似光滑，但摸起來很乾燥。光照到頭髮，髮絲散發暗金色的光澤。但除了金色之外，隱約還有別的顏色。有些銀色，有些幾乎可說是綠色。

我記得自己之前望著瑟琳娜的肖像畫，端詳著她盤起的華麗頭髮。頭髮讓她在我心中變得鮮明和真實。但面對棺材般的箱子，在不通風的房間中，我突然覺得她的頭髮不該塵封在這昏暗可怕的地方。我心想，**只要有一點光，一點空氣……**我腦中再次浮現交頭接耳的看守。搞不好她們會來拿她的頭髮說說笑笑，或用她們粗短的手指撫摸髮絲？

我那時覺得，我如果不帶走，她們一定會來玷汙她的頭髮。我將頭髮緊握手中，把它摺起。我想我原本打算塞到大衣口袋，或藏到胸衣下。但我將頭髮拿在身前，臉頰緊頂著架子，仍在梯子上笨手笨腳收拾時，我聽到走廊盡頭鐵門砰一聲甩上，然後說話聲傳來。是克蕾文小姐和瑞德里小姐！我嚇得差點摔下來。這時那條髮辮彷彿真成了蛇，而且突然醒來，朝我露出尖牙，我趕緊將頭髮扔下，拉上箱蓋，大步走到地上。看守的聲音愈來愈近，愈來愈近，我手忙腳亂將一切恢復原狀。

她們看到我時，我手扶在椅背上，內心恐懼和羞恥交織，全身顫抖，我想我臉頰上應該有架子的印子，大衣都是灰塵。克蕾文小姐拿嗅鹽來到我身旁，但瑞德里小姐的雙眼瞇起。我一度覺得自己看到她望向梯子和架子，還有上方的箱子。我剛才慌亂和緊張之下，搞不好沒弄整齊，我其實也不確定。我不敢轉身去看。我只望了她一眼。接著便轉開身子，身體抖得更厲害。克蕾文小姐拿著嗅鹽，以為我身體真的很不舒服，但其實真正讓我作噁的是瑞德里小姐那雙眼睛，以及她的眼神。因為我馬上明白，瑞德里小姐要是早一步趕到會見到什麼景象。我腦中馬上浮現出那畫面。就連現在，我心底也十分清楚，並充滿恐懼。

她會看到我，一個相貌平平、臉色蒼白的老處女，全身是汗，眼神瘋狂，在監獄梯子上摸著從美麗女孩頭上剪下的金黃色頭髮……

我讓克蕾文小姐站在一旁，拿著水杯讓我喝水。我知道瑟琳娜此時心情悲傷，坐在冰冷的牢中，期盼我的到來。但我無法到她身邊。如果我現在去找她，我一定恨死自己。我說我今天不會去牢房區探監了。瑞德里小姐同意，她也覺得如此。她親自陪我走到門房小屋。

今天晚上我念書給母親聽時，她問道，我臉上那是什麼痕跡？我去照鏡子，看到那裡有個瘀痕。架子撞傷我了。後來我聲音開始顫抖，我便將書放到一旁。我說我想洗個澡，並請薇格斯在火爐旁替我準備澡盆，我彎起雙腿，躺到澡盆中，看著自己的身體，然後我將臉潛到漸漸冷卻的水中。我睜開雙眼時，薇格斯拿著毛巾站在一旁，她目光陰沉，臉色和我一樣蒼白。她如母親一樣說：「妳傷到臉頰了，小姐。」她說她會替我抹些醋。我坐下來，像小孩一樣聽話，讓她拿布敷臉。

後來她說，我今天不在家好可惜，因為普萊爾太太……也就是嫁給我弟弟的海倫．普萊爾太太，今天來家裡，並帶著她的寶寶。她覺得錯過我很可惜。她說：「她真是個美麗的小姐，對不對，小姐？」

我聽到便把她推開，說醋讓我反胃了。我要她將澡盆拿走，並請我母親拿我的藥上樓。我現在就要我的藥。母親來了問道：「妳怎麼了？」我說：「沒事，母親。」但我手抖得好厲害，她不肯讓我自己拿玻璃杯，並像克蕾文小姐一樣替我拿著。

她說，我是不是在監獄看到可怕的事，讓我心情受影響？她說如果她們害我變這樣，我就不該再去了。

她走了之後，我在房間踱步，搓揉雙手，**心裡想著，妳這蠢蛋，妳這蠢蛋……**然後我拿起日記，開始翻書頁。我記得亞瑟那天說的話，他說女人只會寫**心情日記**。我當時心想，若我在這裡記下我去米爾班克監獄的見聞，某方面而言，便能反駁他，證明他是錯的。我原本以為我能將生活記錄成冊，並剝奪文字中的生命和愛。讓日記像本目錄，或像帳目。現在我發現我的心情終究流瀉到紙頁上。我看到自己寫得拐彎抹角，但愈往後翻，意思愈明確。最後內容清楚呈現一個名字：

瑟琳娜。

我今晚差點像上次一樣把日記燒了。我辦不到，但我抬起頭，看向桌上花瓶中的橙花。這段時間，花朵如她承諾，依舊皎白芬芳。我走過去，將花從花瓶中拿起，花莖滴著水。我將花燒了。我將花拿在木炭上，我看著花朵滋滋作響，扭曲發黑。我只留下一朵。我把花壓在這裡，現在我要合上這本書。我要是再翻開書頁，那花香便會飄起來警告我。香味會來得又快又強烈，散發危險，像是刀刃一樣。

一八七四年十二月二日

我幾乎不知道該如何提筆寫下發生什麼事。我坐立難安，不知如何走路或開口，或做任何尋常的事情。我神經錯亂一天半了，他們替我找了醫生，海倫也來找我，甚至連史蒂芬都來了，他站在床腳，望著穿著睡袍的我，他們以為我睡著時，我聽到他低聲說話。這段時間，我知道只要他們讓我獨處、思考和寫作，我就能好起來。現在他們要薇格斯搬張椅子坐在門外，並將門打開條縫，以免我出聲大叫。但我只靜靜來到書桌，拿出我的日記。這是我唯一能坦承的地方，我看不清書頁，字也對不齊線了。

他們把瑟琳娜關進黑牢了！全是因為我。而且我應該去找她，但我好害怕。

上次去完監獄之後，我咬牙下定決心不去找她。我知道我去找她讓我變怪怪的，變成不再像我自己。搞不好更糟，我也許是變得**太像**自己，像過去的我，那個毫不掩飾的**歐若拉**。現在我試圖變回**瑪格莉特**時，我辦不到。我覺得她像套裝一樣，彷彿縮水了。她做了什麼，她怎麼動，說了什麼，我彷彿都不知道。我和母親坐在一起。但我根本就像個人偶，像個紙娃娃，坐在位子上點頭。海倫來時，我發現自己無法正眼看她。她親吻我時，感覺到她雙唇碰上我乾燥的臉頰，我全身會打顫。

自我上次從米爾班克監獄回來，日子一天天過去。昨天我一個人去國家美術館，希望看畫能讓我轉移注意力。那天是學生日，有個女孩將畫架立在克里韋利的〈聖母領報〉前，她拿一塊鉛在帆布上畫聖母的臉和雙手。那張臉是瑟琳娜的臉，似乎比我自己的臉更真實。突然之間，我不懂自己為何不去見她。當時已是五點半，母親晚餐有邀請客人。但我將這事拋到腦後，直接前往米爾班克監獄，請看守帶我到牢房區。我看到女囚吃完晚餐，用麵包外皮擦著麵包盤。我來到瑟琳娜牢房區鐵門，我聽到潔夫太太的聲音。她站在走廊轉角，大聲吟誦晚禱，聲音在牢房迴盪顫抖。

她走來發現我在等她時，嚇了一跳。她先帶我去找兩、三個女囚。最後一個是艾倫・鮑爾，她變了好多，身體無比虛弱，但見我去找她，感激之情溢於言表，我不忍心草草拋下她，於是我握著她的手，和她坐在一起，手摸著她腫脹的指節安慰著她。她現在說每句話都會咳嗽。她說醫生有開藥給她吃，但他們無法讓她去醫務室，因為病床全給年輕女囚占走了。她身旁放著一盤毛線，和一雙織到一半的褲襪。雖然她生了重病，她們仍叫她工作，不過她說自己寧可做點事，也不要無所事事。我說：「這不對。我去找海克斯比小姐反映。」但她馬上說那樣不好。無論如何，她都不希望我這麼做。

「再過七週我的刑期就滿了。」她說：「如果她們覺得我找麻煩，可能會延長刑期。」我說找麻煩的是我，不是她。就算我這麼說，我心中仍突然感到心虛和恐懼，如果我**真**去干涉，海克斯比小姐可能以此為把柄對付我。搞不好會中止我探監……

鮑爾接著說：「小姐，妳不要去反映，真的不要。」她說她放風時看到有二十個女人跟她身體一樣糟。如果她們為她破例，那就必須為全部的人破例。「她們怎麼可能這麼做？」她拍拍胸膛。「我有我的法蘭絨巾。」她說著試圖眨個眼。「幸好我還有這個，感謝老天！」

潔夫太太替我開門時，我問她，醫務室不提供鮑爾病床是真的嗎？她說她想替鮑爾向醫生說話時，他毫不客氣地回答她，他知道自己在幹什麼。她說他叫鮑爾「**臭老鴇**」。

她繼續說：「瑞德里小姐可能有權和他商量。但瑞德里小姐對懲罰有所堅持。」她別開頭。「我必須聽她的話，而不是艾倫．鮑爾或其他女囚。」

我這時心想，**妳和她們一樣都困在米爾班克監獄之中**。

她帶我去找瑟琳娜。我馬上忘了艾倫．鮑爾的事。我站在她牢門前發抖。潔夫太太看到我說：「妳冷到發抖了，小姐！」她跟我說之前，我渾然未覺。而在那之前，我也許身體凍僵了，麻木了，但瑟琳娜的目光將生命力重新注入我體內，感覺不可思議，卻又無比痛苦而難受。我那一瞬間發現，我不來找她有多傻。我沒來這段時間，我的情感並未緩和，反而不斷累積，變得更迫切和強烈。她害怕地望著我。「對不起。」她說。我問她，她為何道歉？她回答，也許是花的關係？她原本是想送我禮物。後來我不來探監時，她想起我上次說花嚇到我了。她覺得也許我故意不來以**懲罰**她。

我說：「噢，瑟琳娜，妳怎麼這麼想？我不來只是因為、因為我害怕……」

害怕自己的感情，我差點說出口。但我沒說，因為我腦中再次浮現噁心的畫面，看到一個老處女緊抓著一束頭髮……

我只簡短握住她的手，然後放開她。「我沒有害怕什麼。」我別開身子。我說我家裡有許多事要做，畢竟普麗希拉結婚了。

聊天時，她時時小心，提心吊膽，我則心不在焉，怕靠她太近，甚至怕自己太專注凝視她，我們這樣聊了一會。後來遠方傳來腳步聲，潔夫太太出現在門口，她身旁有另一個看守。我起初認不得她，後來看到她的皮製背包，我才想起她是牧師的文書員布魯爾小姐，她負責轉交女囚的信件。她微笑望著我和瑟琳娜，笑容背後似乎知道些什麼。她像是帶著禮物，但將禮物偷偷藏在身上。我馬上就知道了！我想瑟琳娜也知道。我心想：她帶來的消息將破壞我們。她身上帶的是**麻煩**。

現在我聽到薇格斯的聲音，她在門外的椅子上移動身體，並嘆口氣。我一定要寫小聲一點，不然她可能會進來把日記拿走，要我睡覺。但知道這些事，我怎麼睡得著？布魯爾小姐進到牢房後，潔夫太太拉上門，但沒上鎖，我聽到她沿走廊走一小段便停下來了。也許是在查看另一個囚犯。布魯爾小姐說她很高興我在場。她有個消息要告訴道斯，她知道我聽到也會很高興。瑟琳娜手移到喉嚨上。她說，什麼消息？布魯爾小姐臉脹紅，非常興奮。「妳要移監了！」她對她說：「妳三天之後要移監到富勒姆監獄。」

移監？瑟琳娜說。移監到富勒姆監獄？布魯爾小姐點點頭。她說命令已經下來，所有星級囚犯將一起轉獄。海克斯比小姐希望馬上告訴所有囚犯。

「想想看。」她對我說：「富勒姆監獄生活比較輕鬆。那裡女囚會一起工作，甚至能一起聊天。我覺得食物也比較豐盛。富勒姆監獄提供的不是茶，而是熱可可！妳覺得怎麼樣，道斯？」

瑟琳娜不發一語。她全身僵硬，手仍停留在喉嚨上。她雙眼似乎動了一下，像洋娃娃一樣。我聽到布魯爾小姐的話，心臟大力抽動，但我知道自己一定要有所回應，掩飾自己的想法。我說：「到富勒姆監獄呀，瑟琳娜。」但我心想，怎麼辦，噢，我要怎麼到那裡看妳？

我的語調和表情肯定有些異樣。因為看守望著我，一臉疑惑。

現在瑟琳娜開口了。她說：「我不要去。我不要離開米爾班克監獄。」布魯爾小姐望向我。不去？她說。道斯是什麼意思？她沒搞懂。她們讓她移監不是懲罰。「我不想去。」瑟琳娜說。

「但妳一定得去！」

「妳一定得去。」我悶悶不樂地附和。「如果她們說妳一定要去的話。」

「不。」她雙眼仍在移動，但沒有看向我。她現在說，她們為什麼要把她送到那裡？她不是都有乖乖聽話，並完成工作嗎？她不是毫無怨言照她們吩咐做事了嗎？她語氣奇怪，不像她自己。

「我不是在禮拜堂都有乖乖禱告？女教師教的我也都學了？湯也有喝乾淨？牢房也保持整潔了嗎？」

布魯爾小姐微笑搖搖頭。她說，因為道斯表現好，她們才讓她移監。道斯不想要……獎賞嗎？她聲音變得溫柔。她說道斯只是嚇到了。她說她知道米爾班克監獄的女囚很難理解這世上有另一個更好的地方。

她朝牢門走了一步。「我先離開，讓妳繼續跟普萊爾小姐聊。」她說：「讓她幫妳接受這想法。」她說海克斯比小姐待會會來和瑟琳娜解釋。

她可能在等她回答，卻遲遲得不到回應，因此臉上又露出疑惑。我不確定。我知道她轉向牢門，搞不好手都放到門上了。這時我看到瑟琳娜動了。她動作突然，我以為她暈倒了，向前一步想扶住她。但她沒有暈倒。她衝向桌子後面的架子，拿起上頭某個東西。她的錫杯、湯匙和書全翻落，哐啷作響。布魯爾小姐當然聽到了，她轉過身，臉色大變。瑟琳娜舉起手揮向她。她手上拿的是木麵包盤。布魯爾小姐舉起手，但來不及了。麵包盤扎實擊中她。我想可能敲到她眼睛，因為她手摀住眼，並將手臂舉高，護著自己的臉。

她眼冒金星，癱倒在地，模樣淒慘，她裙子高高掀起，露出她粗俗的羊毛褲襪、吊襪帶和大腿粉紅色的肌膚。

事情發生得比我寫的更快。而且比我想像中安靜，杯子和湯匙落地聲之後，便只有麵包盤破裂的聲響，布魯爾小姐大呼一口氣，包包的扣環劃過牆面。我雙手摀著臉。我想我不由自主說：「我的天啊。」感覺字句從我手中滑出。我終於回過神來，想去布魯爾小姐身旁。但這時我看到瑟琳娜仍緊緊將麵包盤握在手中。我看到她的臉，她臉色慘白，滿是汗水，神情古怪。

那一瞬間……我想起那女孩，席維斯特小姐受傷的事。我心想：妳一**定**打了她！而我現在和妳關在同一個牢房！我驚恐地向後退，雙手放到椅子上。

這時她放下麵包盤，全身軟倒，靠在摺好的吊床上。我發現她全身顫抖得比我還厲害。

布魯爾小姐喃喃低語，胡亂摸著一旁的牆面和桌子，這時我終於跪到她旁邊，將顫抖的雙手放到她頭上。我說：「躺好。躺好別動，布魯爾小姐。」她開始哭泣。我朝走廊喊：「潔夫太太！噢，潔夫太太，妳快來！」

她馬上拚命跑來了，並扶住鐵門欄杆。她看到現場不禁失聲驚呼。我說：「布魯爾小姐受傷了。」然後我壓低聲音：「她臉被打了。」潔夫太太臉色慘白，激動望著瑟琳娜，一手摀住心口，站在原地半晌。接著她推開牢門。門鉤到布魯爾小姐的裙子和雙腿。我們手忙腳亂費了一段時間，拉開她洋裝，移動她四肢。瑟琳娜仍一聲不吭，全身發抖看著我們。布魯爾小姐的眼睛開始發腫，睜不開來，她白皙的臉頰和額頭上出現瘀痕。她洋裝和帽子摩擦牢房牆面，上頭已沾滿石灰。潔夫太太說：「普萊爾小姐，幫我帶她去我牢房間的房間。然後我們其中一人要去找醫生，還有……還有瑞德里小姐。」她和我四目相交一會，然後再次望向瑟琳娜。瑟琳娜將雙膝縮到胸前，雙臂抱膝，垂下頭。陰影中，她袖子上歪曲的星星顯得格外明亮。突然之間，拋下她一人發抖，連一句話也不安慰她，感覺教人不忍，尤其我知道接下來誰會抓住她。我開口說：「瑟琳娜……」我不在乎看守是否聽到我，她頭動了動。她目光悲慘，似乎有點恍惚。我不確定她看著我、潔夫太太、還是軟倒在我們之間受傷哭泣的女孩。我想她是看著我。但她沉默不語，最後潔夫太太拉著我走了。她鎖上牢門，猶豫一會，然後伸手拉上第二道木門，將門閂扣上。

我們一路到了看守的房間。這段路好辛苦！因為女囚聽到我大喊，也聽到潔夫太太驚呼和布魯爾小姐的哭泣聲，她們紛紛走到牢門口，臉貼在鐵柵欄前，望著我們狼狽、緩慢地向前。一人喊道，噢，誰傷了布魯爾小姐？有人回答：「道斯！瑟琳娜．道斯砸了她牢房！瑟琳娜．道斯打了布魯爾小姐的臉！」瑟琳娜．道斯！這名字在女囚口中傳了出去，迴盪在一間間牢房，彷彿乘著髒水中的漣漪。潔夫太太大喊，要她們安靜。但她語氣暴躁，女囚聽了更繼續鼓譟。最後有個聲音從嘈雜聲中冒出，這次不再是回答或詢問，而是嘲笑：「瑟琳娜．道斯終於失控了！**瑟琳娜．道斯，讓她穿上束縛衣，關到黑牢裡！**」

我說：「噢，天啊！她們就不能安靜嗎？」我心想她們可能會害她發瘋。但我正想著，遠方傳來鐵門甩上的聲音，接著有人大喊，我沒聽清楚，但喧譁馬上變小。瑞德里小姐和美麗太太來了，她們在底下牢房區聽到叫喊聲，便趕了上來。我們到了看守的房間。潔夫太太打開門，讓布魯爾小姐坐到椅子上，將手帕沾水，讓她放在眼睛上。我馬上說：「她們真的會把瑟琳娜關到黑牢嗎？」

「對。」她同樣低聲回答。然後她再次彎身查看布魯爾小姐。瑞德里小姐最後終於過來說：「好了，潔夫太太、普萊爾小姐，這場悲劇是怎麼回事？」她手很穩定，表情平靜。

她說：「瑟琳娜．道斯用麵包盤攻擊布魯爾小姐。」

瑞德里小姐頭向後揚起，然後走到布魯爾小姐面前問她，她哪裡受傷了？布魯爾小姐說：「我看不到。」美麗太太聽了，也靠過來看。瑞德里小姐拿開手帕。「妳的眼睛腫起，睜不開來。」她說：「我想頂多是這樣。但潔夫太太會去找醫生來。」潔夫太太聽了馬上離開。瑞德里小姐把布放回去，一手替她壓著，另一手放到布魯爾小姐脖子上。她沒看我，直接轉向美麗太太。「**道斯**。」她說。美麗太太走入走廊時，瑞德里小姐補一句：「如果她亂踢，叫我。」

我只能站在房內豎耳聽。我聽到美麗太太踩過滿是沙土的石地，腳步急促，接著瑟琳娜木牢門的門閂滑開，鑰匙開門時鑰匙圈叮噹作響。我聽到一陣低語，似乎聽到一聲驚叫。接著一片寂靜。過不久，快速沉重的腳步聲再次響起，這次依稀有個較輕的腳步聲，彷彿跌跌撞撞或遭人拖行。遠方一道門重重關上。在這之後外頭便毫無動靜了。

我感到瑞德里小姐目光望著我。她說：「事件發生時妳和囚犯在一起？」我點點頭。她問我是什麼事引起的？我說，我不確定。她這時問：「她為什麼傷害布魯爾小姐，而不是妳？」我再次回答我不知道，我不知道她為何傷害任何人。我說：「布魯爾小姐來通知她一件事。」

「所以是這消息讓她失控？」

「對。」

「是什麼消息，布魯爾小姐？」

「她要移監了。」布魯爾小姐痛苦地說。她一手放在旁邊的桌上。桌上有副撲克牌，潔夫太太原本在玩單人紙牌遊戲，現在牌都亂了。「她要移監到富勒姆監獄。」

瑞德里小姐哼了一聲。「**原本**要移監。」她幸災樂禍地說。

然後像是時鐘後面的齒輪轉動，鐘面晃動一般，她表情抽動一下，雙眼和我相視。

這時我猜到她腦中的猜想，我心底想：**老天啊**。

我背對她。她沒多說什麼，過了一分鐘，潔夫太太帶著監獄醫生回來了。他看到我鞠個躬，然後站到瑞德里小姐的位置，從布魯爾小姐側邊看手帕下的傷口，口中發出嘖嘖聲，並拿出藥粉，請潔夫太太在玻璃杯中混水。我認出藥的味道。我站著看布魯爾小姐一口口喝著，中途灑出來一點，我心裡一股衝動，巴不得向前去接她浪費的藥。

「妳臉上會有瘀血。」醫生告訴她。但他說瘀血會消掉。她很幸運，這一下沒有打到鼻子或顴骨。他替她眼睛包紮好之後轉向我。「妳都看到了？」他說：「囚犯沒有攻擊妳？」我說我完全沒事。他說他可不確定。一個小姐捲入這種事可不好。他建議我叫侍女來，並請她馬上帶我回家。瑞德里小姐這時提出異議，她說我還沒向海克斯比小姐陳述事發經過，他回答他覺得「普萊爾小姐的說法」可以晚點再問，海克斯比小姐不會介意。現在回想起來，我才發現拒絕提供醫務室床位給艾倫．鮑爾的醫生就是他。但我那時沒想到。我當時心中只有感激，因為要是我當下必須面對海克斯比小姐的詢問和懷疑，我想我可能會死吧。我和他走過走廊，並經過瑟琳娜的牢房。我慢下腳步，全身發顫，看到房中失序和混亂。門已敞開，麵包盤、杯子和湯匙都在地上，吊床不再照米爾班克監獄規定摺好，《受刑人的朋友》已被撕爛，書脊沾滿石灰。我看著房間，醫生順著我的目光望去，並搖搖頭。

「就我所知，她是個安靜的女孩。」他說：「但話說回來，再安靜的母狗有時也是會咬女主人一口。」

他原本要我找侍女來，並坐馬車回家。但我想像瑟琳娜身在狹窄的黑牢，覺得自己此時無法忍受封閉的馬車廂。於是我快步穿越黑暗，走路回家，腦中沒考慮過自己的安全。我一直到泰特街街尾才慢下腳步，並將臉迎向涼爽的微風。母親可能會問，我探監怎麼樣？我知道我語氣一定得平靜。我不能說：「今天有個女孩失控了，母親，她打了一個看守。有個女孩發瘋，引起騷動。」我不可能告訴她這種事。不只是因為她仍必須覺得女囚很聽話、很安全、很悲慘……不只如此。而是因為如果我說出口，我一定會哭泣發抖，或忍不住大吼出真相……

瑟琳娜．道斯打了看守眼睛，並任人替她穿上束縛衣，關到黑牢中，是因為她無法忍受離開米爾班克監獄，離開我。

所以我打算保持冷靜和沉默，靜靜回到房間。我打算說我身體不舒服，請他們讓我睡一覺就好。但艾莉斯替我開門時，我看到她的表情。她退開讓我進門時，我看到餐廳桌上擺滿花、蠟燭和瓷盤。母親來到樓梯口，臉色蒼白，滿是擔心和焦慮。「噢！妳怎麼都不替人著想！妳怎麼可以讓我生氣，讓我擔心！」

自從普麗希拉婚禮之後，這是我們第一場晚宴，客人快到了，而我忘得一乾二淨。她來到我面前，舉起手。我以為她想打我，我身子縮起。

但她沒有打我。她將我身上大衣脫下，然後手放到我領子上。「在這裡把她洋裝脫了，艾莉斯！」她大喊。「這麼髒不能上樓，會把地毯踩髒。」我這時發現我全身有一條條石灰痕，一定是我幫布魯爾小姐時沾到的。我站在原地，腦中疑惑，母親抓住我一邊袖子，艾莉斯抓住另一邊。她們將我的上半身衣服脫下，我搖搖晃晃從裙子中走出。接著她們脫下我的帽子、手套和鞋子。我鞋子沾有一層街上的厚泥。後來艾莉斯將衣服拿走，母親抓住我起了雞皮疙瘩的手臂，拉我進餐廳，並關上門。

我照計畫說自己感覺不舒服。但她聽到我說，酸溜溜一笑。「不舒服？」她說：「不，不行，瑪格莉特。妳都看時機來這套。有事妳才不舒服。」

「我現在不舒服。」我說：「而且妳讓我更不舒服了——」

「我想妳見米爾班克監獄的女囚時，身體就好得很！」我一手按著頭。她把我手拍開。「妳真自私。」她說：「任性妄為。我不會忍受這種事。」

「**拜託妳**。」我說：「**拜託**。就讓我回房間，躺在我床上——」

她說我必須去房間更衣。我必須自己更衣，因為女僕都在忙，無法幫我。我說我不行，腦中有太多事了。我剛才在監獄牢房中看到最可怕的景象。

「妳的位置就在這裡！」她回答。「不在監獄。現在妳必須用行動證明妳明白。普麗希拉結婚了，妳住在這間房子，就必須盡該有的責任。妳的位置就在這裡，妳的位置就在這裡。妳必須在這裡，在母親旁邊，一起迎接客人……」

她繼續嘮叨。我說她會有史蒂芬、海倫幫忙……她聲音變得更尖銳。**不行！**她不接受！她不接受朋友覺得我身體虛弱或**個性古怪**。這四個字她幾乎是吐到我身上。「不管妳有多想，但妳不是白朗寧太太[21]，瑪格莉特。其實妳根本不是任何太太，妳只是**普萊爾小姐**。我要說多少次？妳的位置就在這裡，在妳母親身旁。」

我在監獄頭就在發疼，現在感覺快裂成兩半。但我告訴她時，她只揮揮手說，我一定要吃一劑鎮靜劑。她沒空幫我拿，我要自己去拿。她告訴我她收在哪。她放在書桌的抽屜裡。

於是我來到這裡。我剛才全身只穿著襯裙和褲襪，在走廊上和薇格斯擦肩而過，她驚訝地盯著我赤裸的手臂，我不禁別開頭。我看到我的洋裝攤在床上，還有我必須別的胸針。我手忙腳亂繫著繩帶時，聽到第一輛馬車停在外頭。那是輛出租馬車，史蒂芬和海倫下了車。沒有艾莉斯幫忙，我笨手笨腳的。我洋裝腰際有條鋼絲鬆動，我看不到，不知該如何拉平。我頭不斷抽痛，什麼都看不清楚。我把頭髮上的石灰梳掉，梳子感覺像針一樣尖。我看到鏡中的自己，我雙眼鬱黑，像有瘀傷一樣，我脖子上的骨頭像鐵條一樣浮出。隔著兩層樓，我聽到史蒂芬的聲音傳來，我確定客廳門關上後，下樓進到母親房間拿鎮靜劑。我吃了二十克，並坐下來，等待藥效發作，結果我毫無感覺。於是我又吃了十克。

這時我感覺血液變稠，臉上肌膚彷彿變厚，額頭內的痛楚減輕，我知道藥效開始作用了。我將鎮靜劑放回抽屜，並配合母親，放得整齊。我下樓站到她身旁，朝客人微笑。我出現時她瞄了我一眼，確認我的打扮。在那之後，她都沒再看過我了。海倫來親我。「我知道妳們剛才吵過架。」她輕聲說。我說：「噢，海倫，我好希望普麗希拉沒有走！」我擔心她會聞到我嘴中的藥味。我從薇格斯托盤上拿一杯酒，沖掉嘴中的味道。

我喝酒時，薇格斯看著我，小聲說：「小姐，妳的髮簪鬆了。」她用腰抵住托盤，手伸到我頭上。突然之間，這彷彿是世界上最親切的舉動，沒人能比她對我更好了。

後來艾莉斯搖了晚餐鈴。史蒂芬陪母親進餐廳，海倫伴著瓦里斯先生。我則和帕默小姐的情人丹斯先生一起進門。丹斯先生留了個八字鬍，額頭很寬。現在回憶起來，我說的話都像是出自另一人口中，我說：「丹斯先生，你的樣子非常有趣！我小時候，父親常畫類似的臉孔給我看。畫紙倒轉過來時，會出現另一張臉。史蒂芬，你記得那些畫嗎？」丹斯先生大笑。海倫疑惑地望著我。我說：「你倒立嘛，丹斯先生，讓我們看看你偷藏的另一張臉！」

丹斯先生又大笑。我記得他晚宴從頭到尾都在開懷大笑，最後我聽他笑聲聽累了，手放到雙眼上。瓦里斯太太這時說：「瑪格莉特今晚累了。妳累了嗎，瑪格莉特？妳花太多心思在那群女人身上了。」我睜開眼，餐桌上的光線顯得異常明亮。丹斯先生問道，什麼女人，普萊爾小姐？瓦里斯太太替我回答，她說我會去米爾班克監獄探監，並和女囚相處。丹斯先生擦擦嘴說，非常有趣。我再次感覺到洋裝鬆脫的那條鋼絲，現在不斷刺

---

21 白朗寧太太（Elizabeth Barrett Browning, 1806-1861），維多利亞時代影響力深遠的女詩人，從小才思聰穎，最著名的著作為敘事詩《歐若拉．莉伊》（*Aurora Leigh*）。她和丈夫結婚後搬到義大利，在那裡度過餘生。

著我。我聽瓦里斯太太說：「據瑪格莉特所說，那裡的生活非常辛苦。但當然，女囚都習慣過低劣的生活。」

我望向她，接著望向丹斯先生。他問道：「普萊爾小姐是去研究她們嗎？還是教導她們？」

「去給她們安慰，並啟發她們。」瓦里斯太太說：「作為**小姐**，提供她們一些指導。」

「啊，作為**小姐**是吧……」

我放聲大笑，丹斯先生頭轉向我，眨了眨眼。他說：「我想妳一定看到許多不堪入目的景象。」

我現在想起，當時我盯著他盤子上的餅乾和藍絲乳酪，一旁象牙刀柄的餐刀上有一團奶油，奶油上有一滴滴水珠，彷彿流著汗。我緩緩答道，對，我在那看到很可怕的事。我說我看到有女囚因為看守規定要安靜，結果失去說話的能力。我看到女囚為了讓生活有點變化，不惜傷害自己。我看到女囚被逼到發瘋。我說，有個女囚因為寒冷和營養不良而快要喪命。還有另一個女囚戳瞎自己眼睛……

丹斯先生才剛拿起象牙刀柄的刀，這會又放下了。帕默小姐驚呼一聲。母親說：「瑪格莉特！」我看到海倫望向史蒂芬。但字句不斷從我身上傾瀉而出，我將話吐出口時，似乎嘗得到形狀和味道。我當下彷彿直接嘔吐在桌上，沒人能阻止。

我說：「我看過刑具室，還有黑牢。刑具室裡面有腳鐐、束縛衣和手足枷。手足枷會把女囚的手腕和腳踝都綁在大腿上。她套上手足枷之後，吃飯都要像嬰兒一樣用湯匙餵，如果她便溺，便要躺在自己的排遺之中——」母親又提高聲音打斷我，史蒂芬也是。我說：「**黑牢**有道鐵柵門，接著再有一道門，最後還有一道鋪有稻草的門。女囚的手會被綁住，關到裡面，黑暗會吞噬她們。現在有個女孩就在裡面……丹斯先生，你知道最有趣的是什麼嗎？」我彎向他輕聲說：「其實我應該要關在那裡！不是她，根本不該關她。」

他轉頭望向瓦里斯太太，她在我低語時驚叫一聲。有人緊張地問，我是什麼意思？我說這話是什麼意思？

我回答：「你們難道不知道他們會把自殺的人關進牢裡嗎？」

母親馬上開口：「瑪格莉特之前父親過世時生病了，丹斯先生。那是場意外！她病得神志不清，誤把藥的劑量——」

「我吞嗎啡，丹斯先生！」我大吼。「要是他們沒發現，我早該死了。我想會被發現是我的疏忽。但你知道嗎？他們救起我，也知道我要自殺，但我生活卻不受影響。你不覺得奇怪嗎？要換作一個平凡粗野的女人，她喝嗎啡自殺的話，鐵定會關進牢裡，但我獲救之後，竟然還能自由去探監。就因為我是個**小姐**嗎？」

我也許比之前都還瘋。但說話卻清楚明白，令人害怕，我想就像在耍脾氣一樣。我環視桌旁的人，除了母親，沒人敢看我。她看著我，彷彿不認識我了。她最後只小聲說：「海倫，可以請妳帶瑪格莉特回房嗎？」她起身，所有女士都站起，紳士起身鞠躬送她們出門。椅子刮過地板，發出刺耳的聲音，桌上杯盤都搖晃起來。海倫來到我身旁。我說：「**妳**不准碰我！」她身子畏縮。我想她害怕我接下來會說什麼。但她還是用手臂環住我的腰，扶我離席，經過史蒂芬、瓦里斯先生和丹斯先生，還有站在門口的薇格斯。母親帶所有女士到樓上的客廳，我們跟在她們身後，最後繞過她們。海倫說：「怎麼了，瑪格莉特？我從來沒見妳這麼……不像妳。」

我現在冷靜一點了。我要她別在意，我只是累了，頭很痛，洋裝弄痛我。我不讓她進房，並請她回去幫忙母親。我說我只要睡一覺，早上就好了。她看來不信，但當我把手放到她臉上，我感覺她又畏縮退開。我只是想讓她安心而已！但我知道她此時心裡懼怕，怕我做出或說出什麼，讓人聽到。這時我不禁大笑。她後來下樓了，邊走邊回頭望我，她的臉在昏暗的樓梯間漸漸變小，變得蒼白和模糊。

房間昏暗寧靜，房中唯一的光線是火爐淡淡的火光，窗板邊緣也透進了街燈些許的光。我不想拿木條點燈，房中黑漆漆的正合我意。我只在門口和窗戶間來回踱步。洋裝緊裹著我的上身，我伸手想把衣服鬆開。但我動作笨拙，洋裝只從我手臂拉下一點，所以感覺勒得更緊。我仍來回踱步。我心想，**不夠黑！**我想要房間更黑點。**黑暗在哪裡？**我看到衣櫥半掩的門，但就連那裡，也有地方比其他地方黑。我走過去，蹲在裡頭，將頭放到我的膝上。現在我的洋裝像拳頭一樣勒緊我，所以我愈掙扎想脫下衣服，衣服勒愈緊。最後我想像，**我背上有個螺釘，她們在把它轉緊！**

這時我知道自己在哪裡了。我和**她**在一起，緊緊和她相依……她上次是怎麼說的？**比蠟貼得還緊**。我感到牢房在我四周，束縛衣綁著我——

但我似乎感覺我眼睛也被絲布綁起。脖子上有條天鵝絨項圈。

我說不上來自己待了多久。樓梯曾一度傳來腳步聲，有人輕輕敲門，輕聲問道：「**妳醒著嗎？**」可能是海倫，也可能是女僕，我覺得不是母親。不論是誰，我都沒回應她，她沒走過來，一定以為我睡著了。我隱約有點納悶，她看到空床，怎麼會覺得我睡著了？後來我聽到門廳傳來聲音，史蒂芬吹口哨招來馬車。我聽到丹斯先生在我窗下的街道大笑，前門關上，並拉上門閂。母親穿梭在房間，尖聲喊了些話，並把燈火弄熄。我摀住耳朵，再次拿開手時，只聽到薇格斯在我上方房間走動，然後她床上的彈簧發出呻吟。

我試著站起時，腳步發軟。我雙腿在冰冷的空氣中彎太久而抽筋，無法伸直，洋裝仍卡著手肘。等我好不容易站起時，洋裝輕易便鬆脫下來。我不確定藥效是否還在，還是我已清醒，但一時間，我覺得自己快吐了。我穿過黑暗，洗了臉和嘴巴，彎身站在臉盆上方，等待那陣反胃過去。火爐格柵仍有兩、三塊炭散發淡淡的光芒，我走去伸出雙手，並點了根蠟燭。我的雙唇、舌頭和眼睛感覺都不是自己的，我原本想走去鏡前，看自己變了多少。但我轉身時，看到床枕上有個東西。我手劇烈顫抖，蠟燭掉到地上。

我以為自己看到一顆頭，看到**自己的頭**躺在床上。我僵在原地，嚇得無法動彈，一時間心裡確定我躺在床上。也許我蹲在衣櫥裡的這段時間，其實一直在睡覺，現在我會醒來，起身走到我自己面前，**擁抱我自己**。我心想，妳一定要點燈！妳一定要點燈！妳不能讓她在黑暗中朝妳走來！我彎身找到蠟燭，點亮蠟燭，雙手護著火光，以免火焰閃爍或熄滅。然後我走向枕頭，仔細看那是什麼。

那不是一顆頭。只是一條彎曲的黃色髮辮，和我兩個拳頭一樣粗。那是我原本打算從米爾班克監獄偷來的頭髮。那是瑟琳娜的頭髮。她越過城市和黑夜，從一片漆黑中將頭髮送來給我。我臉貼著頭髮，聞到上頭的硫磺氣味。

＊　＊　＊

我今早六點醒來，以為自己會聽到米爾班克監獄的鐘聲。我彷彿從死亡中醒來，仍被黑暗拉扯，仍受土地束縛。我發現瑟琳娜的頭髮在我身旁，辮子鬆開的地方髮質有些損傷，失去了點光澤。我昨晚拿著頭髮入睡。看到頭髮，想起前一晚的事，我全身不禁顫抖起來。但我腦袋很清楚，我拿著頭髮起床，用條圍巾將頭髮包起，藏到放這本日記的抽屜裡。我快步到房間另一邊時，地毯像船甲板一樣傾斜。連我靜靜躺下來後，地面彷彿都傾斜了。艾莉斯進門之後，馬上去找母親。母親進來時雖然皺著眉頭，準備破口大罵，但她見我臉色蒼白，全身發抖，虛弱無力，她驚呼一聲。她要薇格斯去找艾許醫生。他來之後，我情不自禁失聲哭泣。我跟他說只是我月事來了。他說我現在不能再服用鎮靜劑，要改用鴉片酊，而且必須待在家中靜養。

他離開後，我告訴母親我肚子痛，她和薇格斯替我熱了個盤子敷在胃部。後來她拿鴉片酊來。至少鴉片酊的味道比上次的藥好。

她說：「要是我知道妳病得多重，昨晚當然不會逼妳接待客人。」她說他們未來要更小心，不能讓我任意過日子。後來她找海倫和史蒂芬來，我聽到三人竊竊私語。中途我一度睡著，醒來時卻又哭個不停、大喊大叫，有半小時腦袋都迷迷糊糊。後來我不禁害怕，要是我發燒胡言亂語，他們在一旁聽到內容怎麼辦。最後我說，他們只要讓我獨處一下，我就會恢復。他們回答：「拋下妳一個人？什麼鬼話！讓妳一人病懨懨在這？」母親原本打算陪我坐整晚。但我後來安安靜靜躺在床上一陣子，他們便同意我病情好多了，只要一個女僕看著我就行了。薇格斯現在會在門口坐到天亮。我聽到母親叮囑她，一定要確定我安穩入睡，好好休息。但薇格斯就算發現我在寫日記，她也沒制止我。今天她靜靜進來房中，拿了一杯她熱好的牛奶，並用糖蜜和蛋汁調得又香又稠。她說我每天只要喝一杯，身體很快就會好了。但我喝不下口。一小時之後，她將杯子拿走，樸素的臉上難掩失落。我除了水和一點麵包，什麼都沒吃。我躺在房中，窗板依舊拉上，並點著蠟燭。母親點亮燈時，我躲著光。光讓我雙眼刺痛。

一八七三年五月二十六日

今天下午，我靜靜坐在房間，聽到門鈴響起，露絲帶了個人來見我。這個女士名叫伊舍吾小姐，她上週三有來參加闇圈。她看到我，頓時聲淚俱下，她說那天之後，她夜夜都無法合眼，全都是因為彼得・奎克的關係。她說他曾觸碰她的臉和雙手，而她至今仍感覺得到他的撫摸。他的手彷彿在她皮膚留下一道隱形的印記，印記不斷流淌出像水一般的液體或分泌物。我說：「把妳的手給我。妳現在能感覺得到身體流出分泌物嗎？」她說她感覺得到。我看她一會，然後說：「我**也可以**。」這時她睜大眼望著我，我大笑。當然，我知道她的疑惑。我說：「伊舍吾小姐，妳跟我一樣，但妳完全不知情。妳有通靈的力量！妳的靈性充滿全身，並不斷泉湧而出，那就是妳感覺到的流動。我們一定要幫助它，讓妳的力量順勢釋放。這即是我們所謂的**開發**。如果我們置之不理，力量便會萎縮，甚至可能變質，害妳生病。」我看著她，她臉色現在一片慘白。我說：「我覺得妳已經感覺到那股力量在妳體內稍稍變質了，對不對？」她說沒錯。我說：「好，那股力量不會再傷害妳。現在我碰著妳，妳有沒有感覺好一點？若在彼得・奎克引導下，我更能好好幫妳。」我要露絲去準備會客室，並搖鈴請珍妮來，告訴她這一小時內，不准進入會客室和四周的房間。

接著我等一會，便帶伊舍吾小姐下樓。我們經過布林克太太身旁。我說伊舍吾小姐想來進行個人通靈，布林克太太聽到說：「噢！伊舍吾小姐，妳好幸運！但妳不要讓我的天使變太累好嗎？」伊舍吾小姐說她不會。我們來到會客室，看到露絲已掛起布簾，但她沒時間準備攙磷的油，只把燈火調暗。我說：「好，我們必須留著這盞燈，妳感覺到彼得・奎克出現時，妳必須告訴我。是這樣的，如果妳有通靈的力量，他就會來，我只有進行闇圈才必須坐到布簾後，以隔絕一般人的投射。」我們坐了大約二十分鐘，伊舍吾小姐一直非常緊張，終於牆上出現敲擊聲，她輕聲問：「那是什麼聲音？」我說：「我不確定。」敲擊聲愈來愈大，她說：「我覺得他出現了！」彼得從小房間出來，搖頭呻吟說：「為什麼在這奇怪的時間找我來？」我說：「有個女士需要你的幫忙。我相信她擁有招魂的力量，但那股力量很微弱，需要開發。我相信是你找她來的。」彼得說：「是伊舍吾小姐嗎？對，我看到我放在她身上的標記。好吧，伊舍吾小姐，這是相當嚴重的事，可不能馬虎。妳身上的力量有時稱作**致命天賦**。今天在這房間發生的事，無靈性的人聽起來可能會感到十分詭異。妳對幽靈的祕密一定要保密，不然就等著承受幽靈無止境的怒火。妳辦得到嗎？」伊舍吾小姐說：「我想我可以，先生。我想道斯小姐說的是真的。我覺得我擁有和她類似的才能，就算沒有，也能訓練培養。」

我這時望向彼得，看到他露出微笑。他說：「我的靈媒才能非常特別。要成為靈媒，妳是不是以為必須將靈魂放到一旁，讓另一個靈魂進來？其實不然。妳必須成為幽靈的僕人，妳必須成為幽靈雙手形塑的工具。妳必須容許自己的靈魂**被利用**，妳的祈禱詞永遠是**請使用我**。說吧，瑟琳娜。」我說了，然後他對伊舍吾小姐說：「叫她說祈禱詞。」她說：「道斯小姐，說吧。」我又說了一次：「請使用我。」他說：「看吧？我的靈媒必須照指示行動。妳覺得她醒著，但其實她已陷入恍惚。再叫她做一件事。」我聽到伊舍吾小姐吞口水，然後她說：「可以請妳站起來嗎，道斯小姐？」但彼得馬上說：「妳不能用問的，妳必須命令她。」伊舍吾小姐這時說：「**站起來，道斯小姐！**」我起身，彼得說：「再說別的。」她說：「雙手握在一起，睜開眼睛再閉上，說阿們。」我完成這些事，彼得大笑，他聲音變得更高了。他說：「叫她親妳。」她說：「親我，道斯小姐！」他說：「叫她親我！」她說：「道斯小姐，親彼得！」然後他說：「叫她脫下洋裝！」伊舍吾小姐說：「喔，我不行這麼做！」他說：「**叫她脫！**」然後她對我說了。彼得說：「幫她解釦子。」她幫忙時她說：「她心跳得好快！」

然後彼得說：「現在妳看到我靈媒解衣的樣子。身體被剝奪之後，靈魂便是這樣子。妳手放到她身上，伊舍吾小姐。她身體熱嗎？」伊舍吾小姐說我非常熱。彼得說：「那是因為她的靈魂非常接近皮膚表面。妳也必須變熱。」她說：「我現在確實感覺非常熱。」他說：「那很好，但妳還不夠熱，無法開發力量，妳一定要讓我的靈媒讓妳更熱。妳一定要脫下妳的洋裝，並緊抱住道斯小姐。」我感到她照吩咐做了。我的雙眼仍緊緊閉著，因為彼得沒有命我睜開眼。我感覺她雙臂環抱我，她臉靠得非常近。彼得說：「現在感覺如何，伊舍吾小姐？」她回答：「我不確定，先生。」他說：「再告訴我一次，妳的祈禱詞是什麼？」她說：「請使用我。」他說：「那好好說出口。」她說了，然後他說她一定要說快一點，於是她說得更快。他這時過來，將手放到她脖子上，她身子一縮，輕輕頂著我。他說：「噢！但妳的靈魂仍然不夠熱！一定要熱到妳感覺自己快融化，妳會感覺到我的靈魂靠近，占據它的位置！」他雙臂抱住她，我感到他的雙手放在我身上，現在我們緊緊將她夾在我們之間，她全身開始發抖。他說：「靈媒的祈禱詞是什麼，伊舍吾小姐？靈媒的祈禱詞是什麼？」她一次次說著，直到她聲音愈來愈虛弱，這時彼得悄聲對我說：「睜開雙眼。」

一八七四年十二月十一日

照理來說不可能，但我一整週醒來時，都聽到了米爾班克監獄的工作鐘響。我想像她們起床，穿上她們的羊毛褲襪和亞麻呢洋裝。我想像她們站在鐵門內，手拿餐刀和麵包盤，捧著裝有熱茶的杯子暖手，然後著手工作，雙手隨著時間過去，漸漸變冷。我想瑟琳娜再次回到普通的牢房，因為我內心有一角和她同甘共苦，此時我感覺那一角不再那麼黑暗了。但我知道她情況很悲慘，而我一直沒去找她。

起初，我沒去找她是因為恐懼和羞愧。現在是因為母親的緣故。我好了之後，她再次變得滿腹牢騷。醫生看診完隔天，她坐到我身旁，看到薇格斯端來另一個盤子，搖搖頭說：「妳如果結婚就不會病成這樣。」昨天她站在一旁看我洗澡，但不肯讓我更衣。她說我一定要留在房間，所以穿睡袍就好。後來薇格斯從衣櫥拿了我為米爾班克監獄準備的套裝。晚宴那夜之後便一直擱在那裡，我想她打算清理乾淨。我看到上面的石灰，想起布魯爾小姐搖搖晃晃靠著牆的樣子。母親看了我一眼，朝薇格斯點點頭。她要她洗乾淨洋裝，並把衣服收到別處。我連忙叫住她，說我之後要去米爾班克監獄時還要穿。母親說，現在人都**這樣**了，我不會想繼續去探監吧？

接著她小聲對薇格斯說：「把洋裝拿走吧。」薇格斯望了我一眼走了。我聽到她快步走下樓梯。於是我們老調重彈，又吵了同一件事。母親說：「妳都病成這副德性，我不會讓妳再去米爾班克監獄。」我說如果我執意要去，她不能阻止我。她回答：「想想妳該有的禮節。還有妳對妳母親的責任！」

我說我去探監並無不妥，也不代表我不盡責，她怎麼能這麼想？她說晚宴時，我當著丹斯先生和帕默小姐的面讓她丟臉，這叫作盡責嗎？我原本漸漸康復，但去米爾班克探監又害我生病了。她說她其實早已心裡有數，現在艾許醫生也證實了她的看法。我擁有太多自由，我的情緒不適合面對這一切。我太容易受影響，拜訪監獄粗俗的女子久了會讓我脫離世俗常理。我無所事事的時間太多，讓我胡思亂想……諸如此類。

她最後說：「西里多先生寄了封信來問妳的消息。」那封信在我最後一次探監隔天寄來。她說她會回信說我身體不適，無法回覆。

我費盡唇舌，漸漸感到無力。現在我發現她心意已決，怒火直衝上來。我心想：**媽的，臭婊子！**我清楚聽到腦中嘶吼出這句話，彷彿我腦中暗藏第二張嘴。那句話好清楚，我身子不禁縮起，並覺得母親一定也聽到了。但她只頭也不回走向門口。我看到她毫不遲疑的腳步，便知道我該怎麼做。我拿起手帕，擦拭雙唇。我開口說她不需要寫信。我會自己寫信給西里多先生。

我說她說得對。我會放棄米爾班克監獄。我避開她的目光，她一定以為我感到羞愧，因為她再次走到我身邊，手放到我臉上說：「我唯一擔心的是妳的健康。」

她的戒指在我臉上感覺冰冰冷冷的。我這時想起我吞嗎啡獲救那一刻她的模樣。她穿著黑色洋裝，披頭散髮。她頭靠到我胸口上，我的睡袍因淚水而濡溼。

她給我紙筆，站在床腳看我寫信。我寫道：

瑟琳娜．道斯

瑟琳娜．道斯

瑟琳娜．道斯

她看到我筆跡移動，便離開了。後來我把信扔進火爐燒了。

我搖鈴叫薇格斯來，跟她說剛才搞錯了，要她把洋裝洗好，晚一點還給我，而且要等母親出門的時候。普萊爾太太和艾莉斯都不需要知道此事。

然後我問她，她有沒有信要寄？她點頭說她有一封信要寄，我跟她說，她可以去郵箱了，如果有人問起，她必須說她去幫我寄信。她垂下目光，並行個屈膝禮。那是昨天的事。後來母親來了，手再次摸著我的臉。但這次我假裝睡著，沒有再看她一眼。

現在夏納步道傳來馬車聲。瓦里斯太太來接母親去聽音樂會。我想母親待會出門前會來我房間，餵我吃晚上的藥。

* * *

我去米爾班克監獄一趟，見了瑟琳娜。現在一切都改變了。

當然，他們早在等我。我想門房一直注意我是否出現，因為我走向他時，他似乎早有預期。等我到女子監獄，我發現看守在等我，她馬上帶我去海克斯比小姐的辦公室，西里多先生和瑞德里小姐都在。那就像我初次到訪，如今感覺像上輩子的事了，但今天下午我沒這樣的感觸。但我下午仍察覺兩次的差別，因為海克斯比小姐臉上毫無笑容，甚至西里多先生也板著臉。

他說他很高興再次看到我。他寫給我的信石沉大海，他原本怕上週牢房的事可能嚇到我，讓我永遠不來了。我說我只是身體有點不好，信被一個粗心的女僕忘了。我發現我說話時，海克斯比小姐打量著我臉上和雙眼的陰影。我因為服用鴉片酊，雙眼有黑眼圈。但我如果沒服用，我想我情況會更糟，因為我已一週多沒出房間，鴉片酊確實多少給了我一點力量。

她說她希望我身體康復了，接著她說失控事件之後，她很遺憾一直無法和我說到話。「除了可憐的布魯爾小姐，沒人能告訴我們發生什麼事。而道斯的話，恐怕相當固執。」

我聽到瑞德里小姐鞋子摩擦地面，並換了個比較舒服的姿勢。西里多先生不發一語。我問道，他們將瑟琳娜關在黑暗中多久？「三天。」他們告訴我。那是「沒有法律命令」下最長的囚禁時間。

我說：「三天似乎太過嚴重。」

攻擊看守？海克斯比小姐不覺得嚴重。她說布魯爾小姐傷得很重，身心受創，她離開米爾班克監獄，甚至不再進監獄服務了。西里多先生搖搖頭。「非常嚴重的事。」他說。

我點點頭，接著問：「道斯怎麼樣？」海克斯比小姐說：「她得到應有的報應。」海克斯比小姐說，他們現在要她在美麗太太的牢房區工作，負責拆解椰殼纖維。當然，要送她去富勒姆監獄的計畫都取消了。她和我四目相交。她說：「我想至少這件事，妳很高興吧。」

這我想過了。我語氣平穩說，我很高興。因為道斯現在更需要一個朋友來開導她。比起過去，她現在更需要訪客的關懷——

「**不**。」海克斯比小姐說：「不，普萊爾小姐。」她說，就是因為我的關懷影響了道斯，讓她傷害一個看守，並破壞牢房秩序，這點我能否認嗎？我對她的關注直接引發這起事件，不是嗎？她說：「妳稱自己為她的朋友。在妳來訪之前，她是米爾班克監獄中最安靜的囚犯！妳害一個女孩情緒爆發，這算哪門子友誼？」

我說：「妳想阻止我見她。」

「我是為了她好，要讓她好好冷靜。妳去見她，她不會冷靜。」

「她沒有我才不會冷靜！」

「那她必須學著沒有妳。」

我說：「海克斯比小姐……」但我結巴，因為我差點叫她**母親**！我手放到喉嚨，望向西里多先生。他說：「失控是相當嚴重的事。普萊爾小姐，要是她下次攻擊**妳**呢？」

「她不會攻擊**我**！」我說。我說，他們不懂嗎？她處境多悲慘，我的拜訪如何緩和了她的情緒？他們必須想想她，一個聰明溫柔的女孩，如海克斯比小姐所說，全米爾班克監獄中最安靜的女孩！他們一定要想想監獄對她的影響。監獄並未讓她後悔，並未導正她，只讓她變得悲慘，無法想像牢房外的其他世界，她甚至不惜攻擊通知她她必須離開的看守！我說：「讓她沉默，讓她與世隔絕的話，我想你們會把她逼瘋。或者，你們會害死她……」

我繼續滔滔不絕解釋，彷彿在為自己的生命辯駁。我現在知道，我確實在為自己的生命辯駁。我覺得我說話的聲音來自另一個人。我看到西里多先生如之前一般沉思。我不確定我們之間說了什麼。我只知道最後他同意讓我見她，他們會注意她的狀況。「她的看守。」他說：「潔夫太太也說了妳不少好話。」這似乎影響了他。

我望向海克斯比小姐，發現她目光低垂。西里多先生離開之後，我起身走向牢房區，她終於再次望向我。我這時訝異地發現，她的表情不是憤怒，而是尷尬和自覺。我心想，她在我面前受了屈辱，心中當然感到刺痛。我說：「我們不要吵架，海克斯比小姐。」她馬上回答，她不希望和我吵架。但我進到她監獄，對這裡一無所知。她說到這猶豫一下，馬上朝瑞德里小姐瞄一眼。她說：「我當然要遵循西里多先生的吩咐。但因為這是女子監獄，西里多先生無權管理。西里多先生不了解這裡的脾氣和情緒。我有次開玩笑跟妳說，我在監獄服刑多年。但事實也是如此，普萊爾小姐，我知道監獄生活能變得多扭曲。我覺得，妳跟西里多先生一樣，像道斯這樣的女孩，如果她不說話，妳不知道、也無從猜想她的性……」她似乎想找到一個詞，後來她重述：「無從猜想她的**性情**……或她性情有何異常……」

她仍在找著詞語。她就像她的女囚，在監獄日常詞彙中尋找措辭，卻遍尋不著。我知道她的意思。她說的性情令人作嘔，但並不罕見，她指的是珍．賈維斯和愛瑪．懷特那種人……但瑟琳娜不是，我也不是。我趁她還未開口，我說我會將她的警告放在心上。她打量我好一陣子，便讓瑞德里小姐帶我去牢房了。

我們走過監獄白色的走廊，我感到藥物的作用。我們到牢房時，我感覺藥效達到最強，牢房中的微風讓瓦斯燈閃爍，所有堅硬的表面似乎不斷移動、鼓脹和晃動。我感受到刑事犯牢房的森嚴靜謐，並聞到其中惡臭，一如往常受到震撼。美麗太太見到我，眼神曖昧，並斜眼瞅我。在我眼中，她的臉又寬又歪曲，彷彿是彎曲金屬板中的倒影。「唉唷，唉唷，普萊爾小姐。」她說……我確定她說這句話：「妳又回來看妳養的淘氣羔羊啊？」她帶我到門口，然後眼睛偷偷摸摸湊到視察窗上。接著她打開門鎖和鐵門門閂。「進去吧，女士。」她最後說：「自從她在黑牢關過之後，乖得跟什麼似的。」

她們將她關進比平常更小的牢房，小窗上設有鐵製的柵欄，瓦斯燈上也設有鐵網，以免女囚亂碰火，牢房也因此非常昏暗。牢房中沒有桌椅，我看到她坐在硬木床上，以不舒服的姿勢彎身拿著一盤椰殼纖維工作。她們替我開門時，她將托盤放到一旁，試著站起。但她身子搖晃，不得不扶住牆。她們將她袖子上的星星奪走，並給她一件過大的洋裝。她雙頰慘白，太陽穴和雙唇發紫，她額頭有個黃色的瘀傷。她指甲因為一直挑線，裂到甲床。她便帽、圍裙、手腕和床單上全都是纏線的纖維。

美麗太太關門上鎖後，我向她走一步。我們神情驚恐，一句不吭，只望著對方。但後來我輕聲說：「她們對妳做了什麼？她們做了什麼？」她聽到這句話，頭一扭，露出微笑，但那笑容在我注視下漸漸消失融化，像是蠟做的笑容，接著她手掩面，開始哭泣。我不禁走到她身邊，手抱住她，扶她坐回床邊，撫摸她楚楚可憐、滿是傷痕的臉，直到她冷靜下來。她頭一直靠著我大衣領口，並緊抓著我。她開口時悄聲說道：「妳一定覺得我很軟弱。」

「軟弱，瑟琳娜？」

「因為我好希望妳來。」

她全身打顫，但後來漸漸平息。我牽起她的手，看了看她裂開的指甲，她這時告訴我，她們每天都必須挑出四磅的纏線。「不然美麗太太隔天會拿更多來。纏線纖維飛得到處都是……感覺令人窒息。」她說她們只能喝水，只有黑麵包吃。她們帶她去禮拜堂時，她都必須**戴腳鐐**。我不忍再聽。但我再次牽起她的手時，她全身僵硬收回手。「美麗太太。」她低聲說：「美麗太太來看我們……」

我這時聽到門口有動靜，過一會，我看到視察窗的開口晃動，粗短的白手指緩緩將窗打開。我大喊：「妳不用監視我們，美麗太太！」美麗太太大笑說，她們隨時都要監視著**那個**牢房。但小窗再次關上，我聽到她走遠，停在另一個牢房前。

我們對坐沉默。我看著瑟琳娜頭上的瘀痕。她說她們將她關進黑牢時她跌倒了。她回想起打個冷顫。我說：「那裡非常可怕。」她點點頭。她說：「**妳**一定知道那有多可怕。」然後她又說：「要不是妳替我分擔一點黑暗，我可能撐不過。」

我凝視著她。她繼續說：「妳目睹一切還來見我，**所以**我知道妳人有多好。她們把我關在那裡第一個小時，妳知道我最害怕的是什麼？噢，那真是折磨！比**她們**任何懲罰都更糟。我最怕的是妳也許永遠不會來找我，我也許把妳嚇跑了，而我明明是想讓妳留在我身邊！」

我就知道。但此時親耳聽到，我心裡不大舒服，更無法承受。我說：「妳不能說，妳別說了。」她情緒激動，小聲回答說，她一**定**要說出口！噢，想到那可憐的女士，布魯爾小姐！她從來就不打算傷她。但移監……變得所謂更自由，和其他囚犯聊天！「我不能跟**妳**聊天的話，我怎麼會想跟囚犯聊天？」

我想，我當時趕緊用手摀住她的嘴。我重複說道，她**絕對**不能說這種話，**絕對**不行。最後她將我手拉開說，她傷害布魯爾小姐就是為了說出這些話，她承受束縛衣和黑牢的苦難，就是為了說這些話。**經歷痛苦**之後，我仍希望她保持沉默嗎？

我雙手放到她手臂，緊抓住她，用氣音說，她這麼做有幫助嗎？她唯一做的就是讓她們更仔細監視我們！她難道不知道海克斯比小姐想禁止我見她嗎？瑞德里小姐會注意著我們會面了多久？美麗太太會偷看。甚至西里多先生也會看？「妳知道我們現在必須小心翼翼、躡手躡腳嗎？」

我將她拉近說這些事。現在我注意到她的雙眼、她的嘴巴和她散發酸味的溫暖呼吸。我聽到我的聲音，以及我承認的事。

我放開雙手，轉開身子。她說：「歐若拉。」

我馬上說：「不要這樣叫我。」

但她再說了一次。**歐若拉**。**歐若拉**。

「妳不能叫我這名字。」

「為什麼？我在黑暗中喚妳，妳聽到很高興，並回應了我！妳現在為何退卻？」

我從床邊站起。我說：「我一定要這麼做。」

「為什麼？」

我說我們這麼親近不對。這違反了規定。米爾班克監獄禁止這種事。但她現在站起，牢房狹窄，我無處可逃，她手伸向我。我的裙子鉤到那盤椰殼纖維，灰塵揚起，但她只穿過揚塵靠近，手放上我手臂。她說：「妳希望我靠近。」我馬上回答，**不，我不想**。「不，妳想要我。」她說。不然，妳為何在日記上寫下我的名字？妳為何收到我的花？**歐若拉，妳為何拿到我的頭髮**？

「那些東西是妳送來的！」我說：「我從來沒求過！」

她簡單回答：「如果妳沒渴求那些東西，我就不可能送去。」

我無話可說。她看到我的表情時，向後退開，表情變了。她說我一定要小心，並保持冷靜，因為美麗太太可能會偷看。她說我一定要站好，聽她現在要告訴我的話。因為她一直在黑暗中，並知道了一切。現在我一定要知道……

她頭垂下一點，但目光一直在我身上。她眼睛變得更大，烏黑得像魔法師一樣。她說，她有次不是曾說，她在這裡服刑有個目的？她不是曾說，幽靈會來告訴她？「我躺在黑牢時他們來了，歐若拉。他們來告訴我了。妳猜得到嗎？我想我猜到了。那令我感到害怕。」

她舌頭舔了舔雙唇，並吞了口口水。我看著她，身體動也不動。我說，什麼？到底是什麼？他們為何讓她來這裡？

她說：「**為了妳**。這樣我們才能相見，相見之後，了解實情……了解之後，彼此結合……」

她彷彿將一把刀刺進我身體轉動。我感到我的心臟怦怦跳著，而在那之後，有個更強烈的動靜。腹部那股**顫動**比以往更劇烈。我感覺到了，並感覺到她那裡也同樣糾結……

那是一種苦痛。

因為她說的話只讓我感到可怕。「妳不能說這種話。」我說：「妳為什麼要說這種話？幽靈告訴妳有什麼用？他們所說的瘋話……我們現在不能發瘋，我們一定要冷靜，我們要維持理智。如果我要繼續來看妳，一直到妳出獄……」

「還有四年。」她說。我覺得這四年的時間，她們真的會繼續讓我來這裡嗎？我覺得海克斯比小姐會讓我來嗎？我母親會讓我來嗎？就算她們讓我來，每週一次，每個月一次，一次半小時……我覺得我受得了嗎？

我說，我已忍受至今。我說我們可以上訴，爭取重審機會。我說，如果我們小心一點——

「妳今天之後受得了嗎？」她淡淡說：「妳能繼續**小心**？繼續**若無其事**嗎？不——」我朝她走了一步。

「不，不要動！站好，不要靠近。美麗太太可能會看到……」

我手握在一起，不斷擰手，手套磨到手都發燙。我們有什麼選擇？我喊。她根本在折磨我！說我們一定要結合。在**那裡**，在米爾班克監獄！我又說一次，為何幽靈要向她說這種事？為何她現在要對我說？

她輕聲細語回答，我必須彎身到飛揚的灰塵中去聽。她說：「我現在說是因為妳眼下有個選擇必須決定。**我可以逃走**。」

我相信我大笑了。我想我手摀著嘴大笑了。她看著我，等我停止。她神情嚴肅。我第一次心想，也許她關進黑牢之後，真的喪失了理智。我看著她毫無生氣的慘白臉頰，還有她額頭的瘀傷，我漸漸清醒過來。我小聲說：「妳說太多了。」

「我辦得到。」她語氣平穩。

不，我說。那樣會鑄下大錯。

「那只在他們的法律算是錯的。」

不。何況她在米爾班克監獄怎麼辦得到？每一條走廊都有上鎖的鐵門，還有無數看守和獄卒……我環顧四周，看著木門、窗上的鐵欄杆。「妳需要鑰匙。」我說：「妳會需要……各種難以想像的東西。就算妳逃得出去，妳要怎麼辦？妳要去哪裡？」

她仍望著我。她雙眼仍然烏黑深沉。接著她說：「我有幽靈幫我，我不需要鑰匙。我會來找妳，歐若拉。我們會一起遠走高飛。」

就這樣，她說出口了。就這樣。這次我沒笑了。我說，她覺得我會跟她一起走嗎？

她說她認為我必須這麼做。

她真的覺得我會拋下——

「拋下什麼？拋下誰？」

拋下母親。拋下海倫、史蒂芬和小喬治，還有他們未來的孩子。拋下父親的墓。拋下大英博物館閱覽室的票。「拋下我的生活。」我最後說。

她回答，她會給我更好的生活。

我說：「我們將一無所有。」

「我們會有妳的錢。」

「那是我母親的錢！」

「妳一定有自己的錢。一定有什麼可以賣……」

我說，這太蠢了。這比蠢更蠢。這根本是亂來，簡直發瘋了！我們要怎麼一起獨自生活？我們要去哪裡？

但我才問出口，我看著她雙眼，心底便已明白……

「想像看看！」她說：「想像在那裡生活，陽光永遠照耀在我們身上。想想看那些妳渴望拜訪的陽光燦爛的地方，雷焦、帕馬、米蘭和威尼斯。我們可以在其中一個地方生活。我們會自由自在。」

我凝視著她。美麗太太的腳步聲從門口傳來，她腳下沙土喀啦作響。我這時輕聲說：「我們瘋了，瑟琳娜。從米爾班克監獄**逃走**！妳辦不到。妳會馬上被抓。」她說她的幽靈朋友會保護她。我大喊，不，我不相信。她說，為什麼？她說我一定要想一想她送給我的所有東西。她為何不能把**自己**送過去？

但我仍說，不，不可能是真的。「如果是真的，妳一年前就會離開這裡了。」她說她在等待，她需要**我**才能走。她需要找到我，才能讓自己來到我身邊。

她說：「如果妳不帶我走……她們不讓妳來探監，妳會怎麼做？妳會繼續羨慕妹妹的生活？妳會繼續關在自己的黑牢，一輩子當個囚犯？」

我腦中再次浮現可怕的畫面，母親變得年老暴躁。我書讀得太輕或太快時，她都破口大罵。我看到自己站在她身旁，穿著土棕色的洋裝。

我說，但我們會被發現，警察會抓到我們。

「我們一出英國，他們就無法逮捕我們。」

大家會知道我們做了什麼。四處都會有人在看，認出我來。我們會被社會拋棄！

她說，我何時開始在乎自己是否融入這樣的社會？我為何在乎社會怎麼想？我們會找個地方，遠離這一切。我們會找一個屬於自己的棲身之所。她會去做她注定要做的事……

她搖搖頭說：「我這一生，每一週、每一個月和每一年，我以為自己明白。但我其實一無所知。我以為我站在光中，但其實我雙眼一直都閉著！每個可憐的女士來找我，觸碰我的手，從我身上吸去一小部分的靈魂……她們都只是影子。歐若拉，她們都是妳的影子！我這一生只為了找到妳，就像妳為了找到我。妳在尋找我，尋找妳自己的**羈絆**。如果妳現在讓她們使妳我分開，我想我們會死！」

我自己的羈絆。我知道嗎？她說我心底知道。她說：「妳猜到了，妳感覺到了。我覺得妳甚至比我更早就感覺到了！妳第一次看到我時，我想妳就感覺到了。」

我這時回憶起自己在明亮的牢房看到她的那一刻。她的臉迎向陽光，雙手拿著紫羅蘭花。不就如她所說，我當時凝視她一定有個目的嗎？

我手摀住嘴。「我不確定。」我說：「我不確定。」

「不確定？看看妳自己的手。那是不是妳的手，妳不確定嗎？看看妳身體任何一處。妳看到的也可能是我！妳和我，我們是一樣的。我們自同一個發光體被分成兩半。噢，我說得出**我愛妳**。這句話純粹簡單，就像妳妹妹會對丈夫說的一樣。我可以一年四次在監獄寄出的信中述說。但我的靈魂不只愛妳的靈魂，它和妳**糾結纏繞**。我們的肉體不只愛著彼此，我們的肉身同為一體，渴望結合。不結合的話便會凋零！**妳和我一樣**。妳懂得那是什麼感受，拋下生活，拋下自我，讓自我像洋裝一樣從肩膀滑落。在妳擺脫自我之前，他們拉住了妳，不是嗎？他們抓住妳，將妳拉回來，但妳不想回來……」

她說，如果沒有目的，幽靈會讓他們這麼做嗎？如果我父親知道時候到了，難道我不知道他會帶我走嗎？她說：「他把妳送回來，讓我擁有了妳。妳過去不珍惜自己的生命，但現在妳的人生屬於我了。妳還要抗拒嗎？」

我胸中心臟跳得無比大力。就在以前墜鍊的位置，像是痛楚，像是搥擊。我說：「妳說我像妳。妳說我的四肢就是妳的四肢，說我來自發光體。我覺得妳一定從來沒好好看過我——」

「我好好看過妳。」她這時默默說：「但妳覺得我看妳時，用的是**他們的**雙眼嗎？妳覺得妳脫下素灰色洋裝時，我沒看過妳嗎？還有妳放下頭髮，肌膚如牛奶般白皙，躺在黑暗中的時候……？」

她終於說：「妳覺得我會像**她**一樣……像**她**不選妳，選擇妳弟弟嗎？」

這時我明白了。我明白她從以前到現在所說的一切都是真的。我站著哭了。我站在原地，哭泣顫抖，她沒有來安慰我。她只靜靜看著，點頭說：「現在妳明白了。現在妳知道我們不光是要小心，要躡手躡腳。現在妳知道妳為何來到我身邊。為何妳的肉體會緩緩朝我靠近，以及它的目的。讓它過來吧，歐若拉。讓它來我身邊，讓它過來……」

她聲音低沉，緩慢而強烈。原本在我體內高劑量的藥，加速流過血管。我這時感受到她的吸引力。我感受到她的誘惑，她攫住我，我覺得自己越過飄滿纖維的空氣，靠近她輕吟的嘴巴。我緊抓著牢房牆面，但牆面溼滑，充滿石灰。我靠著牆，但感到牆不斷滑開。我開始覺得自己在延伸、脹大。我覺得臉從領口鼓起，雙手在手套中擴張腫脹……

我看向我的雙手。她說那是她的手，卻變得龐大又詭異。我感到雙手肌膚，感到皮膚上的皺紋和掌紋。

我感覺雙手變得堅硬和易碎。

我感覺雙手變軟，開始滴落地面。

這時我知道那雙手是誰的了。那不是她的雙手，那是**他的**手。他們晚上進到她牢房，製作一雙蠟製的手，並留下蠟痕。那是我的手，也是彼得．奎克的手！我頓時感到一陣驚悚。

我說：「**不**，不可以。不，**我不行！**」我身上的腫脹感和顫動瞬間消失，我向後退，手放到門上。是我自己戴著黑絲手套的手。她喚道：「歐若拉。」我說：「別叫我那個名字，這不是真的！這絕不是真的，從來就不是真的！」我搥門大喊：「美麗太太！美麗太太！」我轉身望著她，看到她臉頰泛紅，彷彿被打一巴掌。她站在原地，全身僵硬，震驚又無助。接著她哭了。

「我們會找到別的方法。」我告訴她。但她搖搖頭，輕聲說：「妳看不出來嗎？妳看不出來嗎？除此之外沒別的辦法了？」一滴淚在她眼角打轉，淚滴晃了晃順勢流下，並沾上纖維灰塵。

這時美麗太太來了，她朝我點點頭，要我走出牢門，我頭也不回離開。因為我知道自己若轉身見到瑟琳娜的淚水和瘀傷，再加上內心的渴望，我會情不自禁回到她身邊，那時我會迷失自我。牢門上鎖，**我邁步離去**，一步步都像經歷著可怕的折磨，彷彿嘴巴被堵住，身體被刺棍毆打，皮開肉綻。

我走到高塔的樓梯口。美麗太太只陪我到這裡，她想我應該會自己下樓。但我沒有走。我站在陰影中，將臉貼著冰冷的白牆。我動也不動，直到我聽見上方傳來腳步聲。我以為是瑞德里小姐，我轉身，擦了擦臉，怕臉上有淚水或石灰。腳步愈來愈近。

不是瑞德里小姐。是潔夫太太。

她看到我眨了眨眼。她說，她聽到樓梯間有動靜，才好奇下來……我搖搖頭。我跟她說，我剛才去看瑟琳娜．道斯，她打個寒顫，幾乎和我一樣難過。她說：「她們帶走她之後，我的牢房區完全變了。所有星級女囚都走了，我現在管理的牢房區有不少新囚犯，她們對我來說是陌生人。艾倫．鮑爾……艾倫．鮑爾也走了。」

「鮑爾走了？」我淡淡說：「我很為她高興。也許在富勒姆監獄，他們會待她比較好。」

但她聽到我說的話，表情更是難過。「不是去富勒姆監獄，小姐。」她說。她說她很遺憾我不知道，但他們五天前終於讓鮑爾進了醫務室，她死在那裡了。她孫女已來過，並帶走了屍體。潔夫太太的好心最後也白費了，他們在鮑爾洋裝下發現那一點深紅色的法蘭絨，為此責罵她。潔夫太太薪水將被扣，作為懲罰。

我聽著這段話，怔在當下，無比驚恐。「我的天啊。」我最後說：「我們怎能忍受這種事？我們該怎麼繼續忍受這種事？」我的意思是，**再忍受四年**。

她搖頭，然後手掩面，別開身子。我聽到她腳步窸窸窣窣走上樓梯，消失在寂靜之中。

我這時下樓到曼寧小姐的牢房區，進到走廊，看著女囚坐在牢房中。每個人都彎身打顫，處境悲慘，不是已經生病，便是快生病了，有人餓著肚子，有人反胃想吐，每個人的手都因為工作和天寒地凍而皸裂。到了走廊盡頭，我找到另一個看守，她帶我去第二座五角形建築的大門，接著獄卒送我穿過男子監獄。一路上，我都沒跟任何人說話。我走到通往門房小屋的碎石路尾端，發現天開始變黑，河風大作，伴隨冰雹。我壓低帽子，腳步不穩逆風向前。身後米爾班克監獄包圍著我，像墳墓一樣冰冷無情，悄然無聲，裡頭卻又關著無數淒慘的男女。他們共有的絕望壓在我身上，我過去每一次來訪都不曾像此刻感受那麼深刻。我想到鮑爾，她曾祝福過我，現在卻已過世。我想到瑟琳娜，她身上傷痕累累，失聲哭泣，說我是她的**靈魂羈絆**。她說我們一直在尋找彼此，如今我們若失去對方，我們會死去。我想到我在泰晤士河上方的房間，薇格斯在我門外的椅子。門房晃著鑰匙，他請人去替我招馬車。我心想，現在幾點了？現在可能是六點鐘，也可能是半夜。我心想，假如母親在家，我該說什麼？我身上有石灰痕，還有牢房的氣味。假如她寫信給西里多先生，或叫艾許醫生來呢？

我遲疑了。我已到門房門口。我頭頂上，倫敦骯髒的天空濃霧籠罩，我腳下，米爾班克監獄的泥土散發惡臭，沒有花朵能在上面生長。如針尖銳的細小冰雹擊打著我的臉。門房站在門口，準備帶我進門。但我仍在原地猶豫。他說：「普萊爾小姐？怎麼了，小姐？」他手抹過臉，擦掉上頭的水珠。

我說：「等一下……」我起初聲音很小，他皺起眉頭，身子彎來，沒聽到我說的話。然後我又說一次：「等一下。」我這次更大聲了，我說：「**等一下**，你**等一下**，我要回去，我要回去！」我說我有件事沒做，我一定要回去！

也許他有回應，但我沒聽到。我只轉身再次走入監獄的陰影之中。我轉身走過碎石道，幾乎用跑的。我遇到每個獄卒都說同樣的話。我一定要回去。我一定要回女子監獄！雖然他們都好奇地望著我，但他們都讓我通過了。來到女子監獄，我找到克蕾文小姐，她剛巡完牢房，來到大門。她認識我，於是便讓我進門，我說我不需要人帶，只是有件小事忘了，她點了點頭，我進去後她便沒再看我一眼。後來在一樓牢房區，我用同樣的說法，爬上高塔的樓梯。我聽著美麗太太的腳步，她走到牢房區的另一端時，我跑到瑟琳娜的牢房，臉貼到視察窗上，推開窗門望著她。她垂頭坐在那盤椰殼纖維旁，用流血的手指無力地挑著線。她雙眼仍帶著淚水，紅著眼眶，肩膀發抖。我沒有喚她，但我看她時，她抬起頭，嚇了一跳。我悄聲說：「快來，快來門邊！」她奔過來，彎身靠到牆上，她臉貼近我，呼吸吹拂我的臉。

我說：「我答應妳。我會跟妳一起走。我愛妳，我不能放棄妳。告訴我我該怎麼做，我會照妳說的做！」

然後我看到她的眼睛，她眼珠烏黑，我的臉映在她眼中，皎白如珍珠。這時像是爸爸和鏡子。我的靈魂離開了我。我感覺靈魂從我體內飛出，落入她身體之中。

一八七三年五月三十日

昨晚我做了一個噩夢。我夢到我醒來，四肢僵硬，無法動彈，我雙眼彷彿被黏膠封死，無法睜開。我嘴上也有黏膠，雙唇也打不開。我想叫露絲和布林克太太，但因為黏膠，我辦不到。我聽到我發出的聲音，像呻吟一般。我開始害怕自己會不會如此窒息或餓死，想到這點，我開始哭泣。我的淚水沖去了眼睛上的黏膠，讓我終於能開一條縫看出去，我心想：「現在我睜開眼，至少能看到自己的房間。」但我內心所想的房間不是錫登漢姆的房間，而是我在文西先生旅館的房間。

但我睜眼去看時，我只看到四周一片漆黑，我發現自己在自己的棺材裡，他們以為我死了，便把我放到棺材裡。我在棺材中躺著哭泣，後來眼淚溶去了我嘴上的黏膠，我大叫出聲，心想：「如果我叫得夠大聲，有人一定會聽到並放我出去。」但沒有人來，我抬起頭，撞著上方棺材板，從聲音聽來，我知道上方有泥土，我已經埋在墳墓裡了。我這時明白不管我叫多大聲，都沒人會聽到我。

我躺著動也不動，心想我該怎麼辦，這時我身旁傳來低語，聲音就在我耳旁，令我發抖。那聲音說：「妳覺得妳一個人嗎？妳不知道我在這裡嗎？」我轉頭去看開口的人，但四周一片漆黑，我看不到對方。我只覺得有個嘴巴貼近在我耳旁。我不知道那是露絲、布林克太太、姑姑或其他人。我只知道，從聲音聽起來，那張嘴在笑。

第四部

一八七四年十二月二十一日

現在每天瑟琳娜都會送來禮物，有時是鮮花，有時是氣味，有時只是我房間一點小變動。我回到房間，會發現裝飾品曾被拿起，並放歪了，或衣櫥的門沒關好，我的洋裝的天鵝絨或絲布上留有手摸過的痕跡，軟墊凹了一塊，像有人躺過。我在房中看著時，從未出現過。我希望自己能親眼看到。這不會嚇到我。但如果現在痕跡突然不再出現，我會嚇死。因為出現時，我知道這是為了讓兩人之間的空間變得更緊密。那是一條暗物質所形成的繩索，從米爾班克監獄延伸到夏納步道，隔空顫抖著，她將透過這條繩索將自己傳送到我身邊。

夜晚我服下鴉片酊睡覺時，繩索會變得更緊實。我為何從沒想過？我現在都欣然服藥。白天一定也可以製造繩索，所以有時母親出門，我會去她抽屜多偷一點藥。

當然，我到義大利便再也不需要我的藥了。

母親現在對我很有耐心。「瑪格莉特已經三週沒去米爾班克監獄了。」她對海倫和瓦里斯夫婦說：「看她氣色變多好！」她說爸爸過世之後，她不曾見我狀態這麼好過。她不知道我趁她出門，暗中去監獄的事。她不知道我探監穿的灰色洋裝放在衣櫥裡。薇格斯是個好女孩，她從來沒告密，我現在不請艾莉斯替我更衣，都請薇格斯。她不知道我許下的承諾，也不知道我已狠下心，打算一鼓作氣拋下她，讓她蒙羞。

有時我想到身體會稍微顫抖。

但是，我一**定**要思考。暗黑的繩索會自行成形，但如果我們真的要走，如果她真的要**逃獄**……噢！這詞聽起來多奇妙啊！彷彿我們是廉價小報所寫的一對鴛鴦大盜。總之，如果她要來到我身邊，一定要盡快，一定要有所計畫。我一定要準備好，一路上可能很危險。我會拋下一個生活，獲得另一個生活，彷彿死亡並重獲新生。

我以前一度覺得死亡很容易。但其實很難。而這件事……這當然更難吧？

我今天趁母親出門去找她。她們仍將她關在美麗太太的牢房，她處境仍悲慘，手指不斷流血，但她沒有哭。她像我一樣。她說：「現在我知道自己受苦的原因，我便能承受任何苦痛。」她意志強悍，但全藏在心裡，像是燈罩中的火焰。我擔心看守會發現，並有所猜疑。看守今天看著我，我心裡覺得好害怕。我走過監獄時顯得畏畏縮縮，彷彿我第一次踏進這裡。我再次感到監獄的規模和壓迫感。我看到高牆、門閂、鐵柵和門鎖，看到看守穿著羊毛和皮革制服，時時警戒，聞到嗆鼻的氣味，聽到嘈雜的人聲，感覺這裡簡直是銅牆鐵壁。我邊走邊想，我們太傻了，居然覺得她能從這裡逃獄！等到後來我感到她堅定的意志，我才再次充滿信心。

我們聊了我必須準備的事。她說我們需要錢，我必須盡我所能籌錢。我們需要衣服、鞋子和行李箱。她說我們不能等到法國再買，因為那樣在火車上會顯得可疑，我們一定要像小姐和旅伴，擁有正常該有的行李。我沒像她想得那麼周全。有時在我自己房間考慮這些事感覺有點傻。但當她明亮堅定的雙眼望著我，並說出她的計畫和囑咐，感覺一點都不傻。

「我們需要火車票和船票。」她低聲說：「我們需要護照文件。」我說這我可以辦，因為我記得亞瑟有提到過。我之前聽妹妹講過好幾遍蜜月旅行的事，去義大利要準備的一切，我全都心裡有數。

接著她說：「我來找妳時，妳一定要準備好。」因為她還沒解釋是怎麼回事，我身體不由自主發抖。我說：「我很害怕！會是很奇怪的事嗎？我要坐在黑暗之中念咒嗎？」

她露出微笑。「妳以為是那樣嗎？那是透過愛和渴望達成的。妳只需要想著我，我就會出現。」

她說我一定要照她的吩咐做。

今天晚上，母親請我念書給她聽，我拿了《歐若拉．莉伊》。我一個月前絕不會這麼做。她看到那本書說：「念朗尼回來那段，真是可憐的人，受傷又瞎了眼。」但我不肯。我想我永遠不會再念那一段了。我念第七章給她聽，那是歐若拉對瑪莉安．厄歐的獨白。我念了一個小時，我念完之後，母親微笑說：「妳今晚聲音真甜美，瑪格莉特！」

我今天沒牽瑟琳娜的手。她現在不肯讓我牽手，以免看守經過看到。但我們聊天時，我坐著，她站得離我很近，我的腳靠著她。我堅硬的鞋子靠著她更堅硬的監獄靴。我們亞麻羊毛和絲質裙襬稍稍離地。就一點點而已，剛好讓鞋子相親。

一八七四年十二月二十三日

我們今天收到普麗希拉和亞瑟寄來的包裹，信裡他們確定在一月六日回國，並邀請我們所有人，包括母親、我、史蒂芬、海倫和小喬治，和他們到馬里什莊園一同度假到春天。這幾個月以來，大家經常聊到這件事。但我不知道母親打算這麼早去。她說我們新年的第二週，也就是一月九日出發。換言之，距離現在不到三週。聽到這消息，我內心無比驚慌。我問她，他們才剛回國，真的希望我們那麼快去找他們嗎？我說普麗希拉現在搖身一變成為莊園的女主人。我們不該讓她習慣她的新工作嗎？她說那時去正是時候，新婚妻子會需要母親的建議。她說：「我們不能一廂情願覺得亞瑟姊妹都會幫忙。」

然後她說，她希望**我**會比結婚那天對普麗希拉好一點。

她覺得她知道我所有弱點。當然，她不知道我最大的弱點。其實，我已經一個多月沒在想普麗希拉和她平凡的勝利。我已經將這些拋到腦後。我已是完全不同的自己，並遠離過去生活中的人事物，包括母親、史蒂芬、小喬治……

就算是海倫，我現在也感到疏遠。她昨晚有來。她說：「妳母親告訴我的是真的嗎？妳現在心情平靜了，身體也變更強壯了？」她說她覺得我只是變安靜了。我只是不想惹麻煩。

我望著她善良端正的臉，心想，我該告訴妳嗎？妳會怎麼想？一時間，我以為自己**會**告訴她，那樣最容易，也最單純。畢竟要說誰能了解，非**她**莫屬。我只需要說：「我戀愛了，海倫！我戀愛了！有個女孩她好特別，好不可思議，好奇怪，而且……海倫，她是我的全部！」

我想像自己說出口。腦中畫面好鮮明，句句感情豐沛，震撼我的內心，教我熱淚盈眶。我都以為自己**已經**說出口了。但我沒說。海倫仍望著我，臉上帶著焦慮和善意，等我開口。於是我轉開頭，朝我桌上克里韋利的畫作點頭，手伸過去。我想測試她，我說：「妳覺得這美嗎？」

她眨了眨眼。她說她覺得有它美的地方。接著她彎身仔細看。她說：「可是我看不清楚畫裡女孩的模樣。可憐的女孩，她的臉好像都從紙上磨糊了。」

這時我知道我絕不要跟她說瑟琳娜的事。如果我說了，她不會懂。如果我現在把瑟琳娜帶到她面前，她也看不到她，就像她無法看到〈真相女神〉明確黑色的線條。那對她來說太細微了。

我也漸漸變得更難以捉摸，虛無飄渺。我在**進化**。他們沒人注意。他們看著我，看我臉紅微笑。母親說我腰都胖了！他們不知道我和他們坐在一起時，我全透過意志力，讓自己留在原地。這讓人筋疲力盡。我像現在一樣獨處時，事情截然不同，我會看著自己的肉體，看到肌膚下蒼白的骨頭。骨頭每天都變得更白。

我的肌膚從我身上消失。我成為自己的鬼！

我想，等我展開新生活，我的鬼還會在這個房間徘徊。

但是，我暫時必須維持以前的自己。今天下午在花園宮，母親和海倫逗得小喬治笑得合不攏嘴，我走向史蒂芬，說我有事想問他。我說：「我希望你跟我解釋母親的錢和我的錢的事。錢的事情我一無所知。」正如他之前所回答，他說因為他是我的受託人，所以這件事我其實**不需**知道。但這次我追問他。我說他一直很好心，爸爸過世後，他一肩扛起我們所有金錢上的事務，但我也想知道一點點。我說：「我覺得母親擔心我們家是否能保全，並擔心她如果過世，我是否有錢。」我說如果我能知道這些事，我可以跟她討論。

他猶豫一會，然後手放到我手腕上。他靜靜說，他猜**我**可能也有點焦慮。他說他希望我知道，不論母親發生什麼事，海倫和他的家中永遠都會有我的位置。

海倫曾說，**他是我所認識最好的男人**。現在他的好心令人感覺恐怖。我突然想到，如果照我計畫執行，會如何傷害到身為律師的他？因為我們逃走之後，他們理所當然會覺得不是幽靈，而是我幫瑟琳娜逃獄。他們可能會發現票券和護照……

然後我想起律師曾傷害**她**。我向他道謝，不發一語。他繼續說：「至於保全母親房子的事，妳不需要擔心！」他說爸爸考慮得很周全。他真希望自己處理的父親案件有一半像我們家安排得這麼好。他說母親相當富有，不會改變。他說：「妳也很富有，瑪格莉特，妳自己本身也是。」

當然，這我心底知道，但這對我來說一直是空話，畢竟我的財富無用武之地。我望向母親。她把玩手中精巧的黑色懸絲人偶，讓它跳起舞，逗著小喬治玩，人偶的瓷腳在桌上喀答作響。我靠近史蒂芬。我說我想知道我有**多**有錢。我想知道我究竟擁有多少財富，以及要如何才能運用。

「我只是想知道背後道理。」我馬上加一句，他大笑。他說他知道。他說我從小到大都想搞懂所有事的道理。

但金額多高，他現在沒辦法估算，因為大部分文件都在這裡，在爸的書房。我們約好，明天晚上要一起花一個小時搞清楚。他說：「聖誕節前夕，妳可以嗎？」我完全忘了聖誕節**已經**到了，他聽了又笑了。

母親這時出聲叫我們過去，看小喬治被人偶逗得咯咯笑。她看到我眉頭深鎖便說：「史蒂芬，你剛才在跟你姊姊說什麼？你不要害她這麼認真！你知道再過一、兩個月，一切就會改變嗎？」

她說新的一年她腦中有許多計畫，會將我日子填得滿滿的。

一八七四年十二月二十四日

好，我和史蒂芬剛聊完。他在紙上替我估計，我看到時全身顫抖。「妳很驚訝吧。」他說。但不是如此。我顫抖是因為我感到無比訝異，爸爸居然如此費心，保全了我的財產。他在病榻上，彷彿看透我此時所有計畫，並打算幫助我。瑟琳娜說她看到爸爸現在也看著我，臉上露出微笑。但我不知道。他看到我的悸動和異常的渴望……我孤注一擲的計畫及背叛……結果只露出**微笑**？她說他是透過幽靈的眼看著我，世界因此截然不同。

我坐在爸爸的書房裡，史蒂芬說：「妳很驚訝吧。妳沒想到自己有這麼多錢。」當然我大半財富都是概念上的，像是地產和股票。但加上爸爸特別留給我個人的錢，我會有一筆個人所得。史蒂芬說：「當然，除非妳結婚。」

我們相視而笑。不過我想我們暗自笑著不同的事情。我問他，不論我住哪裡，都能提領所得嗎？他說並未限制在夏納步道領用。但那不是我的意思，我說，我的意思是如果我在國外呢？他盯著我。我說他別訝異。我開始在想，如果母親同意，我也許能「找個伴」一起出國旅行。

也許他以為我在米爾班克監獄或大英博物館交到真誠的單身朋友。他說他覺得這計畫很棒。至於所得的話……他說那筆錢是我的，我要怎麼花，在哪裡領都可以。沒人能干涉。

我問他，如果我犯下大錯，惹母親生氣……我說到這全身又發抖。這筆錢一樣不能干涉嗎？

他再次強調，那筆錢是我個人財產，不是她的。只要他是受託人，完全不會受到影響。

「那我如果惹**你**生氣呢，史蒂芬？」

他凝視著我。海倫從某個房間喚著小喬治的名字。我們讓他們兩人陪著母親。我告訴她們，我們要討論關於爸爸房地產的事，都是文書上的事務。母親咕噥一陣，但海倫笑了。現在史蒂芬摸著面前的文件，他說以我的所得來說，他和爸爸立場一樣。他說：「只要妳腦袋清楚就好，除非妳受到莫名影響，誤入歧途……除非有人說服妳把所得拿去執行某個會傷害自己的計畫！除此之外，我保證我絕對不會干涉妳的所得。」

這就是他說的話。他說完大笑一聲。我一時間懷疑，他所有好心是否都是裝的，他是不是其實已猜到我的祕密，並故意撂下狠話。我不確定。接下來我問他，如果我現在在倫敦需要錢，比母親給我更多的錢，我要怎麼拿到？

他說我只需要帶著有他簽字的匯票，去銀行出具提領就行了。他邊說邊從他手邊文件拿出一張匯票，打開筆蓋，簽下自己的名字。我只要把名字寫在他名字旁邊，填上其他資訊就可以了。

我看著他的簽名，心想不知道那是不是真的。我想是真的。他看著我。他說：「妳知道，妳隨時都能跟我要這張匯票。」

我將紙拿在面前。上面有個空白處，我可以在那寫下數字，史蒂芬收拾其他文件時，我盯著空白處，盯到那空格彷彿愈變愈大，大到像我的手一樣。也許他發現我眼神格外奇怪，他最後手指著那裡，壓低聲音說：「當然不消說，妳拿這個一定要小心。例如，這不能讓女僕看到。」他微笑。「妳不會把這帶到米爾班克監獄，對吧？」

我怕他會伸手把那匯票拿回去。我摺起來，塞到我洋裝腰帶。我們起身。我說：「你知道我已經不去米爾班克監獄了。」現在我們走進走廊，關上爸爸書房的門。我說我因此身心康復了。

他說，這個自然，他都忘了。海倫跟他說了無數次，我變得多健康……他再次打量我，我微笑打算離開時，他抓住我手臂，語氣急促開口：「妳不要覺得我多事，瑪格莉特。當然母親和艾許醫生最懂得如何照顧妳。但海倫告訴我，他們現在讓妳服用鴉片酊，我不禁想，吃完鎮靜劑……我不確定這樣前後使用藥物，會不會造成別的作用。」我看著他。他臉紅了，我也感覺自己雙頰發紅。他說：「妳沒有其他症狀吧？沒有……清醒夢、恐懼或幻覺？」

這時我想到了，他不想要錢。他想要藥！他打算阻止瑟琳娜來找我！他打算自己拿走藥，**讓她去找他！**

他冒出青筋、長滿黑毛的手仍放在我手臂上。但樓梯此時傳來腳步聲，接著出現一個女僕的身影。是薇格斯，她提著一桶木炭。史蒂芬看到她，便放開手，我轉身背對他。我說我身體非常健康，他可以去問任何認識我的人。「你也可以問薇格斯。薇格斯，妳可以跟普萊爾先生說我有多健康嗎？」

薇格斯朝我眨眨眼，然後把桶子藏到一旁。她雙頰發紅。現在我們三個人全都臉紅了！她說：「我覺得妳很健康，小姐。」她朝史蒂芬望一眼，我也看向他。他變得有點難為情。他只說：「好吧，我很高興。」畢竟他知道他得不到她。他朝我點點頭，然後上樓走向客廳。我聽到門打開，然後關上。

我在原地等著關門聲，聽到之後，我悄悄爬上樓，進到這裡。我坐下拿出那張匯票，再次盯著要填入金額的白色空白處，看到那裡彷彿不斷擴大。最後那格子好像結了霜的窗框，我看著看著，霜彷彿開始融化，愈變愈薄。這時我覺得自己依稀能看穿那層冰，看到我未來明確的線條和漸漸變深的色彩。

底下的房間傳來聲響，我聽到時打開抽屜，拿出這本書，翻到後面，想將匯票夾到裡面。但書似乎有點鼓起。我把書放斜，有個東西滑出來。一個細長黑色的東西落到我裙子上。我伸手去摸，感覺散發著溫暖。

我從未見過這東西，但我馬上知道。這是天鵝絨項圈，上面有個銅鎖。這是瑟琳娜以前戴的項圈，她送來給我。我想，這是我和史蒂芬機智應答的獎賞！

我站在鏡子前，把項圈戴到脖子上。戴得上去，但有點緊。我心臟搏動，感到勒住脖子的力量，彷彿上頭繫著繩子，她握著另一端，有時會拉一拉，提醒我她在左近。

一八七五年一月六日

我上次去米爾班克監獄已是五天前的事。但不去那裡出乎意料容易，因為現在我知道瑟琳娜會來看我。而且我知道她不久便會出現，永遠不再離開！我欣然待在家裡，和客人聊天，甚至單獨和母親聊天。母親也比平常更常待在家裡。她花時間準備去馬里什莊園的洋裝，要女僕去閣樓拿行李箱和箱子，還有去拿布，準備在我們離開時鋪在家具和地毯上。

我們離開時，我剛才寫下了這句。至少，這是個好機會。我已設法將計就計。

一星期前的晚上，我們坐在一起。她拿著紙筆寫著一張清單。我大腿上放本書，手中拿著拆信刀。我手中雖然切著書頁，但雙眼卻盯著火爐瞧。我想我可能動也不動坐了一會。母親抬頭嘖了一聲，我才回神。她說，我怎麼能光坐在那裡，無所事事，莫名冷靜？我們再十天就要去馬里什莊園，我們要去之前，有上百件事要做。我有跟艾莉斯交代過我洋裝的事了嗎？

我目光仍停在火焰上，拆信刀依舊緩慢溫柔地劃開紙頁。我說：「這就是進步啊，母親。一個月前，妳罵我老是坐立不安。但現在妳又怪我過於冷靜，這樣很過分。」

我通常這語氣只會寫在這裡，不曾對她說過。她聽到便把清單放到一旁說，冷靜她倒是沒感覺，她要罵的是我沒分寸！

現在我望向她了。我不覺得冷靜了。我覺得……也許是瑟琳娜替我開口的關係！我覺得我全身散發著不是我的光彩，對，完全不屬於我的光彩。「我不是女僕，任妳罵，又任妳打發。妳自己說過，我不是那種女孩子。但妳還是這樣待我。」

「夠了！」她馬上說：「我不會容許我家出現這種話，而且還是我女兒。我也不准這種話出現在馬里什莊園——」

對，我說。對，她在馬里什莊園不會聽到這種話。因為我不會在馬里什莊園……總之，至少頭一個月左右。我跟她說，她與史蒂芬和海倫去莊園時，我決定獨自待在這裡。

獨自待在這裡？這什麼鬼話？我說這不是鬼話。我說恰恰相反，這非常合情合理。

「妳又故態復萌了！瑪格莉特，我們吵過數十次了……」

「那我們現在更不應該再吵。」其實，也沒什麼好說。我很高興能獨處一、兩個星期。而且我相信如果我待在切爾西，馬里什莊園每個人都會更開心！

她沒答腔。我將拆信刀伸向書紙，加快速度割紙頁，她聽到紙被劃開，眼睛眨了眨。她說，要是她拋下我，留我一人在這裡，我們的朋友會怎麼看她？我說隨他們去想，她可以找個理由跟他們解釋。她可以跟他們說，我在整理爸爸的書信，準備出版。確實，如果房裡安靜了，我便能心無旁騖著手整理。

她搖搖頭。「妳大病初癒。」她說：「假設妳再次發病，身邊沒人能照顧妳呢？」

我說我不會再生病，我也不完全是一個人，因為廚師會在。廚師也許晚上會帶孩子睡在樓下，就像爸爸過世那幾週。而且薇格斯也會在。她可以留下薇格斯，帶艾莉斯跟她去沃里克郡……

我一口氣說完。我之前從未想過，但我滔滔不絕，彷彿手每次將刀一揮，書中文字便順勢飛出。我看到母親在考慮，不過她仍皺著眉頭。她又說：「如果妳生病——」

「我為什麼會生病？看我現在多健康！」

她看向我。她望著我的眼睛，我想鴉片酊讓我眼神明亮。她再看我臉頰，可能是火爐，也或許是我割頁的動作，讓我雙頰紅潤。接著她看我的洋裝，我身上穿的是一件舊的紫紅色洋裝，我請薇格斯從衣櫃拿出來，並重新剪裁合身。因為我灰色和黑色的洋裝領口都不夠高，遮不住天鵝絨項圈。

我想，光是洋裝就說服她了。接著我說：「拜託妳去吧，母親。我們不需要一直形影不離，對不對？至少史蒂芬和海倫有個沒有**我**的假期，他們會開心一點？」

這是很聰明的一句話。但我其實沒有別的意思，完全沒有。在此之前，對於我和海倫的感情，我不曾認為母親有過任何意見。我以為她不曾察覺，我和海倫相處時，眼神和語氣有所曖昧，也不曾發覺海倫親吻史蒂芬時，我會別開頭。但如今我輕描淡寫說出這句話時，我看到她臉上的表情。她不是鬆口氣，也不是滿足，但八九不離十。我這才恍然大悟，她其實一直都有留心。我終於發現她這兩年半以來時時注意著我們。

我不禁心想，如果我將愛藏得更深，或從沒愛過海倫，我們母女的關係是否會有所不同。

她在椅子上換了個姿勢，順了順大腿上的裙子。她說，她覺得這樣不太對，但她覺得，如果薇格斯留下來，我三、四週之後跟她一起去……

她說她同意之前，必須去跟海倫和史蒂芬討論。我們新年前夕去拜訪他們。我發現自己現在幾乎不看海倫了，史蒂芬半夜親吻她時，我只露出微笑。母親告訴他們我的計畫，他們看著我說，我已經花這麼多時間獨處，讓我單獨留在自己家中會有什麼問題？瓦里斯太太當天也和我們用餐，她說待在夏納步道絕對是明智的選擇，坐火車搞不好會生病！

我們那天晚上兩點回家。房子鎖上門之後，我斗篷仍穿在身上，並站在窗前良久，我將窗子拉開一點，感受新年的細雨。三點鐘，河上仍傳來船鈴和人聲，一群男孩跑過夏納步道。但有一刻，我看著看著，吵鬧和喧囂都靜止了，凌晨顯得無比平靜。細雨綿綿，連落入泰晤士河都了無痕跡，河面光滑如鏡，橋上的燈火照在水梯上，彷彿一條條紅黃蠕動的小蛇。人行道映著藍光，像瓷盤一樣。

我不曾想到黑夜能如此五彩繽紛。

隔天母親出門，我去米爾班克監獄找瑟琳娜。他們將她關回正常的牢房，所以她再次吃到監獄的餐點，工作也從粗糙的椰殼纖維變成挑羊毛線。她的看守潔夫太太依舊很照顧她。我走向她牢房，想起以前我好珍惜這一切，我會先拜訪其他女囚，刻意別開目光，等到最後拜訪她時，再好好看她。如今，我怎麼能不看她？其他女囚怎麼想對我來說有何意義？我停在一、兩人牢門前祝她們「新年快樂」，並握握她們的手。但牢房在我眼中似乎改變了，我沿著走廊望去，只看到許多臉色蒼白的女人，穿著土色洋裝。我過去拜訪的兩、三個女囚都移到富勒姆監獄。當然，艾倫・鮑爾已過世，現在住在她牢房的女囚不認識我。瑪麗・安・庫克和鑄幣師艾涅絲・納許似乎很高興我來。但我主要來找的是瑟琳娜。

她小聲問我：「妳替我們做了什麼？」我告訴她史蒂芬說的事。她覺得所得的事我們無法確定，她說我最好去一趟銀行，盡我所能提出一大筆錢，小心保管，並靜候我們離開的時機。我跟她說母親要去馬里什莊園的事，她露出微笑。她說：「妳好聰明，歐若拉。」我說全是她的功勞，是聰明的她透過我做這些事，我是她的媒介。

「妳就是我的靈媒。」她說。

她靠近我，我看到她望著我的洋裝和脖子。她說：「妳有感覺到我靠近妳？妳有感覺到我在妳四周嗎？我的靈魂晚上會去找妳。」

我回答：「我知道。」

然後她說：「妳有戴著我的項圈嗎？讓我看。」

我將脖子上的衣領拉下，給她看底下散發溫暖、緊扣脖子的天鵝絨項圈。她點點頭，項圈變得更緊。

「非常好。」她低聲說。她的聲音像手指一樣輕撫著我。「這將在黑暗中將我拉向妳。不行——」我朝她走了一步。「不行。如果她們現在看到我們，可能會讓我離妳更遠。妳一定要等一下。不久妳就會擁有我。那時……妳就可以靠近我，要多親密都可以。」

我望著她，思緒轉了個彎。我說：「**何時**，瑟琳娜？」

她說我必須決定。那天晚上我一定要確定獨自一人。那天晚上，必須是我母親離開的時候，而且我要準備好我們需要的東西。我說：「母親一月九日出發。我想可以是在那之後任何一天晚上……」

然後我靈光一現，不禁露出微笑。我想我一定笑出聲來，因為我記得她這時說：「噓，潔夫太太會聽到！」

我說：「對不起。只是……妳不覺得傻的話，我們可以選擇某天晚上。」她一臉疑惑。我差點又笑了。我說：「一月二十日，瑟琳娜。聖艾格尼絲節前夕！」

但她仍是一臉空白。然後她過一會說，那是我生日嗎……？

我搖搖頭說，〈聖艾格尼絲節前夕〉[22]！〈聖艾格尼絲節前夕〉啊！我說：「**兩人像幽靈無聲溜入大廳……**」

兩人像幽靈溜到鐵門前，
閽卒歪七扭八倒在地上，
門閂一一順利滑開，
鐵鍊擱在磨損的石地上，
鑰匙轉動！門上的鉸鏈呻吟……

我背誦出詩句，但她只站在原地，茫然望著我，一無所知。一無所知！最後我沉默了。我胸口冒出一股感覺，有點沮喪，有點害怕，也有著純粹的愛。接著我心想，她怎麼會知道？誰會教她這些事呢？

我心想，**未來就有人教她了**。

22　英國浪漫派詩人濟慈（John Keats, 1795-1821）所寫的浪漫敘事詩，述說波飛羅（Porphyro）夜闖夙敵城堡，尋找愛人梅德琳（Madeline）。兩人表達愛意之後，趁夜從城堡逃出，遠走他鄉。

一八七三年六月十四日

闇圈結束後，卓維小姐留下了。她是伊舍吾小姐的朋友，伊舍吾小姐上個月來私下見彼得。她說伊舍吾小姐多虧了幽靈的幫助，感覺脫胎換骨。她說：「道斯小姐，妳可以看彼得能不能也幫幫我嗎？我覺得我心緒紊亂，常感到詭異的抽搐。我想我一定也像伊舍吾小姐需要開發。」她待了一個半小時，她的治療方式和朋友一樣，不過時間較長。彼得說她一定要回來。一鎊。

一八七三年六月二十一日

開發，卓維小姐一小時。兩鎊。

初次招魂，提妮太太和諾可斯小姐。諾可斯小姐關節痛。一鎊。

一八七三年六月二十五日

開發。諾可斯小姐，彼得握著她的頭，我跪地朝她呼氣。兩小時。三鎊。

一八七三年七月三日

莫提默小姐，脊椎不適。太緊張。
威爾森小姐，疼痛。彼得看不上眼。

一八七五年一月十五日

一週前，他們全都去了沃里克郡。我站在門口，目睹他們將行李搬上馬車，馬車緩緩開走，他們在窗戶揮著手與我道別，送走他們之後，我上樓進到房中，不禁淚流滿面。我剛才讓母親親吻我。我把海倫拉到一旁，對她說：「上帝保佑妳！」我想不到能說什麼。但我說出口之後，她馬上大笑。她說聽我這麼說好奇怪，並說：「我們一個月後見。妳中間寫信給我，好嗎？」我們從未分隔兩地這麼久。我說我會寫信，但現在一星期過去了，我一封信都沒寫。我不久會寫信給她，但再晚一點。

屋子裡不曾那麼安靜。廚師要姪子住到樓下，但今天他們已經睡了。薇格斯替我拿水和炭來之後，他們便沒事了。家門在晚上九點半上鎖。

但這裡多安靜啊！如果我的筆能悄悄說話，我現在便會讓它開口。**我拿到我們的錢了**。我身上有**一千三百鎊**[23]。我昨天去銀行提領出來。那是我自己的錢，但我覺得自己像賊一樣。我把史蒂芬的匯票給他們，我覺得他們有點奇怪。行員離開櫃台一會，和一個職位更高的行員說話，然後回來問我，我會不會想以支票的方式提領？我說，不，不要支票。我過程一直發抖，心想他們一定看穿我的計畫，並會去找史蒂芬。但說到底，他們又能怎麼辦？我是個小姐，錢也是我的。他們將錢裝在紙袋中給我。行員向我鞠躬。

我這時告訴他，這筆錢要做慈善，捐給感化院的可憐女子，讓她們出國。他神情難看，並說他相信這筆錢會交到最需要的人手中。

我離開銀行之後，乘坐漢生馬車[24]到倫敦滑鐵盧，買了轉乘渡輪的火車票。然後我前去位於維多利亞一帶的旅遊局，辦理我和旅伴的護照。我跟他們說，她叫作**瑪莉安．厄歐**，代辦人員寫下她的名字，毫不起疑！只向我問清楚名字的拼法。從那之後，我便一直在想我要出入多少間辦公室，我要說多少謊。我很好奇自己要騙多少紳士才會被抓到。

但今早我站在窗前，警察沿夏納步道巡邏朝我點頭時，我心臟跳得好大力。我現在一人在家，母親便囑咐他多加注意家中安全。我今天跟瑟琳娜聊到他，她露出微笑。「妳會怕？」她說：「妳不用怕！他們發現我不見了，怎麼會聯想到妳？」她說要過好久好久，他們才會**恍然大悟**。

23 相當於今日的台幣五百萬。

24 漢生馬車（hansom cab），雙輪雙座的單馬輕便馬車，在維多利亞時代是最常見的馬車之一。

一八七五年一月十六日

瓦里斯太太今天來家裡。我跟她說，我忙著整理爸爸的書信，並希望能專心。如果她再來，我會請薇格斯跟她說我出門了。當然，如果她五天之後再來，我就不在了。噢，我多希望那天趕快到來！我現在無所事事，只盼著那一天。我將一切都拋在腦後，時鐘指針每一次劃過鐘面，我的心便離這地方愈來愈遠。母親離開前有留給我一點鴉片酊。但我已吃完了，並買了新藥。畢竟走進藥局買一劑藥有什麼難的！我現在自由自在。如果我想的話，我可以整晚不睡覺，白天再補眠。我記得小時候玩過一個遊戲。**長大之後有自己的房子妳會做什麼？我會在屋頂蓋個炮塔，發射炮彈！我會只吃甘草！我會讓狗穿男管家的外套！我會讓老鼠睡在我枕頭……**現在是我這一生最自由的一刻，我卻只照平常過日子。我的生活原本很空洞，但瑟琳娜賦予了我意義，我會為她活著。我等待著她。但我想**等待**這個詞不足以形容。每分每秒，我都感同身受。我感覺皮膚震動，像是海面受月亮吸引。如果我拿起書，書裡的字句都彷彿前所未見。書裡字字句句都充滿給我的訊息。一小時之前，我讀到這段：

> 血液在我體內聆聽，
> 黑影層層聚集，迅速且濃密，
> 籠罩我流下淚水的雙眼……[25]

每位詩人為愛人所寫的詩彷彿都偷偷為我和瑟琳娜所寫。我寫下這段文字時，**我的**血液、肌肉和每一個細胞都在聆聽她的聲音。我入眠是為了夢到她。我眼前出現陰影，我都會視作**她的**影子。我的房間毫無動靜，但不曾安靜。我聽到她的心跳跨越黑夜，和我同步。我的房間一片漆黑，但現在黑暗對我來說有了新的意義。我知道黑暗的深度和質感，像天鵝絨，像毛氈，粗糙得像椰殼纖維或監獄的羊毛布。

屋子因我變得停滯在這一刻。就像下了咒似的！僕人像時鐘上的小人四處忙碌。她們生火讓空房保持溫暖，晚上拉起窗簾，隔天早上打開。即使沒人會望向窗外，窗簾仍天天拉開。廚師會替我端來放滿托盤的食物。我已告訴她，她不需要送完整的套餐過來，只要送碗湯、魚或雞肉就好。但她無法擺脫過去的習慣。托盤端來之後，我都會滿心罪惡地送回去，並像小孩一樣，把肉藏到蕪菁和馬鈴薯下。我沒胃口。我想她姪子吃了。我想他們在廚房都吃得很好。我好想下樓跟他們說：**吃啊！把菜全吃完！**他們現在吃什麼對我來說有差嗎？

就連薇格斯也維持過去的作息六點起床。彷彿她血管格外敏感，也感覺得到米爾班克監獄的鐘聲。但我告訴過她，她不用配合我，可以睡到七點再起床。她有一、兩次來到我房中，眼神古怪地望著我。昨晚看到我托盤食物都沒動，她說：「小姐，妳一定要吃！如果普萊爾太太發現妳都不吃飯，一定會念我。」

但我聽了大笑時，她也露出笑容。她笑容不美，但雙眼還算迷人。她不會煩我。我發現她會趁我別開目光時，好奇地望著天鵝絨項圈的扣鎖。但她只有一次大膽問我，那是為了悼念父親嗎？

有時，我覺得我的感情一定感染了她。有時我的夢好鮮明，我相信她夢裡一定也看到一點形狀和顏色。

有時我覺得自己能向她開誠布公，而她聽了只會神情嚴肅地點點頭。我想如果我開口，她甚至會和我們一起走……

但想到這裡，我想我會嫉妒有人用手碰觸瑟琳娜，即使是侍女也一樣。我今天到了牛津街一間巨大商店，穿梭在數排洋裝之間，替她購買大衣、帽子、鞋子和內衣。我從沒想過在尋常的世界替她妝點會是什麼樣子。我自己選衣服時，從沒像普麗希拉和母親一樣仔細研究染料、剪裁和材質。但我替瑟琳娜買洋裝時，我心情雀躍不已。當然，我不知道她的尺寸，但後來發現我知道。我知道她的身高，因為她曾將臉頰靠在我下巴。我想

25　摘錄自英國浪漫派詩人雪萊（Percy Bysshe Shelley, 1792-1822）的〈致歌唱的康斯坦蒂亞〉（*To Constantia, Singing*）。

起我們擁抱時她多纖細。我一開始替她挑了件酒紅色適合旅行的洋裝，我原本想暫時夠了，等我們到法國再替她買別的。但我拿著洋裝時，又看到另一件珍珠灰色的喀什米爾洋裝，下襬用的是厚實的綠絲綢。我覺得那綠色能搭配她的雙眼。喀什米爾又夠保暖，能度過義大利的冬天。

兩件洋裝我都買了。後來又買了另一件白色洋裝，用天鵝絨裝飾，腰部剪裁特別細。這件洋裝散發少女氣息，正是米爾班克監獄中缺少的。

接著，穿洋裝一定要有襯裙。所以我替她買了襯裙、馬甲、內衣及黑色的褲襪。要是少了適合的鞋子，褲襪就白買了。於是我也替她買了鞋子，包括一雙黑色的鞋子和淺黃色的靴子，還買了一雙白色天鵝絨便鞋，搭配那件少女洋裝。我替她買了帽子，包括好幾頂有面紗的寬帽，在頭髮變長前，掩飾她可憐的短髮。我買了大衣，還有一件搭配喀什米爾洋裝的斗篷，最後還買了一件黃絲綢邊的多爾門長袍，她在義大利豔陽下走在我身旁，長袍會搖曳擺動，閃閃發光。

現在那些衣服仍在盒子裡，放在我衣櫃。有時我會走過去，伸手摸紙盒，彷彿能聽到絲綢和喀什米爾羊毛呼吸，感到衣服緩慢的脈搏。

然後我知道它們和我一樣等待瑟琳娜，等她讓它們顫動，化為真實，並綻放光澤和生命。

一八七五年一月十九日

我已替旅途做好一切準備。但今天，我必須為自己做一件事。我去了西敏寺墓園一趟，並在爸爸墓前待一小時思念他。這是新年最冷的一天。一月空氣沉滯稀薄，葬儀隊靠近時，聲音清楚傳來。冬雪雪花初落，我和所有悼念者的大衣都灑上白雪。我原本打算和爸爸到濟慈和雪萊在羅馬的墳上獻花。結果我今天卻在他墳上獻上冬青花圈。白雪落在上面，蓋住深紅色的果實。但葉尖仍如針般鋒利。我聽牧師吟誦完禱詞，他們開始輪流撒土蓋穴。泥土很硬，砰砰擊打著棺木，哀悼者聽到竊竊私語，一個女人嚎啕大哭。棺材很小。我想是個孩子。

我完全沒感覺爸爸在我附近。但這本身似乎是件幸運的事。我來和他道別，我覺得我會在義大利再見到他。

我離開墓園，前往市中心，然後我走過一條條街道，看著所有我未來數年不會再見到的事物。我從兩點走到六點半。

然後我去了米爾班克監獄，這是我最後一次探監。

我走到監獄時，大家已用完晚餐，並清理乾淨。這是我最晚到的一次。我發現潔夫太太牢房區的女囚都在進行當天最後的工作。這對她們而言是一天裡最美好的時光。七點晚鐘響起，她們會把工作放到一邊。看守會將一個女囚帶出牢房，陪她走過走廊，清點收回那天發給女囚的所有針和鈍刃剪刀。我站在一旁看潔夫太太這麼做。她穿著毛氈圍裙，並將針全刺在上面。她將剪刀像魚一樣掛在鐵線上。七點四十五分，女囚必須把吊床攤開綁好，八點鐘，門會全鎖上，瓦斯燈關閉。但在那之前，女囚能自由做任何事。這時觀察牢中非常有趣，我看到有人在讀信，有人看《聖經》，有人將水倒進盆裡洗臉，有人脫下便帽，用白天攢下的幾段羊毛線，將鬈髮綁好。我最近開始覺得自己是夏納步道上的幽靈，而今晚，我也許是米爾班克監獄的幽靈。我走過兩個牢房區的走廊，女囚幾乎都沒抬頭望向我，我向我認識的女囚打招呼，她們都會上前來行屈膝禮，但顯然心不在焉。她們過去會欣然放下工作和我聊天。但這可是一天最後的個人時間……唉，我明白她們為何不甘願。

當然，我對瑟琳娜來說不是幽靈。她剛才已看到我經過牢房，我回來找她時，她等待著我。她表情平靜蒼白，但她下巴陰影處脈搏跳得飛快。我看到時心臟大力跳動。

現在我和她相處多久、站多近都不重要了。所以我們站得非常接近，她悄聲向我耳語明晚的事。

她說：「妳一定要靜靜等待，並時時想著我。妳一定要待在房間，身旁點一根蠟燭，並把火焰罩上燈罩。我會在天亮之前出現……」

她語氣真誠又嚴肅，我心中突然恐懼萬分。我說：「妳**怎麼**辦得到？噢，瑟琳娜，怎麼可能是真的？妳要怎麼憑空出現？」

她望著我，露出微笑，然後她伸手牽起我。她將我手掌翻面，將我的手套拉下一截，並將我手腕拿到嘴前。她說：「我的嘴巴和妳手臂之間又有什麼？但我這麼做時，妳不會感覺到嗎？」這時她朝我手腕上青綠色的血管吹口氣。她彷彿將我全身的溫度都聚集到那一點，我不禁打個寒顫。

「我明晚便會這樣來找妳。」她說。

我開始想像那時的情境。我想像她全身拉長，繃緊顫抖，像一支箭、一根頭髮、小提琴上的琴弦、迷宮中的線……繃得好緊，如果被黑影掃到，她會折斷！她看到我發抖，她叫我不要怕。如果我害怕，她的旅程會變得更困難。我突然害怕起**這件事**。對恐懼的恐懼，我怕這會成為她的重擔，讓她疲倦，也許傷害她，或讓她遠離我。我說，要是我不小心破壞她的力量？要是她失敗了？我意識到如果她沒來會發生什麼事。我想到的不是她，而是我的未來。我突然看清她讓我成為什麼樣的人。我驚恐萬分。

我說：「如果妳不來，瑟琳娜，我會死。」當然她也告訴我同樣的話，但現在我回應變得簡短無力，她看著我，神情古怪。她的臉慘白緊繃，**毫無掩飾**。她來到我面前，雙手抱住我，臉靠在我脖子上。「**我的羈絆。**」她低語。雖然她動也不動，但她最後放開我時，我領口全是她的淚水。

潔夫太太的聲音此時傳來，說自由時間結束，瑟琳娜以手拭淚，轉開身子。我手握住鐵門的柵欄，站在那頭看她將吊床綁到牆上，攤開床單和毛毯，拍下灰色枕頭的灰塵。我知道她的心仍和我一樣大力跳動，她雙手微微顫抖，也和我一樣。但她像玩偶似的，將一切打理整齊，她將床繩綁好結，將監獄毛毯摺起，露出白邊。彷彿她已整齊了一年，所以今晚也必須維持……也許就這麼整齊一輩子。

我不忍看她。我別開身子，聽到牢房走廊傳來女囚各自整理房間的聲響。我再次望向她，她手放到洋裝鈕釦上，並解開衣服。她說：「瓦斯燈關掉之前，我們一定要躺到床上。」她沒有看我，只在自言自語。但我仍沒叫潔夫太太來。我只說：「讓我看妳。」我不知道自己會這麼說，我聽到自己的聲音嚇了一跳。她眨眨眼，遲疑一下。然後她讓洋裝滑落，脫下底下的裙子和監獄靴子。接著她猶豫了一下，終於也將便帽脫下。她全身微微發抖，只穿著羊毛褲襪和襯裙。她全身僵硬站在原地，臉避開我的目光，彷彿我的目光令她痛苦，但為了我，她願意忍受。她的鎖骨浮出，像是某個奇特樂器精緻的象牙琴鍵。她手臂比泛黃的內衣更白皙，手腕到手肘淡淡透出一條條藍色血管。我從沒見過她脫下便帽的模樣，她的頭髮平垂至耳朵，像個小男孩。她頭髮的顏色像是在金髮呼上一口霧氣。

我說：「妳好美！」她驚訝地看著我。

「妳不覺得我變很多？」她小聲說。

我問她，我怎麼會這麼想。她搖搖頭，又開始發抖。

牢房傳來關門聲，門閂一一鎖上，還有喊叫和低語。現在聲音漸漸靠近。我聽到潔夫太太的聲音。她鎖上每道門時都會大喊：「妳還好嗎？」女囚會回答：「沒事，潔夫太太。」或「晚安，潔夫太太！」我仍默默望著瑟琳娜。我想我甚至屏住呼吸。她的牢門開始因其他牢門震動，她看到之後，終於爬上床，將毛毯拉高，裹住身體。

不久潔夫太太來了，她轉動鑰匙，推開柵欄，有那麼奇妙的一刻，我和她站在一起，望著躺在床上的瑟琳娜，像在育兒園門外擔心的父母。

「妳看她躺得多好，普萊爾小姐？」潔夫太太小聲說。然後她向瑟琳娜低聲說：「妳還好嗎？」

瑟琳娜點點頭。她望著我，身體仍在發抖。我想她感覺得到我的肉體受她牽引。「晚安。」她說：「晚安，普萊爾小姐。」她面無表情說。我想是因為潔夫太太在場的關係。我望著她的臉，牢門關上，鐵柵欄將我們隔開，然後潔夫太太將木門關上，伸手拉上門閂，並走向下一間牢房。

我盯著木門、門閂和飾釘一會，便跟著她走了，我伴著她走完E牢房，然後走到F牢房。她一一呼喚女囚，她們則小聲回應：「晚安，潔夫太太！」、「老天保佑妳，潔夫太太！」或「又一天結束了，我刑期快到了，潔夫太太！」

我情緒激動又緊張，卻在她反覆呼喊和關門的節奏下得到舒緩。最後在第二個牢房區尾端，她轉動閘閥，關上注入牢房燈罩中的瓦斯。走廊每一個噴嘴彷彿全跳了一下，並稍微變亮。她小聲說：「值夜班的卡德曼小姐來了，她要來和我交班。卡德曼小姐，妳好嗎？這是普萊爾小姐，我們的小姐訪客。」卡德曼小姐向我道晚安，脫下手套，打個哈欠。她穿著看守的熊皮斗篷，但披帽已脫下，落在肩膀上。「今天有人找麻煩嗎，潔夫太太？」她問完又打個哈欠。她離開之後走向看守房間，我發現她靴底是橡膠製成，踩在沙石上毫無聲息。女囚給這靴子起了個特別的名字。我現在想起來了。她們稱這種鞋為**無聲鞋**。

我牽起潔夫太太的手，心裡覺得難過。難過的是我要離開了，卻讓她留在**那裡**。「妳心地很善良。」我對她說：「妳是監獄裡最善良的看守。」她握了握我的手，搖搖頭，我說的話、情緒或她晚上收班這段路，似乎讓她感到悲傷。「上帝保佑妳，小姐！」她說。

我穿梭監獄路上都沒有遇到瑞德里小姐。我心裡暗自期待著。不過我看到美麗太太了，她站在高塔樓梯間，和晚班看守聊天，並戴上黑色手套，手指在皮革中彎了彎。我也經過海克斯比小姐。她剛才去底層牢房罵在牢房搗亂的女囚。「普萊爾小姐，妳待好晚！」她對我說。

如果我說，我最後離開時內心依依不捨，很奇怪嗎？我請護送我的獄卒先回去，並放慢腳步，徘徊在碎石小道上，很奇怪嗎？我經常覺得自己來探監，最後會化為石灰或鋼鐵的製品。也許真是如此，因為今晚米爾班克監獄像塊磁鐵，似乎靜靜吸引著我。我走到大門小屋，停下腳步轉身，過了一會，我身後傳來動靜。門房走到門邊，看誰駐足在他門口。他在黑暗中認出我，向我道晚安。然後他順著我的目光望去，搓了搓雙手，也許是為了取暖，但也有一絲滿足。

「這監獄真是陰森的怪物，是不是，小姐？」他望著隱隱散發光澤的牆面和漆黑的窗戶。「即使我是守衛，還是得說，真是可怕的怪物。而且它身上有不少裂縫。妳知道嗎？以前會淹水。噢，對啊，淹好幾次了。都是這塊土地害的，這噁心的土地。上頭什麼都種不了，什麼都站不穩。就算米爾班克監獄這古老陰森的大怪物也一樣。」

我不發一語，只凝視著他。他從口袋拿出黑色菸斗，大拇指壓了壓斗鉢，他轉身在磚上劃亮火柴，然後彎身靠近牆，抵擋寒風。他雙頰向內凹，火焰亮暗閃爍。他將火柴一丟，再次朝監獄點點頭。他繼續說：「妳覺得這怪物束縛在地基上，身子還能蠕動嗎？」我搖搖頭。「當初沒人想得到。但我前一任門房，嘿，他可常提到這怪物蠕動的事，還造成淹水！**他**說某天晚上砰一聲，彷彿轟雷巨響，監獄突然開了道裂縫。那天早上，典獄長來到監獄，看到五角建築從中裂開，十個人逃了出去！黑暗中另有六人淹死，因為監獄的排水道受損，泰晤士河的河水淹了進來。那時地基可有好幾加侖的水泥，但那可曾阻止它掙扎？妳去問獄卒，門的鉸鏈可曾變形，讓鎖出問題？明明沒人在，窗戶可曾龜裂或破碎？我敢說，監獄對妳來說相當寧靜。但普萊爾小姐，有時無風的夜晚，我會站在妳現在站的地方，聽它**呻吟**……清楚得像我眼前有個小姐一樣。」

他手放到耳上，遠方傳來河水波動的聲響，火車轟轟駛過，馬車的鈴鐺叮叮作響……他搖搖頭。「我很確定它有一天會倒下，並把我們全拖下去！不然，它腳下這邪惡的土地也會張開大口，把我們全吞了。」

他抽口菸，並咳了咳。我們再次聆聽……但監獄寂靜無聲，土地堅實，莎草葉如針一樣尖銳。最後河風變得陰冷，我們無法再待在外頭，我全身發抖。他帶我進小屋，我站在火爐前，他去替我招了輛馬車。

我在屋裡等待時，一個看守來了。我認不出她來，後來她稍微將臉前的斗篷向後撥，我才看出是潔夫太太。她朝我點個頭，門房便讓她走出去了。我從馬車窗向外望時，覺得自己又看到她，她快步沿著一條空蕩蕩的街道向前。我想，像拆禮物一般，她可能想趕快解開黑色緞帶，打開自己的平凡生活。

那是什麼樣的生活呢？我無法想像。

一八七五年一月二十日

聖艾格尼絲節前夕終於到了。

這天夜晚冰冷難受。煙囪風聲瑟瑟，玻璃在窗框震動。冰雹落在炭火上滋滋作響。時間已是九點鐘，房子毫無動靜。我讓文森太太和姪子去外面住，但我讓薇格斯待在屋子裡。我對她說：「如果我太害怕，出聲叫妳，妳會來嗎？」她回答：「怕小偷嗎，小姐？」接著她露出粗壯的臂膀，哈哈大笑。她說她會確認每一扇門和窗都鎖好，要我別擔心。雖然我剛才已聽到她將門閂拉上，但我想她又去一趟，彷彿在確認是否鎖好……現在她靜靜走上樓，並鎖上門……

我終究讓她緊張了。

在米爾班克監獄，晚班看守卡德曼小姐在牢房區巡邏。那裡關燈一小時了。瑟琳娜說，**我會在天亮之前出現**。窗外夜晚前所未有的黑。我無法相信黎明會來。

如果她沒出現，我不希望黎明到來。

四點鐘，天色變暗後，我便一直待在房間裡。房間架子空無一物，看起來好奇怪。我一半的書都打包在行李箱中。起初，我將它們全裝進一個箱子。但當然，箱子太重，根本抬不起來。我們只能帶我們搬得動的行李，我之前都沒想到。我真希望自己提前考慮到，這樣我就能先寄一箱書到巴黎。現在太遲了。所以我必須有所取捨。我帶了《聖經》，但沒有帶柯立芝[26]的書，因為《聖經》裡有寫著海倫的名字。柯立芝的書我想我可以再買。我從爸爸書房拿了紙鎮，那是裡面有一對海馬的半圓玻璃球，我小時候常盯著看。除了酒紅色的旅行洋裝、大衣、鞋子和褲襪，我把瑟琳娜所有衣服都裝成一箱。她要換穿的衣物我都放在床上，如果在黑影中望去，她彷彿人倒在那裡睡著或昏倒了。

我甚至不知道她出現時會穿著監獄制服，還是像孩子一樣全裸。

薇格斯的床吱呀作響，木炭發出劈啪聲。

九點四十五分了。

快十一點了。

今天早上收到海倫從馬里什莊園寄來的信。她說莊園很宏偉，但亞瑟的姊妹態度非常驕傲。她說普麗希拉覺得自己懷孕了，而且莊園裡有個結凍的湖，他們在上頭溜冰。我讀到時閉上雙眼，腦中浮現非常清楚的畫面，看到瑟琳娜頭髮披在肩膀，頭上戴著紅色帽子，身穿天鵝絨大衣，腳上穿溜冰鞋。我肯定是想起別人的往事。我想像自己在她身旁，吸入冷冽的空氣。我想像如果我沒帶她去義大利，只去馬里什莊園，去我妹妹家，會怎麼樣。如果我和她在晚餐時坐一起，共住一間房，親吻她……

她是個靈媒，是個罪犯，是個女孩，我不知道何者較令人害怕。

「我們從瓦里斯太太那裡聽說了。」海倫信中說：「妳在工作，而且脾氣很糟。我知道這代表妳很好！但妳不要工作太認真，忘了來找我們。我希望我的大姑能趕快來救我，讓我不用再接近普麗希拉的大姑！妳可以至少寫封信給我嗎？」

我今天下午寫信給她，並將信交給薇格斯，站在窗邊，看她小心翼翼拿出去寄。現在無法回頭了。但我不是寄到馬里什莊園，我只寄到花園宮。而且我寫下「必須等到普萊爾太太回家再交給她」。信裡寫著：

親愛的海倫：

這是封多麼五味雜陳的信啊！我想這是我這輩子寫過最教人五味雜陳的一封信，當然，只要我的計畫成功，我這輩子絕不會再寫第二次。我希望可以寫得很漂亮。

我希望妳不會因為我做的事恨我、可憐我。我心底也有點恨我自己，並知道這件事會令母親、史蒂芬

26 柯立芝（Samuel Taylor Coleridge, 1772-1834），英國浪漫派詩人，浪漫主義運動奠基者。

和普麗希拉蒙羞。我希望妳只會因為我離開感到難過，而不會斥責我的選擇。我希望妳想起我時，心中萌生的是善念，而非痛苦。我去的地方，妳痛苦也幫不上忙。但妳的善念能幫助到我母親和弟弟，如之前一樣。

如果有人想追根究柢，我希望他們會發現，錯全在於我，也在於我奇怪的天性，我對抗著世界，對抗所有正常的規矩，且無法在世上安心找到棲身之所。這一直都是真的。唉，妳當然比誰都了解。但妳不知道我瞥見的景象，也不知道有另一個美好的地方歡迎著我！海倫，是個超凡又奇特的人帶我去的。這妳不會明白。未來有人會向妳提起她，他們會將她形容得平凡卑鄙，他們會說我的感情噁心又悖德。妳一定明白，事情絕非如此。一切純粹是因為愛，海倫，如此而已。

我不在她身邊，我無法活下去！

母親總覺得我任性。她會覺得這就是任性。但怎麼會呢？這件事不是我一手促成，我是屈服於命運！我放棄一種生活，會得到更好的新生活。我想我將實現自己多年以來的心願，遠走高飛。我……

急欲靠近太陽，
在那裡，人會睡得更香甜[27]。

海倫，我弟弟人很好，我很為妳高興。

我簽下名字。我引用那段話後，感到心滿意足。我寫下時心中有股奇異的感覺，心想這是我最後一次引用了。因為從瑟琳娜來到我身邊那一刻起，我將**享受生命**！

她何時會來？已經十二點了。夜晚冰冷，寒風呼嘯。為何寒夜在夜半會更加失控？她在米爾班克牢房中，不可能察覺今夜天氣多可怕。她也許會毫無頭緒鑽入黑夜，受風雨撕碎，受傷掙扎。除了等待，我無法幫助她。她何時會來？她說，**天亮之前**。何時天亮？還有六小時。

我應該服一劑鴉片酊，也許會引導她來我身邊。

我手應該伸到脖子上，撫摸天鵝絨項圈。她說項圈會讓她前來。

一點了。

兩點了。又過了一小時。時間在紙頁上過得好快！我今晚彷彿已活了一年。

她何時會來？已經三點半了。據說這是人死的時候，不過爸爸並未在此時過世，他是大白天過世的。他死後，我神志不曾如此清醒，意志不曾如此堅定。當時我全心全意期盼著他不要離我而去，如今我也全心全意盼著她來。他真的如她所說凝視著我嗎？他有看著這支筆在紙頁上寫字嗎？喔，父親，如果你現在看到我……如果你看到**她**在黑暗中搜尋著我……引導我們，讓兩個靈魂結合！如果你愛過我，你現在也能愛我，幫助我愛的人來到我身邊。

我開始害怕了，但我不能害怕。我知道她一定會來，因為她不可能感受到我的思念，卻不受到牽引。但她會**怎麼**來？我想像她面無血色、蒼白如死屍出現，像生重病或陷入瘋狂！我拿出她衣服……所有衣服，不只是旅行穿的洋裝，包括襯托她眼睛顏色的那件珍珠灰洋裝，還有天鵝絨邊的白色洋裝。我將洋裝放到房間各處，讓布料映著閃爍的燭光。現在她似乎在我四周，彷彿受稜鏡折射。

我拿出她那束頭髮，拿梳子梳整齊，結好髮辮。我將頭髮保存在身邊，不時拿出來親吻。

她何時會來？五點了，天色尚黑，可是……噢！我的渴望簡直要教我生病了！我走到窗邊，抬起窗框。狂風大作，燭火搖曳，我的頭髮四散飛揚，冰雹打在我雙頰，我覺得都快流血了。但我仍彎身望向黑夜，尋找她的蹤影。我想我呼喚了她的名字，狂風彷彿聲聲應和。我不禁渾身發抖。我感覺自己好似搖晃著房子，甚至連薇格斯都感受到了。我聽到她的小床下木板吱呀作響，她在睡夢中翻來覆去……我脖子上的項圈愈變愈緊，彷彿她也愈來愈輾轉難眠。她也許會在床上驚醒，聽到我大喊，**妳何時會來？妳何時會來？**後來我又呼喊一次，**瑟琳娜！**她的名字在空中回響，並隨冰雹吹回到我耳中……

---

27 摘自白朗寧太太的〈歐若拉．莉伊〉一詩，歐若拉此時要前往義大利，並寫信給瑪莉安．厄歐道別。

不過，我覺得那是瑟琳娜的聲音，她回喊著我的名字。我動也不動，想再聽清楚。薇格斯不動了，她的夢也消失了。甚至風勢也稍微緩和，冰雹也漸息。河水漆黑平靜。

四下沒有聲音。但我覺得她離我非常近。如果她要來，一定快了。

一定快了，非常快，黑夜最後一個小時。

＊＊＊

時近七點，夜晚已經結束。街上傳來馬車、狗吠和公雞聲。瑟琳娜的洋裝散放在我四周，衣服映著的光芒已消逝。再過不久，我會起身將洋裝摺好，放回包裝紙中。風已停止，冰雹化為雪花。泰晤士河上飄著濃霧。薇格斯已從床上起來，並為嶄新的一天點起新火。多奇怪啊！我沒有聽到米爾班克監獄的鐘聲。

她沒有來。

第五部

一八七五年一月二十一日

兩年前有一天，我服下嗎啡，打算結束自己的生命。我母親在千鈞一髮之際發現我，醫生用注射器將毒藥從我肚子吸出，我醒來時泣不成聲。因為我原本希望自己睜眼時在天堂，來到父親所在的地方，但他們只將我拉回地獄。「妳過去不珍惜自己的生命。」瑟琳娜一個月前跟我說：「但現在妳的人生屬於我了。」我那時便知道自己為何獲救。我以為她那天收下了我的生命。我甚至感到我的生命躍向她！但其實，她早已開始拉扯著我生命的絲線。我現在也看得到，她在米爾班克監獄的夜裡，用她纖細的手指捲著絲線。我仍感覺得到她小心翼翼拆解。畢竟人要失去生命，過程緩慢而細膩！並非一蹴可幾。

不久那雙手將停下。我和她一樣，能等待那一刻到來。

我去米爾班克監獄找她。我又能怎麼辦？她說她會在黑暗中出現，但卻沒有。我除了去找她，還能怎麼辦？我身上仍穿著洋裝，因為我整夜沒換衣服。我沒有搖鈴叫薇格斯來。因為我無法忍受她看著我的目光。我在門口遲疑一下，因為天色明亮，視野異常寬闊，但我還保有一點理智，我攔了台馬車，向馬車夫說了方向。我自己心想，我很冷靜。我覺得我是因為整夜沒睡而感到暈眩。

我乘車時，甚至有個聲音向我低語。一隻蟾蜍貼近我耳朵說：「對，沒錯！這樣比較好！就算要四年，這樣才**適當**。妳真以為有別的辦法？妳真的這麼想嗎？**妳？**」

那聲音非常熟悉。也許從一開始牠便在了，之前我只是關上了耳朵。現在我穩穩坐在車上，聽到牠口齒不清的聲音。牠說什麼又有什麼差別？我現在想的是瑟琳娜。我想像她蒼白、憔悴、無力的樣子……搞不好還生了重病。

除了去找她，我還能做什麼？當然，她知道我會去找她，並盼著我。

前一晚風雨交加，但早晨非常寧靜。馬車夫在米爾班克監獄大門放我下車，時間尚早，我看到監獄高塔頂端仍飄著濃霧，牆上凹凸處仍積著白雪，小屋中，他們將灰燼耙出火爐，添入新柴。門房聽到敲門聲來應門時，露出古怪的表情，我這時才想到，我看起來臉色多憔悴。他說：「哇，小姐，我沒想到這麼快又看到妳！」但後來他略有所思。他說，他想應該是女子監獄那裡派人找我來的吧？他搖搖頭。「這件事他們會罵死我們，普萊爾小姐。妳等著看。」

我不發一語，心不在焉，也搞不懂他是什麼意思。我穿梭監獄中，監獄似乎不一樣了。但我其實早有心理準備。我想是我神經緊繃的緣故，害獄卒也變得緊張兮兮。一人問我，我有沒有通行證？他說除非我有西里多先生給的通行證，否則不能讓我進門。我探監這麼多次，從沒有獄卒對我說過這句話，我望著他，心中一陣驚恐。我心想，他們打定主意不讓我見她……

另一人跑來說：「那是小姐訪客，白痴。讓**她**通過！」他們碰了碰帽子，替我打開大門，我聽到大門關上時，他們低聲交談。

到了女子監獄，情況也一樣。克蕾文小姐來接我時，眼神和門房一樣格外古怪。後來也說出跟他一樣的話：「她們找妳來了！哼！這事妳怎麼看？我敢說妳沒想到自己這麼快就要回來，而且居然發生這種事！」

我無法向她開口，只搖搖頭。她快步帶我走過牢房。牢裡的女囚異乎尋常，似乎格外沉默安靜。我這時開始害怕了。我怕的不是看守，她說的話對我來說毫無意義。我害怕自己看到瑟琳娜，而她仍困在鐵柵欄和磚牆之中。

我們沿著走廊向前，我手扶著牆，以免自己站不穩。我已經一天半沒吃東西。我徹夜未眠，神志混亂，不但在冰冷的夜裡哭泣，最後還呆坐在火爐餘燼前好一段時間。克蕾文小姐再次開口，我必須盯著她才聽得到。

她說：「我想妳來是想要看那間牢房？」

「牢房？」

她點點頭。「**牢房**。」我發現她脹紅了臉，聲音有點哽咽。

我說：「看守，我是來看瑟琳娜．道斯……」她聽到驚訝不已，目瞪口呆，伸手抓住我的手臂。

噢！她說，我真的不知道嗎？

道斯不見了。

「逃獄了！從她牢房裡溜了！房裡整整齊齊，監獄所有的門鎖也都沒動過！看守都不敢相信。女囚說惡魔來把她帶走了。」

「**逃獄**。」我說。然後又說：「**不**！不是吧！」

「海克斯比小姐早上也是這麼說的。我們全都這麼說！」

她繼續激動說著，我轉開身子，全身發抖，恐懼竄過全身。我心想，老天，她最後還是去夏納步道找我了！我不在那裡，她一定會不知如何是好！我一定要回家！我一定要回家！

這時我再次聽到克蕾文小姐的話：**海克斯比小姐早上也是這麼說的……**

現在換我伸手抓住**她**。我問她，她們發現瑟琳娜不見是幾點？

她說，六點鐘，她們搖鈴叫女囚起床的時候。

「**六點？**那她逃獄是幾點？」

她們不知道。卡德曼小姐半夜時聽到她的牢房有些動靜。但她說她來察看時，道斯乖乖睡在床上。六點打開牢門時，潔夫太太才發現吊床是空的。她們唯一知道的是她在夜裡某個時間逃跑……

夜裡某個時間。但我坐了一整晚，一分一秒數著時間，親吻她的頭髮，撫摸她的項圈，感覺她漸漸靠近，最後卻失去了她。

如果她沒來找我，幽靈帶她去了哪裡？

我望向看守。我說：「我不知道怎麼辦，我不知道怎麼辦，克蕾文小姐。我該怎麼辦？」

她眨眨眼。她覺得她也不知道。她要帶我上樓看牢房嗎？她想海克斯比小姐和西里多先生都在……我不發一語。她又抓住我手臂。「哇，妳在發抖，小姐！」她帶我走上高塔的樓梯。但到了三樓牢房的入口，我拉住她，並縮著身子。面前的牢房像剛才經過的牢房，古怪又安靜。女囚站在牢門，臉湊在鐵欄杆前，不焦慮，也沒低喃，只動也不動注意著四周動靜，似乎沒人命令她們工作。我和克蕾文小姐出現時，她們將雙眼轉向我。其中一人手朝我揮一下，我想是瑪麗．安．庫克吧。但我沒看向任何人。我最後只搖搖晃晃、緩緩隨著克蕾文小姐向前，走到牢房轉角的拱門，來到瑟琳娜牢房。

牢門敞開，海克斯比小姐和西里多先生站在門口向內望。他們臉色蒼白嚴肅，我腦中一時間覺得克蕾文小姐可能搞錯了。我很確定瑟琳娜在裡頭。我相信她大受打擊，心感絕望，用吊床的繩索上吊了，而我晚了一步。

這時海克斯比小姐轉身看到我，深吸一口氣，彷彿充滿怨氣。但這時我開口了，她見我臉色憔悴，聲音虛弱，不禁有所猶豫。我說，克蕾文小姐告訴我的是真的嗎？她沒回答，只向旁邊移了一點，讓我自己看後方的牢房。瑟琳娜的牢房空無一人，吊床仍掛著，毛毯整齊地放在上面，地板乾淨，水杯和麵包盤放在架上。

我想我驚叫一聲，西里多先生上前扶住我。「妳一定要離開這裡。」他說：「這事嚇到妳了……其實我們所有人都嚇到了。」他朝海克斯比小姐望一眼，然後他拍拍我，彷彿我的震驚和難過證明了我的清白。我說：「瑟琳娜．道斯，先生。瑟琳娜．道斯！」他回答：「這是重要的一課，普萊爾小姐！妳為她人生做好規畫，結果看她怎麼傷害妳。我想海克斯比小姐沒錯，她曾警告我們。但看！誰想得到她如此狡猾？從米爾班克監獄逃跑了，彷彿門鎖是奶油做的一樣！」

我望向鐵門、木門和窗上的鐵柵欄。我說：「早上之前，監獄沒人、沒人看到她離開、聽到她或和她錯身而過嗎？」

他再次望向海克斯比小姐。她低沉說：「一定有人看到她。我們很確定。有人一定看到她，並協助她逃跑。」她說監獄倉庫少了件斗篷和一雙夜間外出鞋。他們認為道斯扮成看守，從監獄逃走。

我曾看到她變長，像箭一樣。我想過她會全裸出現，全身傷痕累累，不斷顫抖。我問：「扮成看守？」海克斯比小姐臉上終於露出憤恨的神情。她說，不然呢？還是我跟女囚想的一樣，覺得是魔鬼背著她走了！

她這時背向我，和西里多先生繼續竊竊私語。我望著空蕩蕩的牢房，雖然頭漸漸覺得不再暈眩，但渾身不適。最後我覺得自己快吐了。我說：「我一定要回家，西里多先生。這件事讓我太難過了，我難以言喻。」

他牽起我的手，比了一下，要克蕾文小姐帶我出去。她扶住我時，他說：「道斯有跟妳說什麼嗎，普萊爾小姐？沒透露她有逃獄的念頭？」

我望著他，搖搖頭。我一搖頭不禁又更想吐了。海克斯比小姐觀察著我。他繼續說：「我們等妳冷靜點，一定要再聊一聊。也許我們還抓得到道斯。但願可以！但不論她是否再次繩之以法，當然都會再進一步調查……我敢說會進行多次調查，監獄委員會也許會找妳來說說看她的表現……」他說，我可以嗎？我能不能再想一想她有沒有透露任何蛛絲馬跡……像她的意圖……還有線索，或任何情報關於誰幫助她，並提供照應？

我說我會想想，但我當時腦中幾乎沒考慮到自己。如果我驚懼害怕，也都是為了她，而不是為了自己。至少當時還不是。

我挽住克蕾文小姐的手臂，和她經過一個個女囚。瑟琳娜牢房隔壁的艾涅絲．納許和我目光相交，緩緩點點頭。我別開頭。我說：「潔夫太太呢？」克蕾文小姐說潔夫太太嚇得生病了，監獄醫生讓她回家。但我想我自己也身心俱疲，無法好好聽她說話。

但現在，我的苦難還沒結束。我們來到下方牢房區的樓梯口。上次我在這裡等美麗太太走遠，飛奔到瑟琳娜的牢房，感到自己的生命飛向她。結果這次我遇到了瑞德里小姐。她看到我嚇一跳，接著露出笑容。

「哎唷！」她說：「真巧啊，普萊爾小姐，**今天**這麼難得，見到**妳**大駕光臨！該不會道斯去找妳，結果妳將她交還給我們？」她雙臂交叉，挺胸朝著我。她腰上的鑰匙在鑰匙圈搖晃，靴底喀啦作響。我感到身旁的克蕾文小姐猶豫了。

我說：「拜託讓我過去，瑞德里小姐。」我仍感到自己隨時會嘔吐、大哭或痙攣。我仍以為只要我回家，回到我房間，瑟琳娜便會找回方向，回到我身邊，那時我身體便會好起來。我仍如此企盼！

瑞德里小姐見我神經緊繃，朝右讓開了點。但只有一點，我鑽過她和粉刷的白牆間，感覺裙襬和她的裙襬摩擦。我走過時，我們臉靠近彼此，她雙眼瞇起。

她小聲說：「所以她到底有沒有在妳那裡？妳知道妳有義務將她交給我們。」

我原本已經要走了。但看到她那面孔，聽到她挑釁的聲音，我忍不住回頭靠近她。「交給妳們？」我說：「把她交給妳們？關回這裡？我真希望她在我這裡。我就能讓她逃得遠遠的！交給妳們？就好比把一隻羔羊送到屠刀下！」

她神色依然自若。「羔羊就要好好宰來吃……」她馬上回嘴。「壞女孩就要好好管教。」

我搖搖頭。我說，她是惡魔！我好可憐那些被她關在牢中的女囚，以及不得不拿她當表率的看守。「壞人其實是**妳**。是妳，還有這個地方……」

我說著說著，她表情終於變了，她毫無睫毛的沉重眼皮顫抖。「我很壞？」她說，我吞下口水，並吸口氣。「妳可憐被我關的女囚？現在道斯不見了，妳儘管說風涼話。我們的監牢和看守把她弄得漂漂亮亮，關在這裡讓妳欣賞時，妳大概都不覺得我們無情吧！」

我聽到這句話彷彿被掐了一把，或被甩一巴掌。我手按在牆上，向後畏縮。克蕾文小姐站在旁邊，她面無表情，像道門一樣。我看到她身後美麗太太從牢房走出，停下腳步打量我們。瑞德里小姐走向我，一手放到蒼白的嘴唇上撫摸著。她說她不知道我跟海克斯比小姐和典獄長說了什麼。也許因為我是小姐，所以他們必須信任我，這她說不準。她唯一能說的是這句，就算我騙過他們，也騙不過其他看守。瞧我這麼關心她，道斯這次逃獄背後一定有鬼……太奇怪了！如果後來發現，我稍有涉案……「哼。」她目光望向旁觀的看守。「我們監獄也關**小姐**。是不是，美麗太太？噢，是的！我們在米爾班克監獄，有辦法讓**小姐**過得非常暖和呢！」

她說話時火燙的口氣噴到我臉上，並帶著濃重的羊騷味。我聽到走廊傳來美麗太太的笑聲。

我這時逃走了。我衝下螺旋的樓梯，穿過一樓牢房和五角建築。我覺得我如果再多待，她們會找到辦法將我永遠關在牢裡。她們會把我關起來，讓我穿上瑟琳娜的洋裝，這段時間，瑟琳娜會在外頭飄蕩，茫然失措，迷失方向，不斷搜尋著我，永遠都猜不到她們將我關在她過去的牢房中。

我逃走時，彷彿仍聽得到瑞德里小姐的聲音，感覺到她的呼吸，像獵犬一樣熱呼呼的。我一直逃、一直逃，到大門口時我停下，並靠在牆上，我戴著手套的手伸到嘴上，擦掉嘴邊苦澀的味道。

門房和他的人攔不到車。路上累積了更多白雪，馬車夫無法駕車通過。他們說我必須等一下，晚一點會有清道夫將路清乾淨。但我覺得他們只想刻意把我留下，讓瑟琳娜迷失在外。我想，也許海克斯比小姐或瑞德里小姐動作比我還快，已向門房吩咐。於是我大喊，要他們放我出去，我不要等待。我一定嚇到他們了，搞不好比瑞德里小姐更嚇人，因為他們真的開了門，我飛奔而出，他們從小屋向外望。我跑過堤防，然後沿著高牆，緊依著冰冷的道路向前。我看著比我還快的河流。我希望我能搭船，並順河逃走。

雖然我腳步很快，但我速度非常緩慢。我的裙襬不時被白雪卡住，讓我步履蹣跚，不久我便累了。我到匹黎可碼頭停下腳步，回頭向後望，雙手放到腰際。我側腹發疼，痛楚像針刺一般。我再次邁開腳步，走上艾伯特橋。

我到那裡抬起頭，不是望向後方，而是望向夏納步道的房子。我看向自家窗戶，樹葉落下之後，窗子能看得非常清楚。

我探頭望，希望看到瑟琳娜。但窗戶中空無一物，只見到窗戶十字白框。下方是房子黯淡的門面，再底下是台階和樹叢，上面堆積著白雪。

而台階上，有個黑色孤單的身影，彷彿不確定要走上前，還是要離開……

那是個女人，而且穿著看守的斗篷。

我看到她，拔腿飛奔，跌跌撞撞踏過路上結冰的車轍，迎面的空氣冰冷刺骨，我覺得肺可能會結冰，害我窒息。我跑到屋子的欄杆，身穿黑色斗篷的女人仍站在那裡，她終於爬上台階，正準備伸手敲門。她聽到我的聲音，轉過身來，披帽拉高，緊裹住臉，我走向她時，她嚇得身子縮了縮。我喊：「**瑟琳娜！**」她一聽身體抽搐更厲害。她將披帽撥開，開口說：「噢！普萊爾小姐！」

不是瑟琳娜，根本不是她。那是米爾班克監獄的潔夫太太。

潔夫太太。驚訝和失望消失之後，我腦中只想到，她們派她來帶我回監獄了。她靠近我時，我推開她，搖搖晃晃轉身，正準備再逃。但我的裙子無比沉重，我的肺因為冰冷的空氣，感覺沉重無力。畢竟，我能逃去哪？因此她跟上來，手放到我身上時，我轉過身緊抓住她，她雙手扶住我，我不禁嚎啕大哭。我站在原地，在她懷中顫抖。她那時可以是任何人，可以是個看護，也可以是我的母親。

我最後說：「妳為了**她**來了。」她點點頭，我望著她的臉，彷彿在照鏡子一樣，因為她雙頰在白雪中顯得蠟黃，雙眼通紅，彷彿哭了一整晚，不敢合眼。我發覺瑟琳娜對她來說也許是個外人，但她仍莫名感到失去她的悲痛。於是她來找我，希望得到幫助或慰藉。

那一刻，她是我身邊最接近瑟琳娜的人。我再次望向空無一人的窗口，然後將手臂伸向她。她扶我走到門口，我將鑰匙給她，讓她開門。我手抓不住鑰匙了。我們動作靜得像賊一樣，薇格斯沒來招呼我們。房子冰冷無聲，似乎仍停留在等待她的那段時間裡。

我帶她進爸爸的房間，並關上房門。她似乎很緊張，但過了一會，她舉起顫抖的手，脫下斗篷。我看到她下頭的監獄洋裝都已發皺。但她沒戴著看守的便帽，頭髮從耳旁披散而下。她髮色棕黃，已有幾根白髮。我點亮燈，但不敢搖鈴叫薇格斯來點火。我們坐在房中，繼續穿戴大衣和手套，並不時發抖。

她說：「我這樣冒昧跑來妳家，妳會怎麼想我？要不是我知道妳人多善良……噢！」她雙手掩面，在椅子上輕輕搖晃。「噢！普萊爾小姐！」她哭喊。聲音掩蓋在她手套下。「妳想不到我做了什麼事！妳想不到、妳想不到……」

如我剛才靠在她肩膀哭泣，現在換她掩面哭泣。她悲傷得莫名其妙，我開始感到害怕。我說，什麼事？什麼事？「不管是什麼，妳都可以告訴我。」我說。

「我會跟妳說。」她聽到我說的話，冷靜了一點。「我覺得我一**定**要說出來！噢！我**現在**下場如何還有差別嗎？」她紅著雙眼望向我。「妳去過米爾班克監獄了？」她說：「妳知道她走了嗎？妳有聽到她們說她是怎麼逃走的嗎？」

現在，我開始變得謹慎。我突然覺得，**也許她知道**。也許她知道幽靈的事，關於交通票和計畫的事，她想勒索我，想趁機討些好處，或是來落井下石。我說：「女囚說是惡魔……」她聽了縮了一下。「但海克斯比小姐和西里多先生認為有一件看守的斗篷和一雙靴子被偷走了。」

我搖搖頭。她手放到嘴上，將嘴唇按到牙齒間咬，她烏黑的雙眼望著我。我說：「他們認為監獄裡有人幫她。但是，噢，潔夫太太，怎麼會有人幫她？那裡沒人關心她，世上沒人關心她！世上只有我覺得她是好人。潔夫太太，只有我，還有——」

她仍和我四目相交，並咬著嘴唇。接著她眨眨眼，隔著手指輕聲說。

「只有妳，普萊爾小姐……」她說：「還有我。」

然後她別開身子，避開我的目光，我說：「**老天**。」她大喊：「所以妳終究覺得我是個壞人！噢！而且她承諾我，她承諾——」

六小時前，我在寒冷的夜中呼喊，感覺從早上開始，我身體便不曾溫暖。現在我像大理石般僵硬冰冷，但我胸中心臟跳得飛快，感覺快將我全身撞碎。我小聲說：「她承諾妳什麼？」「她說妳會很高興！」她大喊。「她說妳一定會猜到，而且不會洩漏！我以為妳猜到了。有時妳來的時候，妳看著我的眼神，彷彿知道——」

「帶她走的是幽靈。」我說：「是她幽靈朋友……」

但這句話突然變得一廂情願。那些話彷彿害我噎住了。潔夫太太聽到，她呻吟一聲說，噢！真是這樣就好了，如果真是他們就好了！「可是是我，普萊爾小姐！我替她偷了斗篷和看守的便鞋，並藏了起來！是我帶她走出米爾班克監獄……告訴獄卒那是葛佛里小姐，葛佛里小姐喉嚨腫了，所以用布纏著臉！」

我說：「妳帶她走出監獄？」她點點頭，九點鐘的時候。她說她好害怕，她覺得自己要生病了，或發瘋尖叫。

九點？但是夜班看守卡德曼小姐在啊，她聽到一點動靜，那是在半夜的時候。她曾去查看，並看到瑟琳娜在床上睡覺……

潔夫太太垂下頭。「卡德曼小姐什麼都沒看到。」她說：「那是她編造的說法，我們逃走之前，她都沒進牢房。普萊爾小姐，我付錢要她說謊。如果她們逮到她，她會因此坐牢。天啊，全是我的錯！」

她雙手抱住自己，身體再次顫抖，呻吟哭泣。我看著她，試圖了解她說的話。但她說的話像是尖銳火燙的東西，我根本抓不住，驚慌之下，只能拿在手中拚命翻動。所以不是幽靈幫的忙，只是看守而已。一切都只是潔夫太太，利用賄賂和偷竊的下流手段逃獄。我心臟怦怦作響。我呆坐原地，像塊大理石一樣。

最後我說，**為什麼？**「為什麼妳要為她這麼做？」

她這時望著我，目光清澈。她說：「但……**妳**不知道嗎？**妳**難道猜不到嗎？」她吸口氣，全身發抖。「她將我的孩子帶來見我，普萊爾小姐！她帶了我寶貝兒子的訊息回來。天堂的訊息！她為我帶來訊息和禮物。就像她替妳帶來父親的訊息一樣！」

我無言以對。她淚水全止住了，她的聲音剛才一度哽咽，現在漸漸充滿喜悅。「在米爾班克監獄，大家都覺得我是個寡婦。」她開口。我心臟狂跳，她的每一個字都讓我更心慌，所以無法出聲打斷她。她見我怔怔望著她，便繼續開口，坦承了一切。

「在米爾班克監獄，大家都覺得我是個寡婦。我曾跟妳說過，我以前是個侍女。小姐，那全是假的。我曾結過婚，但我丈夫沒死。至少，就我所知，他沒死。我已經好幾年沒見過他了。我年輕時嫁給他，但後來感到後悔，因為過沒多久，我遇到另一個男人。一個紳士！他似乎更愛我。我當時和丈夫生了兩個女兒，我全心愛著她們。後來我發現自己又懷上另一個孩子。小姐，我很慚愧，那是那紳士的孩子……」

她說那紳士後來拋下她，她丈夫揍了她一頓，把她逐出家門，並留下女兒。當時肚裡的孩子未出生，她甚至有了墮胎的打算。她在米爾班克監獄對那些殺死嬰兒關進牢的可憐女孩都格外溫柔，因為天曉得她自己差點就成為她們！

她顫抖抽了口氣。我雙眼盯著她，不發一語。

「那時對我來說很辛苦。」她繼續說：「我心情絕望。但寶寶出生時，我愛他！他是早產兒，身體很虛弱。

如果我稍有不慎，我覺得他早死了。但他沒死，於是我……我為了他沒日沒夜工作。妳知道，我根本不在乎我自己。我長時間去可怕的地方工作，全是為了他。」她吞了吞口水。「後來……」後來他四歲時還是過世了。她覺得自己的生命也隨之結束。「唉，普萊爾小姐，失去至親的悲痛，妳應該懂。」她去了比之前更糟的地方工作一陣子。她覺得自己就算去地獄工作也不在乎了……

後來她認識的一個女孩跟她提到米爾班克監獄。因為沒人想做，所以這裡的工資很高。她說這對她來說綽綽有餘了，她們只要供她吃飯，有個棲身之處，有座火爐，一旁有把椅子就行了。起初所有女囚在她眼中都一樣。「就連、就連**她**也一樣，小姐！過了一個月後，她有一天摸著我臉說：『妳為何如此難過？他一直看著妳。看到妳明明可以擁有快樂，卻不斷哭泣時，妳不知道他也掩面哭泣嗎？』她嚇死我了！我從沒聽過何謂通靈。我那時也不知道她的天賦……」

現在我全身顫抖。她看到歪著頭。「沒人**像我們一樣了解**，對不對，小姐？每次我看到她，她都替我轉達他傳來的新訊息。他晚上會來到她身邊。他現在已經長大了，快八歲了！我真希望能看到他一眼！她對我好好！我好愛她，也常幫她做一些……也許不該做的事……但**妳**懂我的意思……為了他……後來妳來了……噢！我好嫉妒！我幾乎無法忍受看到妳和她在一起！但是，她說她力量足夠，仍能替我帶來孩子的訊息，小姐，也能替妳帶來妳父親的訊息。」

我像大理石一樣無神地說：「她告訴妳這些？」

「她跟我說妳這麼常來是為了父親傳來的訊息。其實妳開始拜訪之後，我孩子的力量也變強了！他透過瑟琳娜的嘴送來親吻。他還送我……噢，普萊爾小姐，那真是我這一生最快樂的一刻！他送我這個，讓我隨時帶在身上。」她手伸向脖子，伸進洋裝，掏出一個金鍊。

我心臟用力糾結，大理石般僵硬的四肢終於破碎，我所有力量、生命、愛和希望全從我身上流逝，我變成一具空殼。在那之前，我邊聽邊想，**這全是謊言**，**她瘋了**，**這全是胡言亂語**。**瑟琳娜來這裡時會解釋一切！**現在她掏出墜鍊，拿在手上。她打開墜鍊，眼眶中全是淚水，表情再次充滿喜悅。

「妳看。」她說著給我看海倫金色的鬈髮。「天堂的天使從他頭上剪下的！」

我看到失聲大哭。她以為我是為她死去的孩子哭泣。她說：「知道他來牢中見她，普萊爾小姐！知道他伸出小手摸她，親吻她的臉頰，讓她將吻送來……噢，我好想將他緊擁入懷！我心好痛！」她闔上墜鍊，放回洋裝下，手拍了拍。當然我每次去監獄，墜鍊都一直掛在那裡……

最後瑟琳娜說有個辦法。但在米爾班克監獄的牢房辦不到。潔夫太太一定要先讓她自由，她才能帶他來。她發誓會帶他來到潔夫太太住的地方。

她一定要保持清醒，靜待一個晚上。瑟琳娜會在天亮前出現。

「普萊爾小姐，要不是這樣，我怎麼會幫助她！但我能怎麼辦？我怎能不幫我的孩子……噢，她說他在的地方有許多女士樂意照顧這沒母親的孩子。小姐，她哭著告訴我的。她心腸多好，多麼善良……怎能關在米爾班克監獄！妳不是自己都對瑞德里小姐說了？噢！瑞德里小姐！我好怕她！我怕她逮到我接受我寶貝的吻。我好怕她逮到我對她**好**，把我換到別處。」

我說：「她要轉去富勒姆監獄時，瑟琳娜是為了妳才留下。她是為了妳才打了布魯爾小姐……她為了妳，自己甘願關進黑牢。」

她再次別開頭，可笑地難為情起來。她說她只知道那時她傷心欲絕，以為自己要失去她了。先是傷心欲絕，後來又充滿感激。可憐的布魯爾小姐受傷時……噢，好慚愧，好難過，又好感激！

「可是現在……」她抬起清澈、烏黑、單純的目光望著我。「現在一想到要經過她的牢房，裡頭卻是另一個女囚，心情好難受啊。」

我盯著她。我說，她怎麼這麼說？她怎麼這麼想？瑟琳娜明明和她在一起？

「她和我在一起？」她搖搖頭說。我是什麼意思？我以為她為何要來？「她不曾來找我！她完全沒出現！我坐在家裡注意一整晚，她根本沒來！」

但她們一起逃出監獄了！她搖搖頭。她說，她們在大門口的小屋分開了，瑟琳娜獨自離開了。「她說她必須去拿一樣東西，這樣我兒子會來得容易一些。她說我只需要坐著等待，她會帶他來找我。我坐在家裡，靜靜注意等待，最後確定他們一定又逮到她了。我除了去米爾班克監獄找她，還能怎麼辦？現在她沒被抓，但我仍沒聽到她的消息和啟示，什麼都沒有。我好害怕，小姐。我為她、為自己和我親愛的孩子害怕！普萊爾小姐，我覺得我快把自己嚇死了！」

我起身站到爸爸的書桌旁，靠在桌邊，將頭轉向一旁，避開她的目光。畢竟，她跟我說的事有些不對勁。她說，她帶著瑟琳娜從米爾班克監獄逃出來。但我確實有感到瑟琳娜在黑暗中接近我，其他時候，瑟琳娜也知道除了寫在日記上，我不曾向人啟齒的事。她曾親吻潔夫太太。但我的話，她送過花、送過項圈給我、還送我她的頭髮。我們肉體和靈魂都已結合。我是她的靈魂羈絆。我們是同一個發光體分裂的兩半。

我說：「她騙了妳，潔夫太太。她騙了我們兩個。但我想我們找到她時，她會解釋清楚。我想背後仍有我們無法看透的目的。妳想不到她會去哪裡嗎？沒人會收容她嗎？」

她點點頭。她說，她就是因此才來這裡。

我說：「可是我一無所知！潔夫太太，我比妳知道的更少！」

我聲音在沉默中顯得更響。她聽到猶豫了一下。然後她說：「**妳**的確一無所知，小姐。」她表情古怪。「但我來找的人不是妳。我找的是另一個女士。」

另一個女士？我再次轉向她。我說，她當然不是指**我母親**吧？

但她搖搖頭，表情變得更奇怪。就算她嘴中吐出蟾蜍或石頭，也不會比她接下來說的話更嚇人。

她說，她根本不是來找我。她來找瑟琳娜的侍女露絲·薇格斯。

我望著她。壁爐上傳來時鐘輕巧的滴答聲。那是爸爸的時鐘，他以前總會站在時鐘前，確認錶的時間。除此之外，房中一片寂靜。

薇格斯，我這時說。**我的女僕**，我說。**薇格斯**，我的僕人，瑟琳娜的侍女。

「當然了，小姐。」她回答。但她看到我的表情。我怎麼會不知道？她一直以為我是為了瑟琳娜才將薇格斯留在我身邊……

「薇格斯不知從哪來的。」我說：「不知從哪來的，不知從哪來的。」我母親讓露絲．薇格斯進入家裡那天，我對瑟琳娜．道斯有什麼看法？讓**薇格斯**待在我身邊，對瑟琳娜有何幫助？

潔夫太太說，她一直覺得我是一番好意，想好好照顧瑟琳娜的侍女，藉此思念她。除此之外，她知道薇格斯小姐和瑟琳娜通信時，瑟琳娜有時把禮物夾藏在信裡送給我……

「信。」我說。現在，我終於了解事情全貌有多麼龐大和黑暗，我說，**瑟琳娜**和**薇格斯**之間有通信？

噢！她馬上說，一直都有通信！甚至在我開始探監之前。瑟琳娜不喜歡薇格斯小姐來米爾班克監獄，而且……唉，潔夫太太能體會為何小姐不希望侍女在監獄見她。「她好心替我小孩做了這麼多，替她轉交信件只是件微不足道的事。其他看守會替女囚轉交朋友的包裹。不過我跟妳說，妳絕不要說出去，妳就算問，她們也會矢口否認！」她說，**她們**是為了錢。而對潔夫太太來說，瑟琳娜收到信能感到開心，她就心滿意足了。何況「信裡沒有任何有害的內容」。只有句句真摯的文字，有時還有花。她經常看到瑟琳娜收到花朵哭泣。她那時都會移開目光，以免自己也落下淚來。

這樣會害到瑟琳娜嗎？潔夫太太從牢房替她帶信，會害到她嗎？給她紙筆、墨水和蠟燭寫字，又害到了誰？夜班看守不在乎。潔夫太太給她一先令。天亮前蠟燭就燒完了。她們只需要小心清掉滴在地上的蠟……

「後來，我知道她信裡開始提到妳，小姐。她希望從她箱子拿禮物，送給妳做紀念……嘿……」她蒼白的臉微微泛紅。「那不算是偷，對吧？只是拿了她自己的東西？」

「她的頭髮。」我喃喃說。

「那是她自己的！」她馬上說：「誰會在意……？」

所以頭髮包在牛皮紙中送來，薇格斯在屋子收下。放在我枕頭上的也是她。「這段時間，瑟琳娜一直說是幽靈拿來的……」

潔夫太太聽到，頭歪一邊，皺起眉頭。「她說幽靈？可是普萊爾小姐，她為何這麼說？」

我沒回答她。我全身再次顫抖。我從書桌旁走到火爐邊，額頭靠在大理石壁爐上，潔夫太太站起身，過來抓住我手臂。我說：「妳知道妳做了什麼嗎？妳知道嗎？妳知道嗎？她們騙了我們兩個，妳居然幫她們！妳！還說是**好心！**」

騙？她回答。噢，不是，我不明白──

我說我終於看清一切。不過即使是那一刻，我其實還未想通這一切。但光是當時知道的事已足以殺死我。我動也不動一會，然後抬起頭，向下撞。

我一頭撞上大理石檯，感到脖子項圈勒緊。於是我從爐邊彈開，手放到脖子上，用力去扯。潔夫太太手摀著嘴，睜大眼看著我。我背對她扯著項圈，並用指甲掰著天鵝絨和扣鎖。但我扯不下來。扯不下來！項圈感覺愈勒愈緊。最後我望向四周，看有什麼能幫上忙。我差點把潔夫太太抓來，要她嘴湊到我脖子上，把項圈咬下來……但我先看到爸爸的雪茄刀，於是我拿起刀割項圈。

潔夫太太見我這麼做，失聲尖叫。她尖叫說我會傷到自己！我會割到喉嚨！她仍在尖叫當兒，刀刃一滑。我手摸到了鮮血，血從我冰冷的肌膚噴出，意外溫暖。但我也終於感到項圈斷了。我將項圈甩到地上，看它呈S形，在地毯上晃動。

我放下刀，站在桌邊，全身抽搐，我的腰不斷撞擊木桌，爸爸的筆和鉛筆都隨之震動。潔夫太太再次緊張地來到我身旁，抓住我的雙手，並摺起手帕，壓住我流血的喉嚨。

「普萊爾小姐。」她說：「我覺得妳病得很嚴重。讓我去找薇格斯小姐。薇格斯小姐會讓妳冷靜下來。她會讓我們兩個都冷靜下來！只要去找薇格斯小姐，聽她解釋……」

她繼續叨念著**薇格斯小姐**、**薇格斯小姐**……那名字像是鋸齒一樣撕裂我的身體。我再次想到放在我枕頭上的瑟琳娜頭髮。我想到那墜鍊，她趁我睡覺時從我房間偷走的。

我腰抵著書桌，桌面上的東西仍不斷震動。我說：「她們為何這麼做，潔夫太太？她們為何這麼做，這麼**小心翼翼？**」

我想到那束橙花，想到夾在這本日記中的項圈。

我想到這本書，書中全記載著我的祕密，包括我的感情、我的愛和我們遠走高飛的計畫……書桌上顫動的筆不動了。我手摀住嘴。「不。」我說：「噢！潔夫太太，不是吧，不是吧！」

她手再次伸向我，但我離開她，跌跌撞撞衝出房間，進到安靜陰暗的大廳。我大喊：「**薇格斯！**」叫聲破碎淒厲，在空蕩蕩的房中回響，一瞬間便化為令人恐懼的沉默。我走到搖鈴前，用力扯動，扯到繩子都斷了。我走到樓梯旁的門前，向地下室大喊。地下室一片漆黑。我又回到大廳，潔夫太太看著我，眼中全是恐懼，沾滿我血的手帕從她手中飄落。我跑上樓梯，先去客廳，然後去母親和普麗希拉的房間，一直喊著**薇格斯！薇格斯！**

沒有回應，除了我粗重的呼吸聲以及我在樓梯上砰砰作響的腳步聲，四下毫無聲息。

最後我來到自己房間，門開著。她手忙腳亂之中，忘了關上。

除了書，她拿走了一切。她把書搬出箱子，隨便堆在地毯上，並將我更衣室的東西裝進去，像是洋裝、大衣、帽子、靴子、手套和胸針。那些東西過去都是她負責整理，她曾清洗、壓平、摺疊，收拾整齊，而現在她將穿戴上那些衣物，扮成小姐。她全拿走了，當然，包括我買給瑟琳娜的洋裝。她也拿了錢、票和印上**瑪格莉特·普萊爾**和**瑪莉安·厄歐**的護照。

她甚至拿走了那束頭髮，我已梳理整齊，準備盤在瑟琳娜頭上，遮住監獄修剪過的痕跡。她只留給我這本日記，記錄下這一切。她將日記放好擺正，並將封面擦拭乾淨，像個稱職的女僕，拿完食譜後，便將廚房筆記放回原位。

薇格斯。我再說一次她的名字。我唾棄這名字，像毒藥一樣，我感覺它滲入我體內，讓我肉體發黑。薇格斯。她對我來說算什麼？我甚至不記得她的五官、表情和舉止。我說不出她頭髮和眼睛的顏色，還有她嘴唇的樣子。我只知道她長得比我還平庸。但我現在心裡只想著，**她將瑟琳娜從我身邊奪走了**。我想著，**瑟琳娜是為了她而哭泣**。

我想著，**瑟琳娜收下了我的生命，現在她將和薇格斯過著我的生活！**

現在我明白了。但我當時仍不明白。我當時只以為薇格斯騙了我。她手中一定握有瑟琳娜的把柄，並用某種奇異的手段逼她拋下我。我當時仍以為**瑟琳娜愛我**。所以我走出房間，我沒有下樓到大廳去找潔夫太太。我走上狹窄的樓梯，來到閣樓，來到女僕的臥室。我不記得我上次爬上閣樓是什麼時候。也許是我小時候吧。我記得，有次一個女僕發現我在偷看，掐了我一把，害我痛得大哭。從那時起，這條樓梯便令我害怕。我以前告訴普麗希拉，樓梯上頭住了個山怪。女僕回到房間不是去睡覺，而是去服侍牠。

現在我爬上吱呀作響的樓梯，彷彿又成了個孩子。我心想，**假如薇格斯在那裡，或出來看到我呢？**

但當然，她不在。她的房間冰冷，空無一物。起初在我眼中，那是我所能想像中**最空的**房間。像米爾班克監獄的牢房，能讓人具體感到其中的空洞，像是一種紋理或氣味。牆面沒有顏色，地板除了一條破爛脫線的地毯之外，什麼也沒有。房中有個架子，上頭有一個盆子和黯淡的水壺，旁邊有張床，床單發黃，堆成一團。她唯一留下的是一個女僕用的錫箱。那是她帶來的，上頭用釘子鑿出粗糙的字母，留下她的名字：R．V[28]。

我看到那兩個字母，想像她將字母敲上瑟琳娜柔軟鮮紅的心臟。

但若真是如此，我想瑟琳娜也一定主動為她拉開胸骨。她一定緊握骨頭，一邊哭泣，一邊緩緩拉開，就像我現在緩緩拉開箱蓋一樣。當我看到箱裡的東西，不禁撲簌簌落下淚來。

裡面有一件米爾班克監獄的土棕色洋裝，還有一件侍女穿的黑色連身裙和白色圍裙。兩件衣服緊緊糾結，像一對熟睡的愛人。我試著將監獄洋裝拉起時，洋裝纏住黑色洋裝，說什麼都拉不開。

那也許是她們狠心留下來的證據，也可能是匆忙中扔下的。無論如何，我都看出其中的訊息。薇格斯從頭到尾都不是使詐，她只是很狡猾又大膽，最後成功逃走。她一直讓瑟琳娜待在這裡，在我頭頂上。我坐在房中，望著覆著燈罩的淒涼燭火時，她帶她經過我房門，走上木板樓梯。我漫漫長夜煎熬等待時，她們都在這裡，躺在一起，或悄聲交談，或保持沉默。她們聽到我踱步、呻吟或向窗口大喊時，她們也跟著呻吟大喊，嘲笑著我。搞不好，我竭盡全力溢發出的感情，最後化為她們之間的激情。

其實，那激情一直屬於她們。每次我站在瑟琳娜牢房，感覺肉體渴望著她，薇格斯彷彿就站在牢門外，偷去瑟琳娜的目光。我在黑暗中所寫下的一切，她後來都拿到了燈光下，並將那化作自己的文字，抄寫給瑟琳娜。我服藥躺在床上，輾轉難眠，感覺瑟琳娜來到房中，其實來的都是**薇格斯**，我眼前的陰影都是**她**，和瑟琳娜心跳一致的也是**她**。我的心跳虛弱又不規則，反而自成一格。

我看清了一切。我走到她們躺過的床，翻開床單，尋找痕跡和髒汙。我走到架子旁，看著盆子。裡面仍有點濁水，我用手撥了撥，最後發現一根黑髮，還有另一根金髮。我將盆子砸到地上，盆子摔成碎片，濁水灑到木板上。我拿起水壺，原本也想砸了，但那是錫做的，於是我一直敲、一直敲，敲到壺殼扭曲。我拉扯床墊，然後抓住床，我撕破床單，撕開棉布……該怎麼形容呢？我就像服了藥，精神一片恍惚。我一直撕，撕到床單像塊破布，撕到我雙手發疼。接著我咬住縫線，用牙齒撕。我撕著地上的地毯。我拿起女僕用的箱子，將洋裝拿出來撕。我差點連自己的洋裝和頭髮都扯了，但最後我來到窗邊，臉貼在窗玻璃上，手抓著窗框，不住喘氣。我面前的倫敦潔白平靜。雪花仍片片落下，天空彷彿也都是白雪。窗外看得到泰晤士河和巴特西公園的樹林。左邊遠方看得到米爾班克高塔圓胖的屋頂，那是從樓下我的房間所看不到的。

夏納步道上，警察穿著黑色的大衣巡邏。

我看到他，腦中只想著一件事。母親的聲音從我體內響起。我心想，**我被自己的女僕搶了！**只要我去跟警察講，他會阻止她。**她會阻止她上火車！我會把她們兩人都抓到米爾班克監獄裡！我會讓她們關進不同的牢房，讓瑟琳娜再次屬於我！**

我走出房間，下了閣樓樓梯，來到大廳。潔夫太太在那踱步哭泣。我推開她，打開門，沿著人行道跑過去，並向警察大喊，我聲音尖銳顫抖，彷彿不是自己的聲音，他聽到轉身，跑過來叫我的名字。我抓住他手臂。我注意到他看著我凌亂不堪的頭髮和憔悴瘋狂的面容，還有我喉嚨的傷口，這我完全忘了，現在傷口因為

---

28 露絲・薇格斯（Ruth Vigers）的縮寫。

我扭動，再次流出鮮血。

我說我被搶了。我說，我房裡有賊。她們現在搭上火車，從滑鐵盧前往法國。兩個女人，她們偷走我的衣服！

他神情古怪地看著我。他說，兩個女人？「兩個女人，一人是我的侍女。她太狡猾了，狠心利用了我！另一個……另一個……」

我原本打算說，**另一個從米爾班克監獄逃獄了！**但我遲疑了，我抽了一口冰冷的空氣，手摀住嘴。

他會懷疑我怎麼知道的？

為何會有給她穿的洋裝？

為何錢都準備好了？為何還有車票？

為何有護照，上頭還是一個如此文雅的名字……？

警察靜靜等我開口。我說：「我不確定，我不確定。」

他望向四周。我剛才看到他已從腰帶拿起哨子，現在他放手，讓哨子垂掛在鍊子上，並彎身看著我。他說：「小姐，我覺得妳腦袋不清楚，不要待在街上。我帶妳回家，妳可以在家裡跟我說明來龍去脈，那裡比較溫暖。妳脖子受傷了，看，冷的話會更痛。」

他伸出手臂讓我挽著。我退開來。「沒關係，你不用來。」我這時說。我說我弄錯了。沒人搶劫，房子裡完全沒有異樣。我轉身離開他。他繼續跟在後頭，手伸過來，並低聲叫我，但最後並未拉住我。我進到鐵柵門內，把柵門靠上，他遲疑了一下。我趁他猶豫，快步跑進屋子，關上門，拉上門閂，背靠著門，臉貼到木板上。

這時他來到屋子前，並拉了拉門鈴。黑暗的廚房中傳出鈴聲。然後我看到他的臉出現在門旁的玻璃窗外，被玻璃染成紅色。他手遮著天光，望著昏暗的房中，喊著我的名字，接著又喊著要僕人開門。過一分鐘，他再次離開。我背貼著門再過一分鐘，悄悄走過地磚進到爸爸的書房，透著窗簾向外偷看，我看到他站在鐵柵門旁。他從口袋拿出筆記本，並寫著紀錄。他寫了一行，看了看錶，並再望向陰暗的房子。然後他望了望四周，緩緩邁步走了。

這時我才想起潔夫太太。四周都不見她的蹤影。但我靜靜走到廚房時，看到後門沒鎖，我猜她從這裡離開了。她一定看到我跑去找警察，朝房子比畫。可憐人！我想像她今晚冷汗直流，擔心聽到巡警腳步出現在門口。像我和她昨晚一般，徒然哭泣。

一八七三年七月十八日

今晚闇圈吵成一團！現場只有七個人，我、布林克太太、諾可斯小姐和四個陌生人。陌生人中，有兩人是一名女士和她紅髮的年輕女兒，另外兩人是紳士，我覺得他們是來看熱鬧的。我看到他們觀察四周，尋找著機關門或桌上的齒輪。我覺得他們可能是來拆台的，或晚點會想搗亂。他們把大衣給露絲時，他們說：「嘿，小姐，好好保管，別害我們東西憑空消失，我們會賞妳半冠[29]。」他們見到我行個禮大笑，一人牽起我手說：「妳一定覺得我們非常失禮，道斯小姐。我們聽聞妳容貌美麗，但我原本以為妳其實一定又老又胖。不得不說，有許多靈媒都那副模樣。」我說：「我只透過靈魂之眼看人，先生。」他回答：「嘿，那恐怕妳每次照鏡子都浪費了。妳一定要讓我們彌補，用塵世之眼幫妳多欣賞一番。」他八字鬍非常凌亂，手臂細得像女子一樣。我們坐下時，他故意坐到我旁邊，我說我們必須牽手祈禱時，他說：「我一定要牽史丹利的手嗎？我寧可握住妳雙手？」帶女兒來的女士面露厭色，布林克太太說：「我想今晚的闇圈不和諧，道斯小姐。也許妳今晚不用替我們招魂。」但我那時不希望中斷。

我們等待時，那紳士緊貼著我，中途說：「我想這就是大家說的心神合一。」最後他另一隻手放開朋友，將手放到我赤裸的手臂上。我馬上說：「闇圈破了。」他回答：「唉，不是我和史丹利弄破的。我有感覺到史丹利的手緊緊抓著我的襯衫。」我走進小房間時，他起身幫忙，但諾可斯小姐說：「我今晚來幫道斯小姐。」她替我繫上項圈，然後用繩子綁住我手腳，紳士的朋友史丹利先生看到說：「天啊，一定要這麼做嗎？她真的要綁得像隻鵝一樣？」諾可斯小姐回答：「我們這麼做就是為了像你們一樣的人。你覺得我們喜歡嗎？」

彼得．奎克出現，將手放到我身上，他們所有人都沉默不語。但他走出來，其中一個紳士大笑說：「他忘記換掉睡袍了！」彼得問大家有沒有關於幽靈的問題時，他們說有一個問題，幽靈能不能給他們任何小暗示，告訴他們寶藏的下落？

後來彼得生氣了。他說：「我覺得你們只是來嘲笑我的靈媒。你們以為她讓我跨越邊境，只是來替你們尋開心嗎？你們覺得我辛辛苦苦來此，只是來讓你們兩個臭小子嘲笑的嗎？」第一個紳士這時說：「我覺得我不知道你為何出現。」彼得說：「我是為了傳達美妙的訊息，告訴你們通靈是真的！」然後他說：「我也為你們帶了禮物。」他走向諾可斯小姐說：「諾可斯小姐，這朵玫瑰獻給妳。」然後他轉向布林克太太：「布林克太太，這水果獻給妳。」那是顆梨。他依序繞過圍圈，最後來到紳士旁，他靜靜遲疑一會。史丹利先生說：「好啦，你要送我花還是水果？」彼得回答：「不，我沒有東西要送你，先生，但我有個禮物給你朋友，就在這！」

這時那紳士發出淒厲的尖叫，我聽到他椅子刮過地面。他說：「媽的，臭鬼，你放什麼在我身上？」事後我們才發現是隻螃蟹。彼得將螃蟹放到他大腿上，紳士感覺到牠在黑暗中爬過他，以為是某種怪物。那是廚房裡大隻的螃蟹，原本有兩隻，放在鹽水桶裡，盤子蓋住桶子之後，還必須放上三磅的重物，才能防止牠們爬出。當然這些事我都是事後才知道的。彼得回到小房間，那紳士仍在黑暗中大喊，史丹利先生起身點燈，我當時只約略猜個大概，因為彼得手放到我臉上時，散發著奇怪的氣味。最後，大家帶我走出小房間，椅子壓在螃蟹身上，把牠殼都碾碎了，粉紅的蟹肉露出，但牠的螯仍在動。那紳士拍著沾滿鹽水的褲管。他對我說：「這招真不錯啊！」但布林克太太馬上說：「你不該來這裡。你害彼得失去控制，你帶來不好的影響。」

但兩個紳士離開之後，我們大笑。諾可斯小姐說：「噢，道斯小姐，彼得為妳吃醋成這樣！我想他會為了妳殺人！」後來我站在一旁喝酒時，另外那個女士來找我，並將我拉到一旁。她說她很抱歉兩位紳士最後如此無禮。她說她曾見過其他年輕的靈媒會賣弄風騷，和那種男人調情，她很高興我沒這麼做。然後她說：「道斯小姐，我在想啊，妳能不能來看看小女？」我說：「她怎麼了？」她說：「她一直哭個不停。她今年十五歲了，我敢說她從十二歲起，幾乎沒一天不哭。我告訴她，她再哭的話，哪天眼珠子都要哭掉了。」我說我一定

29 半冠（half crown），相當於兩先令六便士。

要仔細看看她，她說：「麥德琳，過來。」那女孩來時，我牽起她的手說：「妳覺得彼得今晚做的事怎麼樣？」她說她覺得很不可思議。他給她一個無花果。她不是倫敦人，而是從美國波士頓來的。她說她在那裡見過許多靈魂學家，但沒有人像我一樣高明。我覺得她年紀太輕，她母親說：「妳能替她治療嗎？」我說我不確定。但我站在原地考慮時，露絲進來收杯子，她看到那小女孩，手放到她頭上說：「噢！妳的紅髮好美喔！彼得．奎克一定會想再看到妳，這我敢肯定。」

她說她覺得只要女孩離開母親一會，身體一定會好轉。她的名字叫麥德琳．安潔拉．蘿斯．席維斯特。她明天兩點半會再來找我們。

我不知道時間。時鐘停了，屋裡沒人替鐘上發條。但城市好安靜，我想一定凌晨三、四點了。這時間城市寂靜無聲，早一點會聽到出租馬車聲，晚一點會聽到趕往早市的馬車聲。街上沒有風聲，也沒有雨聲。窗上結了霜。雖然我靜靜坐在原地，雙眼緊盯著窗戶一小時多，但凝結過程緩慢精細，我無法察覺。

瑟琳娜現在在哪？她怎麼樣了？我將思緒送入夜中，在黑暗中尋找原本牽引彼此那條緊繃顫抖的線。但黑夜太濃密，我的思緒虛弱，消散在空中，而那條黑暗的絲線——

從頭到尾都沒有黑暗中的絲線，我們的靈魂從未相觸，只有我的渴望，還有她的渴望。她的渴望和我如此相像，彷彿屬於我一般。現在我心中不再有渴望了，腹部也不再顫動。她將一切奪走，留下空洞的我。我感到相當平靜，全身輕盈。我的身體像一具空殼，連讓筆留在紙上，都變得非常困難。看我的手！簡直像小孩的手。

這將是我寫下的最後一頁。我所有的書都燒了，我在火爐生起一把火，將書扔進去，這張紙歪歪扭扭寫滿字之後，我也會將它扔進去燒了。多奇怪啊，好像只為了把文字化為煙囪中的煙！但我還在呼吸就一定要寫。我只是無法忍受自己**之前**寫下的文字。我試著去讀時，彷彿看到薇格斯的目光留下黏膩白濁的痕跡。

我今天想到她，想到她來到我們家時，普麗希拉大笑，說她長得普通。我想到上一個女孩柏依，她哭著說房子鬧鬼。我想她從未聽到那些聲音。我想薇格斯找上她，威脅或賄賂她……

我想到薇格斯，笨重的薇格斯，我問她誰帶橙花到我房間，她站在我面前眨眼。或坐在我敞開的門外，聽我寫著日記，嘆氣哭泣。她那時彷彿對我很好。我想起那時她替我倒水，替我點燈，替我從廚房端食物上來。現在沒人送食物來了，我笨拙堆起的火堆不斷冒著煙，劈啪作響，並化為灰燼。我的便壺沒人拿去倒，黑暗中瀰漫著酸臭。

我想到她替我更衣，替我梳頭。我想到身為女僕的她粗壯的四肢。現在我知道，蠟製的幽靈之手模型是誰的手了。我記得她的手指腫脹粗大，指節泛黃。我想像她將手放到我身上，手指受熱軟化，玷汙我的肉體。

我想到她曾用蒼白的雙手碰過所有女士，並玷汙她們。還想到瑟琳娜，她一定親吻過她的手，並見蠟緩緩滴落。我一想到便恐懼萬分，心中嫉妒又悲傷，因為我知道自己未受侵犯，無人渴望，孤身一人。我今天晚上看到警察回來房前。他再次拉門鈴，站在門口望著大廳。也許他最後以為我去沃里克郡找母親了。但也許他不這麼想，也許他明天會再來一趟。他那時會發現廚師在家，並請她來敲我房門。她會覺得我不大尋常。她會找來艾許醫生，也許鄰居會來……瓦里斯太太。他們會通知母親。然後……然後呢？然後更多淚水和哀傷的目光，又服下更多鴉片酊、鎮靜劑、嗎啡，或我沒吃過的麻醉劑。然後就像之前一樣，在診療沙發上躺半年，客人會躡手躡腳來到門口……接著我會漸漸重新配合母親的生活作息，例如和瓦里斯夫妻打牌，或望著時鐘指針悄悄爬過鐘面，再過不久，我會收到普麗希拉寶寶洗禮的邀請。同時，米爾班克監獄會來調查。現在瑟琳娜走了，我可能沒有勇氣能為她和為我自己說謊……

不。

我將我散亂的書本放回架上老位置。我關上房間的門，扣上窗戶的扣門。樓上我已經清理乾淨。壞掉的水壺和盆子我藏起來了，床單、地毯和洋裝我在自己的火爐燒了。我燒了克里韋利的畫、米爾班克監獄的平面圖和夾在日記中的橙花。我也燒了天鵝絨項圈，以及潔夫太太掉在地毯上，沾滿我血的手帕。爸爸的雪茄刀我小心翼翼放回書桌。書桌已積了一層灰。

我好奇會是哪個新女僕來擦去灰塵？現在若有女僕站到我面前行屈膝禮，我想我恐怕會打冷顫。

我端了一盆冷水來洗臉。我清乾淨喉嚨的傷口，並梳好頭髮。我想，一切都已整理好，該扔的都扔了。無論何處，我都沒有留下異狀。

除了寫給海倫的信。但現在，那就留在花園宮大廳的架子上吧。因為我一想到去那裡，請女僕將信還給我時，我就想起薇格斯小心翼翼將信拿去寄的樣子。後來我想到她從家裡寄出的信和收到的包裹。這麼久以來，她一定坐在我正上方的昏暗房間中，像我一樣寫下她真摯的情意。

信紙上，那份感情是什麼樣子呢？我無法想像。我太累了。

噢！我終於累了！我想全倫敦沒有任何人、任何事物比我更累了。也許除了河流吧，它在淒冷的天空下，循著尋常的河道流入海中。今晚河水看起來多深沉、多濃密烏黑啊！河面看來躺上去好柔軟。河底一定很冰。

瑟琳娜，妳很快就會到陽光下。妳不需再捲絲線了。妳抽走了我心中最後一條絲線。我在想，那條線鬆脫時，妳會有感覺嗎？

一八七三年八月一日

時間很晚了，四下無聲。布林克太太在她房間，她頭髮披散在肩膀，頭上別了個緞帶。她在等我。但讓她等久一點。

露絲躺在我床上，鞋子隨意踢到地上。她抽著彼得的香菸。她說：「妳幹麼寫字？」我跟她說，就像我所做的一切，我記錄是為了守護靈。「**他啊。**」她說。現在她大笑了，她濃密的眉毛低垂，眼睛瞇成一線，肩膀搖晃。不能讓布林克太太聽到。

現在她盯著天花板，不吭一聲。我說：「妳在想什麼？」她說她在想麥德琳·席維斯特。過去這兩週，她來找我們四次了，但她仍非常緊張。畢竟，我覺得她可能太過年輕，不適合讓彼得開發。但露絲說：「只要讓他在她身上放記號，她一輩子都會來找我們。妳知道她多有錢嗎？」

我想我聽到布林克太太在哭。外頭月亮高高升起。那天是新月，新月的雙臂彷彿抱著黑色的圓影。水晶宮的燈仍點著，天空烏黑，燈火格外晶瑩清透。露絲仍微笑著。她現在在想什麼？她說她在想席維斯特小姑娘的錢，還有我們分到一杯羹時，我們能做什麼。她說：「妳以為我想讓妳永遠待在錫登漢姆嗎？世上還有這麼多美好的地方。我在想妳到法國或義大利時，妳看起來會多美。我在想那裡所有女士會多愛妳的模樣。我在想著英國臉色蒼白的小姐，她們都會去那裡，希望自己曬曬太陽，讓虛弱的身體變得更健康。」

她捻熄菸。我該去找布林克太太了。

露絲說著：「妳要記得妳是誰的女孩。」

（全文完）

莎拉·華特絲年表

一九六六年	七月二十一日出生於英國威爾斯。八歲時舉家搬遷至北約克郡。
一九八七年	於英國肯特大學取得文學學士學位。
一九八八年	於英國蘭開斯特大學取得現代文學碩士學位。短暫於書店任職。
一九八九年	於倫敦康頓圖書館任職，直到二〇〇〇年。
一九九二年	進入倫敦瑪莉皇后大學攻讀英國文學博士學位，這段時間在多部期刊發表與女性及女同志相關的研究文章。也開始寫以學術研究素材為背景的小說。
一九九五年	獲得博士學位。
一九九六年	於英國開放大學授課。
一九九八年	出版《輕舔絲絨》。
一九九九年	出版《華麗的邪惡》。《輕舔絲絨》獲得英國作家協會貝蒂·特拉斯克獎、《圖書館》雜誌年度最佳書籍、《星期日郵報》／約翰·李韋林·里斯青年文學獎，並入選《紐約時報》年度值得關注作品。
二〇〇〇年	《華麗的邪惡》獲毛姆文學獎、《星期日泰晤士報》年度青年作家獎。並入圍《星期日郵報》／約翰·李韋林·里斯青年文學獎、浪達同志文學小說獎、威爾斯藝術理事會年度圖書獎的決選名單。《輕舔絲絨》獲浪達同志文學小說獎，入圍菲洛－格魯姆利同志作品獎決選名單。

二〇〇一年　《華麗的邪惡》獲得菲洛—格魯姆利同志作品獎、石牆圖書獎（美國圖書館協會同志書籍圓桌獎）。

二〇〇二年　出版《指匠情挑》。《指匠情挑》獲CWA歷史犯罪小說匕首獎、浪達同志文學小說獎，及同時入圍曼布克獎和柑橘獎決選名單。

二〇〇三年　獲選《格蘭塔》雜誌最佳青年作家二十人、英國圖書獎年度作家、水石書店年度作家。《指匠情挑》入圍石牆圖書獎。

二〇〇四年　《華麗的邪惡》獲日本「這本推理小說好厲害」最佳翻譯犯罪小說第一名。

二〇〇六年　獲石牆圖書獎年度作家獎。出版《守夜》，同時入圍曼布克獎和柑橘獎決選名單。

二〇〇七年　《守夜》獲浪達同志文學小說獎，並入圍石牆圖書獎、英國圖書獎年度圖書和詹姆斯·泰特·布萊克紀念文學獎。

二〇〇九年　獲選為英國皇家文學學會會士。出版《小陌生人》並入圍曼布克獎決選。同時入圍雪莉·傑克森獎。再次獲得石牆圖書獎年度作家獎。

二〇一〇年　獲Glamour年度作家獎。

二〇一四年　出版《房客》，獲選為《星期日泰晤士報》年度小說。三度獲石牆圖書獎年度作家獎。

二〇一五年　獲石牆圖書獎十年內最優秀作家獎。《房客》入圍貝禮詩女性小說獎決選（前身為柑橘獎）。《小陌生人》入選當年十二月BBC發布的百大英國文學小說。

二〇一九年　《指匠情挑》入選《衛報》二十一世紀百大好書，名列第十四，打敗戈馬克·麥卡錫《長路》、強納森·法蘭岑《修正》、吉莉安·弗琳《控制》、姜峯楠《妳一生的預言》等叫好叫座的作品。

《華麗的邪惡》作品大事紀

一九九九年	出版《華麗的邪惡》。早在《輕舔絲絨》出版時，莎拉．華特絲已著手創作《華麗的邪惡》。華特絲長期研究歷史上的通靈術，本書除了對維多利亞時代有精湛重現之外，也融合了通靈術、監獄生活的縝密考察。
二〇〇八年	由英國獨立電視臺改編為單集電視劇版。劇本由《輕舔絲絨》BBC影集編劇安德魯．戴維斯再度擔綱改編。於舊金山國際LGBT電影節首映，再於英國電視臺播映。獲蒙地卡羅影集展金仙女獎電視電影類最佳女演員。
二〇〇九年	電視劇入圍GLAAD傑出電視電影獎，以及加拿大電影攝影協會獎的電視電影類最佳攝影。

Hit 暢／小說 096

華麗的邪惡
Affinity

•原著書名：Affinity •作者：莎拉．華特絲（Sarah Waters）•翻譯：章晉唯 •封面設計：莊謹銘 •協力編輯：聞若婷、呂佳真 •責任編輯：徐凡 •國際版權：吳玲緯 •行銷：巫維珍、蘇莞婷、何維民 •業務：李再星、陳紫晴、陳美燕 •副總編輯：巫維珍 •編輯總監：劉麗真 •總經理：陳逸瑛 •發行人：凃玉雲 •出版社：麥田出版／城邦文化事業股份有限公司／104台北市中山區民生東路二段141號5樓／電話：(02) 25007696／傳真：(02) 25001966、發行：英屬蓋曼群島商家庭傳媒股份有限公司城邦分公司／台北市中山區民生東路二段141號11樓／書虫客戶服務專線：(02) 25007718 ; 25007719／24小時傳真服務：(02) 25001990 ; 25001991／讀者服務信箱：service@readingclub.com.tw／劃撥帳號：19863813／戶名：書虫股份有限公司 •香港發行所：城邦（香港）出版集團有限公司／香港灣仔駱克道193號東超商業中心1樓／電話：(852) 25086231／傳真：(852) 25789337 •馬新發行所／城邦（馬新）出版集團【Cite(M) Sdn. Bhd.】／41-3, Jalan Radin Anum, Bandar Baru Sri Petaling, 57000 Kuala Lumpur, Malaysia.／電話：+603-9056-3833／傳真：+603-9057-6622／讀者服務信箱：services@cite.my •印刷：漾格科技股份有限公司 •2020年8月初版一刷 •定價380元

國家圖書館出版品預行編目資料

華麗的邪惡／莎拉．華特絲（Sarah Waters）著；章晉唯譯. -- 初版. -- 臺北市：麥田出版：家庭傳媒城邦分公司發行, 2020.8
面； 公分. --（Hit暢小說；RQ7096）
譯自：Affinity
ISBN 978-986-344-764-1（平裝）
873.57 109004833

城邦讀書花園
www.cite.com.tw